랑
호

단글

랑호 5

초판 1쇄 인쇄 2017년 12월 12일
초판 1쇄 발행 2017년 12월 19일

지은이 네르시온
발행인 오영배
기획 박성인
책임편집 심지은
디자인 권지연
제작 조하늬

펴낸곳 (주)삼양출판사 · 단글
주소 서울시 강북구 도봉로 173
대표 전화 02-980-2112 **팩스** / 02-983-0660
편집부 전화 02-980-2116 **팩스** / 02-983-8201
블로그 blog.naver.com/dan_gul
출판등록 1999년 3월 11일 제9-00046호.

ISBN 979-11-283-9322-8 (04810) / 979-11-283-9317-4 (세트)

단글 은 (주)삼양출판사의 로맨스 문학 브랜드입니다.

랑호

네르시온 다섯 번째 장편소설 이야기

단글

| 차 례 |

1장

온몸이 뜨끈뜨끈하기 때문일까. 바깥에서 퍼붓는 빗소리가 마냥 싫지가 않았다. 하지만 청각적인 자극만으로는 한껏 달궈진 육체를 식히기에 부족함이 있었다. 더군다나 떨어질 생각이 없는 것처럼 찰싹 달라붙어 있는 사람이 있으면 더더욱 말이다.

몸을 움직이기 불편할 정도로 매달려 있는 무헌을 피해서 밖으로 나온 단은 손으로 부채질을 했다. 덥다. 더워. 속으로 중얼거리곤 안쪽을 보자 무헌은 일정하고 깊은 숨소리를 냈다. 곤히 잠든 그 모습을 보자니 일부러 흔들어 깨우기가 미안했다. 애초에 들러붙을 때 떨어뜨렸어야 했는데. 오자마자 서로의 젖은 옷을 벗기다가 흥분할 줄은 또 몰랐지.

아니다. 모르긴 뭘 몰라. 다 알면서도 모르는 척 군 거지.

"하아―."

작은 등을 탁자에 올리고 아버지의 편지를 쥔 채로 앉은 단은 한숨부터 내쉬었다.

얇은 잠옷을 대충 걸쳐서인지 벌써부터 앞섶이 벌어진다. 앞섶을 여미고 양반다리를 하고 앉은 단은 조심스럽게 봉투 윗부분을 뜯어서 안에 담긴 편지를 꺼냈다.

비가 내리자마자 정신없이 품 안에 집어넣어서 걱정되었는데 글씨가 많이 번지진 않았다. 간혹 얼룩이 진 부분이 있었지만, 어떤 내용인지 확인하기 어려울 정도는 아니었다.

전에는 새롭게 정착한 곳의 근황에 대해서 적혀 있었다. 이번에는 거기서 어떤 식으로 생활하는지에 대한 내용이 담겨 있지 않을까. 그런 생각으로 마음 가볍게 글을 읽어 내렸지만 이윽고 단의 표정이 굳어졌다.

"……."

엄지를 깨문 단은 이를 갈았다.

왜 지금에 와서 이런 걸 알려 주는 걸까. 더는 숨길 수 없는 내용이라는 생각이 드셨던 걸까. 그게 아니라면―.

등 뒤에서 전해지는 인기척에 놀란 단은 급히 고개를 돌렸다. 뒤에 서 있는 건 무헌이었고, 그는 알몸 위로 얇은 이불을 걸치고 있었다.

이미 서로의 몸 구석구석에 대해선 알고 있다 쳐도 갑자기 저런 모습을 보이면 당황스러웠다. 놀라선 들고 있던 편지를 위로 들어 올려 얼굴을 가린 단이 혀를 찼다.

"뭐 하는 거야? 안에서 제대로 가리고 나와야지―."

"……새삼스럽게 뭘."

너랑 내 사이에 그런 걸 따져서 무엇하겠느냐는 투의 말에 단은 웃음이 나왔다.

어느덧 이런 상황에서 주고받는 대화에 익숙해졌구나.

단은 들고 있던 편지를 반으로 접었고 맞은편 자리에 앉은 무헌이 그걸 가지고 갔다. 자신의 손에서 빠져나가 무헌의 손에 들려지는 편지를 보고도 단은 잠자코 있었다. 애초에 안에 어떤 내용이 적혀 있는지를 알고자 했다면 자신에게 넘기기 전에 확인하는 게 가능했을 거다. 그런데 일단은 자신 먼저 확인할 수 있도록 해 준 거다. 그걸 모르지 않았던 단은 무헌이 보고 싶을 만큼 보고 난 후에 자신에게 돌려주길 기다렸다.

편지에 적힌 건 대부분이 딸에 대한 걱정이었다. 그 아래쪽으로 몇 번이고 고민한 후 적은 몇 줄의 내용이 담겨 있었다. 그걸 보고 난 후 무헌이 어떤 생각을 할지, 이것들을 어찌 받아들일지 알고 싶기는 했다.

말없이 한참을 있던 무헌이 편지를 탁자 위에 내려놓았다.

"어떻게 생각해?"

무헌이 먼저 입을 열 때까지 기다리려 했지만, 궁금했다.

편지를 읽고 난 후 무헌이 어떤 생각을 하게 되었을지.

지금 이 순간에도 저 머릿속엔 어떤 계획이 세워지고 있는 것인지를.

단은 자신과 함께 있을 때 보여 주는 모습이 무헌의 전부라고 믿지 않았다. 그는 소율태국의 황제로, 앉은 자리가 사람을 만들기 마련이었다. 편지에 적혀 있는 것들은 분명 황제인 그의 심기를 불편하게 할 수 있는 내용이었다.

"……."

단의 질문에도 무헌은 쉽게 입을 열지 않았다.

잠자코 있는 그의 옆얼굴이 점차 굳어지는 것처럼 보였다.

그런 무헌의 옆얼굴에서 시선을 떼지 않은 채로 단은 편지의 내용을 떠올렸다.

늑대족이라고 해서 모두가 산속 깊숙한 곳에 들어가 숨어 살길 바라는 건 아니었다. 개중에는 단과 비슷하면서도 다른 생각을 품고 있는 자들이 더러 있었다. 그들은 숨죽인 채로 살아가는 삶에 염증을 느끼고 바깥 세상에 대한 갈망을 느꼈다.

이래 죽으나 저래 죽으나, 사람은 누구나 때가 되면 죽음을 맞이하기 마련이었다. 그런 거라면 적어도 하고 싶은 일만큼은 제대로 해 보자 하면서 하나둘 숲을 떠나는 자들이 늘어나기 시작했다.

처음 일족에서 벗어나는 건 금기였다. 절대로 해서는 안 되는 일이었지만, 시간이 흐르는 동안 금기조차도 느슨해지게 되었다. 한창 혈기왕성한 자들을 어찌 억누르고 붙잡아 둘 수 있을까. 목에 줄을 감아 둘수록 반발심은 더 강해지기 마련이었다.

결국엔 떠나고자 하는 자들을 놓아주게끔 되어 있었다. 더 많은 늑대족의 젊은 피가 밖으로 나가고 숲에 남아 있는 건 나이든 자들뿐이었다. 개중에 젊은 건 단의 부모님이고 어린애들은 단과 그 어린 동생들이 고작이었다. 그나마도 단은 숲이 아닌 바깥에 나와 있었다.

어찌 보면 자연스러운 변화일 수도 있었다. 그렇다고 모두가 받아들여야 하는 자연스러운 일로만 여길 수도 없는 데에는 그만한 이유가 있었다.

숲을 떠나 바깥에 나가 새로운 삶에 정착하기란 쉽지 않은 일이었다.

바깥에 대해 제대로 된 지식이 없었던 늑대족 사람들은 고되고 힘든 삶을 살 수밖에 없었다. 정체가 들키면 죽임을 당할 수도 있었다. 더는 인간들과 어울릴 수도 없어진다. 본인의 비밀을 숨기기 위해선 그만큼 신중해질 수밖에 없었고, 그것이 사람들 사이에서 배척 받는 원인을 제공하게 되었다. 마음을 터놓지 못하고 평생을 쓸쓸하게 살다가 홀로 죽어가는 경우도 있었다. 어떻게든 인간들 사이에 파고들어서 새로운 삶을 산다 쳐도 은연중 풍기게 되는 다름은 그들에게 새로운 가족을 안겨주지 못했다. 보통의 인간과 혼인을 하게 되어 자식을 낳아도 그 무리에 섞일 수 없었다. 바깥에 나와 있는 늑대족들끼리 뭉치게 되었던 것이다.

그들은 은밀하게 연락을 주고받으면서 그들만의 집단을 만들게 되었을 거다. 밖으로 나오면 전과는 다르지 않을까 싶었던 삶에 큰 변화가 생기지 않는 걸 두고 다른 누군가를 원망하고 탓하게 되었을 거다. 그리고 어찌하면 지금보다 더 나은 삶을 살 수 있게 될 것인가를 고민하게 되었겠지.

애초에 많은 사람들 사이에 섞이게 되면 위험해질 수밖에 없었다. 그런 거라면 많은 자들과 섞이지 않게끔, 그들보다 우위에 서 있으면 될지도 모른다. 지배 계층이 된다면 저들의 비밀을, 약점을 보다 은밀하게 감출 수 있을 거다. 그들의 사고는 뒤틀리고 일그러지면서 점점 위험한 것으로 변형된 것이다.

이들이 이런 걸 바란다고 해서 좋은 기회와 때를 만나지 못한다면 아무런 소용이 없었다. 오랜 세월, 많은 자들을 이어 내려가면서 기회만 찾아오길 기다렸을 테고 지금 이 시기가 그때라고 생각한 걸지도 모른다.

무헌과 바깥에 나가서 본 수상한 무리들, 이어서 구량까지.

그 순간 단은 저를 보는 순간 이채의 빛을 띠던 구량의 눈빛이 생생하게 떠올랐다.

어릴 적에는 그것이 운명이라 믿었었다. 정말 좋은 사람을 만나 바깥에 나오자마자 편하게 자리를 잡는구나 싶었지만 아니었던 거다. 자신에게 해 주던 조언과 챙겨 주었던 그 모든 것들에 다른 목적이 있었던 걸까. 언젠가 때가 되면 이용해 먹을 수 있을 것 같으니, 그걸 노리고―.

단은 제 손을 감싸는 커다란 손길에 흠칫, 놀랐다.

"손이 아파 보인다."

"……."

무슨 소린가 싶었던 단은 무헌을 보고는 눈을 내리떴다. 그리고 강하게 움켜쥐고 있는 제 오른손과 그 손 위에 올려진 무헌의 손을 보고는 긴 숨을 내쉬었다. 얼마나 깊은 한숨인지 토해 내는 순간 온몸에서 힘이 빠져나간다.

바깥에 있는 동안 그들은 더 이상 늑대족이 될 수 없었다. 그렇다고 인간도 아니지. 그 어디에도 속할 수 없는 제삼의 종족이 되어 버린 셈이었다. 그렇기에 그들은, 온전히 그들만의 공간이 필요했던 걸지도 모른다. 그걸 위해서 뭔가를 하고 있고, 그 움직임의 끝에는 무헌이 닿아 있었다. 소율태국의 황제인 그에게 말이다.

정확하게 무슨 일이 일어나는지 알 수는 없지만, 자연스럽게 깨닫게 되는 게 있었다.

"지금 무슨 생각을 하고 있는 거냐."

나직한 목소리에 단은 고개를 돌려 무헌을 바라봤다.

가라앉은 눈빛으로 저를 응시해 오는 눈빛을 피하지 않고 똑바로 마주하며 단은 물었다.

"그러는 너는 어떤 생각을 하고 있는지를 물으면 솔직하게 전부 대답해 줄 거야?"

돌아오는 건 침묵이었고, 예상한 반응이었다.

단은 그의 손에 잡혀 있던 제 손을 빼내곤 다시금 탁자 위의 편지를 집어 들었다.

아버지도 한때 이들의 제의를 받은 적이 있었던 것 같다. 숲은 좁고 뜻을 이루기가 힘드니 바깥으로 나오라면서 말이다. 하지만 그때 그 숲에는 어머니가 있었기에 그는 떠날 수 없었다. 자신이 태어난 후에는 더더욱, 움직일 수 없었겠지. 아버지가 바라던 삶이 어떤 것인지 알 수는 없지만, 어머니와 자신들이 생김으로써 배제해야 했던 또 다른 삶이 아쉽진 않으셨을까.

아니지. 저들이 준비를 얼마나 해 둔지도 알 수 없는데 무턱대고 그들이 하고자 하는 일에 합류할 수는 없음이었다. 괜히 끼어든답시고 갔다가 제명에 못 살 수도 있고─.

이런저런 생각을 하던 단은 편지의 하단에 적힌 문장을 한 번 더 확인했다.

"내 동생들도 요즘은 바깥이 궁금해진 모양이야."

단은 말썽쟁이인 어린 쌍둥이 동생들을 떠올렸다.

전에 돌아갔을 땐 모주화 놈 때문에 가족들하고 제대로 된 인사도 나누지 못했다. 비몽사몽간에 저를 걱정스럽게 바라보던 얼굴들을 떠올리던 단은 혼잣말하듯 중얼거렸다.

"그 녀석들까지 밖으로 나오면 정말 소란스럽겠다."

덧붙여 걱정도 되었다.

정신 똑바로 차리자 싶으면서도 결국에는 구량 같은 자를 만나게 되었다.

당시 그가 자신을 진심으로 걱정했다고 믿었던 만큼, 지금도 속이 편치 않았다.

단이 근육을 써서 외관을 굵직하게 했던 것처럼 대부분의 늑대족이 그런 방식으로 스스로를 감출 수 있었다. 겉모습만으로는 누군지 알 수가 없는 거다. 그렇다 쳐도 구량이 정말로 늑대족은 아니었을 테고, 어느 정도 관련된 자일 수 있었다. 예를 들어 늑대족의 피를 이어받은 쪽이라든가. 기이하게도 늑대족끼리의 혼인이라면 모를까. 바깥으로 나가 피가 섞이게 되면 늑대로 변하는 형질을 갖추기가 어려웠다. 아주 드물게 그런 체질이 나오긴 하지만 말이다.

문득, 머리를 스쳐 지나가는 생각이 들었다. 인간과 혼인을 하면 늑대로 변하지 않는 아이를 만들 수 있었다. 그런데 왜 자신들은 꼭 숲 속에 숨어 살아야만 했던 걸까.

처음에는 '인간들이 자신들을 받아들일 리가 없다. 황제의 허물을 받은 자신들은 용서 받지 못하는 존재일 뿐, 대놓고 활보하고 다녀선 안 된다. 일족들끼리 뭉쳐서 꼭꼭 살아야만 한다.' 그렇게만 생각하고 믿어왔다. 하지만 지금에 와서 드는 생각은 꼭 그런 것 때문에 숨어 지내왔던 건 아닐지도 모른다는 생각이 들었다. 그 외에, 자신들이 몰랐던 뭔가가 있지 않을까.

"단아."

저를 부르는 중저음의 목소리에 이끌려 단은 고개를 들었다.

턱을 괸 채인 무헌이 보였다.

"왜 부르는데."

"그냥."

짤막한 대꾸 아래쪽으로 나른함이 깔린다. 느리게 감겼다가 떠지는 눈동자를 보면서 단은 손을 뻗어 무헌의 머리를 쓰다듬었다.

"피곤해 보인다."

"그다지."

단의 손길이 닿는 순간 눈을 감았다가 다시금 뜬 무헌은 눈을 가늘게 휘었다. 사풋 입꼬리가 올라가는 듯도 했다.

본인은 피곤하지 않다고, 괜찮다고 하지만, 정말은 아님을 잘 알고 있었다. 자신을 찾아온 건 의식을 치르기까지 잠시 떨어져 있어야 한다는 말을 듣고 난 후 제 표정이 이상했기 때문이겠지.

몇 번을 생각해 봐도 그땐 왜 그리했는지 알 수 없었다. 며칠 정도 안 만나는 거야 별일 아니었다. 물론, 이태감의 입을 통해 그런 말을 듣는 게 유쾌하지 않았지만, 그보다는ㅡ.

무헌의 머리에서 손을 뗀 단은 탁자 위에 두 팔을 올리곤 얼굴을 내밀었다.

"아마도 나는 너하고 하루라도 떨어지고 싶지 않았던 걸지도 모르겠다."

어두운 밤, 서로를 마주하고 앉아 있으려니 자연스럽게 마음이 느슨해진다. 전에는 차마 하지 못했던 말도 술술 나왔다.

"보고 있어도, 계속 보고 싶어지는 걸까."

전에는 하루도 빼놓지 않고 부르거나 또 제 처소로 오는 무헌이 성가시고 귀찮아서 피하고만 싶었는데, 그렇게 되지 않은 게 대체 언제부터인지 알 수 없었다.

늘 혼자였기에 그게 익숙했었는데 그 안에 무헌이 들어왔다. 뻔뻔하다 싶을 정도로 당연하게 말이다. 하지만 무헌도 마찬가지인 게 아닐까. 혼자가 익숙했던 자신의 영역 안에 타인을 받아들이는 건 처음이라는 게 말이다.

그때 단은 제 뺨을 꾸욱 누르는 손길에 놀라 눈을 치떴다.

깨닫지 못하는 사이, 무헌이 두 손으로 제 뺨을 세게 누르고 있음을 깨닫게 된 단은 허, 하고 허탈한 숨을 내쉬었다.

"날 이렇게 못난이로 만들면 좋으냐?"

"못나지 않다."

단의 두 뺨을 더 세게 누르자 입술이 툭 튀어나와서 붕어 입처럼 되었다.

"못난 구석이 한 군데도 없어."

"……."

암만 생각해도 지금 얼굴이나 모양새가 못날 게 분명한데, 그걸 두고 못난 구석이 한 군데도 없다는 식으로 말하면 자신이 믿을 것 같았을까. 저런 웃기지도 않는 아부라니.

그때 단의 얼굴을 앞으로 당겨 그 입술에 입을 맞춘 무헌은 바로 몸을 일으켰다.

제 팔을 잡아끄는 손길에 편지를 챙긴 단도 몸을 일으켰다.

다시금 단을 침대로 끌고 가 그곳에 앉힌 무헌은 아래에 뭉쳐져 있던 이불을 잡았다. 단을 눕혀서 그녀의 가슴 위까지 이불을 덮어 주곤 그 위를 토닥이며 말했다.

"아직 늦은 시간이니 이만 자라."

"……."

또 침대로 잡아끌기에 이상한 짓을 할 셈인가 싶었는데 아니었던가.

물끄러미 무헌을 보던 단은 장난스럽게 말했다.

"또 덮치려고 했으면 걷어차려고 했는데."

그랬으면 이 안에도 그림자가 들어왔을까.

장난스럽게 웃는 단을 두고 무헌은 위로 손을 뻗었다. 단의 이마에서부터 머리까지 한 번에 쓸어 올리고는 그대로 손을 뗀다. 그대로 밖으로 나가는 무헌을 보면서도 단은 가만히 있었다. 따라 일어나 봤자 배웅도 할 수 없었다. 화원에서 나타난 것도 사람들의 시선을 피하기 위해서였으니 돌아가는 것도 은밀해야 되겠지.

옆으로 누운 단은 무헌이 바깥에서 만들어 내는 인기척을 들으면서 몇 번 눈을 깜박였다. 그러다 자연스럽게 잠이 들었다.

*　　　*　　　*

하루 이틀 시간이 흘러갔다.

단은 의식을 위해서 배운 것들을 예습했고, 종종 장부인을 만나 차를 마셨다. 그녀를 통해 내명부의 근황을 들을 수 있었고 그때마다 장부인은 매부인에게 좋은 약재를 보낸 걸 타박했다. 도움을 줘도 그걸 고마워하는 사람에게 베풀어야 한다면서, 지금 하는 모든 일이 부질없어질 거라고 말이다.

장부인이 무슨 생각으로 저런 말을 하는지를 모르지 않았던 단은 웃기만 했다. 보통 사람들보다 훨씬 좋은 것들을 많이 쥐고 있는 단이었다. 차고 넘치는 걸 나누는 게 무슨 잘못일까. 그녀는 더 매소희에 대해 말을 하는 대신에 화부인에 대한 말을 꺼냈다. 그녀가 찾아오거나 한 적이 있었느냐고 말이다. 그 말에 단은 고개를 저었다. 그것에 장부인의 표정이 굳어진다. 망설이던 그녀는 단 쪽으로 얼굴을 가까이 붙였다.

"지난 3년 동안 의식을 도왔던 건 화부인입니다. 강부인께서 상궁들의 도움을 받아 충분한 교육을 받았다 하나, 찾아와 조언을 해 줄 수도 있으려만 이상하군요. 물론, 강부인과 마주하기가 편치는 않을 수 있겠지만 말이지요."

다른 사람은 꺼내기 어려울 만한 말도 아무렇지도 않게 하는 게 장부인의 장점이었다.

매부인과 달리 단은 화부인과 표면적으로 크게 마찰을 빚은 적이 없었다. 하지만 확실히 어느 순간부터 둘의 관계가 미묘해지기 시작했다. 화부인이 마냥 좋은 사람은 아니로구나, 하는 작은 깨달음이 있기 때문만은 아니었다.

무헌과 남녀로서 깊은 정을 나누게 되고 그와 함께 다양한 대화를 나누다 보니 세상을 보는 시야가 달라졌다. 그리고 변치 않는 무헌과 단의 사이를 두고 화부인도 태도가 달라졌지. 욕하고 비난하고 손찌검을 하지 않지만, 그보다 훨씬 더 습하고 질척한 뭔가가 느껴졌다. 며칠 전 매소희의 처소를 가다가 만났을 때, 그녀가 갑자기 시동 운운한 게 마음에 걸리기도 했고 말이다.

그때 장부인은 이만하자며 걸치고 있던 조끼의 앞부분을 바로 여몄다.

"의식이 다 끝나고 나면 내명부의 질서도 바로잡히겠지요. 다들 누가 수장이 될지를 파악했을 테니까요."

동시에 장부인은 아이처럼 기뻐하며 양팔을 벌렸다.

"이번에 강부인이 주신 걸로 조끼를 만들어 입어 봤습니다. 어때요? 잘 어울립니까?"

"화사하니 보기에 좋네요. 역시나 화려한 색은 장부인하고 딱입니다."

"이런 색은 강부인도 잘 어울리니 너무 여기저기 퍼주지 말고 본인 옷도 새로 지어 입으세요. 물론, 그럴 필요 없이 잘 챙겨 주는 분이 계시긴 하겠지만요."

은근슬쩍 속을 떠보는 말을 해도 상대가 장부인이기 때문에 크게 불쾌하지 않았다. 농을 농으로 받아들일 수 있는 몇 안 되는 사람이었다.

많은 말을 하진 않지만, 편안해 보이는 단을 본 장부인은 먼저 몸을 일으켰다.

"날이 더 추워지면 그땐 같이 수를 놓거나 바느질을 하면 좋겠습니다. 멋진 옷 한 벌 지어서 폐하께 드리면 크게 기뻐하실 겁니다."

수나 바느질은 단하고는 인연이 없던 것들이었다. 짐꾼으로 있을 때 찢어진 옷 등은 바로 꿰맬 수 있긴 했지만, 그뿐이었다. 완전히 새 옷을 만들 수 있을 정도는 아니었던 만큼 단은 아무런 대꾸도 할 수 없었다.

"이만 가 보겠습니다. 내일이 의식이니 오늘은 일찍 주무시고 좋은 꿈 꾸세요."

잠시 시간을 내서 찾아온 것이었던 만큼 장부인은 오랜 시간을 잡아먹지 않았다.

장부인을 배웅하고 난 후 단은 안쪽에서 빗자루질을 하고 있던 복운을 찾았다.

"복운아, 잠깐 이리로 와 봐."

"부르셨습니까."

빗자루를 곁에 둔 복운은 냉큼 단 앞으로 달려가 고개를 조아렸다.

"시동들의 거처로 가서 용소라는 자가 어찌 지내는지를 알아봐 줄 수 있을까."

이런 일을 시킬 수 있는 몇 안 되는 사람 중 하나였다. 때문에 곧장 본론을 꺼낸 것인데 이에 대한 대꾸가 없다. 잠자코 서선 눈치를 살피는 게 이상해서 기다리자 망설이던 복운이 입을 열었다.

"부인, 실은 몇 주 전에 시동들의 거처에 대한 대대적인 이동이 있었습니다. 용소라는 자는 저도 잘 알고 있는데, 그때 근무지를 바꾼 것으로 알고 있습니다. 나이가 차면 응당 그리됩니다. 더 오래 궁에서 일할 수 없으니 외부 일을 몇 가지 하다가 자연스럽게 퇴궁하게 되겠지요."

"……그렇구나."

궁 안에서라면 이상할 것 없는 절차 중 하나라는 식으로 말하니 그걸 두고 뭐라 할 수 없었던 단은 고개를 끄덕였다.

마음 한구석이 무거웠다. 다짜고짜 화부인이 시동이었을 적의 일을 들먹였기 때문이었다. 당시와 지금의 차이는 컸다. 나란히 서 있어도 같은 사람이라는 오해를 살 수 없을 정도로 말이다. 화부인이 그런 말을 꺼낼 때 당황하지도 않았으니 크게 마음 쓸 필요가 없다고는 생각해도 뭔가 좀―.

굳은 얼굴인 단이 신경 쓰였을까. 복운이 나직하게 물었다.

"제가 한 번 알아볼까요. 하지만 그쪽은 이태감께서 관리하십니다. 가능한 은밀하게 알아볼 것이나, 태감께서 알아차리신다면 의심하게 될 겁니다."

이태감은 황제의 아래에서 일하는 사람이었다. 부인이 된 이후 늘 미소와 예의로 자신을 대했던 태감을 떠올린 단은 알겠다며 고개를 끄덕였다. 그대로 안으로 들어가려나 싶던 단은 걸음을 멈추곤 오른쪽으로 고개를 돌렸다. 때마침 빨래거리를 들고 이동하던 시비들이 멈춰 서선 단에게 인사를 올렸다.

"왜 그러십니까."

들어가려다 말고 멈춰 서는 게 이상하다 싶었던 걸까. 복운의 질문에 단은 별일 아니라며 문지방을 넘어서 방으로 들어갔다.

조금 전 장부인을 대접하기 위해서 꺼내 둔 차와 간식 접시를 치운 시비가 나가고 난 후 단은 다시금 본인 자리에 앉았다. 탁자에 한 손을 올린 채 허공으로 시선을 옮긴다. 나름 심각한 얼굴이던 단은 슬그머니 제 복부를 내려다봤다.

"……에이."

아니겠지. 원래 일정한 주기였던 것도 아니고. 괜한 생각이라며 벌떡 일어난 단은 두 손을 움켜쥐었다.

중요한 일이 코앞이라 쓸데없는 생각이 많아진 거다. 모처럼 시간이 날 때 낮잠이나 자 두자면서 침전으로 들어갔다.

*　　*　　*

깔려 있는 상자 속에 들어가 있는 건 하나같이 귀한 것들뿐이었다.

가장 오래된 것이 오백 년, 혹은 사백오십 년 된 다기가 대부분이었다. 그나마 최근 것이라는 것도 기본적으로 백 년이 넘었다. 당대의 이름난 장인이 심혈을 기울여서 만든 작품을 살피는 황제의 눈빛은 매서웠다.

황제에게 보이기 전에 철저하게 검수를 했어도 긴장되는 건 어찌할 수 없었다. 일렬로 서선 황제의 말을 기다리는 자들의 안색은 하나같이 창백했다. 오른쪽에서 왼쪽으로, 마지막 물건까지 확인 후 황제는 한 손을 들었다. 멀찍이 떨어져 서 있던 시동들이 빠르게 다가와 열려 있던 상자를 닫고 그것들을 조심스럽게 들어 올렸다. 널찍한 탁자 위가 텅 비게 되자 황제는 일렬로 서 있던 자들을 돌아봤다.

"잘 보관되어 있었군."

"중요한 보물이 아닙니까. 정성을 다해서 제대로 보관했지요."

직후 황제의 입을 통해서 잘했다는 말이 나오지 않을까 싶었으나 아니었다.

입을 다문 채로 지그시 바라보기만 하는 황제를 두고 기쁜 듯 떠들어 댔던 자의 표정이 서서히 굳는다.

정말로 다기의 보관 상태가 만족스러워 저리 말씀하셨던 게 아니었던가. 타박하는 말을 잘못 해석한 것인가.

당혹감으로 물드는 얼굴을 주시한 채로 황제가 물었다.

"의식을 진행하는 동안 필요한 것들이 많다. 사람 또한 부족함이 있어선 안 되겠지. 제대로 잘 진행되고 있나."

"물론입니다. 호국사에도 말을 해 두었기에 진즉 준비가 끝난 상태지요. 의식에 필요한 것들은 대부분이 옮겨간 상태입니다."

그리고 나라의 보물이라 할 수 있는 조금 전의 다기는 황제와 함께 호국사에 도착하게 될 터였다.

거기까지 말한 후, 망설이던 자가 조심스럽게 말을 꺼냈다.

"그 외에 필요한 몇 가지 물건을 구하려 했을 때 잡음이 있긴 했지만, 다 해결된 상태입니다."

"잡음이라니?"

황제가 많은 말을 하고 싶지 않아 하는 것 같아서 이번 것도 듣고 넘길 줄 알았는데 아니었다. 정확하게 되묻는데 순간 말문이 턱하니 막혔다. 나란히 서 있는 자들의 원망이 느껴지는 듯했던 자는 재차 입을 열었다.

"기존에 거래를 하던 상단에 문제가 발생했지만, 금방 다른 곳을 알아봐서 별 어려움 없이 일을 해결할 수 있었습니다."

"그곳이라면 나도 잘 알고 있지. 거래해선 안 되는 걸 유통한 죄로 문을 닫게 된 상단이 아니던가."

"그, 그렇습니다. 진즉 알아보고 단속을 해야 했었는데, 제 불찰이옵니다."

"본인의 불찰을 알고 있으니 그나마 다행이로군."

움찔한 자는 입을 다물었고, 그의 뺨을 타고 굵직한 식은땀 한 방울이 흘러내렸다.

"상단이야 문을 닫게 하면 그만이지만, 사람이 실수를 하면 내 어찌 처리해야 할지 고민하게 되잖나."

"……."

크게 숨을 내쉬지도 못하는 자를 두고 황제의 입꼬리가 살며

1장 25

시 올라간다.

"물러나라."

기다렸다는 듯 물러나는 자들의 모습은 도망치는 것과 별반 다름이 없었다.

서둘러 멀어지는 그 뒷모습을 바라보던 황제는 뒷짐을 진 채로 재차 널찍한 탁자 위를 내려다봤다. 볼 것도 없는 걸 계속 주시하는 게 이상했던 걸까. 곁으로 다가온 이태감이 물었다.

"마음에 걸리는 게 있으시면 말씀하시지요. 내일이 되면 늦습니다."

다기 중에서 마음에 걸리는 게 있기에 이러는 것이라 생각한 걸까. 아니면 말 속에 다른 게 담겨 있는 것일까.

잠자코 있던 황제는 아니, 라고 짧게 말했다.

"당장으로선 별문제는 없다."

황제의 대답에 이태감은 공손하게 고개를 조아렸다.

*　　*　　*

기상하는 시간은 정해진 바 없이 제멋대로였다.

무헌과 함께 있으면 함께이기에 기상 시간이 늦어지고, 혼자 있으면 그 나름의 이유 때문에 제멋대로가 될 수밖에 없었다. 하지만 오늘만큼은 정해진 시간에 일어나 준비해야 할 게 있었다.

전날 목욕을 했음에도 불구하고, 일어나자마자 다시금 몸을 씻은 단은 머리를 정갈하게 빗어 내리고 준비된 의복을 입었다.

처음이야 시중이 낯설고 어색하지 지금은 많이 익숙해진 참이 었다. 그럼에도 단은 시종일관 굳은 얼굴이었다. 그것이 의식 때문이라 생각한 시비들도 그녀에게 괜한 말을 걸지 않고 해야 할 일에 집중했다. 그렇게 모든 준비를 마치고 난 후 단은 화장대 앞에 앉아 제 모습을 확인했다. 무표정한 얼굴로 한참 동안 거울 속에 비치는 여인을 응시하다가 바깥에서 나는 소리에 그쪽으로 고개를 돌렸다.

"준비된 모양입니다. 일어나시지요."

멀리서 들리는 북소리가 황제의 행차를 알렸다.

황제가 앞서 대신들과 함께 호국사로 향하면 단은 가장 뒤에서 따르게 되어 있었다. 황후라면 나란히 갈 수 있지만, 아직은 부인이었기에 그리해야만 했다.

의식과 관련된 절차는 정해져 있고 그에 대한 의문을 가져선 안 되었다. 이미 배워서 알고 있는 내용을 머릿속으로 곱씹고 또 곱씹는다. 이후 자신이 해야 할 일을 상기하면서 단은 가운데 문을 넘고 대문을 앞에 두었다. 대문 바깥에 놓여 있는, 물이 담긴 하얀 사발을 확인한 단은 그 위를 넘어갔다.

그런 단을 기다리는 건 가마 대신에 내명부의 모든 부인들이었다.

단 한 사람도 빠짐없이 모두 나와 있었고, 늘 화려했던 그녀들은 평소와 달리 소박한 모습이었다. 머리에 단 장신구도 없이,

길게 풀어 내려서 하얀 머리끈만을 하고 있지만, 그렇다 해서 본연의 미색이 숨겨지진 않았다. 이들과 함께 소율태국 정문까지 걸어야 했고 거기서부터 마차를 타고 갈 수 있었다.

매화당에서 정문까지의 거리는 상당했다. 걸어서 이동하는 게 비효율적으로 여겨지지만 그렇다 해서 불만을 토로하지 않았다. 늘 그리해 왔기 때문에 이번에도 하는 것뿐이었다.

단은 가장 가운데에 서 있는 화소영을 바라봤다. 마치 모두의 수장이라도 되는 것처럼 당당하기까지 한 자태를 확인한 단은 오른쪽으로 시선을 옮겼다. 그리고 다른 부인들과는 조금 떨어져 서 있는 매소희를 발견했다. 몸이 많이 회복된 것으로 알고 있는데도 그녀는 조끼를 입고 있었다.

황제의 명으로 연금된 상태라 할지라도 오늘의 의식을 위해서 외출이 허락된 거다. 매소희 성격상 일부러 아는 척을 하는 게 그녀에게 크게 도움이 되지 않을 것임을 알기에 단은 외면하려 했지만 기이하게도 그녀에게서 시선을 뗄 수 없었다.

아직은 이른 새벽녘, 습한 공기 속으로 섞이는 미미한 향이 있었다.

"……."

가능한 인위적인 향을 지우고 자연스러운 상태로 있으려 노력했다. 그런 와중에 나는 이 향의 시작점은 분명 매소희였다. 지나치게 오랫동안 한 사람을 주시하는 건 이상하게 비칠 수 있다는 걸 알아도 단은 시선을 거둘 수 없었다. 그걸 느낀 것일까.

매소희의 한쪽 눈썹이 미세하게 올라갔다.

원치는 않아도 중요한 의식이 있을 때 자리를 비우면 말을 들을 수 있기에 참여하고 있었던 매소희는 겉돌고 있었다. 전처럼 부인들이 저를 어려워하거나 중요하게 여기지 않다는 게 노골적으로 느껴졌다.

다른 자리였다면 뭘 하는 거냐면서 한마디 내뱉을 수 있겠지만 지금 이 자리에선 아니었다. 강부인이 떠나고 나면 돌아갈 때에나 해봐야겠다고 마음먹고 있었던 매소희는 저를 바라보는 단의 눈빛에 의아한 표정을 지었다. 왜 저렇게 보나 싶을 정도로 굳은 눈빛이었다.

처음에는 이제 와서 자신에게 시비를 걸어 창피를 줄 셈인가 싶었으나 아니었다. 저를 보는 단의 눈빛이나 굳은 표정에서 다른 뭔가를 감지할 수 있었던 매소희는 일단은 가만히 있었다.

그때 화소영이 매부인을 불렀다.

"매부인께서 너무 바깥 자리에 계시는군요. 폐하께서 이번 의식은 강부인과 매부인께서 함께하길 원하셨으니 가는 길 배웅이라도 곁에서 하시지요."

둘이 함께 준비를 시키겠다 했으나 정말은 시끄럽게 구는 대신들의 입을 막기 위한 용도였다. 이후 황제에게서 경솔하게 행동하지 말고 자중하라는 경고를 받았는데 저딴 식으로 말하는 건가 싶었다. 어디까지나 조롱하기 위한 말이 아니던가 싶었던 매소희의 표정이 고울 리가 없었다. 쓸데없는 소리를 하는 것에 대해 곧장 매서운 눈빛을 던졌지만, 약속이라도 한 듯 많은 부인들이 매소희를 바라본다. 중요한 자리이니 쓸데없이 문제를 키우지 말고 하라는 대로 따르라는 식의 눈빛이었다.

저것들이 감히 저딴 식으로 구는 것인가 싶어 속이 부글부글 끓지만, 큰 목소리를 낼 수 있을 만한 상황이 아니었다. 힘겹게 분을 내리누르면서 매소희는 앞으로 걸어갔다.

"먼저 앞장서시지요."

이리 말을 하는데도 여전히 서 있기만 하는 단을 두고 매소희의 한쪽 눈썹이 올라간다.

뭘 하는 거냐. 그런 눈빛을 받고 나서야 단은 옆으로 몸을 움직였다. 그때 단의 눈매가 파르르, 미세하게 떨리는 걸 본 매소희는 표정을 굳혔다.

갑자기 왜 이러는 것일까. 새삼스럽게도 자신과 얼굴을 마주하는 게 끔찍하게도 싫어진 것일까. 정말 그런 것이라면 자신이 아프다 했을 때 찾아오지도 말아야지. 아니. 그런 것 말고 다른 무언가가 원인이 되는 게 아닌가 싶었던 매소희는 알게 모르게 본인이 입고 있는 옷을 살폈다.

다른 부인들처럼 재미없을 정도로 밋밋한 옷을 입고 있었다. 더 튀거나 화려할 것 없고, 딱히 문젯거리가 될 만한 부분은 없는데―.

"무척 좋은 날입니다."

단이 앞장을 서고 반걸음 뒤에선 매소희가, 그 건너편으로는 화소영이 나란히 걷고 있었다. 나머지 부인들이 적당한 거리를 두고 뒤따르고 있어 그 누구도 쉽게 말을 꺼내지 않는 상황이었다. 그럴 때 시작된 화소영의 말에 자연스럽게 이목이 집중된다.

"호국사가 가까운 곳이라 그나마 다행이지 않습니까. 저희 못만큼 곁에서 폐하를 잘 보필해 주십시오."

의식이 진행되는 동안 황제인 무헌을 도울 사람은 없었다. 단은 예외였다.

하지만 단이 제대로 된 도움을 주지 못하고 실수를 범한다고 해서 당장 큰일이 벌어질 것도 없었다. 저런 식으로 말함으로써 부담을 안겨 주려는 건 아닐 거다. 가볍게 주고받는 말 중 하나일 뿐이라 여기면 그만이었던 만큼 단도 가볍게 대꾸했다.

"물론입니다. 중요한 자리이니만큼 실수하지 않을 셈입니다."

"그런 자리에 매부인도 함께하시면 참 좋았을 텐데, 아쉽군요."

화소영이 좋은 날 운운했을 때부터 안색이 편치 않던 매소희였다. 이른 시간이고 바람이 차서 가뜩이나 힘들었던 그녀는 저를 대하는 사람들의 태도와 단의 미묘한 눈빛 등이 계속 거슬리던 참이었다. 화부인이 쓸데없는 말을 꺼냈기에 지금도 단의 뒤를 졸졸 따르고 있었다. 애초에 자신이 이곳에 있는 걸 모르는 척했다면 멀찍이 떨어져서 걸을 수 있었을 텐데―.

여러모로 유감이 있었고, 속도 불편한 참이었던 매소희는 제 왼편에서 걸어오는 화소영을 흘깃 봤다.

"아쉽기도 하시겠습니다. 정말은 강부인의 자리에 본인이 있어야 한다고 생각할 테니까요."

그 순간 화부인의 입가로 보다 진한 미소가 서렸다.

응당 이런 도발을 던질 땐 모르는 척 굴거나 미묘하게 눈빛을 굳혀야 할 화소영이 보이는 미소에 매소희의 한쪽 눈썹이 올라간다. 이건 또 무슨 반응인가 싶을 수밖에 없어서 잠자코 있으려니 화소영이 말했다.

"오늘 같은 날에 비난은 삼가시지요. 부정 타겠습니다."

"……."

매소희는 뒤따르는 부인들이 던지는 날 선 눈빛을 느낄 수 있었다.

왜 그런 식으로 말해서 분위기를 망치는 것이냐. 오늘은 소율 태국에서 무척 중요한 날. 그런 날을 망치려 들지 말고 조용히 따르다가 다시 네 처소에 처박혀 있어라.

입 밖으로 내뱉진 않아도 매서운 눈길로 던지는 경고를 알 수 있었던 매소희는 흔들림이 없는 단의 뒷모습을 봤다. 뒤에서 이런저런 말을 주고받으면 그게 신경 쓰여서 돌아보기라도 하건만 그런 것도 없었다. 작고 부드러워 보이지만 단단하게 여겨지는 단의 등을 주시하던 매소희는 붉은 입꼬리를 올렸다.

"오늘 같은 날은 부처님도 제가 무슨 말을 하든지 죄 용서할 겁니다. 하지만 말과 행동을 다르게 하는 사특한 것들은 어찌 할지 알 수 없군요. 제 속을 뒤집으려 해도 소용없습니다. 전 강부인이 마음에 드니 그녀와 반목하는 일은 없을 겁니다."

애초에 강부인 옆에 저가 있어야 한다는 식으로 떠든 것 자체가 불편한 상황을 만들고자 함이라는 걸 왜 모르겠는가. 앉은 자리에서 사람의 심기를 건드려 서로 붙게 만드는 것들이야 많이 봐왔다. 되지도 않는 수작에 넘어갈 것 같으냐며, 매소희는 화소영이 가장 싫어할 만한 말을 골라서 말했다. 그 순간 화소영의 입가에 서린 미소가 한결 진해졌다.

"두 분께서 이토록 사이가 좋으시니 제가 다 안심이 됩니다."

"……."

이번에는 눈까지 가늘게 접으며 웃는 화소영을 보는 순간 매소희의 안색이 굳는다.

이게 왜 이래. 어디 아프기라도 한 것일까.

그런 의심이 들 정도로 지금 화소영의 태도는 이상했다.

나긋하고 편안해 보이는 얼굴이지만, 저럴수록 꿍꿍이가 있다는 걸 모르지 않았다. 결코 방심할 수 없는 상대였기에 한마디 더 건네고 싶었지만, 그걸 목구멍 안쪽으로 애써 내리눌렀다.

지금이야 참고 넘어가지만 이후는 아니었다. 강부인이 마차에 오르기만 하면 화부인을 붙들고 한바탕 할 셈이었던 매소희는 본인 배 위에 한 손을 올렸다. 그곳으로 두툼한 향낭이 만져졌다. 얼마 전에 시비가 준비해 준 것으로, 은은한 향도 그렇지만 품고 있으면 거기서부터 온기가 올라와 꽤 마음에 들었다. 배에서 손을 뗀 매소희는 짧게 흥, 하고 코웃음을 쳤다.

화소영과 매소희가 주거니 받거니 하는 동안 단은 여전히 일정한 걸음을 옮기고 있었다.

지금 같아선 암만 주변이 소란스럽다 한들 끼어들어선 안 되었다. 본인과 관련된 일이라도 당장은 눈 감고 귀를 막고 있어야 했다. 하지만 지금 그녀의 신경은 온통 매소희에게 쏠려 있었다.

기분 탓이겠거니 싶었지만, 아니었다. 후각을 자극하는 이 냄새는 분명 맡아 본 적이 있던 것이었다. 바로 구량과 조우했을 때 그 자리에서 말이다. 구량은 품에서 꺼낸 작은 주머니를 단에게 던졌다. 거기서부터 올라온 연기에 섞인 향을 맡는 순간 단은 급격하게 팔과 다리가 무거워짐을 느꼈다. 급히 자리를 피하지 않았더라면 놈들에게 붙잡혔을 게 분명했다.

안 좋은 기억이기에 애써 머릿속에서 지우고 있었는데, 왜 그 냄새가 매소희에게서 나는 것일까.

평소 그녀가 자신에게 유감이 많은 사람이란 걸 모르지 않았다. 아무도 도와주지 않았을 때 어의를 불러 치료를 받게끔 해 주었지만, 그녀가 그런 걸로 고마워할 성격도 아니었다. 그렇다 해서 갑자기 저 냄새를 묻히고 나타난 건 암만 봐도 부자연스러웠다.

본인이 지니고 있는 다양한 향 중에 하나를 품고 있을 뿐인데 그것이 구량이 사용했던 것과 비슷한 것일까. 전의 그 기억이 머릿속에는 불쾌하게 남아 있어 쉽게 잊지 못하고 있는 것일까. 그게 아니라면, 음모인 걸까.

이렇게 중요한 날. 저 향 때문에 몸 상태가 안 좋아져서 의식을 망친다면 좋아할 사람은 여럿이었다. 물론 매소희도 그렇겠지만, 그보다는—.

　바로 그때 흔들림 없이 걷던 단이 가볍게 휘청거렸다.

　"괜찮으십니까."

　미세한 흔들림을 감지하고 기다렸던 것처럼 부축해 주는 건 화소영이었다. 단의 한쪽 팔을 두 손으로 단단히 받친 후, 화부인은 발치로 시선을 던졌다.

　"바닥에 돌이 있었나 봅니다. 미리 길을 정리해 두었을 텐데, 아랫것들의 불찰이로군요. 넘어지거나 하면 큰일이니 조심하세요."

　무척 염려스러워하면서 화부인은 고개를 들어 단을 바라봤다. 화부인의 동그랗고 유난히 검은 눈동자와 마주하게 되었을 때 단은 몸속 깊숙한 곳에서부터 올라오는 역함을 느꼈다. 본능이 시키는 대로 단은 화부인의 손을 가볍게 밀어내고 대신 매소희에게로 손을 뻗었다.

　"매부인, 괜찮으시다면 부축을 해 주시겠습니까."

　장부인도 아닌 매부인에게 직접 부축해 달라는 말이 의외였던 것일까. 정확하게 저를 바라보는 단의 시선을 피하지 않고 마주 보던 매소희는 앞으로 한 발 다가왔다. 단의 옆에 어깨를 나란히 하고 선 그녀는 보란 듯이 단의 오른쪽 팔을 잡아 주었다.

　"그쪽이 마음에 드는 건 아니지만, 날이 날이니만큼 오늘은 참도록 하지요."

자신에게 시비를 걸려는 사람이 화소영 하나뿐이라곤 생각하지 않았다. 강부인이 잠자코 있나 싶더니만 이런 식으로 자극하려는 걸까. 부축을 빌미로 이상한 일을 할 셈은 아니겠지. 정신 단단히 차리자면서 매소희는 단과 보폭을 같이 하면서 걸어갔다.

하지만 계속 긴장한 채로 있어도 강부인은 말이 없었다. 이윽고 본인이 그 어느 때보다 긴장하고 있는 상태라는 걸 깨달은 매소희는 그것이 또 마음 상했다. 강부인이 뭐라고 이렇게까지 숨죽일 필요가 뭘까. 만에 하나라도 시비를 걸면 받아쳐 주면 될 거 아니냐면서 내내 외면하고 있던 단의 얼굴을 본 매소희의 눈빛이 흔들렸다.

강부인은 정면을 응시한 채로 흔들림 없는 걸음을 유지했지만, 낯빛이 파리하게 질린 것이 영 좋아 보이지 않았다.

"안색이 안 좋아 보이십니다?"

모르는 척하면서 넘길 수 있겠지만, 그러지 못했다. 이건 꾀병 같은 게 아니었다. 이러다 갑자기 혼절해도 이상할 게 없을 정도로 낯빛이 굳어 있는 게 신경 쓰여 계속 바라보자 그제야 단이 매소희 쪽으로 고개를 돌렸다.

"어디선가 달콤한 향이 나는군요."

오늘은 치장해선 안 되는 날이었기에 분도 옅게 발랐다. 그런데 좋은 향이 날 게 뭔가 싶었던 매소희는 이윽고 반대편 손으로 제 복부를 눌렀다.

"시비에게 받은 향낭이 있긴 한데, 줄까요?"

다른 상황이라면 제 물건을 준다는 말 같은 건 하지도 않았을 거다. 하지만 저도 모르게 꺼낸 말에 희미한 미소를 지은 단은 부축 받은 손을 위로 들었다.

"부축해 줘서 고맙습니다. 이제는 괜찮습니다."

눈인사를 하고 난 후 그대로 걸어가는 단이지만, 그 뒷모습을 지켜보는 매소희는 기분이 이상했다.

뭐가 뭔지 이해가 되지 않았던 그녀는 이윽고 단이 저에게 던진 질문을 상기했다.

좋은 냄새가 난다고 했지. 왜 갑자기 그런 걸 묻는 것일까. 애초에 서로에게서 어떤 향이 나든 말든 그건 크게 중요하지 않을 사항일 텐데. 뒤따라 움직이면서 매소희는 복부에 넣어두었던 향낭 위를 손으로 눌렀다.

그리고 보니 이 향낭을 전한 시비가 낯설었지. 시비가 자주 바뀌는 궁이다 보니 처음 보는 얼굴이어도 그걸 중요하게 생각하지 않았었는데―.

"……."

매소희는 왼쪽으로 눈동자를 옮겼다. 그리고 단의 뒷모습을 주시하는 화소영의 옆얼굴을 보곤 눈꼬리를 파들, 떨었다.

사막에 있다 보면 힘자랑을 하는 사내 여럿을 볼 수 있었다. 본인의 능력이 곧 재물로 이어지는 곳이다 보니 힘겨루기를 하

다 보면 열기가 과해져서 사람이 죽는 일도 허다했다. 때문에 힘
겨루기를 하더라도 단순한 것이 아니었다. 시작을 하기도 전에
전사들은 '저놈을 반드시 죽일 것이다.'라는 마음가짐으로 움직
이곤 했다. 그것은 사냥감을 노리는 맹수와도 같은 태도였다.
그리고 지금 화소영에게서 그것이 느껴졌다. 단을 바라보는 그
녀의 달라진 눈빛과 태도에 매소희는 머리가 차갑게 식었다.

지금껏 가면을 쓴 것처럼 솔직하지 않았던 화소영이 이제야
움직이기 시작했음을 알게 되었기에 이렇듯 속이 울렁거리는 건
아니었다.

매소희는 향낭 위를 누르는 손에 힘을 주었다.

* * *

대문 앞까지의 거리는 상당했다. 황제가 움직이기 시작하는
순간 매화당을 나서면 늦지 않을까 싶었는데 아니었다. 거기서
부터 여기까지 걸어오는 동안 황제와의 거리는 충분히 떨어져
있었다.

이제 호국사로 가면 의식 준비는 다 되어 있을 테고, 황제가
움직이기 시작할 무렵부터 옆에 붙어서 시중을 들기만 하면 그
만이겠지만, 벌써부터 진이 빠진다. 부인이라고 해서 치장만 해
선 안 될 판이다. 체력 관리에도 신경을 써야겠다면서 단은 눈을
감았다가 떴다.

큰 바퀴가 달린 마차에 단이 오를 수 있도록 준비하느라 분주한 자들 사이로 혜령도 있었다. 마차 안의 상태를 확인하고 난 후 혜령은 단에게 다가가 손을 내밀었다. 그런 혜령의 손에는 하얀 천이 덮여져 있었다. 그 위로 손을 내린 단은 혜령의 작은 손을 잡고는 재차 걸음을 옮겼다.

겉으로 보기에 이상할 것 없지만 혜령은 단의 이변이 느껴졌다.

제 손을 붙드는 단의 손가락으로 힘이 들어가 있고 앞으로 옮기는 걸음에 무게가 실려 있었다. 평소에도 손을 대기만 하는 느낌으로 부축을 받던 단이었다. 혼자서 너무 씩씩하게 걸으면 남들 보기에 이상할 것 같으니 부축하는 시늉이나 내라던 그녀가 지금은 왜 이렇게나 힘을 주는 것일까.

단의 얼굴을 본 혜령은 안색을 굳혔다.

"부인, 괜찮으십니까."

"……."

잘못 본 것이 아니라면 지금 단의 낯빛은 지나치게 파리했다.

창백하게 질린 얼굴에서 그녀의 몸 상태가 좋지 않음을 느낄 수 있었던 혜령은 나직하게 물었다.

"부인─."

"괜찮아. 그러니까 소란스럽게 굴지 마."

소란스럽게 굴지 말라는 말도 어딘가 경직되어 있었다.

그녀가 말한 대로 신경을 쓰지 말아야 할 것인가 싶어 여전히 경직된 눈빛으로 바라보기만 하는 혜령을 두고 단은 마차 앞에 놓인 판 위에 한 발을 올렸다. 위로 올라가려는 순간 머리 안쪽이 지끈거렸지만 참고서 올라탔다. 안쪽 자리에 앉자 바로 발판이 치워지고 대신 혜령은 문 앞에 서선 안쪽을 살폈다. 가지런히 모은 두 손을 배 위에 올린 단은 눈을 감고 있었다. 어찌 봐도 불편해 보이는 얼굴인 단을 두고 혜령은 아무 말도 할 수 없었다.

단은 이제부터 호국사로 가야만 했다. 그녀의 몸이 안 좋다고 해서 앞으로 정해진 일정을 미루거나 할 순 없었다. 만에 하나라도 몸 상태가 안 좋아져서 쓰러진다면 분명 단에게 비난이 쏟아질 거다. 몸 관리를 어찌 해서 이 중요한 날에 일을 그르치느냐는 것으로 말이다. 단이 염려된다면 그녀의 몸이 안 좋은 걸 사방팔방 소문 낼 것이 아니라 어떻게든 그걸 숨겨야 했다. 호국사까지 가는 동안의 시간이 남아 있었다. 약을 구해서 드리든가 따뜻한 물주머니를 안겨야겠다면서 혜령은 급히 마차 앞의 천을 내리고 문을 닫았다.

홀로 남겨진 단은 그때까지도 미동 없이 있었다. 그러다 마차가 움직이는 순간에 맞춰서 손으로 입을 가리고 짧게 신음을 흘렸다.

내내 참고 있었던 것에 대한 부작용일까. 갑자기 호흡이 가빠지면서 가슴이 답답해지고 숨이 막혀 왔다. 주먹으로 제 가슴을 두드리면서 단은 앞으로 몸을 숙였다. 거의 몸을 반으로 접고는 손바닥 안에 얼굴을 묻은 채로 호흡을 가다듬었다.

머리가 지끈거리면서 속이 울렁거렸다.

처음에는 착각이라 생각했지만 아니다. 분명 구량이 사용했던 그 이상한 주머니에 담겨 있던 것과 똑같은 향이었다. 그 향이 왜 매소희에게서 났던 걸까. 하지만 향에 대해서 물었을 때 매소희는 태연했다. 원래 눈 하나 깜박이지 않고 사람에게 해코지를 할 수 있는 사람이긴 했지만, 그것하고는 좀 달랐다.

거기까지 생각하던 단은 다시금 지끈거리는 머리를 느끼면서 가슴을 움켜쥐었다.

허억, 허억, 가쁜 숨을 내쉬다가 입을 다물곤 마른침을 삼켰다.

"······."

그때는 그 자리를 벗어나고 싶은 마음에 늑대로 변해서 필사적으로 도망쳤다. 무헌을 보자마자 그대로 의식을 잃고 쓰러졌고 며칠 동안 의식을 잃고 있었다. 앞으로도 그리되는 걸까. 늑대로 변해야 하는 걸까.

아니. 안 될 말이었다. 지금 이런 상태로 의식을 잃는다면 그것대로 문제였다. 의식이 없는 동안에는 자신이 늑대로 변하는지 인간으로 있는지 알 수가 없었다. 조절이 되지 않는 상태였기에 구량의 일 때에도 이틀 내도록 무헌이 곁을 지켰던 거다. 자신의 정체를 숨겨 주기 위해서 말이다. 그런데 이번에는 그걸 숨길 수 있을까. 무헌이 없는 자리에서 의식을 잃고 쓰러졌는데 만약 늑대가 되어 버린 자신을 들켜 버리면 그걸로 끝이었다.

그 순간 파들, 하고 눈꼬리를 떤 단은 고개를 들었다.

그래. 그걸 원하는 것이었구나. 자신의 정체를 드러내서 그걸 이용하려는 거다.

뱃속 깊숙한 곳에서부터 뜨겁게 올라오는 이 불쾌함의 근원은 어디에서부터 오는 것일까. 토악질이 나올 것처럼 음습하고 비열한 악의가 오히려 머릿속을 맑아지게끔 한다.

너희가 누군지 아직은 알 수 없지만, 원하는 게 무언지 알게 되었으니 결코 뜻한 대로 되지 않을 거라며 단은 어금니를 악물었다.

*　　　*　　　*

이른 아침에 출발한 황제는 오시 무렵이 되어서야 호국사에 도달할 수 있었다.

중요한 의식을 앞두고 있던 것에 반해 절은 고요했다. 전날까지 열심히 준비를 했기에 당일까지 분주하게 굴 필요가 없었던 걸까. 서른 칸이 넘는 널찍한 계단 위로 활짝 열려 있는 대문이 보였다. 그곳에 미리 나와 있는 주지스님을 비롯한 몇몇 승려를 확인한 황제는 그리로 이동했다.

황제가 먼저 계단을 오르고 그 뒤로 수많은 자들이 따랐다. 전부 관직에 몸을 담고 있는 자들이었다. 평소에는 얼굴을 볼 일도 거의 없는 대단한 사람들이었다. 하지만 황제만 할까.

새로운 황제와는 처음 대면하는 것이었던 호국사의 주지는 합장을 했다.

"폐하를 뵈옵니다."

고개를 조아리는 주지를 따라 뒤에 있던 승려들도 합장을 한다. 그리곤 고개를 드는 자들을 확인한 황제가 말했다.

"주지라고 하기엔 아직 젊군."

"현재 호국사에 남아 있는 자들은 저희가 전부입니다."

나이 먹고 연륜이 있는 자들은 5년 전 그 날의 일로 전부 유명을 달리했다. 폐비가 벌인 일에 대한 동조자가 되었기에 하나도 살아남을 수가 없었던 거다.

지금의 주지와 호국사에 남아 있는 자들은 전부 5년 전의 그 일에서 간신히 목숨을 부지한 자들이었다. 그러니 아직 어릴 수밖에 없었다. 의식을 주관하기엔 경력이 미비하니 다른 곳에서 승려를 데려올 수도 있었겠지만, 황제가 그리하지 말라 했다. 안에 남아 있는 자들에게 모든 준비를 하라 지시를 내린 것이다. 어려운 과제를 내려주고 그걸 잘 수행하면 그걸로 지난날의 과오를 씻어 주겠다는 명목으로 말이다.

문을 닫게 될지도 모른다 알려진 호국사에겐 대단한 기회였지만, 그만큼 부담스러운 것도 사실이었다. 하지만 아직까지는 느낌이 좋았다. 황제는 주지 앞을 지나쳐 갔다.

호국사의 앞에 자리한 넓은 부지에는 이미 모든 의식 준비가 갖추어진 상태였다. 널찍한 단과 각 모서리에 자리한 화로 그리고 한쪽에 줄지어 자리한 다기와 의식에 필요한 물건들까지. 앞쪽에 대신들이 서 있어야 할 자리도 하나하나 표시해 두었다.

황제가 챙겨야 할 중요한 의식이라 절차가 까다롭고 준비할 것도 많았기에 긴장이 많이 되었을 텐데, 눈에 딱 들어오는 모난 구석은 하나도 없었다.

양쪽으로 길게 늘어뜨려진 소율태국을 상징하는 깃발을 확인한 황제는 작게 고개를 주억거렸다.

"제대로 잘되었군."

"형제들과 함께 많은 노력과 정성을 기울였습니다. 실수 없이 의식을 잘 치른다면 억울하게 돌아가신 분들의 넋이라도 위로해 줄 수 있을 테니까요."

주지의 말에 황제의 뒤에 서 있던 대신들이 작게 술렁거렸다.

오늘의 의식은 소율태국 역대 황제들의 넋을 기리기 위한 자리였다. 주지의 말은 언뜻 그들에 대해 말하는 것 같지만, 앞서 덧붙인 억울하다는 표현이 문제였다. 그 억울한 자들이 호국사에서 숨을 거둔 승려들을 일컫는 것만 같았던 만큼, 대신 하나가 나서서 언짢음을 드러냈다.

"나이 어린 주지라 그런지, 경솔한 구석이 있군. 어찌 폐하 앞에서 함부로 입을 놀리는가. 그대도 그들과 똑같이 되고 싶은 것이더냐."

나직한 목소리에 담긴 분명한 경고에도 주지의 표정에는 흔들림이 없었다.

오히려 그는 대신들이 뭐라 하는 소리에도 눈 하나 깜박이지 않고 황제에게로 고개를 숙였다.

"아직 도착하지 않으신 분들이 많습니다. 안으로 들어가시면 차를 대접해 드리겠습니다."

그 순간 표정이 달라진 건 태상과 그를 따르는 자들이었다.

또 무슨 말을 지껄이려고 황제를 안으로 모신단 말인가. 의식을 준비하는 동안 몇 번이고 사람을 보내 호국사의 동태를 살폈다. 몇 년 동안 지원을 받지 못해서 한심한 꼴이었던 곳을 새롭게 보수하고 사람을 드나들게 하는 동안 별다른 이상함을 감지하지 못했는데, 황제와 대면하게 되자 이리도 달라진다. 하지만 나이가 어리다 해도 한 절의 주지와 황제가 나누는 대화에 함부로 끼어들 수 없었다. 더군다나 중요한 의식을 앞두고 있을 땐 더더욱. 지금부터는 행동 하나하나를 조심해야만 했다.

모두가 눈치를 살피는 와중에 태상을 돌아보는 자들이 있었다.

일이 이상하게 돌아갑니다. 어찌할까요. 그리 묻는 불안에 가득한 눈빛을 모르는 척할 수 없었던 태상은 한 손을 강하게 움켜쥐었다.

알게 모르게 요리조리 잘 빠져나가는 황제였다. 하지만 이미 화부인이 지금 이 자리에 참여할 수 없었던 것만으로도 많은 걸 양보한 그였다. 여기서 더 황제가 제멋대로 굴게 할 수는 없는 노릇이었던 만큼 그는 앞으로 한 걸음 옮겼다. 나서서 뭐라 하기도 전에 황제가 뒤를 돌아봤다.

느리게 돌아가는 고개가, 차분한 두 눈동자가 제 얼굴에 닿는 순간 태상 화도문은 주춤했다.

태상은 이미 꽤 앞까지 나와 있는 상태였다. 용무가 있기에 이리 앞까지 나온 것으로 오해를 살 수 있는 모습이었다. 이제 와서 다시 들어가는 것도 이상할 수밖에 없었다.

"주지가 좋은 차를 준비한 모양인데 태상도 함께하지 않겠는가."

많은 대신들이 함께하고 있는 자리에서 태상 한 사람만을 콕 집어 부른다.

다른 상황이라면 영광스럽게 받아들일 수 있겠지만, 지금은 아니었다. 저를 응시하는 황제의 가라앉은 눈빛에서 다른 무언가를 느낄 수 있었던 태상은 굳은 얼굴로 있다가 느리게 고개를 끄덕였다. 그리곤 희미한 미소를 지은 그는 두 손을 모아 위로 들고는 고개를 조아렸다.

"좋은 자리에 참여할 수 있게 되어서 영광입니다."

태상의 반응에 주지가 재차 안쪽으로 손을 뻗는다. 황제가 먼저 움직이고 주지와 태상이 함께 따라붙었다. 그렇게 세 사람이 절의 안으로 향하는 걸 본 대신들 사이로는 그걸 부럽게 여기는 자들도 있었다.

황제는 왜 꼭 태상만을 부르는 것일까. 장부인의 부친인 장대인과 함께 있던 자들은 아쉬움을 감출 수 없었다.

"강부인을 잘 모신 건 장부인인데, 너무 태상만 챙기십니다."

"화부인이 이 자리에 없다 쳐도 태상까지 홀대할 수는 없지."

"화부인는 이미 내명부에서의 위상이 전과 같지 않습니다. 장부인이 훨씬 더 대단하시지요."

강부인과 함께하게 되면서 장부인은 이런저런 많은 혜택을 누리고 있었다.

장대인도 몸이 약하다 알려진 강부인을 위해서 이런저런 약재를 보내었고 그에 대한 감사가 적힌 서신을 받기도 했다. 겉보기에 강부인과 장부인의 유대는 끈끈해서 그 영향은 장대인에게도 미치고 있었다. 조실부모한 강부인이니 장대인도 같이 챙겨 주면 좋겠다 싶었지만, 일이 뜻대로만 흘러가는 건 아니었다. 그에 대한 아쉬움을 입에 담고자 했지만 장대인은 고개를 저었다.

"사람 많은 곳에서 특별한 대우를 받는 게 꼭 좋은 것만은 아니지."

"모두가 태상을 부러운 듯 보지 않습니까. 그게 좋은 게 아닙니까."

화부인은 홀대하는 황제지만 태상은 아직 곁에 가까이 두려하고 있었다. 화씨 중에서 이미 많은 무리가 이탈해서 강부인에게 줄을 대려 안달이라던데 황제가 저리 태상을 챙기면 그들은 어찌 되겠는가. 이리되면 이쪽하고 은밀하게 말을 나누던 자들의 태도도 달라질 거라면서 한숨을 푹푹 내쉬었다. 쓸데없는 걱정과 말이 많은 자들을 두고 장대인은 황제가 사라진 방향을 살피며 눈빛을 가라앉혔다.

*   *   *

쪼르륵, 찻물이 잔으로 떨어지는 소리가 영롱했다. 티 한 점
없을 만큼 깨끗한 하얀 자기에 따라진 찻물은 은은한 빛을 띠고
있었다. 본인 것까지 정확하게 세 잔을 따른 후 가장 먼저 그걸
든 주지는 태상 앞에 잔을 내려놨다. 그걸 두고 태상의 눈꼬리가
파들, 하고 떨린다. 당황했지만 두고 보자 싶어 가만히 있는 동
안 두 번째 잔은 주지 앞으로, 그리고 황제는 세 번째 잔을 받게
되었다.

세 개의 잔에 차를 따르고선 가장 마지막 잔을 황제에게 따르
다니. 이는 예법에 맞지 않았다. 말없이 보고만 있으려 했으나
그래선 안 되겠다 싶었던 태상이 입을 열었다.

"주지가 어려 경험뿐만 아니라 지식도 얕은 모양이로군. 어찌
폐하께 가장 마지막에 잔을 드리는가."

"액운을 피하기 위함이 아니겠습니까."

어린 주지가 보이는 의외의 면모는 태상에게 눈엣가시였다.
차 순서를 잘못 둔 걸 두고 황제 앞에서 확실하게 기선 제압을
할 셈이었는데 돌아오는 대꾸가 완전히 예상 밖의 것이었다.

"오늘 이곳은 죽은 자를 위로하기 위한 자리입니다. 하늘이
맑다 하나 그 아래에 무엇이 떠돌고 있을지 그 누구도 알 수 없

는 노릇이지요. 그러니 가장 나중에 잔을 드림으로 해서 폐하께 닥칠지도 모르는 액운을 막고자 했습니다."

"……."

그렇다면 가장 먼저 잔을 받은 태상은 어찌 되는 것일까.

주지도 함께 있는 자리에서 본인이 첫 잔을 받은 게 무척 불쾌하게 다가왔던 태상의 표정이 자연스럽게 경직된다. 불쾌한 기색을 숨기지 못하는 그였으나 주지는 태연했다. 먼저 잔을 들고는 황제에게 고개를 조아렸다.

"귀한 약재로 우려낸 차입니다. 심신을 안정시켜 줄 것입니다."

"그런 좋은 차라면 맛이라도 봐야겠군. 그렇지 않나. 태상."

액운이라는 말을 듣고 나니 새삼 앞에 놓인 찻잔이 탐탁지 않았다. 그러던 차에 저를 부르는 황제의 나직한 음성에 흠칫, 하고 놀라 급히 고개를 들었다.

"좋은 것이라 하니 양보하고 싶은 마음이 드는군. 마시게."

정확하게 앞에 놓인 찻잔을 가리키는 황제의 행동과 저를 바라보는 눈빛에 화도문은 본능적으로 마른침을 삼켰다. 선뜻 잔에 손을 뻗지 못하는 그를 두고 황제의 입꼬리가 올라간다.

"왜? 주지가 자네에게 독주라도 따랐을 것 같나."

지금껏 황제와 차를 나눈 적이 거의 없었다. 다른 장소에 와서 낯선 주지와 마주 보고 앉은 채로 저를 보고 옅은 미소를 짓는 황제라니. 독주 운운을 하는 순간 가슴 한편이 오싹해지는 걸 느끼면서 태상도 미소 띤 얼굴로 말했다.

"폐하, 제단 주변을 둘러보시고 소홀한 것은 없는지 확인이라도 해 보시지요."

"나 말고도 이미 많은 자들이 보고 또 둘러봤을 텐데 뭐가 걱정인가."

동시에 황제는 본인 앞의 잔에 손을 댔다.

황제가 빤히 보면서 마시라 할 때에는 부담스러웠지만, 저렇듯 황제가 잔을 드니 태상도 잠자코 있을 순 없었다. 정말 마시진 않더라도 그런 척, 흉내라도 내자면서 잔을 드는 것과 동시에 지나치듯 중얼거리는 말이 들렸다.

"간밤에는 자네가 보낸 사람도 왔다 간 것 같던데 말이야."

잔에 입술만 대려 했으나 그 순간의 동요를 감출 수 없었던 태상은 결국 한 모금 넘겼다. 혀 위로 퍼지는 은은한 향과 동시에 숨을 삼킨 태상은 급히 잔을 내려놨고 동시에 주지가 본인 찻잔을 들었다.

"제단 안쪽의 화로에 문제가 있는 것 같아서 새벽녘에 다른 것으로 바꾸었습니다. 그러니 염려치 마십시오."

이어서 주지가 하는 말에 태상은 머리가 멍해졌다.

평소처럼 태연하게 '무슨 말씀을 주고받는지 도통 알 수가 없다.'라는 식으로 굴 수도 없었다. 적절한 순간에 맞춰 대응할 수 없었기에 얼어붙은 채로 망연자실하게 있는 동안 황제가 재차 태상을 바라봤다.

"사람을 미리 보냈으면서 왜 화로에 문제가 있는지도 발견하지 못한 건가. 일하는 게 예전만 못하군. 전에는 선황의 명을 받아서 저주 인형이든 뭐든 딱딱 준비해서 폐비에게 건네주었으면서 말이야."

"……."

저도 모르는 사이에 태상은 앞으로 몸을 내밀고 있었다.

전날 호국사에 은밀하게 사람을 보낸 건 사실이었다. 그자에게 어떤 지시를 내렸는지도 잘 기억하고 있었다. 덧붙여 5년 전 그날, 본인이 했던 모든 일들이 생생하게 떠올랐지만 설마하니 그것이 지금의 황제의 입을 통해 나올 줄은 몰랐다. 인정할 수 없는 진실이었다. 아는 척은커녕 부정할 수도 없었던 태상은 필사적으로 동요를 억누르며 태연함을 가장했다.

"폐하, 오늘은 선황의 의식을 위한 자리입니다. 어찌 선황을 욕되게 하십니까."

나는 잘 알지도 못하는 일이지만 그런 엄청난 말을 하는데 선황을 들먹여서야 되겠나. 그런 타박이 담긴 눈빛으로 바라보면서 계속 모르는 체를 하려 했지만, 돌아오는 건 황제의 미소였다.

"그거 아나. 원래대로라면 이 의식에는 자네도 참여해야 했네. 물론―."

내내 옅게 서려 있던 황제의 미소가 한결 짙어졌다.

"산 자가 아닌 죽은 자로 말이야."

그 순간 태상의 머릿속으로 선명하게 떠오르는 건 케케묵은 과거의 일들이었다.

이만 다 잊고 살아도 되겠지만, 강렬하게 뇌리에 박힌 기억은 그의 뜻대로 쉽게 지워지지 않았다. 선황과 관련된 것들이 특히나 그러했다. 이미 죽은 자인 그 앞에서 태상은 단 한 번도 고개를 똑바로 들 수 없었다. 무릎을 꿇고 앉아 깊게 고개를 조아린 채로, 세상에서 가장 초라한 사내가 되어야만 했다. 용기를 내 고개를 들어 그 얼굴을 볼라치면 늘 슬며시 올라간 입매만이 눈에 들어왔다. 그건 자신을 하찮게 여기는 것이었다. 그리고 그 미소가 눈앞에 있었다.

황제 무헌은 혼이 나간 것처럼 멍해진 태상을 똑바로 보며 경고했다.

"자네를 살려 준 게 나라는 걸 잊어선 안 될 거야. 그걸 알기에 자네도 지금 속이 꽤나 복잡하겠지."

황제가 하는 말을 듣고만 있어선 안 되었다. 지금 뭔가를 잘못 알고 있다고, 그런 게 아니라는 부정이라도 해야만 했다. 하지만 다물린 입을 타고 흘러나오는 건 흡, 흡, 하는 거친 숨소리뿐이었다.

다물어진 입술을 비집고 억지로 나오려 하는 건 상대가 하는 말에 대한 부정이 아니었다. 비명이었다. 꼭꼭 숨겨 두었던 자신의 열등한 존재가 튀어나와 광인처럼 소리를 지르면서 바닥을 뒹굴지도 모를 일이었다. 때문에 계속해서 참고, 억누르기만 하는 그의 답답함을 풀어주기 위해 황제가 그의 말을 대신해 주었다.

"왜 황제가 나를 살려 뒀을까. 어쩌면 손을 잡고 뭔가를 함께하고자 함이 아닐까. 어차피 딸이 내명부에 들어가 있으니 경쟁자도 없겠다 기다리다 보면 황후가 되겠지. 그렇게만 된다면 내 입지는 더 견고해질 테고, 황제는 어리니 잘만 하면 내 꼭두각시로 만들 수 있겠지. 그래도 만만치 않을 놈이니 고삐를 잡아 둘 필요는 있지. 전설이든 뭐든 그런 건 안 믿지만 이왕 이렇게 된 거 그쪽 놈들과도 접촉을 해 볼까. 늑대족이니 뭐니 하는 천박한 것들. 그것들을 지원하는 척하면서 여차하면 버리자. 애초에 흔적 같은 걸 남겨 두지도 않았으니까. 문제가 생겨도 나는 모른다고 잡아떼면 상관없지 않은가. 내 지위와 가문을 봐서라도 황제는 쉽사리 날 버릴 수 없지. 그 누가 내 자리를 대신할 수 있겠는가."

여전히 입을 다물고만 있는 태상의 두 눈이 부릅떠진다.

앉은 자리에서 들썩거리는 그의 모습은 누가 보더라도 기괴한 것이었다. 그렇기 때문에 그림자가 태상의 등 뒤에 서 있는 것이리라.

필사적으로 입을 다물어 말을 삼키는 태상의 얼굴이 점점 붉게 변한다. 핏줄이 올라올 정도로 세게 움켜쥔 손을 바닥에 댄 채로 고개를 조아리는 그를 두고 황제가 가벼운 도발을 던졌다.

"더, 떠들어 볼까?"

돌아오는 답은 없었다.

점점 더 기괴하게 몸을 뒤트는 태상을 보면서, 그의 나약함에 황제는 헛웃음을 흘렸다.

선황이 죽고 딸을 내명부의 부인으로 만들고선 마치 본인이 세상의 주인이라도 된 것처럼 굴던 자가 어찌 이리로 쉽게 무너지는 것인가. 면전으로 쏟아지는 비난이 그토록 부담이 되었던 것일까. 두려웠을까. 그게 아니라면 과거에 본인이 저지른 일이 다시금 드러나는 걸 꺼려하는 것일까. 저 밑으로 숨겨 두었던 제 치부가 알려지는 게 말이다.

"말하라."

황제의 명은 태상을 향한 게 아니었다.

들고 있던 찻잔을 내려놓은 지주는 고개를 숙이며 답했다.

"여쭈십시오."

"5년 전 그날, 이곳을 찾아 저주 인형을 옮긴 자가 누구더냐."

이제는 숨을 쉬는 것조차 힘겨워진 것일까. 제 가슴팍을 움켜쥐면서 헉헉거리던 태상이 고개를 들었고, 그는 저를 똑바로 보는 주지의 눈동자에 흠칫 놀랐다. 귀신이라도 본 것처럼 구는 태상을 두고 지주는 담담하게 말을 이어 나갔다.

"당시 주지께선 하지 않으려 하셨습니다. 해선 안 될 일이었으니까요. 하지만 저들은 따르지 않으면 절 안의 모든 사람을 죽일 거라 했습니다. 원하는 걸 얻고자 하는 자들은 사람이 아닌 귀신이었습니다. 말뿐인 협박이 아니란 걸 아셨기에 그들이 원하는 대로 준비를 할 수밖에 없었습니다. 결국에는 저들의 손에 죽임을 당할 것임을 알고 계셨음에도, 어린 저희라도 살리기 위해 하지 않을 수 없었습니다. 그리고 그 일을 한 건 바로 저자입니다."

정확하게 손을 뻗어 태상을 가리킨 지주는 최대한 감정을 억누르며 말했다.

"재단 아래에 숨어 있었던 저는 저자의 탐욕스러운 얼굴을 똑똑히 보았습니다."

지적을 받고 젊은 주지의 얼굴을 똑바로 보고 나서야 화도문도 그를 어디서 봤는지 기억이 났다. 수년 전 호국사를 찾았을 때 늙은 주지의 뒤에서 빗자루질을 하던 승려가 말이다. 하지만 그게 다 무슨 소용일까. 승려가 지금 호국사의 주지가 되었던 말던 죄 소용없었다.

태상은 입을 열었다. 앉아만 있었건만 쉬지 않고 산을 넘은 것처럼 온몸이 탈력된 상태였다. 손끝이 저릿하고 머리가 지끈거리는 걸 느끼면서 그는 힘없이 중얼거렸다.

"어찌 이러십니까."

모르는 척 잡아떼는 건 되지도 않는 방법이었다. 황제는 확신하고 있었고 주지는 저를 가리키고 있었다. 그때의 그 일이 온전히 자신의 허물이 되는 것인가 싶었던 태상은 어금니를 악물었다. 그는 당장 황제의 입을 틀어막을 수 있는 무기를 끄집어냈다.

"오늘이 어떤 날인지 모르십니까. 의식을 망치면 암만 폐하라 할지라도—."

"나는 의식을 망치지 않고 제대로 잘할 거네. 하지만 자네는
어찌할 수 있을까 의문이 들긴 하는군."

담담한 대꾸에 말문이 막힌 태상은 입을 다물었다.

그 짧은 순간 태상은 많이 지치고 힘겨워졌지만 황제는 아니
었다. 저대로 나가 의식을 치를 때에도 저처럼 아무렇지도 않아
하겠지. 눈 하나 깜박이지 않고 의식을 주관하게 될 거라면서 태
상은 가라앉은 목소리로 되물었다.

"저는 아무 상관이 없다고 말씀드려도 믿지 않으시겠군요."

"본인이 한 일을 두고 한 적이 없다 말한다면 그처럼 우스운
게 어디에 있을까."

그래. 이런 식으로 나올 것임을 이미 짐작하고 있었다. 입가를
씰룩인 태상은 지금의 황제와 선황을 떠올렸다. 저를 향해서 분
명하게 명령을 내렸던 선황이 생생하게 그려짐에 따라 그에 대
한 원망이 솟구친다.

"저 혼자서 한 일이 아닙니다. 어찌 그런 엄청난 짓을 저 혼자
저지를 수 있겠습니까. 그 모든 일들은 전부 선황께서—."

"알고 있네, 그리고 선황은 돌아가셨지만 자네는 아직 살아 있
지."

"……."

"선황은 돌아가시기 전에 자네마저 죽이라 했지만 난 그러지
않았지. 그렇다 해서 그 명이 완전히 거두어진 것도 아니야. 내

가 왜 자네를 살려 뒀는지를 잘 생각했어야지."

여차하면 자신도 죽일 수 있다는 의미에서 저런 말을 하는 걸까. 그게 아니면 다른 의도가 숨겨져 있는 걸까.

태상은 바닥에 대고 있던 손을 더 강하게 움켜쥐었다. 얼마나 세게 쥐었는지 손에서 감각이 느껴지지 않았다.

무슨 말이라도 해서 황제가 한 말에 대한 부정을 해야만 했다. 그건 자신의 탓만이 아니라고. 어디까지나 명을 받은 대로 따른 거라고. 아니. 한 적 없다고. 아예 모르는 일이라고. 그런 식으로 죄 없는 사람에게 모든 걸 뒤집어씌울 작정이냐고 되받아쳐야 하는 게 아닐까. 짧은 순간 미친 듯이 머릿속이 돌아간다. 과연 어찌해야 살길이 열릴 것인가.

그리고 그때 황제가 말했다.

"차가 다 식겠군. 마시게."

흠칫, 어깨를 굳힌 태상은 황제를 바라봤다.

무척이나 지치고 고되 보이는 그에겐 시원한 물 한 잔이 간절했다. 차가 물 대용이 될 순 있겠지만, 그는 제 앞에 놓인 찻잔에 손을 대고 싶지가 않았다. 그리고 황제는 그걸 용납하지 않았다.

"마셔."

짧지만 단호한 일갈에 태상은 움켜쥔 손을 펼쳤다. 뻣뻣하게 펼쳐진 손이 기이해 보였다. 자신의 손임에도 어떻게 움직이면 좋은지에 대해서 생각하게 된다. 귓전에서 빠르게 울리는 심장

소리를 들으면서 그는 찻잔을 들었다. 차라도 목구멍 안쪽으로 털어 넣어서 태연함을 가장하려 했으나 쉽지 않았다. 떨리는 손만큼 찻잔도 좌우로 심하게 흔들린다. 반은 남기고 반은 쏟았지만 그걸 두고 뭐라 하는 사람은 없었다.

잔을 비우게 하는 게 목적인 것처럼 제 얼굴에서 떨어지지 않는 시선을 느끼며 화도문은 힘겹게 잔을 기울였다. 입안으로 차가 들어오고 힘겹게 그걸 넘겼다. 바로 헉, 하고 막힌 숨을 내쉰 태상은 잔을 내려놓고는 고개를 들었다.

차를 마시고 나니 억울함이 커진다. 그쪽이 원하는 대로 차를 마셨으니 이걸로 되었냐고 묻기라도 할 참이었지만, 답답한 감정을 퍼부을 상대가 제 앞에 서 있었다. 뒷짐을 진 채로 서선 저를 내려다보는 황제를 보는 순간 태상의 얼굴에서 표정이 지워진다.

더없이 오만하게, 두려울 정도로 매섭게 노려보는 저 눈빛을 알고 있었다. 하지만 그는 이미 죽어서 산 자가 아닐 터인데―.

숨이 턱하니 막히는 걸 느끼며 망연자실하게 있는 동안 황제가 입을 열었다.

"나는 자네가 조금은 더 대단한 사람일 줄 알았어. 그런데 아니었지."

태상의 눈꼬리가 경련을 일으키듯 떨리는 걸 주시하며 황제는 말했다.

"이리저리 발만 대고 있으면 그게 무슨 소용일까. 여차하면

와해시키고 나하고는 상관없는 일로 꾸밀 생각이나 하니 제대로 되는 게 하나도 없는 거야. 지금이야 너를 따른다 치지만 이런 식으로 굴면 전부 다 와해되고 흩어져서 다른 줄을 붙들게 될 것이야. 이미, 그리되고 있는지도 모르겠지만 말이야.”

제 앞에 서 있는 황제가 두려운 듯 올려다보던 태상이나 그 얼굴이 서서히 일그러진다. 새삼 자신의 처지가, 당하고 있는 것들이 억울하고 부당하게만 여겨진 그는 일그러진 얼굴을 한 채로 힘겹게 내뱉었다.

“당신이 진정한 소율태국의 황제라면 저를 이리 대할 수 없을 겁니다.”

자신은 소율태국의 태상이고, 이 나라를 지탱하는 막강한 가문의 한 사람이었다. 그런 자신에게 이런 모욕을 줘선 안 되었다. 얽히고설킨 핏줄로 따지고 보면 황제의 몸속에 흐르는 피 한 방울 정도는 자신과 같았다. 자신에게 이런 모욕을 주고, 과거의 일을 들춰내 선황의 얼굴에 먹칠을 하는 게 과연 그에게 좋은 일일까.

나라를 위해서, 선황의 체면을 봐서, 그리고 본인의 안위를 위해서라도 이럴 순 없었다. 설마하니 이런 상황에서 저런 말을 듣게 될 줄 몰랐기에 당황했을 뿐이다. 이런 일을 당하고도 자신이 잠자코 있을 거라 생각했다면 크나큰 오산이었다. 마지막 힘을 끌어모아서 매섭게 노려보는 태상을 두고 황제는 허리를 굽혔다.

가까이 다가오는 황제의 얼굴만큼 부담이 커진다. 그럼에도 끝까지 피하지 않고 노려보던 태상이 결국엔 옆으로 시선을 돌렸다. 그러자 황제가 그런 태상의 턱을 잡아 위로 올렸다. 더는 피할 수 없도록 일그러진 태상의 두 눈을 내려다봤다.

"네놈의 딸을 황후로 두고 네가 하는 말을 곧이곧대로 따라야만 그게 소율태국의 황제라는 것이냐."

"……."

입을 악물고 아무 말도 못 하는 자를 두고 황제는 노골적인 비웃음을 던졌다.

"웃기지 마라─."

더러운 걸 만진 것처럼 당장 턱을 밀듯이 놓은 황제는 허리를 세웠다.

태상을 감시하듯 그 뒤에 서 있던 그림자를 보곤 가볍게 턱짓을 하자 그가 뒤로 한 발 물러섰다. 그대로 밖으로 나가는 걸 확인 후 황제는 태상을 만진 손을 털듯이 위아래로 쓸었다.

"표정 수습 잘하고 옷매무새를 바로 해야 할 거다. 그런 얼굴로 나서면 다들 이 안에서 어떤 대화를 주고받았기에 저러나 싶어 의문을 가지게 될 테니까."

그리곤 먼저 밖으로 나섰다. 문이 열리고 강부인이 도착했음을 알리는 이태감의 목소리가 들린다.

그동안 태상은 재차 바닥에 움켜쥔 손을 대고는 어깨를 들썩였다. 황제 앞에선 분노라는 감정을 표출할 수 없었으나 더는 아니었다. 본인이 당한 모욕이 못내 불만인 것처럼 몸을 덜덜 떨던 그는 고개를 쳐들었다. 그나마 만만했던 주지를 협박할 셈이었지만, 돌아오는 건 두려움이 없는 담담한 눈빛이었다.

"한 번만 더 호국사를 건드리신다면 전 주지스님께서 남기신 혈서가 각 절에 보내질 것입니다. 당신과 선황이 저질렀던 추악한 진실이 만천하에 드러나게 될 것입니다."

목숨만큼 소중한 것이 바로 체면이었다. 그걸 망칠 수도 있는 협박을 들으면서 가만히 있을 수 없었던 태상은 목에 핏대를 세웠다.

"그런 짓을 하면 지금의 폐하께서─!"

"그리해도 된다고 허락하셨습니다."

이 소율태국의 권력자인 황제가, 그리해도 된다 하는데 네가 뭔데 막으려 드느냐.

주지가 하고자 하는 말이 귓전을 아프게 때렸다.

이는 태상의 치부만 되는 것이 아니었다. 여기저기 알려지게 된다면 황제에게도 좋을 것 없었다. 그런데 괜찮다고, 여기저기 죄 알려도 된다고 했단 말이던가. 얼굴을 일그러뜨리며 입술을 씰룩이는 태상을 두고 주지도 느릿하게 몸을 일으켰다. 슬슬 중요한 의식을 준비할 때였다.

태상은 제 쪽으로 다가오는 주지를 노려봤다.

황제도 없는데 저놈의 목을 잡아 비틀어 버릴까. 바닥으로 세게 밀어놓고 나가서 주지가 넘어져서 죽었다고 하면 되지 않을까. 중요한 의식은 망치겠지만, 그리해서 자신이 살 구멍이 만들어진다면 아무래도 좋았다. 구석에 내몰려 이성적인 사고가 불가능했던 태상은 움켜쥔 손을 펼치고 바닥을 눌렀다. 여차하면 정말 지주를 어찌해 버릴 셈이었지만, 주지는 바로 그 앞에서 멈춰 섰다.

"당신은 사람의 탈을 쓴 짐승보다 못한 자입니다."

"……."

한 마디 한 마디 끊어낸 말 속에는 숨겨지지 않는 경멸이 깃들어 있었다.

머리가 차갑게 식은 태상의 얼굴이 텅 비어진다. 꿇어앉은 채로 미동이 없는 그를 두고 지주가 밖으로 나왔다. 등 뒤로 문이 닫히는 소리가 들렸지만, 여전히 태상은 손가락 하나 까닥일 수 없었다.

무척 고됨을 느끼면서 그는 느리게 몇 번 눈을 깜박였다. 그러는 동안 그는 몇 년 동안 지우려 했던 자와의 기억을 떠올리려 했다. 지금은 죽어서 땅 속에 묻혀 있는 존재, 선황 강무곤은 언제나처럼 납작하게 엎드려 있는 태상을 만족스러운 듯 내려다보고 있었다.

'네놈처럼 내가 한 짓을 많이 아는 자가 없다. 그래서 네가 충신인 게야.'

그렇다. 다른 자들이라면 몸을 사리고 질색할 만한 일도 화도문은 기꺼운 마음으로 수행했다. 그리할 수 있었던 이유는 오로지 하나뿐이었다. 황제의 총애를 얻고 나아가 더 큰 것을 원했기 때문이었다. 원하는 걸 위해서라면 지금 이 순간 몇 번이고 고개를 깊게 조아릴 수 있었다. 이제야 비로소 그걸 인정받게 되는 거로구나 싶었을 때 선황 강무곤이 쯧, 짧게 혀를 찼다.

'─하지만 그만큼 위험하기도 하지.'

말 한마디에 진흙탕 위를 뒹구는 흉내를 내기까지 했는데, 아직도 부족하단 말인가. 그 순간 처음으로 생겨난 불만은 마음 깊숙한 곳에 생겨서 서서히 크기를 부풀려 나갔다.

위험해지기 위해서, 생존이 불가능할 정도로 내몰리기 위해서 당신을 섬겼던 게 아니다.

당신이 죽고 나서야 비로소 숨통이 트이는 걸 느꼈다. 온전히 제 뜻대로 이런저런 다양한 일을 할 수 있게 되었다고 믿었다. 하지만 내내 누군가의 지시를 받으며 살아왔기에 스스로 하는 일에 구멍이 있을 수밖에 없었다. 뭔가를 함에 있어 그것이 한창 진행되고 있음에도 '잘못된 결정이 아닐까.' 하고 스스로 의심을 가지고 직전에 손을 뗀 적도 한두 번이 아니다. 그런 식으로 진행되는 일들에 구멍이 생겨남에도 아닌 척 괜찮은 척 당당한 모습을 보이려 했으나, 숨기려 해도 드러나는 건 있기 마련이었다.

그걸 인정치 않고 있다가 막상 이런 꼴을 당하고 나니 알겠다.

지금의 황제는 빈틈이 없었다. 저 어린 황제 놈이 지금 무슨 생각으로 저리 말하는지 왜 저렇게 행동하는지 도통 알 수가 없었다.

어찌해서 그 일들을 죄 알고 있는 것일까. 전날 이곳에 사람을 보내 화로를 망가뜨리려 했던 건 또 어찌 아는 것일까. 은밀하게 사람을 부렸다 자신했건만, 그런 자신의 행동 하나하나를 주시하고 있었을까. 그렇다면 대체 어디에서부터 어디까지 아는 걸까.

지끈하고 오른쪽 머리 언저리에서 퍼지는 통증이 점차 강해진다. 견딜 수 없는 두통을 느끼며 얼굴을 일그러뜨린 화도문은 관모를 잡아 바닥으로 던지면서 바닥에 엎드려 억눌린 신음을 흘렸다.

*　　*　　*

마차가 멈추자 문이 열리고 발이 올라간다. 그 앞으로 다가와 서 있는 건 혜령이었다.

이동하는 내내 단에 대한 걱정으로 마음을 졸였던 혜령의 얼굴은 해쓱하게 질려 있었고 복운도 마찬가지였다. 숨길 수 없는 불안이 두 눈 가득히 찼다. 그리고 그들의 걱정을 한 몸에 받고 있는 단은 혜령의 손을 잡고 천천히 내려왔다.

몸이 안 좋은 걸 사람들에게 알리고 싶지 않아 혜령에겐 시끄럽게 굴지 말라며 입단속을 시킨 단이었다. 때문에 마음이 쓰여서 차마 안을 열어 볼 수도 없었던 혜령은 막상 나온 단을 보곤 안도감을 느꼈다.

의외로 단은 괜찮아 보였다. 두 뺨이 불긋하게 상기되고 눈동자는 맑다. 아픈 사람 같지 않아 보이는 모습에 마음을 놓을 뻔했지만, 막상 단의 손을 잡고는 재차 안색을 굳힐 수밖에 없었다. 잡은 단의 손은 지나칠 정도로 뜨거웠다. 왜 이렇게 달아올라 있는 것인가 싶을 수밖에 없을 정도로 뜨거운 손길에 부인, 하고 나직하게 부르자 단은 눈동자만 아래로 움직였다.

쓸데없이 아는 체하지 마라.

분명한 경고를 읽은 혜령은 근처에 서 있던 복운을 봤다. 단을 보고 혜령을 본 복운은 거의 보이지 않을 만큼 고개를 저었다. 부인이 분부하는 대로 아는 체하지 말고 잘 모시고 계단을 오르라고 말이다. 혜령은 마른침을 삼키곤 고개를 들었다.

그나마 호국사가 다른 절보다 규모가 작은 것에 위안을 얻어야 할지도 모른다. 계단 개수도 적고 걸을 길이 짧을 테니. 몸이 안 좋은 단이 이렇게나 의연하게 구는데 옆에서 부축을 할 뿐인 자신이 울상이 되어선 안 된다며 혜령은 두 눈에 힘을 주었다. 금방 표정을 지워낸 혜령은 상궁들과 함께 단을 모시고 계단을 올랐다. 그때마다 단의 안색을 살피고 싶었지만, 애써 참았다.

단은 단대로 온 힘을 끌어모아 노력하고 있었다.

지금 계단을 걸어 올라가면서도 이 몸이 제 몸인지 알 수 없을 정도로 상태가 좋지 않았다. 오로지 정신력 하나만으로 버티고 있었다. 쓰러지는 건 모든 걸 끝내고 난 후였다. 매화당에 처박힐 수 있을 때에야 의식을 잃는 게 가능했다.

지금껏 살면서 힘들고 고되었던 적이 한두 번이 아니었다. 하지만 하루만 참으면 되었다. 의식을 끝낸 뒤 마차를 타고 매화당으로 돌아갈 때까지 버티면 되었다. 이 정도도 버티지 못해서야 어찌 늑대족이라 할 수 있을까. 자신은, 그리 약한 사람이 아니었다.

이번에 헤어지면 영영 만날 수 없을지도 몰랐다.

다시는 헤어지고 싶지 않아. 왜 우리가 헤어져야 하는 걸까.

둘 중 하나의 마음이 변하거나 식은 게 아니라면, 누군지 알 수 없는 것들의 개수작에는 굴복하지 않을 거라며 단은 어금니를 악물었다. 정신을 잃지 않으려 끝까지 버틴 덕분에 단은 미리 와 있는 대신들과 그 앞에 준비된 제단을 확인할 수 있었다. 그리고 그 앞에 서 있는 황제 무헌도 말이다.

"……."

그 순간 무헌이 뒤를 돌아봤다.

저를 보는 무헌의 눈동자와 마주하자 단은 마음이 놓였다. 신선한 바람을 맡은 것처럼 머릿속이 한결 맑아지는 걸 느끼며 내내 붙들고 있던 혜령의 손을 놓았다. 놀란 혜령이 그런 단의 손을 조심스럽게 붙들었다.

뒤를 돌아보자 굳은 혜령의 얼굴이 보인다.

끝까지 자신을 걱정해 주는 그 마음이 고마워서 단은 옅은 미소를 짓고는 혜령의 손을 떨구었다. 그리고 혼자 걸어서 대신들이 서 있는 곳 가장 가운데 자리에 섰다. 뒤따라온 상궁들이 제 양옆에 서는 걸 확인 후 다시금 고개를 들었을 때, 여전히 저를 바라보는 무헌을 확인했다.

보는 것만으로도 제 상태가 이상함을 안 것일까. 다소 굳어 있는 무헌의 눈빛을 본 단은 느리게 눈을 감았다가 뜨곤 살짝 웃었다. 괜찮다는 걸 알려 주기 위해서 지은 미소에 어쩐지 더 표정이 굳어지는 것 같다. 그렇다고 계속 실실거리며 웃고 있을 수 없었던 단은 입꼬리를 내리고 두 손을 마주 잡았다. 눈을 내리뜬 채로 호흡을 가다듬었다.

여기까지 잘 견뎠다. 앞으로 있을 일정도 충분히 해낼 수 있었다. 그걸 위해서 머리에 쥐가 날 정도로 배우고 외우고 복습했던 게 아니던가. 그리고 잘 마무리를 해야지만 자신이 잘못되길 바라는 것들에게 한 방 먹여줄 수 있었다. 아니. 한 방 먹이는 것으로만 끝내선 안 되었다. 그 향이 무언지 알 순 없지만, 자신의 정체를 알고 있는 자였다. 단은 시동으로 있을 때 자신을 찾아왔던 태감을 떠올렸다. 전이라면 그자 한 사람만 의심했을 테지만, 지금은 너무 많았다. 구량도 그렇고, 자신의 존재를 아는 이들이 너무도 많았다. 따지고 보면 무헌도 이미 알고 있었지.

분명 잘 숨겨왔다 생각했다. 숲 속에 숨어서 조용히 지내면 그 누구에게도 폐를 끼치지 않고 살아갈 수 있을 거라 믿었건만 아니었다. 조용히 살고자 하는 자신들을 건드리고 위협에 빠트리려 하는 것들이 이리도 많았구나. 앉아서 있기만 하면 당할 수밖에 없었다. 편안하게 살고 싶다면, 지켜내고 싶다면 더는 얌전히 있어선 안 되었다.

그리 마음을 먹은 단은 재차 눈을 치떴다.

여전히 저를 보고 있는 무헌을 본 단은 미세하게 고개를 저었다. 지나칠 정도로 자신을 보고 있으면 다들 이상하게 생각할 거다. 그게 아니라면 황제를 두고 미색에 빠져서 중요한 의식을 앞두고도 계속 부인만 보고 있다고 떠들어 댈 수 있었다. 사실이 아니라 할지라도 황제의 허물을 바라는 자들은 아무 말이나 하겠지. 자신이 늑대로 변하지 않는다면 다른 이유를 들먹이면서 그를 모욕하려 들 거다. 결코 놈들의 뜻대로는 되지 않을 거라며 그 어느 때보다 강하게 바라보는 단을 두고 결국 무헌은 앞으로 고개를 돌렸다.

황제가 제단을 향해 있고, 준비가 다 되었다. 이제 시작할 일만 남았다.

"폐하, 제단 위에 오르시지요."

곁으로 온 주지가 하는 말에 무헌은 눈을 가늘게 떴다.

제단 주변으로 움직인 승려들이 횃불을 움직이자 화로에 불이 붙는다.

역대 황제의 이름이 담겨 있는 함을 든 자들이 제단 좌우로 서는 걸 확인 후 황제가 앞으로 걸어갔다.

* * *

조금만 방심하면 의식을 잃고 쓰러질지도 몰랐다. 어떻게든 버텨야 한다는 것에만 집중한 나머지 해야 할 일에서 실수를 저지르면 어쩌나 싶었다. 하지만 기이하게도 예상치 못한 일로 긴장하고 있어서인지 오히려 본인 일에 더 집중하게 되었다. 스스로도 알 수 있을 정도로 실수 없이 하나하나 진행되었다.

하지만 한창 잘 되다가 중간에 문제가 생길 뻔했는데 그건 단의 실수가 아니라 무헌 때문이었다. 손가락이 얽히는 순간 그 뜨거움을 감지한 무헌이 곧장 단을 노려봤다. 어찌 된 것인가 싶으면서도 동시에 짚이는 바가 있었는지 무섭도록 경직된 시선을 던지는 그를 두고 단은 반응조차 없었다. 시선을 떨군 채로 어서 들고 가라면서 잠자코 내밀고만 있는 단을 두고 이내 무헌은 움직였다.

하늘은 더 없이 맑고 모든 준비는 완벽했다. 실수를 하는 사람도 없으니 모든 게 물 흐르듯이 자연스럽게 진행되었다. 어쩌면 이번 의식에 처음 참여하는 단을 두고 그녀가 실수를 저질렀으면 싶었을 자들이 적잖았을 거다. 대부분이 태상의 사람들이었다.

하지만 그들은 다른 이유 때문에 좀처럼 의식에 집중할 수 없었다. 의식에서 해야 할 일이 있는 게 아니었던 만큼 줄지어 서서 진행되는 것들을 보고만 있으면 그만인 그들이 강부인의 행동거지 하나하나에 집중해서 실수를 잡아내려는 시도조차 할 수 없었던 건, 바로 태상 때문이었다. 황제가 콕 짚어서 함께 차를 마시러 간 유일한 사람이었던 태상이 돌아와선 혼이 빠진 사람처럼 멍하니 있었던 거다.

머리가 헝클어지고 관모도 비뚤게 착용된 것들이 이상해 보였으나 그에 대해서 물을 수도 없었다. 태상은 텅 빈 눈동자로 바닥만 내려다봤다. 몸은 이곳에 있으면서도 그 정신은 다른 곳으로 날려 버린 듯한 모습이었다.

태상이 저러니 그와 뜻을 함께하기로 한 자들은 불안할 수밖에 없었다. 아무 문제없이 의식이 마지막을 향해 가니 더더욱 그럴 수밖에 없었다. 의식이 다 끝나고 이대로 돌아가면 강부인의 위상이 달라진다. 저처럼 완벽하게 모든 걸 수행하니 강부인에 대해 안 좋게 생각하고 있던 자들마저 인식을 달리 가지게 될 정도였다. 지금이라도 뭐든 해야 하지 않겠나 싶지만, 이처럼 중요한 자리에서 모난 짓을 하는 건 부담스러웠다. 때문에 계속해서 눈치만 살피려니 주지가 족자봉을 황제에게 건넸다.

이제 거의 마지막이었다. 더는 안 되겠다 싶었던 자가 태상을 불렀다.

"보고만 계실 겁니까."

그는 태상이 전날 화로에 손을 대기로 했던 걸 아는 자들 중

하나였다. 그런데 의식이 다 끝나갈 무렵에도 화로는 깨지거나 하는 법이 없었다. 의식이 다 끝난 후에 화로에 문제가 생겨 봤자 무슨 쓸모인가 싶었던 그는 속이 탔다. 그때 내내 바닥에 시선을 두고만 있던 태상이 천천히 고개를 든다. 그는 족자봉을 펼쳐선 그걸 낭독하는 황제의 뒷모습을 응시했다.

흐릿한 그 눈동자 안쪽으로 서서히 차오르는 건 분노였다. 험악하게 얼굴을 일그러뜨리는 태상을 본 자는 적잖이 당황했다. 가만히 있는 게 이상해서 말을 건네긴 했지만, 노골적인 표정을 드러내는 걸 다른 누가 보면 어쩌나 싶었던 거다. 실제로 몇몇 자들이 태상을 보다가 놀라 흠칫, 하는 게 보였다. 이러다 큰일 생기겠거니 싶었던 자가 나직하게 태상을 불렀고 동시에 그는 어금니를 악물었다.

"……가만두지 않을 것이다."

나직한 그 말에 놀란 건 곁에 선 자였다.

"목소리를 낮추십시오."

동시에 앞에 있던 자가 뒤를 돌아보는 걸 확인한 자가 급히 태상 옆에서 물러났다.

하나둘 태상의 이변을 눈치챈 자들이 흘깃거렸음에도 그의 경직된 표정은 여전했다. 마치 불천지 원수를 대하듯 황제를 노려보는 태상을 두고 그의 근처에 서 있던 자들은 가시방석에 올라앉은 것처럼 불편한 기색을 드러냈다. 그러거나 말거나 태상은 황제가 낭독을 끝낸 후 족자봉을 화로 위에 대고 태울 때까지 그를 노려보는 시선을 거두지 않았다.

족자봉을 끝까지 잡고 있다가 붉은 혀를 날름거리던 불씨가 손에 닿자 그제야 손을 놓은 황제는 강부인이 건네는 잔을 받아 들였다. 술이 그득히 채워진 잔을 들고는 화로에 조금씩 부었다. 사 방향으로 놓인 화로에 조금씩 술을 붓고는 빈 잔을 강부인에게 건넨 후, 제단 앞으로 가서 그곳에 무릎을 꿇고 앉았다. 주지가 의식의 마지막을 알리는 것으로 모든 대신들이 무릎을 꿇고 앉았다. 그때까지 뻣뻣하게 서 있던 태상은 곁에 있던 자가 옷자락을 잡아당기고서야 바닥에 엎드렸다.

무릎을 꿇고 앉아도 머리는 다른 대신들보다 높은 위치에 있었다. 그것도 지적하려 했지만, 여전히 다른 곳을 주시하고 있는 것처럼 멍한 눈빛인 태상에게 말을 거는 건 부담스러운 일이었다. 가장 중요한 순간이었다. 그런데 왜 저런 흐트러진 모습을 보이는 것일까. 믿고 의지하기는커녕, 외면해서 모르는 사람인 체를 하고 싶다면서 대신은 마른침을 삼켰다.

*　　*　　*

쓸데없이 복잡하고 지루한 의식도, 거의 마무리 단계였다.

모든 절차를 마무리하고 나서 황제가 먼저 자리를 뜨면 되었지만, 그는 여전히 무릎을 꿇고 앉아 앞에 놓인 제단을 바라봤다.

선황과 조상에게 올리는 의식은 이것이 처음도 아니었다. 그런데 왜 저리도 오래 무릎을 꿇고 앉아 있는 것일까. 의중을 알 수 없으나 그 누구도 쉽사리 입을 열지 못했다. 일단은 기다려 보자 싶었을 때 갑자기 황제가 몸을 일으켰고, 곁에 서 있던 주지가 건네는 하얀 천에 손을 닦고 몸을 돌렸다. 빠르게 걸음을 옮기는 황제를 뒤따라 움직이는 건 강부인이었다.

오늘의 자리는 강부인을 심사하는 자리기도 했다. 그리고 그녀는 처음부터 끝까지 실수가 없었다. 황제와 적당한 거리를 두고 일정한 보폭을 옮기는 그 뒷모습에는 흔들림이 없었다. 겉보기엔 나약해서 중임을 제대로 수행할 수 있을까 싶었으나 괜한 기우였다. 시간이 흐른 후에 자연스럽게 강부인을 황후로 올리자는 말이 나올 판이었다. 신분이 약하긴 하나 화도 강씨로, 화씨의 일원이었다. 화씨들이 잘만 포장해 주면 신분을 트집 잡을 수도 없어진다.

수많은 자들은 의식이 끝난 순간부터 머리를 굴리기 시작했다.

과연 어느 곳에 줄을 대는 것이 옳은 것인가.

머리에 쥐가 날 정도로 가늠하는 그들의 생각들이, 결코 좋다고 할 수 없는 감정들이 느껴지는 것 같았던 단은 눈을 감았다가 떴다.

저들에게 트집이 잡히고 싶지 않았기에 꽤나 필사적으로 버티는 중이었다. 하지만 그것도 슬슬 한계에 다다라 있었다. 이제는 시야마저 흐릿하게 번지는 것 같다면서 앞장서 걸어가는 무헌의 뒷모습을 봤다. 그는 이미 대문을 넘어가고 있었다. 혼자 가지 말라고, 저를 데려가라며 앞으로 손을 뻗고 싶은 걸 필사적으로 참았다.

의식을 잃고 쓰러지는 건 궁에서, 자신의 처소에 도착해서였다.

이 정도는 아무것도 아니다. 버틸 수 있다. 결코, 자신이 늑대가 되는 모습을 그 누구에게도 보여 주지 않을 테다. 무헌과 자신은 소율태국의 초대 여황제와 장군 같은 게 아니었다. 그런 식으로 슬프게 헤어질 순 없었다.

어금니가 얼얼할 정도로 이를 악물고 고통스럽게 한 걸음, 두 걸음을 옮기던 단은 호국사의 대문을 넘어갔다. 아래로 주욱 펼쳐진 계단을 보는 순간 눈앞이 빙글, 돈다.

이래선 안 되는데. 조금 더 버텨야 하는데.

필사적으로 버티고 서 있으려 해 보지만 이젠 한계일지도 몰랐다.

단은 눈을 감았고, 동시에 단단한 팔이 그런 그녀의 허리를 둘렀다.

익숙한 그 감각에 흠칫, 놀란 단은 바로 눈을 떴다. 보이는 건 황제 무헌이었다.

"……."

입술을 열지만 말이 흘러나오지 않았다.

코앞에 있는 무헌과 제 몸을 부축하듯 허리를 끌어안는 팔을 확인한 순간 모든 걸 놓아 버렸다. 깨질 것 같은 강렬한 두통과 불쾌한 매슥거림, 날카로운 뭔가가 피부를 쿡쿡 찔러대는 듯한 감각 등을 느끼며 단은 아랫입술을 깨물었다. 힘겹게 버티던 게 언제였느냐는 것처럼 괴롭게 일그러지는 단의 얼굴을 보는 순간 무헌은 곧장 그 몸을 안아 들었다.

"폐하―."

호국사를 나서긴 했지만 아직 궁에 도착하기 전이었다. 그때까지 둘은 떨어져 있는 게 맞았다.

그 부분을 지적하려 했던 이태감은 얼굴에 닿는 날 선 눈빛에 입을 다물었다. 눈빛으로 경고한 황제는 빠르게 계단을 내려갔고 대기하고 있던 커다란 마차에 올라탔다. 들어가면서 세게 문을 닫아 버린 무헌은 안쪽의 널찍한 자리에 단을 눕혔다.

"단아."

이름을 부르곤 더 말을 잇지 못한다.

무헌은 단의 이마에 손을 올렸다. 이미 축축하게 젖은 그 이마는 타는 듯 뜨거웠다.

움찔하고 손가락에 힘을 준 무헌은 고개를 숙이며 재차 그 이름을 부르려 했다. 동시에 단은 힘겹게 한 손을 들어 무헌의 입술을 눌렀다. 예전 어느 날의 밤처럼, 무헌이 말하려는 걸 막았다.

"……소란스럽게 굴지 마."

낮게 쉰 목소리 안쪽으로 고통의 헐떡거림이 섞인다.

"바깥에 내 몸이 안 좋다는 걸 알게 하지 마. 어떻게든, 버텨 볼 테니까."

처음에는 뜨겁던 손이 끝에서부터 차갑게 식어가는 걸 느끼며 단은 스스로에게 다짐하듯 말했다.

"죽어도 늑대로 안 변할 거야."

끝까지 사람의 모습으로, 여인의 상태로 있을 거다. 자신이 늑대라는 사실만큼은 다른 사람들에게 알려지게 하지 않을 거라면서 힘겹게 눈을 뜬 단은 무헌을 바라봤다. 아픈 건 저인데, 더 힘든 것처럼 무섭도록 굳은 얼굴인 무헌을 보고 단은 긴 숨을 내쉬었다.

무헌의 입술에서 턱으로 내려간 손이 이윽고 그의 가슴에 닿는다.

"안아줘."

기다렸던 것처럼 자신을 끌어안아 품는 넓은 가슴을 느끼며 단은 눈을 질끈 감았다.

"무헌아, 난 너랑 헤어지고 싶지 않아. 그런 거 싫단 말이야."

그러니 어떻게든 버티어 낼 거다. 죽어도 지금 이 모습에서 달라지지 않을 거라면서 단은 어금니를 악물었다.

2장

날이 점점 추워졌다. 소율태국에서 나고 자란 사람들이야 바람이 선선해졌다고 느끼고 말겠지만, 매소희는 그게 안 되었다. 해의 기울기가 달라짐에 따라 그녀가 느끼는 추위는 더 심해졌다. 이러다 겨울이 찾아오면 더 힘들어지겠지. 하지만 이번에는 좀 일찍 앓았기 때문인지 털이 달린 조끼를 입는 것으로 웬만한 추위를 견딜 수 있었다. 어쩌면 조끼 덕분이 아니라 좋은 약재가 들어간 탕약을 꾸준히 복용하고 있기 때문일지도 모르겠지만—.

"부인."

문 열리는 소리와 함께 들리는 조심스러운 부름에 침대에 앉아 있던 매소희가 물었다.

"그래. 찾아왔더냐."

"그것이……."

머뭇거리는 대답에 애써 평정심을 유지하던 매소희의 가느다란 눈썹이 올라간다.

성에 차지 않는 답이 돌아올 경우 그녀가 취하는 행동은 정해져 있었다. 당장 이불을 걷고 침전에서 나오는 매소희를 본 시비는 두려워하며 급히 무릎을 꿇고 앉았다.

"조, 조금 더 시간을 주시면 다시 찾아보겠습니다."

"내 아침밥을 먹기 전부터 그 계집을 찾아와 내 앞으로 데려오라 명했지. 지금 해가 다 저물었는데 어찌 시간을 더 줄 수 있겠어. 곧 대문을 걸어야 할 시간인데!"

그때가 되면 부인인 매소희도 함부로 밖을 나다닐 수 없었다.

하루 동안 기다려 준 건 매소희도 꽤 참은 거였다. 다른 때라면 계속 달달 볶아댔을 텐데. 전보다 궁에서 일하는 시비의 수도 적어지고 전처럼 신속하게 움직이지도 못했다. 자신의 처지가 이리되니 아랫것들도 풀어진 모양이었다. 시키는 일을 제대로 따르지 못할 경우 어떤 꼴을 당하게 되는지를 알려 줘야 하는 걸까.

매소희는 한 손을 움켜쥐었고 낌새를 눈치챈 시비가 잔뜩 겁을 먹어선 고개를 푹 숙였다. 매소희는 덜덜 떠는 시비의 다 해진 신발 밑창을 보고는 움켜쥔 손에서 힘을 풀었다.

심한 몸살에 걸려서 비몽사몽간일 때, 그나마 자신을 위해서 움직이던 시비였다. 이 시비가 단을 불러왔기에 늦지 않게 치료를 받을 수 있었다는 걸 상기한 매소희는 숨을 고른 후 차분하게 말했다.

"평소 내 궁처럼 사람이 자주 바뀌는 곳이 없지. 때문에 여기서 일하는 사람이 누가 있는지 나도 잘 알지 못한다. 하지만 넌 어떻게든 이 향낭을 내게 건네었던 계집을 찾아와야 해."

원래 하나에 꽂히면 그것에 집착하는 성격이었다. 돌아오자마자 모든 시비들을 나오게 해서 얼굴을 확인했다. 그런데 향낭을 주었던 시비는 그 어디에도 없었다. 이쯤 되자 의혹은 확신이 되었고 더 적극적으로 그 시비를 찾아봐야겠다는 생각이 들었다. 매소희는 붓과 종이를 가지고 오라 해서 기억하고 있는 이목구비를 그려 그나마 제 곁에 오래 있었던 시비에게 건넸다. 혹 아는 사람인가 싶어 물어도 모른다 해서 찾아보라 시켰더니 이 상황이었다.

지난 날 동안 매소희는 강부인이 밉고 그녀만을 원망하면서 제대로 주변을 둘러볼 수 없었다. 하루아침 사이에도 많은 게 바뀌는 게 바로 궁 안이었다. 안에 처박혀 있는 동안 화부인이 이상하게 변한 것 같았다. 오늘 자신에게 보여 준 그 표정이나 눈빛이 영 거슬렸다. 하필 자신에게 부축해 달라 했던 강부인의 태도도 이상하고—.

손에 들린 향낭을 힘주어 잡은 매소희는 나직하게 말했다.

"언제가 되든지 상관은 없지만 빠르면 빠를수록 좋다. 꼭 명심해라."

"알겠습니다. 노력하겠습니다."

매소희가 평소와는 다르다고 느껴진 것일까.

긴장한 표정을 풀지 못하는 시비를 두고 매소희는 무거운 한숨을 내쉬었다.

왜 이렇게 초조한 것일까. 안 좋은 예감이 든다면서 몸을 돌리는 순간 바깥이 소란스러워졌다. 무슨 일인가 싶었던 매소희는 급히 시비에게 눈치를 줬다. 고개를 끄덕인 시비가 나가고 얼마 후, 급히 들어왔다.

"부인, 폐하께서 돌아오셨다 합니다."

"좋은 소식이 아니더냐."

그런 걸 왜 그렇게 인상 쓴 얼굴로 전하는 거냐고 하려던 찰나 시비가 발을 동동 굴렀다.

"강부인이 의식을 잃고선 폐하의 품에 안겨 들어왔다 합니다."

"뭐라고—?"

원래 몸이 안 좋다고 알려진 강부인이니 의식이 끝나고 긴장이 풀려서 혼절한 걸지도 모르겠지만, 그뿐만이 아닐지도 모른다는 생각이 들었다. 때문에 매소희는 급히 겉옷을 가져오라 하고는 먼저 밖으로 나섰다.

중문을 넘어 대문 앞까지는 나올 수 있지만 거기까지였다. 아직 황제의 연금령이 해제된 것이 아니었기에 자유롭게 나갈 수 없었다. 시간도 늦었던 만큼 안에 들어가 있어야 하나 싶었을 때 시비가 급히 겉옷을 챙겨왔다. 그걸 어깨에 걸친 매소희는 시비에게 말했다.

"네가 가서 무슨 일인지 알아봐라."

"네. 그리하겠습니다."

발 빠르게 움직인다면 대문을 걸어 잠그기 전에 돌아올 수 있지 않을까. 매소희의 명을 받은 시비는 급하게 대문을 열었고, 밖으로 나와 몇 걸음 옮기기 전에 곧장 예를 갖춰 인사를 올려야만 했다. 환관과 몇몇 시비들과 함께 어딘가를 가는 듯해 보이는 화부인과 마주쳤기 때문이었다.

대문을 열기가 무섭게 딱 나타난 화소영이 수상쩍었던 매소희는 안색을 굳혔다. 하지만 화소영은 이 모든 게 우연인 것처럼 환관을 시켜 매소희와 자신 사이에 등을 올리게 하고는 먼저 말을 건넸다.

"폐하께서 돌아오셨다는 말을 듣고 찾아가 보는 중인데 함께 가시겠습니까."

손을 내밀면서 제의하는 화소영이지만, 매소희는 미동이 없었다. 눈 하나 깜박이지 않고 빤히 바라보기만 하는 매소희의 모습에 화소영은 조금 더 짙은 미소를 지었다.

"연금 중이라 하나 오늘 같은 날은 괜찮을 겁니다. 중요한 의식이 잘 마무리되었다 하니 폐하께서도 마음을 푸시고 부인께서 자유롭게 다닐 수 있도록 해 주실 겁니다."

의식이 잘 마무리되어서 황제가 무사히 돌아왔다는 것처럼 중요한 일이 어디에 있을까. 하지만 그만큼 궁 안을 들썩이게 만드는 소식이 하나 더 있음을, 매소희는 모르지 않았다.

"강부인이 의식을 잃은 채로 돌아왔다는 소식은 듣지 못한 모양입니다."

"그렇습니까. 거기까진 듣지 못했습니다. 큰일이로군요."

안색을 굳히며 턱 아래에 손가락을 대는 화소영은 진심으로 걱정하는 얼굴이었다. 그걸 보고 나서야 매소희는 대문을 넘어가서 화부인 앞으로 다가가 섰다. 둘이 물과 기름 사이인 건 오래전부터 유명한 사실이었다. 매소희를 모시는 시비는 그녀가 화부인에게 해를 끼치진 않을까 싶어 더럭 겁이 났다. 그때 화부인이 먼저 매소희 앞까지 다가가 그녀 쪽으로 고개를 내밀었다.

"절 찾아와 하신 말씀이 있으셨지요. 폐하께서 강부인과 사사로이 함께 바깥을 다니신다고 말입니다."

얼굴을 가까이 붙이기에 무슨 속셈인가 싶었던 매소희는 속삭이는 듯한 말을 듣곤 안색을 굳혔다.

그래. 확실히 화부인에게 저런 말을 한 적이 있긴 했다. 강부인과 황제가 함께 바깥을 다니기도 한다고, 이게 말이 되느냐고 말이다.

당시도 그렇고 지금도 마찬가지겠지만, 두 사람이 오랜 인연이라고 믿는 자들이 많았다. 그렇기에 강부인이 입궁하자마자 그리 총애를 받을 수 있는 거라고 말이다. 경쟁이라는 건 동등한 위치에서 이루어져야 비로소 공정해지는 법이었다. 만에 하나라도 강부인이 자신들보다 앞선 출발 선상에서부터 달리기를 시작한 거라면 그처럼 불합리한 게 없었다.

갑작스럽게 나타난 강부인의 존재 자체가 밉고 그녀 때문에 자신만 우스꽝스럽게 되어 버린 것 같아 이런저런 불만이 쌓여 있을 때 화부인을 찾았다. 몇 번이고 그녀를 부추기면서 함께 움직여서 강부인을 어찌 해보자는 티를 열심히 냈던 것 같다. 그땐 눈 하나 깜박이지 않고 관심도 보이지 않던 사람이 이제 와서 이런 말을 꺼내는 의중이 대체 무얼까. 확신할 순 없으나 그것이 결코 좋은 것으로 여겨지지 않았던 매소희의 눈빛이나 표정은 냉랭할 수밖에 없었다. 하지만 모르는 척, 화부인은 덧붙여 말했다.

"부인께선 용케도 그런 걸 알고 계셨습니다."

"저만 아는 사실이겠습니까. 화부인도 정말은 죄 알고 계신 사실이 아닙니까. 새삼 모르는 척을 할 게 뭡니까."

황제와 강부인의 심상치 않은 분위기에 대해선 그 누구보다 민감할 사람이 말이다.

과거에 비해 위세가 많이 꺾인 매소희였지만, 그녀는 비굴하지 않았다. 곧 죽어도 고개를 쳐들고 그 누구보다 당당하게 굴 것을 알기에 화소영은 옅은 미소를 지었다.

"전 지금부터 강부인에게 가 볼 참입니다. 이미 많은 부인들이 그곳에 모여 있겠지요."

"그렇겠지요. 대체 어떤 연유로 강부인이 혼절한 것인지 이유를 알고 싶을 테니까요."

더러는 이대로 강부인이 영영 깨어나질 말았으면 싶을 거다. 한때 자신이 바랐던 것처럼 말이다.

혼자서 움직이라 한다면 암만 매소희라 한들 밖으로 나올 생각을 하지 못했을 거다. 하지만 지금은 화부인과 함께였고, 그녀 앞에서 등을 보이고 처소로 들어가고 싶지 않았다. 내심 강부인에게 무슨 일이 생긴 것인지 알고 싶기도 했고 말이다. 하지만 바로 결정을 내리지 못하고 있으니 화소영이 재차 입을 열었다.

"강부인은 저리되었지만 의식은 무사히 끝났으니 앞으로 그녀의 위세가 대단해질 겁니다. 추분이 있고 나선 연말은 금방입니다. 일을 밀어붙이기에 지금처럼 적기가 없습니다. 다들 모든 걸 말끔히 털어내고 새해를 맞이하고 싶어 하니까요. 이대로면 필시, 우리가 원치 않은 일이 발생하게 되겠지요. 그렇지 않습니까."

자신만이 들을 수 있도록, 그저 지나치는 투로 말하는 화소영을 앞에 두고 매소희는 기시감이 들었다. 예전에도 이와 비슷한 일이 있었던 것 같다. 하지만 그때 도발하듯 부추기는 건 매소희 그녀였고, 화소영은 가식적인 미소를 지은 채로 제 말을 듣고만 있었다.

고개를 뒤로 물린 화소영은 매소희를 응시했다.

내가 한 말에 대해서 어찌 생각하느냐.

자, 이제 네 원래 성격대로 호탕하게 강부인을 비난해야지.

화소영이 하지 않은 말이 들리는 것만 같았다.

매소희는 눈앞에 있는 표정과 눈빛을 이미 알고 있었다. 태어나는 순간부터 그녀의 주변에 있는 자들은 죄 저런 식으로 그녀를 보고 대했다. 소율태국에 와서는 달라졌다고 생각했지만, 아니었을지도 모른다. 자신의 위세가 대단했을 땐 다들 겁을 먹고 두려워하며 똑바로 마주하려 들지 않았기에 그들이 어떤 얼굴을 하고 있는지를 똑똑히 볼 수 없었다.

이용 가치가 없을 땐 버려두고, 이제 좀 써볼까 싶어진 걸까.

문득, 지금 이 모든 상황이 우스워졌던 매소희는 양 입꼬리를 올렸다. 완만한 곡선을 그리며 입술이 올라가고 난 후, 눈까지 가늘게 휜 매소희는 고개를 끄덕였다. 그것은 마치 화소영의 말을 기껍게 받아들이는 것 같은 반응이었지만, 그 입에서 흘러나오는 말은 아주 다른 것이었다.

"웃기지 마."

미세하게 화소영의 입매가 굳어지는 것에서 통쾌함을 느끼며, 이번에는 매소희가 앞으로 얼굴을 내민 채로 나직하게 말했다.

"이제 와서 못된 장난을 치고 싶으셨나. 그런데 이걸 알아야 할 거야. 못된 짓은 너보단 내가 더 많이, 잘 알고 있지. 뭔 개수작을 부리는지 알지는 못하지만, 나도 흐름이라는 걸 볼 줄 알아. 지금은 아무것도 안 하는 게 몸을 보전할 수 있는 방법이란 걸 말이야."

못된 짓도 스스로의 의지로 꾸밀 때에나 즐거운 법으로, 남의 말 몇 마디에 휘둘리는 건 천하의 매소희가 할 만한 짓이 아니었다. 짧게 코웃음을 친 후, 몸을 돌린 매소희는 크게 외쳤다.

"대문을 걸어 잠가라! 앞으로 난 폐하께서 허락하기 전에는 한 발도 처소 밖으로 나가지 않을 것이다!"

기다렸다는 듯 달려든 환관과 시비가 대문을 붙들고 앞으로 밀었다. 묵직한 소리를 내면서 닫히는 문 사이로 화소영이 보인다.

본인 예상대로 진행되지 않은 일이 언짢았던 걸까. 은은한 등불로 비추어진 화소영의 얼굴엔 표정이 없었다. 그 얼굴을 주시하며 매소희는 비웃음을 날렸고, 동시에 대문이 완전히 닫혔다.

"……."

매부인 처소의 대문은 닫혔으나 화소영은 그 앞에서 물러날줄 몰랐다. 굳어 버린 것처럼 버티어 서 있기만 한 모습에 나운이 나서서 그녀의 팔을 붙들었다.

"부인, 가마에 오르시지요."

이런 곳에 오래 서 있어서 좋을 게 없었다. 걱정이 되었던 나운이 거듭 부인, 하고 부르자 그제야 화소영이 움직였다. 그녀는 가마에 올라탔고, 나운은 가마꾼들에게 서둘러 움직이라 했다.

가마에 앉은 화소영은 포개어 잡은 두 손에 힘을 주었다. 손바닥 안쪽은 식은땀으로 젖어 축축해져 있었다. 왜일까. 자신은 지금 긴장하고 있었던가. 그게 아니라면 조금 전 매소희의 태도가 무례하다 여겨져서 화가 난 걸까. 그게 아니라면ㅡ.

미묘하게 계획이 틀어지고 있었다. 다혈질인 매소희라면 몇 번 옆구리를 찌르는 것으로 제 뜻대로 행동할 거라 생각했다. 강부인이 혼절한 이유가 무엇 때문인지 정확하지 않지만, 만에 하나라도 자신이 생각하는 바로 그것이라면 얼마든지 덫을 쳐서그녀를 곤란하게 만들 수 있었다. 거기에 매소희도 함께 끌고 간다면 더 수월하게 일을 처리할 수 있을 거라 생각했는데.

"아니, 아니야."

아직은 서두를 필요가 없었다.

일단은 강부인의 몸 상태가 갑자기 안 좋아진 이유만 확인하면 되었다. 그녀의 정체에 대해 속단하긴 이르지만, 만에 하나라도 정말 그것이라 한다면 승산이 있었다. 그뿐만이 아니라 확실하게 그녀를 정리할 수 있게 된다면서 화소영은 눈을 가늘게 떴다.

*　　　*　　　*

"부인, 어서 오십시오."

예상대로 강부인의 처소에는 이미 많은 사람이 몰려들어 있었다. 원래 황제가 의식을 마치고 돌아오면 모든 부인이 나와서 마중하곤 했다. 이번에도 그리하려고 했는데 갑자기 강부인의 소식을 접하게 된 것이다. 황제도 황제지만, 강부인이 왜 갑자기 혼절한 것인지 그걸 걱정하는 티를 내긴 해야 했다. 비단 그것 말고 다른 이유로 자리한 사람도 있겠지만.

가마에서 내리는 화부인에게 기다렸다는 듯 달려온 예부인은 나운 대신에 그녀를 부축해 주었다.

"폐하는 돌아오시자마자 강부인의 처소로 들어가셨고, 조금 전에는 어의도 들어갔습니다."

빠르게 지금 상황을 알려 주는 말을 한 귀로 흘려 넘기면서 화부인은 열려 있는 매화당 안으로 들어갔다. 다른 때라면 늦은 시간에 방문하지 않았겠지만, 상황이 상황이니만큼 어쩔 수 없었다. 강부인의 처소 앞으로는 이미 많은 부인들이 모여 있었고 그 사이엔 장부인도 보였다.

장부인도 지금 상황이 어찌 돌아가는 것인지 알 수 없었던 것일까. 평정을 유지하려 하지만 은연중 드러나는 초조함마저 감출 수 없었다. 그런 장부인의 얼굴을 보고 난 후, 화부인은 가장 앞까지 이동했다. 자연스럽게 모든 부인들 앞에 서선 강부인의 처소를 바라봤다.

화부인을 부축하던 예부인은 뒤에 서 있던 몇몇 부인들에게 눈치를 줬다. 머뭇거리던 부인들이 하나둘 나서서 모두가 들으라는 듯 떠들어 댔다.

"어찌된 것일까요. 듣자하니 의식은 실수 없이 잘 마무리 지었으면서 일이 끝나자마자 혼절했다 합니다. 내내 긴장하고 있다가 그게 풀려서 그리된 것 같기도 하지만……."

"전부터 몸이 약해서 이런 일이 종종 있지 않았습니까. 분명 의식이 몸에 큰 부담이 되었던 거겠지요. 암만 중요한 일을 맡게 되어도 이렇게 픽픽 쓰러지곤 하면 죄 무슨 소용입니까. 강부인은 지금 이 처소에서 종종 방문하시는 폐하를 모시는 것만으로도 벅찰 겁니다. 더 중요한 일은 못할 사람이라는 거지요."

그 순간 내내 조용히 있던 장부인이 냉랭하게 말했다.

"몸이 아픈 사람이 저 안에 누워 있는데 지금 그게 할 말입니까."

차분하게 지적하려 해도 목소리 안쪽에 담긴 비난마저 숨길 순 없었다. 이때다 싶어 물어뜯으려 달려든다는 걸 모르지 않고, 일일이 대응할 필요가 없다는 걸 알면서도 지적하지 않을 수 없었다.

장부인의 지적에 화부인에게 붙어서 새처럼 지저귀던 부인들이 죄 입을 다문다. 본인들은 아무 말도 하지 않았다는 것처럼 어색하게 헛기침을 하는 걸 보고 나서 장부인은 화부인을 바라봤다. 이 모든 일과 본인은 아무런 상관없는 것처럼 구는 모습은 여전했다. 때문에 역겨웠다.

"강부인은 건강한 사람입니다. 분명 뭔가 다른 이유가 있는 거겠지요."

그제야 화부인이 눈동자를 움직여선 장부인을 바라봤다.

"폐하께서 곁에 계시니 금방 훌훌 털고 일어날 겁니다."

그러니 쓸데없는 말은 하지 말라면서 화부인을 노려본 장부인은 앞으로 고개를 돌렸다. 그 모습에 화부인은 소매 아래로 감추어진 오른손을 강하게 움켜쥐었다. 손바닥은 여전히 축축하고 차디찼다. 그때 닫혀 있던 문이 열리고 어의가 나왔다.

"강부인은 어찌 된 것입니까."

기다렸던 것처럼 묻는 건 장부인이었다. 화부인과 함께 있던 부인들이 고까운 듯 눈을 흘겼지만, 장부인은 아랑곳하지 않고 어의만 바라봤다. 지금 상태가 정확하게 어떤지 알려 달라며 굳은 눈빛으로 올려다보는 그녀를 두고 어의는 밝은 얼굴로 말했다.

"건강하십니다. 안으로 들어가 보시지요."

혼절해서 들어온 사람에게 건강하다니. 정확하게 어떤 상태인지를 알려 줘야 할 게 아니냐 싶으면서도 들어가 보라는 말에 장부인은 서둘러 움직였고 화부인도 뒤따라 들어갔다. 두 사람은 동시에 강부인의 거처로 들어갈 수 있었지만, 더 깊숙한 곳까진 닿을 수 없었다. 침전으로 들어가는 통로 가운데에 서 있는 황제를 발견했기 때문이었다.

"폐하께 인사드립니다."

나란히 인사를 하고 난 후, 둘은 동시에 황제의 얼굴을 바라봤다. 원래 표정이 풍부하지 않은 사람인지라 저리하고 있으면 화가 나 있는 것처럼 여겨지기도 했다. 하지만 화부인은 가면을 쓴 듯한 황제의 얼굴을 꼼꼼히 뜯어봤다. 저 얼굴로 그가 감추려는 것이 뭔가 싶어서 보고 또 볼 수밖에 없었다. 그리고 탐색하는 그 눈빛을 알아차린 것처럼 황제가 바로 눈을 내리뜬다. 저를 바라보는 서늘한 눈빛과 마주하는 순간 화소영은 숨을 삼켰다.

"폐하, 강부인은 어찌된 것입니까."

장부인이 성급하게 물었다. 곧장 화부인에게서 시선을 거둔 황제는 장부인을 내려다봤다.

"강부인은 가벼운 피로를 느끼고 잠시 쉬는 중이다. 그러니 염려할 것 없다."

"평소 건강하던 사람이 갑자기 혼절했다 하니 걱정이 되는군요."

"건강한 사람이라도 회임을 하게 되면 평소보다 더 많은 피로감을 느끼는 법이지."

"……."

생각보다 가벼운 증상인 것에 안심해서 가슴을 쓸어내렸던 장부인의 눈이 크게 떠졌다. 귀를 의심하게 할 만한 말이었다. 너무 아무렇지도 않게 중요한 사실을 전한 황제의 표정이 온화해 보이는 건 기분 탓일까. 미세하게 입꼬리가 올라간 장부인은 떨리는 목소리로 물었다.

"폐하, 그렇다면 강부인이―."

황제는 화부인을 대할 때하고는 달리 옅은 미소를 머금었다.

"그렇다."

"경하드립니다!"

세상에서 이보다 기쁜 일이 없는 것처럼 장부인은 당장 무릎을 꿇고 앉아선 고개를 조아렸다. 안까지 들어오지 못하고 입구에 있던 부인들도 모두 절을 하면서 인사를 올렸고, 바깥에 있던 자들도 마찬가지였다.

모두가 절을 하면서 강부인의 회임을 축하했고 거기서 화부인도 자유로울 수 없었다. 내내 서 있던 그녀도 무릎을 구부리곤 고개를 조아리며 말했다.

"경하드립니다. 폐하."

"고맙소."

"······."

고맙다는 인사가 모두에게 향해진 것일 수도 있겠지만, 자신에 대한 조롱으로 느껴지는 건 왜인지 모르겠다.

화부인은 옆에 있는 장부인이 저를 보면서 비웃고 있을지도 모른다는 생각이 들었다. 덩달아 침전 안에 있는 강부인이 두 손으로 입을 틀어막고 키득거리고 있을 모습이 생생하게 그려졌다. 장부인에겐 다정하게 미소 짓던 황제가 숙이고 있는 제 머리 위에서 자신을 비웃고 있을지도 모른다 생각하는 순간 뱃속이 차가워졌다. 뾰족하게 서 있던 게 단단하게 뭉쳐지는 걸 느끼면서 화소영은 눈을 감아 버렸다.

떠올려 보면 누군가를 견제하고 경쟁 대상으로 여겨 본 적이 단 한 번도 없었다. 처음부터 당연한 듯 제 것이 될 거라는 확신이 있었기에 불안 없이 모든 걸 여유롭게 둘러볼 수 있었던 것 같다. 그리고 그것은 한 사람의 등장으로 무너져 내렸다.

처음에는 그것이 강부인 한 사람 때문이라고 생각했는데 아니었다. 자신이 상대해야 할 사람은 강부인 한 사람만이 아니었던 거다.

* * *

"부인. 이만 주무셔야지요."

곁에서 들리는 익숙한 목소리에 화소영은 감고 있던 눈을 떴다. 강부인의 처소에서 돌아온 이후 화부인은 내내 눈을 감고만 있었다. 그 어느 때보다 심기가 불편해 보이는 이유에 대해서 모르진 않았지만, 시간이 늦었으니 이만 쉬는 게 좋았다. 늦게까지 처소의 불이 꺼지지 않는다면 그걸 두고 이상하게 떠들어 대는 자들이 있을지도 모른다. 강부인의 회임이 알려진 이상, 쉬이 잠들지 못할 부인이 한둘이 아니겠지만.

"나운아."

"네. 부인."

드디어 화부인이 입을 뗐다. 뭔가 달리 분부 내릴 것이 있는 건가 싶었던 나운은 눈을 빛냈다. 하지만 그것도 귓가에 속삭여지는 말에 단숨에 어두워진다.

굳은 낯빛이 된 나운은 저를 올려다보는 주인을 보고는 마른 침을 삼켰다. 지금 주인이 답을 듣길 원한다는 걸 깨달은 나운은 알겠다며 고개를 끄덕였다. 나운이 급히 밖으로 나가고 난 후, 얼마나 시간이 흘렀을까. 촛불의 불씨가 잦아들 무렵 화부인을 찾아온 자가 있었다. 늙은 태감이었다.

전에는 화부인이 태감을 만나는 걸 꺼려하던 나운이었지만, 지금은 두려워하는 것 같았다. 초조해 보이는 것 같기도 한 나운을 두고 화부인은 그자를 안으로 들이라 했다. 허락을 받은 후 늙은 태감은 조심스럽게 안으로 들어왔다.

처음에도 허리를 굽히긴 했지만, 이처럼 바닥을 기어온 적은 없었다. 거의 바닥에 붙을 것처럼 자세를 납작하게 한 자는 화부인의 앞에 엎드려선 바닥에 이마가 닿을 정도로 절을 했다.

"왜 이렇게 자세를 낮추는가. 내 자네에 대해서 많은 걸 알고 있지는 않지만, 이런 사람이 아니라는 걸 아는데 말이야."

그 순간 더 깊이 고개를 조아린 늙은 태감이 특유의 교활한 어투로 말했다.

"다른 사람도 아닌 화부인의 앞이니 응당 자세를 낮춰야지요."

"그렇다면 회임한 강부인 앞에선 스스로 무덤을 파고 들어가 누울 것인가."

난색을 표한 자는 두 손을 모으곤 불쌍한 표정을 지어 보였다.

"부인, 이번 일은 저도 예상치 못한 것이었습니다. 제 진심은 부인을 돕고자 하는 마음뿐입니다."

그 순간 화소영의 입꼬리가 올라간다. 그걸 다르게 해석한 자는 이때다 싶은 것처럼 강부인을 비난했다.

"강부인 그것은 불길한 물건입니다. 온전한 사람이 아니란 말입니다."

한참 동안 강부인에 대한 욕을 한 후 그녀가 사라져야지 지위를 견고히 할 수 있을 거라는 쪽으로 말을 이어 나갈 거다. 마지막에 가서는 '황후가 되셔야 하지 않겠습니까.'라면서 두 손을 비벼대겠지. 실제로 주절주절 그리 말을 떠들어 대는 늙은 태감을 보던 화부인의 입가로 옅은 미소가 번진다.

"통신부에서 일하는 자던가."

"……."

"궁 안팎으로 많은 걸 알고 있다 했더니만 그럴 수밖에 없었구나. 정말은 태감도 아니었던 거야."

설마하니 화부인이 제 뒤를 캐고 다녔을 거라 생각해 본 적이 없었던 걸까. 하지만 능구렁이는 쉽게 당혹감을 드러내지도 않았다.

"사람의 겉모습이 이런들 저런들 어찌하겠습니까. 중요한 건 진심이 아니겠습니까."

노인은 가슴에 한 손을 올리고는 화부인을 올려다봤다.

"제 진심은 부인께서 황후가 되시는 겁니까. 그리해서―."

"내가 네놈의 살길을 열어 주고 말이야."

재차 주름진 두 손을 마주잡은 노인은 웃었다. 비굴하고 역겹기 그지없는 그 웃음을 앞에 두고 화소영도 웃으면서 나운을 불렀다. 내내 고개를 푹 숙이고 있던 나운은 기다리고 있던 것처럼 주머니를 들고 다가와 노인 앞에 그걸 떨어뜨렸다. 묵직한 소리를 내는 주머니를 앞에 두고 노인은 머뭇거리며 손을 뻗었다. 주머니에 두둑하게 담겨 있는 금화를 발견하곤 고개를 저었다.

"부인, 전 이런 걸 바라는 게 아닙니다. 저는 부인을 위해서 일할 수만 있다면 그걸로 족합니다."

"그러지 말고 받아두게."

원래 거절은 두 번 정도 하는 게 예의라고 생각한 걸지도 모른다. 당치도 않다면서 고개를 젓는 노인을 앞에 두고 화소영은 눈을 가늘게 휘었다.

"그게 네놈의 노잣돈이 될 테니까."

살고자 하는 욕심이 크기 때문이었을까. 화소영의 말이 채 끝나기도 전에 노인은 벌떡 일어나 자리를 피하려 했지만, 몇 걸음 옮길 수 없었다. 방의 구석진 곳에서 대기하고 있었던 힘센 환관들이 달려들어 그에게 무차별적인 폭력을 행사했기 때문이었다. 몸이 재빠르다 해도 덩치가 좋은 환관의 발길질과 주먹을 견딜 순 없었다. 입이 틀어 막힌 채로 몇 번이고 두들겨 맞은 노인은 혼절했고, 그 위로 자루가 뒤집어씌워졌다. 환관들이 노인을 들고 밖으로 나가자 나운은 급히 천으로 바닥을 닦아 냈다. 열심히 구석구석을 닦아 내는 나운의 얼굴은 파랗게 질려 있었다.

"만약 저자가 유일하게 아는 사람이었다면 살려뒀겠지."

바닥을 닦아대던 나운은 움찔해선 고개를 들었다.

탁자에 한쪽 팔을 걸친 채로 화소영은 중얼거렸다.

"하지만 유감스럽게도 나에겐 달리 물을 사람이 더 있구나."

"……."

"내가 두려운 거냐."

"……주인을 어려워하지 않을 노비가 어디에 있겠습니까. 노비란 자고로 주인에 대한 두려움을 품고 있어야 합니다."

"그래. 그래야 한다. 주인을 두려워하지 않으면 그때부터 모든 기강이 흔들리게 될 테지."

그렇다면서 나운은 몇 번이고 고개를 끄덕였다. 재차 바닥을 닦아 내는 그 손은 잔뜩 힘이 들어가 힘줄이 도드라질 정도였다.

*　　　*　　　*

　잠든 단의 안색은 점점 나아졌다.

　궁으로 돌아오는 내내 피가 통하는 건가 싶을 정도로 파리하게 질린 얼굴에 무헌도 덩달아 심장이 내려앉았다. 돌아오자마자 모든 방법을 동원해서 간신히 단을 편안하게 해 줄 수 있었다. 시간이 흐르니 두 뺨에 혈색이 돌면서 상태가 빠르게 호전되었다. 만약 이런 일에 대한 앞선 경험이 없었다면 지금보다 훨씬 더 많이 당황해서 우왕좌왕했을지도 모르지.

　침대 옆, 바닥에 주저앉은 채로 고른 숨을 토해 내는 단에게서 시선 한 번 떼지 않던 무헌은 손을 뻗었다. 차갑던 뺨이 뜨겁다. 지나치게 체온이 높은 것 같은데, 상태가 안 좋아진 건 아니겠지. 내보낸 어의를 다시 돌아오라 해야 하는 걸까. 생각을 하면서도 계속해서 단의 뺨을 쓰다듬던 무헌의 손은 점점 아래로 내려갔다. 단의 가슴에서 배로 내려가 그 위를 만져보려다가 차마 그러지 못하고 손을 움켜쥐고는 대신 이불을 조금 더 들어 단을 덮어주었다.

　"……."

　아이라니. 근래 단과 몇 번이고 몸을 섞었다. 암암리에 예상하긴 했지만, 역시나 직접 듣게 되니 갑작스러운 건 있었다. 그렇다고 싫다는 그런 게 아니었다. 오히려 싫다기보다는―.

침대 앞으로 조금 더 다가간 무헌은 침대 위에 턱을 올린 채로 단을 봤다.

고른 호흡을 내쉬는 그 모습이, 참으로 사랑스러웠다. 이보다 더 커질 수 없을 거라 생각되었던 감정의 크기가 날이 갈수록 몸집을 부풀려 나간다. 자신의 안에 이런 감정이 있었는가 싶을 정도로 생소하고 낯설지만, 그것들이 향한 게 단이었기에 받아들일 수 있었다. 외면하고 모르는 척하지 않게 되었다.

한 번도 깜박이지 않던 눈 안쪽이 시큰해진다. 망막이 따끔거리는 걸 느끼며 무헌은 입을 열었다.

"단아."

혀끝에 감기는 이름을 입 밖으로 내뱉으며 한 번 더 읊조려 본다.

"내 단아."

대답이 돌아오지 않더라도 지금 제 눈앞에 있다는 것이, 볼 수 있는 곳에 있다는 것만으로도 괜찮았다.

지친 듯, 하지만 더할 수 없을 만큼 만족스러운 얼굴로 단을 바라보던 무헌의 얼굴에서 표정이 지워진다. 얼굴을 듦과 동시에 뒤를 돌아보자 어둠 속 한편에 서 있는 존재가 보였다.

그림자를 발견하고도 놀라거나 당황하는 법 없이 그저 지금 이 순간을 방해 받는 게 싫은 것처럼 올려다보는 무헌을 두고 그림자가 말했다.

"꼬리 밟기가 시작된 걸 알고도 버티던 놈들이 흩어지고 있습니다.”

“…….”

“이번 일을 통해 본인들의 정체가 노출될 수 있음을 저어하는 거겠지요.”

꼬리 밟기는 이미 오래전부터 이어지고 있었다. 저들이 하는 통칭 모임이라는 걸 자신이 인지하게 된 것은 거의 초창기부터였다. 놈들은 최근에 그걸 인지했다가 자신이 참석하자 확신을 가지게 된 것 같지만, 그럼에도 계속해서 모임을 가져온 것 같았다.

사람 몇을 풀어두어 놈들의 뒤를 밟게 했지만, 그림자 몇을 내보내는 게 성과가 더 좋았다. 자신과 그림자가 양쪽에서 숨통을 조이고 있음을 깨닫고서야 비로소 위기감을 느끼게 된 걸까.

흥이 나질 않았다. 끝까지 버티다가 막판에 큰일을 터트려 줄 것이라 기대했건만. 하지만 자신이라 해도 지금의 태상을 믿고서 다음을 준비하기란 부담스러웠을 거다. 겉보기에 번지르르하고 뭔가 있어 보이는 것 같아서 기대를 했었는데. 역시나 아니었다. 그릇이 그 정도밖에 안 되어 정말로 큰 사고를 칠 수 없음을 알았기에 선황이 수많은 자들 중에서 그를 제 곁에 붙여 놓은 것이다. 뭘 어찌해도 해코지를 할 수 없음을 꿰뚫고선 말이다.

이쯤 되면 선황께 감사하고 그의 안배에 감격해야겠지만, 무헌의 입 밖으로 흘러나온 감상은 다른 것이었다.

“태상이 정말로 무능한 자였군.”

위에 선 자가 무능하면 아래에 있는 자들은 흩어지기 마련이다. 구심점이 없으니 여기저기 흩어져서 본인들의 생각대로 행동하고 움직이다 보니 자잘하게 발생하는 잡다한 것들이 성가시기도 했다. 하지만 이번 단에게 벌어진 일은 소소하다 볼 수 없는 일이었다. 만에 하나라도 단이 잘못되었더라면. 하던 생각을 중단한 무헌은 움켜쥔 손에 더 힘을 주었다.

"앞서 해독하는 약을 만들어 둔 게 있었기에 바로 회복하실 수 있었습니다."

그림자의 말에 무헌은 긍정도, 부정도 하지 않았다.

표정 없는 그의 눈동자가 재차 단의 얼굴에 닿는다. 살짝 벌어진 붉고 통통한 입술을 주시하며 무헌은 나직하게 말했다.

"늑대로 변하지 않았던 건, 배 속의 아이 때문인가."

"본능보단 모성이 더 강한 법이지요. 본능적으로 배 속의 아기씨를 지키려 하신 겁니다. 그래도 강한 분이라 잘 버텨 주셨고, 폐하께서 서두르신 덕분에 금방 회복하실 겁니다."

"……"

무헌이 알고 있는 단은 늘 건강하고 씩씩한 사람이었다. 그런 그녀가 눈물을 흘리며 제 품으로 파고들었던 순간을 떠올리는 것만으로도 심장이 내려앉는 것만 같았다. 동시에 깊숙한 곳에서 치밀어 오르는 분노를 느끼며 무헌은 혼잣말하듯 중얼거렸다.

"핏줄은 이어져야 하고 내가 황제이니 내 아이가 다음 황제가 되겠지."

혼잣말이기 때문일까. 돌아오는 답이 없었지만, 무헌은 지금

이 말을 그림자가 놓치지 않았을 것이라 확신했다. 때문에 무헌은 고개를 옆으로 기울인 채로 뒤에 서 있는 그림자를 봤다.

"기쁜가."

"저는 소율태국의 황제를 지키는 그림자입니다. 폐하와 그 후손이 건강하시다면 그것만으로도 족합니다."

한없이 진심에 가까운 말이었지만, 그뿐이었다.

삿갓 아래로 숨겨져 있는 그림자의 콧날과 굳은 입매를 응시하던 무헌은 재차 앞으로 고개를 돌렸다. 다시금 침대 끝에 얼굴을 기댄 채로 단의 얼굴을, 긴 속 쌍꺼풀을 바라봤다.

* * *

버티지 못하면 그냥 이 자리에서 죽자는 일념으로 정신을 잃지 않으려 노력했다.

참고 견디는 건 어느 정도 익숙해져 있다고 생각했건만 아니었던 모양이다. 차라리 가마에 올라탔을 때 쓰러질 것이지. 아니다. 혼자 가마에 있다가 늑대로 변했으면 그건 그것대로 문제겠지. 그나마 혼자가 아닌, 무헌이 곁에 있는 걸로 위안을 삼아야하는 걸까.

이내 가마에서 내릴 때가 되었을 때는 어쩌나 싶었다. 만에 하나라도 자신이 늑대로 변했다면 무헌은 그걸 또 어찌 감출 수 있을까. 출발할 땐 걸어서 서문 밖까지 가야 했는데 들어올 때에는 매화당 앞까지 가마를 가까이 붙일 수 있는 걸까.

그렇게만 할 수 있다면 이불로 저를 둘둘 감싸서 잽싸게 들어오는 게 가능할지도. 아니다. 그걸 두고 또 이상하다 떠드는 사람들이 있을 거다. 한 번 말이 나오기 시작하면 그때부터 더 많은 소리가 나오게 될 거다. 처음 그 한 번을 조심해야만 했다.

조심하고 또 조심해서 무헌에게만큼은 폐가 되고 싶지 않았다. 하지만 이제는 이 궁 안에서, 내명부 안에서도 자신에 대해 아는 사람이 생겨 버린 모양이었다. 그러니 매소희가 그런 향을 품고 있는 거겠지. 매소희와 자신은 이런저런 얽힌 악연이 많았다. 때문에 이런 일이 생겨 버리면 주저 없이 그녀가 범인이라고 할 수 있겠지만, 그건 또 아닌 것 같았다. 암만 매소희라 한들 어찌 자신에 대해서 알 수 있을까. 애초에 그녀는 소율태국 사람도 아니었다. 자신에 대해서 안다면 소율태국 사람일 가능성이 훨씬 높았다.

초대 황제와 장군에 대해서 알고 권력에 보다 가까운 곳에 있는 자. 처음부터 문제를 일으킬 만한 소지가 있는 자들과 함께하는 부류.

그러자 떠오르는 건 딱 한 사람의 얼굴이었다.

동시에 단은 눈을 떴다.

"······."

죄 어둡고 보이는 게 없음을 깨달았을 때 더럭 겁이 났다. 여기가 어딘가 싶어 숨죽인 채로 있다가 이내 어둠과 누워 있는 곳이 익숙해진다. 여기가 제 침전이라는 걸 깨달은 단은 경직되어 있던 어깨에서 힘을 빼냈고, 심한 갈증을 느꼈다. 시원한 물 한 잔 마셨으면 원이 없겠다면서 옆으로 손을 뻗는데 아무도 없었다.

무헌이 응당 곁에 누워 있는 게 익숙했던 만큼 그가 없음에 서운함이 커진다. 이내 그럴 수도 있는 거라면서 스스로를 다독인 단은 혼자 힘으로 일어나려 했는데 몸이 천근만근이었다. 누군가 뒤에서부터 어깨를 잡아 당겨 못 움직이게 하려는 것만 같았다. 왜 이러는 건가 싶었던 단은 끙, 하고 앓는 소리를 냈고 동시에 침전 옆에 쳐진 천을 걷고 누군가 나타났다. 천을 치우는 순간 나는 익숙한 체취에 단은 재차 몸에서 힘을 빼냈다.

"일어났나."

등을 들고 들어온 무헌은 침대 근처에 그걸 걸어 두었다. 그리곤 침대 끝에 앉아서 멍하니 저를 보는 단을 확인하곤 안색을 굳혔다.

"왜 그런 얼굴인 거냐. 설마 나를 못 알아본다거나 하는 건 아니겠지?"

그럴 리가 있을까. 그런 웃기지도 않는 농담은 하지도 말라고 하고 싶었지만, 말이 나오질 않았다.

입을 다문 채로 빤히 바라보기만 하자 무헌은 아예 손바닥을 펼쳐서 단의 얼굴 앞에서 흔들었다. 기다렸던 것처럼 그 손을 잡아채서 아래로 내린 단은 심각한 얼굴로 물었다.

"나. 안 변했어?"

"……."

"숨기지 말고 솔직하게 말해도 괜찮아. 나 안 변한 거 맞아? 계속 이런 모습이었던 거야?"

어쩌면 중간에 왔다 갔다 했다가 이제야 좀 안정된 상태가 된 걸지도 몰랐다. 변한 건 솔직히 크게 문제가 되지 않았다. 그걸 들켰을 때에나 문제가 되는 거란 걸 아는 만큼 뺨을 두 손으로 감싼 단은 더 없이 심각했다. 그리고 무헌은 말없이 단을 내려다보기만 했다.

저를 바라보는 그 눈빛이나 표정이 전과 다르다. 왜 묻는 말에 대꾸 없이 저렇게 쳐다만 보는 것인가 싶어 의문이 들 수밖에 없었던 단은 다시금 입을 열려 했고 동시에 무헌의 손이 단의 얼굴을 쓰다듬었다. 뺨을 어루만지다가 이마와 머리까지 한 번에 쓰다듬는 그 손길에 단은 눈을 깜박였다.

손끝에서 묻어나는 느낌이 이상했다.

"……왜 그래?"

이런 식으로 만져주는 거야 처음도 아니라 별 상관은 없지만, 눈빛이 수상쩍었다. 시선이 닿는 곳이 간질거리는 것 같았던 단은 시선을 피하듯 눈을 돌리다가 슬그머니 무헌을 봤다. 변함없는 그 눈빛에 단은 다시 물었다.

"왜 그렇게 보는 건데? 내가 잘못한 게 있으면 있다고 말로 하든가. 그렇게 보고 나서 얄밉게 말하면 나도 화낼 거야?!"

설령 자신이 아픈 동안 늑대로 변했다고 해도 미안하다는 사과는 절대로 하지 않겠다면서 단은 두 눈에 힘을 주었다. 나름 매섭게 노려보는 단을 두고 무헌은 고개를 숙여 이마에 입을 맞췄다.

"……."

오랫동안 이마에 닿아 있던 입술이 떨어지곤 재차 저를 바라보는 무헌의 눈빛은 평소와 너무 달랐다. 거기서 자신이 의식을 잃은 동안 엄청난 사고를 쳤다는 확신을 얻은 단은 더럭 겁이 나 두 뺨을 감쌌다.

"내가 정말로 죽을죄를 지기라도 한 거야?"

"그런 게 아니다."

아니라고 해도 지금 행동을 보면 아닌 것 같은데.

일단 미안하다고 사과부터 하고 시작할까.

바로 그때 단의 머리카락을 손가락으로 쓸어내린 무헌이 중얼거렸다.

"솔직히 말해서 생각해 본 적이 없었던 일이긴 한데…… 그래도 기분이 좋기는 하군."

"뭔데? 뭐가 문제인데? 내가 기절하고 난 후에 무슨 일이라도 생겼어? 지금 며칠이나 지난 건데?"

"네가 의식을 잃은 것 외에는 아무런 문제도 없었다."

사고를 쳐서 엉망으로 만든 것 때문에 화를 내려다가 그걸 참고 애써 좋게 말해 주는 건 아닌가 의심스러웠던 단은 눈을 가늘게 떴다.

"정말이야?"

"그래."

"그런데 넌 왜 이러는데?"

어쩌면 의식 내내 실수 없이 맡은 바 임무를 잘 수행한 자신이 갑자기 사랑스럽게 여겨진 걸지도 모른다. 잘한 부분이 커서 자잘한 사고를 죄 덮고도 남는 거지. 예상보다 너무 잘한 게 놀라워서 저렇게 제 얼굴에서 시선을 떼지 못하는 거라면, 정말 그게 이유라면 계속 쳐다봐도 상관없었다.

누워 있어서 얼굴이 눌려 보이진 않을까. 조금 더 예쁘게 보일 수 있도록 일어나 앉아 있을까. 생각을 하면서도 단은 어느새 입술 양꼬리를 올리며 웃고 있었다. 보란 듯이 눈을 깜박이자 무헌은 단의 이마에 손을 대곤 엄지로 미간 사이를 느리게 문지르면서 말했다.

"너랑 내 사이에 아이가 생겼다."

"……."

"회임을 했다고 하더군."

"……어."

분명 엄청난 소식이긴 했지만, 크게 놀라거나 하진 않았다. 원래 월경 주기가 일정하진 않았지만 이번에는 유독 안 오는구나, 하고 생각했던 거다.

한 달 전부터 그렇게나 해댔는데 임신이 안 되는 게 이상하기도 할 테고. 자연스러운 현상일지도 모른다 싶으면서도 막상 이런 일이 닥치자 뭐라 해야 할지 모르겠다. 기분이 나쁘진 않지만, 마음 편하게 기뻐해도 되는 일인가— 하고 생각하게 된다.

머릿속이 복잡해지면서 점점 생각이 많아지는 걸 느끼며 단은 심각한 표정을 지었다. 때에 맞춰 단의 미간에 엄지를 대고 있던 무헌은 그 부근을 느리게 문질렀다.

"걱정하지 마라."

그 말에 위를 올려다보는 단의 눈동자는 묘하게 힘이 없었다. 오만 생각들을 한 번에 하게 되어서 머릿속이 복잡하게 뒤엉킨 거겠지.

"네가 회임을 해서 기쁘고, 너와 내 아이가 생겼다는 사실이 좋으니, 당장은 그렇게만 생각하자."

단도 무헌이 좋았다. 때문에 무헌과 자신 사이에서 아이가 생겼다는 사실이 너무 기쁘고 행복했다. 궁 안이 아닌 바깥에서 살고, 평범한 부부 관계였다면 더 크게 기뻐할 수 있었을까. 아니. 그렇지도 않을 거다. 정말 임신한 거냐면서 크게 기뻐할 수 없는 이유는 그런 것 말고도 아주 많았다.

단은 깍지 낀 두 손을 배 위에 올렸다. 아직 아무것도 느껴지지 않는다. 그래서일까. 실감이 전혀 나지 않는다면서 웃었다.

"이러다 나 정말로 황후가 되겠네."

"……"

어디까지나 분위기를 풀고자 했던 농담이었다. 하지만 저를 내려다보는 무헌의 눈빛은 여전히 온화했고, 머리를 쓰다듬는 손길은 부드러웠다. 거기서 단은 눈가로 열이 몰리면서 울고 싶은 기분이 들었다.

빠르게 눈을 깜박이며 필사적으로 눈물을 참으려 들지만 결국 실패한 단은 두 손을 들어 제 얼굴을 가리곤 반대편으로 몸을 돌렸다. 이불을 찾아 그 속으로 파고들어 가자 무헌이 달라붙어선 뒤에서부터 끌어안았다. 그 손길을 피하고자 할 생각은 없지만 괜히 몸을 비틀면서 떨어지라며 투정 아닌 투정을 부렸다.

"괜찮아."

단의 귓가에 입술을 누른 채로 무헌은 재차 단을 달랬다.

"난 황제니까, 괜찮아."

무헌이 황제이기에 문제가 더 커질 수도 있었다. 하지만 굳이 거기까지 생각하고 싶지 않았던 단은 느리게 고개를 끄덕였다. 몇 번이고, 계속해서 끄덕이기만 했다.

* * *

강부인의 회임 소식은 금세 궁 안팎으로 파다하게 퍼져 나갔고, 매소희의 귀에도 닿았다.

"그렇군, 회임을 하셨다라."

중얼거리는 목소리는 차분했지만, 저러다 어찌 변할지 몰랐다. 주인의 변덕스러운 성품에 대해 익히 알고 있었던 시비는 고개를 들지도 못했다. 하지만 기다려도 불호령은 떨어지지 않았다. 조용하면 그것대로 불안했기에 시비는 고개를 들었고, 턱 아래에 손을 댄 채로 곰곰이 생각에 잠긴 매소희를 보곤 입을 열었다.

"전 이만 물러나 보겠습니다."

가 보겠다는 말에도 뭐라 하지 않는다. 이렇게 조용히 곁을 떠날 수 있게 되다니. 참 드물고 신기한 일이라며 시비가 뒷걸음질을 치자 매소희는 턱 아래에 대고 있던 손을 내렸다.

"회임, 그래. 할 때도 되긴 했지."

그렇게나 황제가 자주 찾는데 회임이 되지 않으면 그 또한 문젯거리가 되었을 거다.

매소희는 강부인이 싫고 눈엣가시나 다름없었지만, 그녀가 회임했다는 소식을 듣고서는 기이할 정도로 아무렇지도 않았다. 자라온 환경이 그딴 식이었기에 그럴까.

셀 수도 없을 만치 많은 부인을 둔 부친 매용배는 매소희의 존재도 모르고 있었다. 때가 되어 딸을 보내긴 해야 할 텐데 누가 좋을까 싶어 둘러보던 와중 얼굴 반반한 자신이 눈에 띄었던 거다. 그런 곳에 있어 봤자 제 어미와 별반 다르지 않게 살다가 죽겠구나 싶어 부친의 눈에 들려고 노력한 것도 없잖아 있지만―.

일단, 매소희가 태어난 사막에서는 사내가 여러 부인을 두는 게 당연한 일이었다. 힘이 세고 권력이 있는 자일수록 더 그랬다. 보다 많은 부인과 자식을 두는 게 그의 세력을 과시하는 용도가 되기도 했다. 그래서일까. 강부인이 회임했으면 그걸로 된 거라며, 자신은 두 번째 아이를 가지면 된다는 식으로 바로 마음가짐을 달리 먹게 된다.

두 번째 아이가 안 된다면 세 번째, 그도 안 되면 열 번째까지도 괜찮았다. 아이는 얼마든지 태어날 수 있지만, 다 자라 황제가 될 수 있는 건 하나뿐일 테니까. 그때까지 자신은 몇 번이고 도전할 수 있지만, 다른 사람은 어떨까. 타고나길 오만한 화소영 같은 여자는 말이다.

매소희는 탁자 위를 두드렸다. 지금처럼 상황이 좋지 않았던 적이 없었다. 예전처럼 미친 사람같이 난동을 부려도 저를 두려워하는 사람이 없고, 따로 챙겨 주려 아부하는 이도 없었다. 방치나 다름없는 상황이 되어서야 비로소 매소희는 차분해질 수 있었다. 그 어느 때보다 냉정하게 자신이 처한 상황과, 어쩌면 거기서 벗어날 수 있을지를 고민했다.

몇 번이고 생각하던 그녀는 시비를 불렀다. 시비는 그녀의 부름에 급히 들어왔다. 역시나 조용히 넘어갈 수 없는 일이었던 거라며, 몇 대 맞을 걸 각오했다.

"내가 찾으라 했던 시비는 찾아봤더냐."

안 그래도 묻지 않을까 싶어 눈치만 보고 있던 차에 건네어진 말에 시비는 숨을 삼켰다. 둘러대고 싶어도 그런 게 없으니 솔직하게 답할 수밖에 없었다.

"찾을 수 없었습니다."

"그래. 그럴 줄 알았다."

"……."

애초에 주변에 물을 사람도 적고 달리 알고 지내는 정보통이 있는 것도 아니었다. 최선을 다했다 해도 이루어낸 성과가 없으니 부끄러웠다.

"이번에는 너에게 다른 걸 시킬 것이다. 이 일만큼은 네가 꼭 잘해주었으면 하는데. 할 수 있겠느냐."

앞서 분부한 일을 제대로 처리하지 못했는데 두 번째를 맡기는 것인가. 시비는 숨죽인 채로 매소희를 올려다봤다.

"이번 일을 잘해준다면 너에게 큰 상을 내릴 거다. 너뿐만이 아니라 네 가족들이 평생 동안 먹고 살 만한 재물을 내리마. 어때, 할 수 있겠느냐."

자신뿐만 아니라 가족들에게까지 그 혜택이 주어지는 거라면 더 고민할 게 없었다.

뭐든지 분부만 내리라며 무릎을 꿇고 앉는 시비를 본 매소희는 붓과 종이를 들고 오라 했다.

*   *   *

의식이 끝났다 해도 긴 준비 기간이 있었던 만큼 피로가 쌓일 수밖에 없었다. 때문에 일주일간 조례가 생략되고 모두가 마무리 및 일 정리에 심혈을 기울였다. 올해 한 해를 잘 치렀다고 해서 내년에 하지 않는 게 아니었다. 내년, 내후년 앞으로 계속해서 매년 있을 의식이었던 만큼 사용하고 난 후의 정리도 준비만큼 중요했다.

오랫동안 이어져 내려온 의식이기에 정리를 함에 있어 누가 무엇을 하면 되는지 다 정해져 있었다. 때문에 굳이 '이건 어찌하면 좋겠습니까.' 하고 황제에게 물을 필요가 없었다. 하지만 오늘은 좀 달랐다. 굳이 건평궁을 찾을 필요가 없는 자들도 황제에게 인사를 올리기 위해서 서성였다. 개중에는 이태감 선에서 돌려보낼 수 있는 대신들이 있지만, 아닌 부류도 있었다. 그럴 경우 황제에게 알려서 답을 기다리는 게 보통이었다.

"폐하께선 계신가."

벌써 몇 번째인지 셀 수도 없는 질문을 받은 이태감은 옅은 미소를 지었다.

"안에 손님이 계셔서 대화를 나누고 계십니다."

대신은 안타까운 표정을 지었다. 일부러 어정쩡한 시간에 찾아오면 축하 인사라도 올릴 수 있지 않을까 싶었는데 대체 누가 선수를 치는 건가 싶었다. 그러는 와중에도 저 멀리서부터 종종걸음을 옮기면서 다가오는 대신이 보였다. 앞서 온 사람을 보곤 서둘러 달려온 자는 이태감이 정확하게 57번째 들은 말을 건넸다.

"폐하께선 안에 계신가."

그 순간 먼저 와 있던 자가 어색한 헛기침을 했다. 그런 걸 묻기 전에 이곳에 있는 자신을 보라는 듯 말이다. 안에 사람이 있더라도 순서상 자신이 먼저라는 티를 내고 싶어 했지만, 기침 소리를 들어도 대신은 모르는 척 이태감 얼굴만 바라봤다. 본인의 질문에 대한 답을 해 달라며 뚫어져라 응시하는 시선이 부담스러울 만도 한데 이태감은 침착했다.

"먼저 오신 분들과 담소를 나누고 계십니다. 그리고 곧 오수 때라, 안에 계신 분들이 나오시더라도 폐하를 뵙지 못하실 겁니다."

"오랜 시간을 끌지 않을 걸세. 그저 인사만 드리면 되니 어떻게 좀 부탁하겠네."

"저에게 말씀하셔 봤자 무슨 소용이겠습니까. 오래 기다리셔도 결국엔 폐하를 뵙지 못할 수도 있으니 이만 돌아가시지요."

재차 거절을 당하자 더 매달리기도 민망했다. 하지만 이대로 포기할 순 없는 노릇이었던 만큼 대신은 목소리를 낮추곤 은밀하게 물었다.

"강부인께 인사를 올릴 수 있는 방법은 없을까."

"폐하의 허락이 있기 전엔 그 누구도 사사로이 강부인을 찾아뵐 수 없습니다. 아직 회임 초기라 안정이 최우선이라 했습니다. 그러니 마음이 앞서 그릇된 행동은 하지 마십시오."

"이 답답한 사람아, 난 그저 축하를 드리고 싶은 마음에서 이러는 게 아니겠나."

그걸 곡해하지 말라면서 주먹으로 가슴을 두드려도 이태감은 그저 미소 지을 따름이었다. 물러설 기미가 없는 그 모습에 대신은 애가 타선 닫혀 있는 문만 바라봤다.

바깥에선 굳건히 닫혀 있어 쉽사리 진입할 수 없는 공간처럼 여겨지지만, 안에서는 아니었다. 이미 들어와 있었던 자들은 초조함과는 거리가 먼 느긋한 모습으로 담소를 주고받았다.

"구태여 이런 말씀을 드리지 않으려 했지만, 하지 않을 수가 없군요. 용안이 훤하십니다."

먼저 황제와 알현한 자들은 가장 먼저 정무와 관련된 논의를 했고 지금은 거의 마무리 단계였다. 궁 안팎을 떠들썩하게 만드는 큰 경사가 있는데 정무만 논할 순 없었다. 용기를 내서 꺼낸 말에 황제는 언짢은 기색이 없었고, 거기에서 용기를 얻은 자는 재차 말을 꺼냈다.

"이는 소율태국의 크나큰 경사입니다. 폐하께서 즉위하신 이래 번성을 거듭하던 소율태국이지만, 이처럼 기쁜 일이 없었습니다. 강부인께선 복이 많은 분이니 분명 폐하를 쏙 닮은 황자를 낳으실 겁니다."

"아들도 좋겠지만, 나는 딸이 더 좋다. 강부인을 닮았으면 내가 웃을 일이 더 많아지겠지."

기분 나쁜 기색을 드러내지 않는 것만도 어딘가 싶었는데 농까지 하다니. 한결 더 편안해진 분위기 속에서 대신들은 하나둘 말을 건넸다.

"폐하께서 이리 말씀하실 수 있는 분이라는 걸 처음 알았습니다."

"전에는 할 필요가 없었지만, 요즘에는 하고 싶어지는군."

들고 있던 상소를 내리면서 황제는 고개를 들어 장상서를 보고 말했다.

"요즘은 내가 이 자리에 있음이, 마음에 든다."

의미심장한 말에 마른침을 삼키는 대신들과 달리, 장상서는 표정의 변화가 거의 없었다. 어떤 상황에서라도 동요를 거의 하지 않는 진중한 자였다. 그렇기에 믿음이 간다면서 황제는 물었다.

"일은 잘 되어 가고 있나."

"폐하의 보살핌을 받아 꾸준하게 늘어나고 있습니다. 갑작스럽게 함께 일을 하자는 사람도 늘고, 여러모로 바빠져서 잠잘 시간도 부족하지요."

"일은 바빠도 잠을 푹 자게. 암만 부귀영화가 중요하다 해도 건강하지 않으면 소용없지."

"폐하께서 걱정하실 일 없이 건강을 잘 챙기면서 맡은 바 임무를 수행하겠습니다."

두 손을 모아 예를 갖추며 고개를 숙인 장상서가 도로 고개를 들었다. 그리고 조심스럽게 그 말을 꺼냈다.

"폐하의 깊은 생각을 부족한 저희가 어찌 알 수 있겠느냐만은 회임을 하신 강부인을 이대로 둘 순 없습니다. 이제 슬슬 정할 때가 되지 않았겠습니까."

그 말에 황제의 눈동자가 위로 움직인다. 장대인을 위시한 대신들이 함께 무릎을 꿇고 앉아 고개를 조아렸다.

"강부인을 황후로 올리십시오."

말은 장상서가 하고 대인들이 그 뜻을 함께할 것을 내비치는 형상이지만, 이것은 이미 암묵적인 합의가 이루어진 부분이었다. 황제의 역할은 이들의 요청을 마지못해 받아들여서 조례 때 상소를 올리라는 말을 하면 되는 거였다. 하지만 약간의 침묵 후, 황제는 나직하게 중얼거렸다.

"그걸 허락하지 않을 자들이 한둘이 아닐 거다."

"황후를 결정함에 있어 폐하의 뜻보다 더 위가 어디에 있겠습니까. 하지만 사사로운 이득을 위해 불충한 뜻을 드러낼 자들도 분명 존재하지요. 저희가 그걸 막겠습니다. 뜻이 맞는 자들과 함께 모여서 강부인을 황후로 추대하는 상소를 올리겠습니다. 저희와 폐하께서 같은 뜻으로 밀어붙인다면 저들도 끝까지 버틸 순 없을 것입니다."

입을 다문 장상서의 눈빛엔 흔들림이 없었다. 무슨 수를 써서라도 꼭 강부인을 황후로 추대할 것이며, 모두의 뜻을 모아서 원하는 결과를 얻고야 말겠다는 결의가 느껴지는 얼굴이었다.

태상과 다른 인물이었다. 함께 일을 함에 있어 이보다 더 도움이 될 자는 없었기에, 황제는 허락의 뜻을 내비쳤다.

"그대들만 믿고 있겠다."

"맡겨만 주십시오."

고개를 조아리는 대신들을 본 황제는 미미하게 고개를 끄덕였다.

* * *

오전 중에도 몸이 무거워서 내내 침대 위에서 뒹굴거렸는데 오후가 되자 조금씩 풀렸다. 목과 등이 뻐근하긴 해도 혼자서도 벌떡벌떡 잘 일어날 수 있게 된 단은 혜령을 불러선 목욕을 하고 옷을 갈아입었다.

화장대 앞에 앉아 머리를 말리면서 화장도 살짝 하는 내내 단은 눈을 감고 있었다. 화장을 받고 있기에 그런 건 아니었다. 조심스럽게 얼굴에 닿았다가 떨어지는 손길을 느끼고 있던 단은 슬그머니 한쪽 눈을 떠봤다. 그러자 거울 너머로 의미심장한 얼굴인 혜령이 보였다. 시선이 부딪치는 순간 기다렸던 것처럼 손으로 입을 가리는 혜령을 본 단이 아예 그녀를 돌아봤다.

"왜 그러는데?"

"기뻐서 그러지요."

기다렸던 것처럼 대답한 혜령은 조금 더 단의 옆에 붙어 섰다.

"전 부인이 해내실 줄 알았습니다. 경하드린다고 몇 번이고 말씀 드려도 부족할 정도입니다."

말을 하는 동안에도 혜령의 입가에선 미소가 떨어지지 않았다. 회임을 하게 된 게 저렇게나 좋아할 일일까. 혜령뿐만이 아니라 복운, 그리고 왔다 갔다 하면서 본 사람들 모두가 만면에 미소를 지으며 축하 인사를 했다. 잘은 몰라도 대문 바깥에도 인사를 하고 싶은 사람들로 북적거리는 것 같았다.

따지고 보면 무헌이 등극한 지 3년 동안 없던 소식이 들린 것이니 반기는 마음을 모르는 건 아니지만 너무 요란하니까 창피했다. 게다가 이 사실을 부모님은 아직 알지도 못하시는데. 왜인지 아버지가 아시게 되면 뒷목을 잡으실 것 같기도 하고ー.

혜령처럼 마냥 웃으면서 기뻐할 순 없었던 단은 앞으로 고개를 돌리고 앉았다.

"원래 기쁜 일일수록 티내지 말라고 했어. 그러니까 너무 요란 떨지 마."

"기쁜 일일수록 많이 알리고 말해야 기쁨이 두 배가 되는 법 아니겠습니까. 부인께서 황후가 되실 일이 머지않았습니다."

그 순간 거울 속에 비치는 단의 눈빛이 굳는다. 경솔한 말은 삼가라는 표시였지만, 혜령은 전과 달리 물러섬이 없었다.

"회임까지 하신 부인인데 못 할 말도 아니지 않습니까."

"……아이고, 골치야."

다른 사람도 아닌 혜령마저 이렇게 구니 골치가 아팠다.

당장 두 손으로 머리를 감싸 쥐고 화장대 앞으로 엎드리자 사색이 된 혜령이 다급히 말했다.

"부인, 몸이 안 좋으신 겁니까. 어의를 부를까요?"

"아니야. 몸이 안 좋아서 이러는 게 아니라고."

하나같이 죄 축하를 해 주지만 그걸 기분 좋게 받아들일 수 없는 이 복잡함 심경을 어찌 알까.

보통 임신한 여자들이 어떻게 행동하더라. 예전 산매골에서 한창 왕성한 활동을 했을 때 얼굴만 알고 지냈던 여자가 있었다. 어느 날 갑자기 배가 불러서 나타나더니 자신을 볼 때마다 새파랗게 질려선 도망치듯 피하곤 했다.

왜 그러나 싶었을 때 곁에 있던 영수가 '부끄러워서 저러나 보다.'라는 말이 뇌리에 깊이 박혀 있었다. 비단 그 여자뿐만 아니라 산매골에서 본 임신한 여자들은 하나같이 불행한 얼굴이었다. 마지못해서 애를 낳고 산다. 그런 느낌이었다. 물론 그 여자들과 자신의 처지를 비교해선 안 되는 것이긴 했지만 말이다.

임신을 했을 때 이렇게 하면 된다는 것에 대한 지식이나 정보가 전무했다. 그러다 단은 어머니를 떠올렸다. 어머니가 쌍둥이 동생들을 가졌을 때 어찌 했더라. 어머니는 평소 그대로 행동했고, 아버지가 평소보다 훨씬 더 많이 도와주곤 했었던 것 같다. 평소와 별 다름 없는 하루하루를 지내는 동안 어머니 배가 서서히 부르더니 어느 날 쌍둥이 동생이 생겨났다. 자신도 이렇게 하루하루 지내는 동안 아이를 낳게 되는 걸까. 딸일까. 아들일까. 만약, 황자를 낳게 된다면 정말로 자신이 황후가 되는 걸까.

늑대족인 데다, 이렇다 할 제대로 된 신분 하나 없는 자신이 황후가 될 수 있는 걸까.

이래저래 해결되지 않은 안팎의 일들이 많은데ㅡ.

그 문제도 자신이 직접 나서서 해결할 수 있는 게 아니었다. 무헌이 뭔가를 하는 것 같기는 한데 그에 대한 정보가 하나도 없었다. 만약 자신이 할 줄 아는 게 있었더라면 더 좋았을 텐데. 눈 깜빡할 사이에 죄 해결해 놓고는 손을 탁탁 털고, 이제 다 해결이라고 한다면 오죽 좋아.

불가능한 일을 떠올리면서 단은 깊이 한숨을 쉬었다.

"화장대가 날아가겠군."

"……."

놀란 단이 고개를 들고 혜령은 급히 뒤로 물러났다. 동시에 안으로 들어온 황제는 단의 뒤에 서선 그녀를 내려다봤다.

"언제 왔어?"

"조금 전."

짤막하게 말한 후 무헌은 단의 머리를 잡아 앞으로 고개를 돌렸다. 그리곤 빗으로 단의 머리를 빗어 내린다.

혼자만의 생각에 지나치게 몰두했던 걸까. 무헌이 찾아온 걸 전혀 모르고 있었던 단은 당황한 채로 있다가 계속해서 제 머리카락을 빗어 내리는 손길을 느꼈다. 서투르기 때문일까. 가만히 있으려고 해도 자꾸만 몸이 들썩거린다. 결국 참다못한 단은 무헌의 손에서 빗을 가지고 갔다.

"내가 할 테니까 가서 앉아 있어. 어제 늦게 자서 피곤할 거 아니야."

중간에 잤다가 깬 단은 오랫동안 잠들지 못했고 무헌은 계속 곁에 머무르면서 등을 토닥여 주었다. 이래저래 심경이 복잡했던 단을 위로해 주려는 듯 말이다. 덕분에 새벽 나절에나 눈을 붙일 수 있었던 단은 오후가 다 되어서야 일어났다.

이쪽은 푹 자고 일어났지만 무헌은 그게 아니니 조금이라도 눈을 붙였으면 싶은데 계속 뒤에 서 있기만 한다. 정수리에 진득하게 닿는 시선을 느끼며 단은 결국 몸을 일으켰다. 무헌의 손목을 잡아끌어선 침전으로 들어간 단은 무헌의 몸을 아래로 당겼다.

순순히 침대 위에 앉은 무헌은 단을 끌어당겼다. 자연스러운 손길에 이끌려 정신을 차려 보니 그의 허벅지에 머리를 베고 누워 있는 자세라는 걸 깨달은 단은 금방 일어나려 했다. 그러지 말라며 어깨를 잡아 누르는 손길에도 아랑곳하지 않고 일어난 단은 무헌의 어깨를 잡아당겼다. 처음에는 버티던 무헌은 이내 침대에 눕게 되었고 그런 그의 머리 아래에 베개를 넣어 준 단은 머리맡에 앉아 그를 내려다봤다.

"조금만 눈 붙이고 일어나."

낮잠이 별거 아닌 것 같아도 피로 회복에 그만한 게 없었다.

단은 무헌의 이마와 눈 위에 손을 올리고는 재차 어서 자라고 말했다. 처음에는 가만히 있던 무헌이 이윽고 단의 손목을 잡아 아래로 내리곤 그녀를 올려다봤다. 눈 하나 깜박이지 않고 뚫어져라 얼굴만 쳐다보는 것에서 무슨 할 말 있느냐며 단은 한쪽 눈썹을 올렸다. 그 장난스러워 보이는 행동에 무헌이 물었다.

"지금 상황이 싫은 거냐."

"……."

단은 바로 대답하지 않았다.

상황이라고는 해도 단의 입장에선 한 가지만 해당되는 게 아니었다. 고개를 옆으로 기울인 채로 한동안 생각을 하던 단은 으음, 하고 신음을 흘리며 말했다.

"난 계속해서 이 안에서 네가 오기만을 기다리고 있어야 하는 걸까."

물론 뭔가를 하고자 마음만 먹는다면 할 건 얼마든지 있었다. 내명부도 꽤 넓은 곳이라서 온종일 돌아도 구석구석 죄 살필 수 없었다. 내명부 수장이 되면 해야 할 일이 적혀 있는 책을 읽은 적이 있었는데, 이건 또 어찌 해야 하나 싶을 정도로 어렵고 복잡한 일투성이였다. 절기 때마다 안팎으로 신경 써야 할 게 있고, 상황에 따라선 황제와 국정을 논할 수도 있다고는 하지만 그런 건 자신하고는 별 상관없는 일이었다. 아직까지는 말이다.

지금도 딱히 지루할 틈 없이 이런저런 일을 하면서 지내고 있긴 했다. 무료하다 싶으면 생기는 일 같은 것도 있고 말이다. 하지만 그 일이라는 게 가볍게 웃으면서 넘길 수 없는 것들인지라 문제였다.

무헌은 제 뺨을 문지르는 손길을 느끼면서 물었다.

"바깥으로 나가서 살까?"

되지도 않는 말을 들은 사람처럼 단은 웃었다.

"어떻게 그래. 넌 황제잖아."

"그래도."

그제야 단은 무헌이 농담인 척 진심을 드러냈다는 걸 깨달았다. 무헌이 황제가 아니었더라면 어찌 되었을 것인가에 대해서 생각해 보지 않았던 건 아니었다. 보통의 평범한 사람으로 만났으면 굴곡 없이 혼례를 올리고 아이를 낳고 부모님처럼 살았을까. 부모님처럼, 자신과 쌍둥이 동생과 아직 핏덩이인 막둥이를 낳으면서―.

가족들 생각을 한 단의 입가로 옅은 미소가 그려졌다.

"너랑 나랑 둘이서 손잡고 나가서 살 수는 있겠지만, 그리되면 우리 가족은 어떻게 되는 건데?"

지금도 자신의 일족에 대해서 알고 그걸 이용하려는 자들이 있었다. 무헌과 단둘뿐이라면 어디든 가서 살지 못할 이유가 없었다. 어쩌면 지금보다 훨씬 더 잘 지낼 수 있을지도 모르지. 소소한 일상을 즐기면서 앞으로 태어날 아이를 낳고 그냥저냥 입에 풀칠하면서 살면 되겠지. 하지만 그리된다고 해서 자신의 가족들마저 편안한 삶을 살 수 있게 되는 건 아니었다.

지금이야 황제인 무헌이 손을 써서 이래저래 많은 도움을 준다 하지만, 이후에는? 무헌이 아닌 다른 황제도 제 일족을 그리 챙겨줄 수 있을까. 모주화 같은 자가 또 나타나 위협을 가하려 했을 때 무헌처럼 그림자를 이끌고 데리고 올 수 있는 황제가 있을까.

단의 질문에 무헌은 대답이 없었지만, 이미 그의 뜻을 알게 된 것만 같았던 단은 재차 그의 눈을 가렸다.

"네 몸이 갑자기 안 좋아지게 된 이유가 뭔지 이제는 말해 봐."

단이 정신을 차리고 나서 얼마 지나지 않아 무헌이 궁금해하는 게 바로 이것이었다.

대체 누가 자신에게 그런 짓을 저지를 수 있었던 거냐고 말이다. 저지른 자가 있으니 당한 게 아니냐면서, 의혹이 있는 사람이 있다면 확인이라도 해 줄 테니 숨기지 말고 죄 말하라는 식이었다. 하지만 단도 더 알아보고 싶었다. 매소희가 자랑하듯 말했던 향낭이 문제가 된 건 분명했지만, 그걸 누가 어떤 식으로 건넸기에 매소희의 복부에 있었던 건지를 알아봐야만 했다.

"심각해지지 마. 궁 안에도 나에 대해서 아는 사람이 있는 거지 뭐."

"……."

담담하게 말하지만, 간단한 문제가 아니었다.

한결 굳어진 무헌의 눈빛을 앞에 두고 단은 옅은 미소를 지었다. 그 위로 손을 뻗어선 단의 뺨을 쓰다듬은 무헌은 나직하게 말했다.

"그나마 큰일이 벌어지지 않아서 다행이다."

단도 같은 생각을 하고 있었다.

아무것도 모르는 상황이었더라면 단순히 자신의 정신력이 강했기 때문에 늑대로 변하지 않았다고 생각했겠지만 지금은 아니었다. 임신이 된 상태였기에 변하지 않았을 수 있었던 거다. 자신의 어머니가 그리했듯이, 제 일족의 모든 여성들이 그리하듯이 말이다. 단은 아까부터 제 얼굴에서 시선을 떼지 못하는 무헌을 의식하며 살짝 웃어 보였다.

*　　*　　*

단의 처소는 한적했다.

정말은 사람이든 물건이든 북적거려야 하는 게 맞겠지만, 황제가 허락 없이 그 누구도 함부로 걸음 하지 말라는 엄명을 내려서 알아서들 눈치 싸움을 벌이는 중이었다.

누구 한 사람이 용기를 내서 찾아가면 그 뒤를 따르는 건 쉬웠다. 부인들은 그나마 강부인과 친분이 있는 장부인이 나서주기를 원했지만, 그녀는 미동도 없었다. 장부인이 움직일 생각이 없다면 화부인이 그나마 가능성이 높았다. 같은 족보에 이름이 올려진 사람이니 보다 수월하게 인사를 하러 갈 수 있지 않을까. 하지만 왜인지 그 날 이후로 낙운궁의 대문은 단단하게 닫힌 채로 열리질 않았다. 그걸 두고 의견이 분분했지만, 함부로 입방아를 찧는 자들은 없었다.

화부인과 강부인의 사이가 어찌 되었던 간에 한 식구이니 팔은 안으로 굽기 마련이었다. 강부인이 황자를 낳으면 자연스럽게 화부인의 위세도 높아질 수밖에 없었다. 하지만 그와는 또 반대가 되는 말을 하는 자들도 있었다.

"폐하께서 태상을 내칠 준비를 하고 계신다던데. 들은 적 있니?"

"의식이 있었을 때 폐하께서 태상만 불렀다 하시는데, 의기양양하게 들어가신 분이 나올 때에는 얼굴이 반쪽이었다잖아. 혼이 빠진 사람처럼 내내 흐리멍덩한 눈빛을 하고 계셨다는 거야."

"모르긴 몰라도 폐하께 한 소리 들으신 거겠지. 이전부터 있어왔던 일과 관련해서 아무래도 폐하의 눈 밖에 나게 된 것 같아."

"이전의 일이라면, 그 사냥터에서 저주 인형과 관련된 일 말이야?"

"그래. 화부인과 태상의 얼굴을 보고 그냥 넘어가 주려 하시는 줄 알았는데 아니었던 거지."

"그럴 수밖에 없는 거 아니야? 폐비가 저주를 내려서 폐하께 해를 가하려 하셨잖아. 그걸로 선황께서도 얼마나 애를 먹으셨는데……."

빨래를 하다 말고 잡담을 나누는 시비들은 어느새 거기에 푹 빠져 있었다.

전이라면 절대로 입 밖으로 꺼낼 수 없는 말이겠지만 지금은 아니었다. 화부인을 비방하고 정확한 정보가 아닌 것이라 할지라도 그걸 발설하는 데 거리낌이 없었다. 이야기를 주고받다가 서로 들어맞는 구석이 있으면 '세상에, 정말 그런 거야?'라며 없던 일도 사실로 포장되고 있었다.

"너희들 거기서 대체 뭘 하는 거니?!"

날 선 목소리에 신이 나서 떠들어 대던 시비들은 입을 다물곤 뒤를 돌아봤다. 저 멀리서부터 빠르게 다가온 나운은 사색이 되어선 고개를 똑바로 들지도 못하는 시비들을 노려봤다.

"한 번만 더 이런 식으로 모여서 잡담을 나누는 걸 들키면 다들 곤장을 맞을 줄 알아!"

매섭게 일갈하는 나운의 눈빛은 살기등등했다. 단순한 경고가 아님을 깨달은 시비들은 찍소리 못 하고 숨을 삼켰다. 잘못했다는 말도 없이 벌벌 떨기만 하는 것들을 두고 화를 참을 수 없었던 나운은 어서 가서 일이나 하라고 소리쳤다. 모여 있던 시비들이 흩어지는 걸 확인하고 나서야 나운도 몸을 돌렸다.

처음에야 화가 가시질 않아 굳은 얼굴이었지만, 화부인의 처소에 가까워짐에 따라 우울감이 깃든다.

예전에는 상상도 할 수 없던 일들이 일어나고 있었다. 그 누가 감히 화부인에 대한 험담을 할 수 있단 말인가. 들뜬 분위기에 편승되어서 다들 이상해져 가고 있었다. 오늘 하루 날을 잡고 기강을 바로 잡아야겠다면서 나운은 부인의 문 앞에 서선 말했다.

"부인, 저 나운입니다. 안에 들어가겠습니다."

조심스럽게 문을 열고 들어선 방 안은 대낮임에도 무척 어두웠다. 창문을 닫아 그 위로 천을 내린 데다 초를 켜지도 않았으니 어쩔 수 없었다. 공기 중에 떠도는 우울감이 어깨를 짓누르는 걸 느끼며 나운은 애써 밝은 어조로 말했다.

"부인, 방이 어둡고 공기도 탁합니다. 창문을 열어 환기를 시키겠습니다."

화부인은 긴 의자 한편에 앉아선 고개를 숙이고 있었다. 어느 순간부터 그런 부인의 얼굴을 보는 게 부담스럽게 느껴졌던 나운은 일부러 안쪽에 놓인 화로로 걸어갔다. 날이 저물면 공기가 제법 찬기에 조금씩 탄을 피우고 있었다.

"화로에 재가 많이 쌓여 있어서 연기가 탁했던 모양입니다. 제가 금방 갈아드리겠습니다."

정말은 쌓여 있는 재의 양이 얼마 되지 않았다. 하지만 이런 말이라도 하지 않으면 침묵을 견디어 낼 수 없었다. 나운이라고 해서 말하고 싶지 않은 게 없을까. 지금 돌아가는 상황이 심상치 않으니 그에 대한 조언을 해 주고 싶어도 며칠 전 화부인이 늙은 태감을 어찌 처리했는지를 보고 난 후에는 쉽사리 입이 떨어지지 않았다.

어떠한 일에 있어서도 중립을 잃지 않던 화부인이었다. 적어도 해선 안 되는 일은 하지 않던 부인이, 사람 하나를 처리함에 있어 눈 하나 깜박이지 않았다. 전부터 부인이 조금씩 달라지고 있음을 느끼긴 했지만, 지금 같은 상황은 영 적응이 되질 않았다.

"나운아."

조심스럽게 재를 옮기던 나운은 저를 부르는 소리에 놀라 그만 작은 삽을 놓쳤다.

바닥 위로 쏟아지는 재를 본 나운은 사색이 되어선 무릎을 꿇고 앉았다.

"부인, 죄송합니다. 노비가 금방 치우겠습니다."

"바깥에선 다들 뭐라고 떠들어 대더냐."

"……."

지금 화부인에게 있어 바닥이 재로 엉망이 되는 일 같은 건 아무래도 좋은 거다. 그녀가 듣고, 알고 싶은 게 무언지 모르지 않았지만 차마 입이 떨어지지 않았다. 어찌 그 말을 쉽게 입 밖으로 내뱉을 수 있을까 싶었던 나운은 덜덜 떨었다.

"그것이, 그것이 말이옵니다."

"강부인이 황후가 되고, 그녀가 낳은 아이가 황자면 황태자가 될 것이라 하더냐."

니운은 당치도 않다며 크게 고개를 저었다.

"어찌 강부인이 황후가 될 수 있겠습니까. 아이도 낳아 봐야 아는 것입니다. 공주일 수도 있고, 어쩌면, 어쩌면— 태어나지 못할 수도 있지 않겠습니까."

나운은 지금 저가 하는 말이 무척 위험하고 해선 안 될 것이란 걸 알고 있었다. 그렇지만 눈앞에 있는 주인을 위해서라면 못 할 말이 없었다. 지금 이 말이 주인에게 도움이 될 수만 있다면 몇 번이고 할 수 있다면서 두려움에 찬 눈빛으로 올려다보는 나운을 두고 화소영은 옅게 웃었다.

"무서운 말을 하는구나."

"아닙니다. 원래 첫 회임은 쉽게 되지 않는 법이라 했습니다. 게다가—."

이 말을 해도 정말 괜찮은 걸까. 하지만 망설임은 두려움을 이기지 못했다.

"아들을 낳기란 힘든 법입니다. 선황께서도 수많은 부인을 두긴 하셨지만 자식을 쉽게 얻지 못하셨습니다. 고작 둘뿐이었지요. 거기다 그 전에도—."

말을 하다 말고 나운은 입을 다물었다. 급한 마음에 아무 소리나 하긴 했지만, 이것이 그다지 위로가 될 수 없는 말이라는 걸 깨달은 거다.

현 황제의 부친인 선황은 수많은 부인이 있었고, 그중에서 회임이 가능했던 건 두 손에 꼽을 정도였다. 고작 열이었고 아이를 낳을 수 있었던 건 절반, 그나마 태어난 아이가 장성한 건 딱 둘뿐이었다. 일황자와, 지금의 황제 말이다.

원래 손이 귀한 핏줄이었다. 모두가 강부인의 회임 때문에 경사라면서 기뻐하고 있지만, 만삭이 되고 아이를 낳고 키워 봐야 아는 일이었다. 그러니 제 주인이 쉽게 좌절하고 물러서지 말았으면 하는 마음이 컸다. 그런 바람을 담아 바라보자 어쩐지 화부인의 미소가 한결 짙어져 있었다. 주인이 환하게 웃으면 그보다 좋을 일이 없겠지만, 전해지는 느낌이 낯설었다.

짧은 한숨을 내쉰 화소영은 이마 위로 흘러내린 머리카락 한 올을 뒤로 넘기면서 말했다.

"그것 아느냐. 선황 때 황손이 적었던 건 원하지 않으셨기 때문이다."

"……."

지금 이 말은 그 누구에게도 해 본 적 없던 것이었다. 해서도 안 될 말이긴 했다.

처음 듣는 이 말이 얼마나 엄청난 의미를 품고 있는지 나운이 알기나 할까. 하지만 주인을 모시는 일만 알고 있는 순진한 시비는 영문 모를 말을 들은 사람처럼 두어 번 눈을 깜박였다. 그 모습에 화부인은 허리를 세우곤 의자에 등을 기대었다. 허공을 응시한 채로 짧은 생각에 잠기던 그녀는 혼자만의 결론을 내리곤 나직하게 중얼거렸다.

"강부인은 황자를 낳을 것이고, 그 아이는 장차 황태자가 될 거다. 그리되면 강부인이 황후가 되는 건 시간문제이지. 분명 지금부터 시작될 거다."

"그럴 리가 없잖습니까. 부인께서 계신데―."

"내가 있다고 해서 달라질 건 아무것도 없다. 난 회임도 못 했고, 폐하의 총애를 받아 본 적도 없어."

탁자 위에 올린 움켜쥔 손에 힘을 주며 화소영은 자조하듯 미소 지었다.

"가문의 힘이 막강하다 하나 결국엔 다들 힘 있는 자들에게 붙게 되겠지. 나 또한 폐비와 똑같은 꼴이 될 것이다."

"그렇지 않습니다. 그리될 리가 없습니다. 태상께서 그걸 보고만 계시지 않을 것입니다."

태상이 있고, 가문이 뒤에 버티어 주고 있으니 결코 화부인에게 위험한 일은 없을 것이다. 지나친 걱정은 하지 말라고 중얼거리는 나운의 안색은 새파랗게 질려 있었다.

아직 알길 없는 미래가 두려울 수밖에 없는 나운을 두고 그걸 외면하듯 화소영은 고개를 돌렸다. 그리고 그날 오후, 화소영을 포함한 그 누구도 예상치 못했던 일이 벌어졌다.

오수가 되었을 때 황제는 낮잠이 아닌 다른 일정을 선택했다.

황제를 태운 어가가 대로를 지나쳐 단단히 닫혀 있는 대문 앞
에 내려앉았고 그 뒤를 따르던 가마도 조심스럽게 내려갔다. 황
제가 먼저 어가에서 내리자, 가마의 발이 올라가고 거기서 강부
인이 나왔다.

평소 화려한 옷을 입지 않는 강부인이었지만, 오늘은 붉은 비
단 위에 금실로 수놓아진 화려한 옷감을 선택했다. 머리도 높게
틀어 올려 큼지막한 비녀를 꽂으니 화사하기 이를 데 없었다. 그
건 황제도 마찬가지였다. 금룡포 위에 검은 띠를 두르고 관모까
지 착용한 그는 평소보다 훨씬 더 꾸며진 모습이었다.

뒷짐을 진 채로 강부인이 다가오길 기다리던 황제는 때에 맞
춰서 손을 내밀었다. 강부인이 황제의 손을 붙잡고 고개를 들자
닫혀 있던 대문이 열리고 거기서 늙은 상궁이 나왔다.

"폐하, 이곳까지 어쩐 일이십니까."

조심스럽게 황제를 대하는 자는 춘삼이었다.

"폐비께선 안에 계신가."

황제가 초선당을 찾는 이유는 한 가지뿐이었다. 하지만 초선
당에서 유일하게 황제를 맞이할 수 있는 이는 언제나처럼 불안
한 상태였다.

"전날 밤을 지새우셔서 두통을 호소하시기에 오전부터 약을

처방 받고 내내 주무시고 계십니다."

"날이 이리 좋은데 아직도 주무신단 말인가."

"지금부터 준비를 하신다 해도 많은 시간이 걸릴 것입니다."

폐비를 만나 인사를 올리기 위해선 얼마간의 기다림을 감수해야만 했다. 그것이 싫다면 이쯤에서 걸음을 돌리는 게 시간을 낭비하지 않는 방법이었다. 돌려서 전하는 말에 황제는 담담하게 대꾸했다.

"모처럼 걸음 했으니 인사라도 올려야겠지. 바깥 구경을 하면서 기다릴 테니 우리는 신경 쓰지 마라."

우리라 칭하는 것에 춘삼의 눈동자가 단의 얼굴에 닿는다. 춘삼은 알겠다며 더 깊게 고개를 조아렸고 옆으로 물러났다. 황제는 단의 손을 더 단단히 붙들고는 대문을 넘어 초선당 안으로 들어갔다.

단은 정면을 보는 것 같으면서도 측면으로도 보이는 시야에 담기는 모든 걸 확인했다. 겉보기엔 다시금 이곳을 방문한 게 별일 아닌 척, 대수롭지 않은 척을 하고 있으나 정말은 아니었다.

예전에 찾아왔을 때의 경험이 워낙에 강렬하게 남아 있기 때문인지는 몰라도 영 긴장이 풀리지 않는다. 설마하니 이곳을 다시 찾게 될 줄은 몰랐다. 이번에도 얼굴을 보자마자 '내 늑대가 왔구나.' 같은 말은 하지 않겠지. 그러면 낭패인데. 그때에는 달려드는 사람을 피하려고 망둥이처럼 뛰어다녔지만 이제는 홑몸도 아니라서 영 부담스러웠다. 반사 신경은 누구 못지않다 자부

하지만 배 속에 아이가 있다고 생각하자 움츠러드는 게 있었다.

의식을 치르고 나서 일주일 동안은 조례를 하지 않아도 된다는 명목으로 무헌은 아침 일찍부터 매화당을 찾았다. 전날에도 오후 늦게 찾아왔다가 밤이 되어서야 돌아갔으면서 말이다. 그렇게 띄엄띄엄 올 거면 그냥 계속 있으면 되지 않겠나 싶었던 단이 왔냐는 말을 하기가 무섭게 오늘 가야 할 곳이 있다고 했다. 무헌이 이런 식으로 말을 할 땐 궁 밖으로 나가는 경우가 대부분이었다. 때문에 무슨 소리냐고, 이런 상황에서 밖에 나가봐야 할 일이 무어냐고 물으려는데 돌아오는 건 옅은 미소였다.

웃으면 사람이 좋아 보여야 하는데 그렇지가 않았다. 뭔가 꿍꿍이가 있구나 싶었던 단은 더 묻기를 그만두었고, 알겠다며 고개를 끄덕였다. 그 결과물이 지금 이것이었다.

"이곳에서 잠시만 기다려 주십시오."

폐비가 있는 곳은 조금 더 안쪽에 있었다. 그곳까지 들어가기 위해 딱 중간에 자리하고 있는 건물은 꽤나 넓고 쾌적했다. 가운데에는 정면으로 향해진 의자 두 개가 나란히 놓여 있었고, 안쪽에는 누워서 쉴 수 있는 공간도 있었다. 어쩌면 폐비가 건강했다면 유배지나 다름없던 별채가 아닌 이곳을 사용했을지도 모를 일이었다.

황제가 있기에 계속 고개를 숙이고만 있어 제대로 얼굴을 볼 수 있었던 춘삼이 나가고 난 후 단은 방 안을 둘러봤다. 이래저래 오래된 것들이 많이 보이긴 하는데 그뿐이었다. 딱히 흥미가 생기는 물건은 없다면서 느릿하게 걷는데 무헌이 안쪽에 놓인 의자에 앉았다. 단은 화병에 꽂혀 있는 꽃 위로 고개를 숙이곤 그 향을 맡았다. 달콤한 향이 마음에 든다. 그래서 계속 꽃 앞에 서 있으려니 무헌이 부른다.

"거기에 계속 서 있지 말고 이리로 와서 앉아라."

단은 무헌 옆에 놓여 있는 의자에 앉자마자 물었다.

"대체 무슨 생각으로 여기에 오자고 한 건데. 폐비인지 뭔지 하는 분이 이상한 소리를 하면 어쩌려고."

자리에 앉으면서 단은 두 손으로 제 목 뒤를 주물렀다.

무거운 장신구 탓인지 몰라도 뒤가 뻐근했다. 가볍게 인사나 하러 온 거면 굳이 이렇게까지 화려하게 꾸밀 필요가 있을까. 기다림이 길어진다면 무거운 비녀 몇 개는 빼고 있으면 안 될까 싶었던 단은 정면을 본 채로 어깨를 축 늘어뜨리고 있었다. 이런 식으로 치장한 게 처음이었던 만큼 여러모로 불편한 게 많았다. 하지만 그에 대한 불만을 더 토로하지 않는 건 첫째로 무헌에게 생각이 있기 때문이라는 걸 알기 때문이었고, 둘째로 춘삼 때문이었다.

그저 무섭기만 한 늙은 상궁이라 생각했던 사람이 보여 준 진심이 마음을 울렸다. 본인은 어찌 되든 상관없지만, 폐비만은 부탁하겠다고 말하는 그 심정이 오죽할까. 저를 보자마자 재차 늑대라고 하지는 않을까 싶어 겁이 나긴 하지만, 아픈 사람이라 생각하면 이해하지 못할 것도 아니었다.

만나서 무슨 일이 벌어질지 아무도 모르는데 지레 겁부터 먹지 말자면서 단은 무헌을 돌아봤다. 때에 맞춰서 무헌은 단의 머리에 꽂혀 있는 비녀로 손을 뻗었다. 조심스럽게 만지작거리다가 앞으로 얼굴을 내밀고 유심히 쳐다보자 단은 웃었다.

"신기하지? 나도 이런 거 처음 보는 거라 많이 신기했어."

무헌은 비녀의 끝에 섬세하게 조각된 걸 만지작거리며 말했다.

"무겁겠군."

그 순간 딱 봐도 의미심장한 미소를 지은 단은 무헌 앞으로 얼굴을 내밀곤 두 팔을 크게 벌렸다.

"그냥 무거운 게 아니라 엄청, 엄청나게 무거워. 나 지금 목 안 부러지고 잘 붙어 있는 게 신기할 지경이라고."

낯선 곳에 와 있는 건 긴장되는 일이었다. 그걸 잊고자 평소보다 훨씬 더 장난스럽게 굴던 단은 바깥에서 느껴지는 기척에 바로 팔을 내렸다. 동시에 이태감과 시비가 들어왔다.

편하게 있을 수 있는 건 둘이 있을 때뿐이었다. 다른 사람이 들어오면 거기에 맞춰서 행동해야 했던 만큼 단은 다소곳이 앉아서 탁자에 올려지는 차와 다과 등을 봤다. 시비들이 모든 준비를 하고 난 후, 이태감은 황제 쪽으로 몸을 돌렸다.

"폐하, 기다리시는 동안 드시지요."

황제의 옆 자리에 찻잔을 둔 후, 이태감은 단에게 차를 권했다. 옆에 내려놓아지는 찻잔을 보곤 고맙다며 눈인사를 건네자 이태감은 만면에 미소를 지었다.

회임이 된 건 이쪽인데 이태감은 마치 본인이 되기라도 한 것처럼 기뻐 보였다. 비단 그뿐만이 아니라 매화당에 있는 모든 사람들이 그런 식이었다. 평소에는 점잖던 복운도 입꼬리가 귀에 달라붙어 있었다. 다들 축하해 주니 기분 나쁠 건 없지만, 그만큼 민망한 것도 사실이었던 단은 모르는 척 찻잔을 들었다.

이태감이 황제 곁으로 가서 조용히 뭔가를 전하는 걸 보면서 단은 찻잔에서 올라오는 향을 맡았다. 달콤한 향이 섞인 것이 나쁘지 않을 것 같지만, 왜인지 마시고 싶지는 않았다. 때문에 찻잔을 내려놓고 고개를 든 단은 움찔했다. 황제와 이태감이 저를 보고 있었기 때문이었다.

한 일이라고는 찻잔의 향을 맡았다가 그걸 내려놓은 것뿐이었다. 그런데 왜 저렇게 쳐다보는 걸까. 설마하니 화장이 번지거나 한 건 아니겠지?

신경 쓰일 수밖에 없는 둘의 시선에 단은 뒷머리를 더듬는 척을 했다.

"차의 향이 별로십니까."

"목이 마르지 않으니 차는 식은 후에 마시겠네."

"그러십니까. 지금껏 차의 맛을 보지도 않고 내려놓으시는 건 처음이라 당황했습니다."

말뿐이 아니라는 듯 이태감은 한 손으로 본인 가슴을 쓸어내렸다. 한 번 더 단에게 미소를 지은 후 황제에게 고개를 조아린 이태감은 뒷걸음질로 밖으로 나갔다. 그렇게 다시금 둘이 되자 무헌은 찻잔의 뚜껑을 열어 옆에 내려놓으면서 말했다.

"전에는 뭐가 든 건지 알 수 없는 것들도 납죽납죽 잘도 먹었으면서 웬일인가 싶군."

아, 그것 때문에 둘이서 이상한 표정으로 저를 봤던 건가 싶어서 단은 웃음이 나왔다. 그러다 사람을 완전히 먹보로 알고 있는 게 마음 상했던 단은 한쪽 눈을 가늘게 떴다.

"홑몸이 아니니 앞으로는 조심해야지. 나도 황자를 낳아서 황후인지 뭔지가 되고 싶단 말이야."

"그래야지."

"……."

둘이 있으면서 딱히 할 것도 없으니 농으로 건넨 말에 진지한 답이 돌아온다. 무헌 성격으로 저런 말은 완전히 진심이었다. 괜히 머쓱해진 단은 눈을 끔벅이면서 반대편으로 고개를 돌렸다.

갑자기 머리가 멍해진다. 눈에 들어오는 고가구와 넓고 중후한 분위기를 풍기는 방 안의 정경이 참으로 낯설게 여겨졌다.

불과 몇 달 전만 하더라도 지저분한 시장 바닥의 싸움꾼이었던 자신이 왜 이런 곳에 있는 걸까. 황제의 부인이 된 것도 기가 찰 노릇인데 황후라니. 늑대족인 강단이 소율태국의 황후가 된다니. 초대 황제와 장군 사이에 그런 슬픈 전설이 이어져 내려오는 나라인데.

태어나는 아이는 늑대로 변하진 않겠지만, 그렇다고 해서 완전한 인간인 것도 아니었다. 그 불안전함을 지우고 무탈하게 잘

자랄 수 있을까. 무엇보다 다른 부인들과 그녀들이 속해 있는 가문이 순순히 인정하려 들까. 아랫입술을 짓씹은 단은 무헌을 돌아봤다.

"나는―."

"폐비를 잘 모셔라."

"……."

"폐비를 복위시키고 그녀에게 권한을 줄 것이다. 그리하면 화씨도 함부로 행동할 수 없겠지."

무헌은 단의 턱 아래에 손가락을 대곤 붉은 입술에 가볍게 입을 맞췄다. 조금 떨어져선 눈을 내리떠 단을 주시한 채로 속삭였다.

"황태후와 나를 따르는 자들을 합하면 너 하나 황후로 올리는 건 일도 아니다."

"……."

"앞으로 지니게 될 것들을 두려워하지 마라. 손에 칼자루를 쥐고 있어야 너도, 나도, 네 일족도 전부 다 지켜낼 수 있게 되는 거야. 힘이 있어야 저들이 너를 함부로 쥐고 휘두르지 못할 게 아니냐."

지금 이 말이 모두 진심임을 모르지 않았다. 덧붙여 회임을 하게 된 걸 알게 된 후 그가 지나치듯 '나가서 살까.'라고 한 말 또한 진심이었다. 그때 궁 밖으로 나가지 않고 남아 있는 걸 선택한 건 바로 자신이었다. 정체 모를 것이 자신과 일족을 이용하려 들고 있었다. 바깥으로 나온 단과 무헌으로는 그들과 대적할 수 없었다. 무헌이 오롯이 황제가 되어야 하고 자신이 황후가 되어야만 그들을 상대할 수 있었다.

힘이 있어야 갑자기 찾아온 자들에게 내몰려 내내 살던 터전을 떠나지 않을 수 있고, 원치 않은 방법으로 이용당하지도 않겠지. 적어도 싫은 일에 한해선 거부라는 의사 표현을 할 수 있게 되는 셈이었다.

수많은 사람들이 원할지도 모르는 그 지위와 부여되는 책임감이 아플 정도로 어깨를 짓누른다. 가슴이 답답해지고 숨이 막히는 걸 느끼면서 단은 천천히 시선을 내리떴다. 시시각각 변하는 단의 표정을 놓치지 않고 그걸 주시하던 무헌은 나직하게 말했다.

"……그때 너를 붙들지 않았더라면 이렇게 같이 궁에 발이 묶이지 않아도 되었을지도 모르는데."

"아니야."

갑작스러운 말에 놀란 단은 급히 무헌의 두 손을 감싸 쥐었다.

"내가 원했기 때문에 남아 있는 거잖아. 네 탓만은 아니야."

물론 처음에는 왜 이곳에 있어야 하는지, 왜 부인이 된 것인지 혼란스러웠지만, 결과적으로 두고 보면 무헌의 곁에 남아서 함께하기를 원했던 건 다른 누구도 아닌 자신이었다.

헤어지고 싶지 않아서, 도움이 되고 싶어서, 함께 있고 싶다 보니 결국에는 여기까지 오게 된 셈이었다. 그 모든 일에 대한 잘못을 무헌에게 미루고 그를 탓할 수만은 없었다. 그래선 안 되었다.

함께한 일을 두고 미안해하거나 사과하지는 말라면서 뚫어져라 바라보는 단을 두고 무헌은 옅은 미소를 지었다.

"네가 있기에 난 혼자가 아니지. 몇 번이고 말했지만, 그래서 참 좋다."

저를 붙들고 있는 단의 손을 힘주어 잡으면서 무헌은 고개를 숙였다. 단의 이마에 제 이마를 댄 채로 속삭인다.

"내가 아닌 다른 사람을 마음에 담는다는 게 이런 거라면…… 그리 나쁘지만은 않은 감정인 것 같다."

단은 아주 오래전부터 그런 마음을 알고 있었다.

서로가 평범한 남녀였다면 이렇게까지 복잡하고 꼬여 있는 길을 걸어서 올 필요가 없었을지도 모른다. 애초에 평범할 수 없는 거라면 적어도 이렇게라도 함께할 수 있는 상황에 대해서 원망하고 싶지는 않았다. 포기하거나 손을 놓을 수 없다면, 어찌되든지 끝까지 가 보는 수밖에는 없었다.

"이래저래 복잡한 생각이 든 건 사실이지만, 네 아이를 가진 건 좋아."

가까운 곳에 있는 무헌을 바라보며 단은 눈을 가늘게 휘었다.

"정말로 기뻐."

예쁘게 웃는 단을 보면서 무헌의 입꼬리도 올라갔다.

원래 잘 웃는 사람이 아닌지라 이런 식으로 가끔씩 보이는 미소가 참 귀하게 여겨졌다. 더 많이, 다양한 방식으로 무헌의 미소를 보고 싶다면서 단은 얼굴을 가까이 붙이려 했지만, 재차 인기척이 느껴졌다. 당황한 단은 급히 뒤로 물러나면서 잡혀 있는 손도 빼냈다. 무헌이 재차 그 손을 잡으려 했지만, 그러지 말라며 굳은 눈빛을 던진 단은 자세를 바로 하고 앉았다. 그사이에 안으로 들어온 건 상궁 춘삼이었다.

"강부인. 폐비께서 머리단장을 도와주십사 말씀하셨습니다."

두 손을 모은 채로 공손하게 행동하는 춘삼이지만, 그녀가 한 말이 참 의외였다.

머리단장이라니. 이 넓은 초선당에 폐비의 머리를 정리해 줄 시비 하나 없진 않을 테고, 다른 이유가 있는 게 아닌가 싶으면서도 단은 자리에서 일어났다. 아까까지 무헌과 주고받은 말이 있었기 때문이었다.

"내가 남의 머리를 만져 준 적이 없어 서투를 텐데, 폐비께서 만족하시겠나."

"강부인의 성의만으로도 감격해하실 겁니다."

폐비는 무헌의 친모가 아니었지만, 한때 소율태국의 황후였던 사람이었다. 무헌이 그녀를 복위시킨다면 황태후가 되고, 자연스럽게 궁 안에서 가장 웃어른이 되었다. 부인의 입장에선 시어머니나 다름없었다.

차라리 아예 만남을 가지지 않았던 낯선 사람에게 인사를 건네러 가는 거라면 모를까. 얼굴을 보자마자 늑대라는 걸 알아본 사람이기에 더 긴장되었다. 이번에는 그런 말을 하지 말아야 할 텐데. 걱정이 태산이지만, 겉으로는 내색하지 않으며 단은 춘삼을 따라 나섰다. 무헌은 그런 단의 뒷모습에서 오랫동안 시선을 떼지 못했다.

밖으로 나와 춘삼을 뒤따르면서도 단의 머릿속은 복잡했다.

만에 하나라도 폐비가 자신을 보자마자 늑대라는 단어를 꺼내면 달려들어 입을 막아야 할까. 그게 아니면 머리를 빗다가 뒷목을 내리쳐 기절시킬까. 보는 눈들이 많을 텐데 과연 할 수 있을까. 어쩌면 할 수 없어도 해야 할지도 모른다면서 단은 눈을 가늘게 떴다.

"전에는 몸이 많이 안 좋아서 정신이 오락가락하셨지만, 오늘은 두통을 호소하셔도 기분은 좋으십니다."

긴장하고 있었던 단에게 있어선 뜬금없는 말이나 마찬가지였다. 이내 자신에게 도움이 될 만한 조언을 해 준 것이라는 걸 깨달은 단은 고개를 끄덕였다. 그걸 본 춘삼은 재차 앞으로 고개를 돌렸다.

단이 기억하는 대로, 초선당에서 가장 깊은 곳에 있는 별채 앞에 다다른 춘삼은 나직하게 말했다.

"마마, 강부인께서 오셨습니다."

직후 안에서 들어오라는 대답이 없었음에도 춘삼은 문을 열었다.

단은 열린 문 안을 빠르게 탐색했다. 전처럼 이 방 안에는 많은 인기척이 느껴지지 않았다. 춘삼이 함께 들어오는 게 아니라면 자신과 폐비 단둘만 있게 되는 셈이었다. 둘만 있다면 자신을 늑대라고 불러도 상관은 없겠지만, 부담이 되는 건 사실이었다.

단은 용기를 내 안으로 들어갔지만, 기다렸다는 듯 등 뒤에서 닫히는 문에 움찔했다. 당황해선 뒤를 돌아봤다가 다시 안을 보는데 어둡다. 아무것도 안 보일 정도는 아니지만, 더 들어가기가 부담스러웠다.

마냥 서 있어 봤자 시간 낭비였다. 부딪쳐 보지 않고서야 무슨 일이 벌어질지 그 누구도 모를 일이라면서 기합을 넣은 단은 앞으로 움직였다. 겁먹지 말자고 스스로를 다독인 단은 이윽고 화장대 앞에 앉아 있던 여인을 발견하곤 식겁했다.

바닥에 닿을 만큼 길게 기른 머리채를 늘어뜨린 채로 있는 건 폐비였다. 방 안도 어두운데 저러고 있으니 귀신같지 않으냐면서 벌렁거리는 심장 위에 한 손을 올리고 호흡을 고른 단은 천천히 움직였다. 동시에 폐비가 그런 단을 돌아봤다.

"……."

별일 없을 거라고, 괜찮을 거라고 스스로를 다독여도 막상 폐비와 시선이 부딪치자 손가락 하나 까딱일 수 없었다.

누가 보더라도 어색하기 짝이 없는 표정인 단을 유심히 보던 폐비가 말했다.

"지체가 높아졌구나."

그 순간 단의 어깨에 들어간 힘이 빠져나갔다.

오늘의 폐비는 전과 달랐다. 전에는 눈빛도 흐리멍덩해서는 사람이 무슨 말을 해도 듣지 않는 척 굴었는데, 지금은 미친 사람 같지가 않았다. 저 길게 뒤로 넘긴 머리카락을 어떻게 정리하면 조금 더 보통 사람 같지 않을까 싶었던 단은 움직였다. 폐비의 곁으로 가서 선 단은 가능한 그녀의 시선을 피하면서 화장대 위로 손을 뻗었다. 시비들이 어떤 식으로 제 머리카락을 정리해 주었는지를 떠올리면서 폐비의 정수리 아래에 빗을 대고 천천히 아래로 내렸다.

거울 너머로 저를 뚫어져라 보는 폐비의 눈빛이 부담스러웠다. 하지만 처음처럼 긴장되진 않았던 단은 더 빗질에 집중할 수 있었다. 워낙에 머리카락이 길다 보니 중간을 잡아 위로 올려선 끝까지 빗어 내렸다. 너무 긴 게 아닌가 싶었지만, 머릿결이 비단처럼 고왔다. 이런 머리카락이라면 자르기가 아깝기도 하겠다면서, 어느새 빗질에 열중하게 되었다.

"눈치가 빠르고 배움도 능숙하니…… 그래. 황제가 너를 마음에 쏙 들어 할 만하다."

빗을 쥐고 있는 단의 손이 움찔, 떨린다.

"이번 황제의 유일한 사랑이 너인 거로구나."

"……."

이상한 소리를 하면서 달려드는 것도 무섭지만, 이건 이것대로 두려웠다.

무슨 의도로 이런 말을 하는 것인가 싶을 수밖에 없어 숨죽인 채인 단을 보고 가볍게 코웃음을 친 폐비는 단의 손에서 빗을 빼앗듯이 가지고 가선 머리채를 잡아 한쪽 어깨로 넘기고 휙휙 빗어 내렸다. 그렇게 세게 몇 번이고 빗고 나선 세게 빗을 내려놓은 폐비는 벌떡 일어나선 단의 앞을 지나쳐 밖으로 나와 긴 의자에 앉았다.

탁자에 팔꿈치를 올리곤 이마에 한 손을 짚은 채로 눈을 감는 그 모습이 불편해 보였다. 단은 춘삼이 한 말을 떠올리며 폐비 앞으로 걸어갔다.

"제가 두통을 가시게 하는 안마를 해 드리겠습니다."

그 순간 기다렸다는 듯 눈을 뜬 폐비는 비릿한 미소를 머금었다.

"아부해 봤자 얻을 거 하나 없는 나다. 괜한 짓 하지 말고 황제 앞에서 아양이나 떨어라. 가서, 다 늙은 년이 이런저런 말로 널 모욕했다고 징징거려 봐라. 그리하면 황제가 이 질긴 목숨을 끊어줄지 어찌 알겠느냐."

"……."

꽤나 날 선 말이었지만, 단은 동요하지 않았다.

원래 몸이 안 좋은 사람은 예민할 수밖에 없었다. 늑대라고 부르면서 달려드는 것만 아니라면 폐비가 뭐라고 해도 상관없다면서 단은 소매를 차곡차곡 걷어 올렸다.

단의 행동이 예상 밖이었을까. 입가에 서린 미소를 거둔 폐비는 안색을 굳혔다. 뭘 하느냐고 말하기도 전에 단은 폐비 앞으로 더 가까이 다가와서 그녀의 머리를 잡고 손가락에 힘을 주었다.

"뭘 하는 거냐, 감히 내가 누군지 알고─."

"조금만 참아 보세요. 제가 이래 봬도 손힘이 좋습니다."

게다가 잡학 지식이 많은 영수에게 안마 하나는 제대로 배웠다. 단은 몸을 비틀면서 저항하는 폐비에 아랑곳하지 않고 그녀의 머리를 계속 주물렀다.

단의 손힘이 만만치 않다 여겨진 것일까. 폐비는 두 손으로 가슴과 배를 누르려 했고 동시에 단이 말했다.

"소식을 들으셨는지 모르겠지만, 전 지금 회임 중에 있습니다. 배는 건드리지 마세요. 애가 잘못되면 폐비께도 좋을 게 없습니다."

막 단을 밀쳐내려 하던 폐비는 두 손을 움켜쥐었다. 굳은 눈빛으로 단의 복부를 살핀 후 고개를 든 폐비는 분해하며 이를 갈았다.

"회임을 한 게 벼슬이라도 되는 양 떠드는구나."

"지금 같은 상황에서는 벼슬이 맞는 것 같습니다. 아주 큰 벼슬이지요."

다들 축하한다고 하고 어떻게든 자신에게 줄을 대려 난리였다. 지금 같아선 황제보다 자신의 입김이 더 센 것 같은 느낌마저 들었다. 주변에서 이처럼 챙겨 주니 거창한 벼슬자리에 앉아 있는 것과 다름없었다.

태연하게 받아치는 게 어이가 없었을까. 폐비는 조용해졌고 단은 더 신경 써서 머리를 주물러 주다가 아예 폐비의 뒤로 가서 앉았다. 뭘 하느냐며 인상을 쓴 폐비가 뒤를 돌아봤지만, 단은 묵묵히 어깨와 목을 주물렀다. 처음에는 아픔에 신경질적으로 소리를 지르던 폐비도 계속되는 안마에 조용해진다. 그녀가 고개를 숙인 채로 잠자코 있자 단은 오른쪽 팔로 손을 옮겼다.

"이걸로 황제를 홀린 거냐."

아닌 척하더니 안마가 꽤나 마음에 든 모양이었다.

옅은 미소를 지은 단은 숨김없이 답했다.

"그분과는 바깥에서 만났습니다. 그렇지 않고서야 어찌 제가 폐하와 인연을 맺을 수 있겠습니까."

"……."

저를 처음 보자마자 늑대라는 걸 알았던 폐비였다. 정신이 혼미해서 헛소리를 한 것으로 치부할 수 있겠지만, 그뿐이 아니라는 생각이 들었던 단은 뒤를 돌아보는 폐비에게 환하게 웃어 보였다.

"시원하시지요?"

폐비는 아무 말 없이 흘러내린 겉옷을 잡아 위로 당기면서 닿아 있는 단의 손을 치워내듯 어깨를 들썩였다. 그러지 마시라고, 조금 더 주물러 드리겠다고 할 수 있겠지만, 단은 손을 치우곤 폐비 뒤에서 떨어졌다. 앞으로 가서 똑바로 서는 단을 보지도 않은 채로 폐비는 말했다.

"오늘은 되었으니 이만 돌아가라."

"내일 또 찾아뵙겠습니다."

그 순간 기다렸던 것처럼 폐비는 날 선 말을 쏟아냈다.

"황제의 속내를 내 모를 것 같더냐. 화씨 계집이 아닌 너를 황후로 올리고 싶으니 나를 이용하고자 함이겠지. 하지만 착각해선 곤란하다."

폐비는 증오를 담아 나직하게 토해 냈다.

"더는 위씨 사내놈들에게 이용당하지 않을 것이야."

본인 딴에는 세게 한 방 먹였다 싶었던 걸가. 의기양양한 얼굴로 올려다보는 폐비가 안쓰럽게 여겨졌다.

따지고 보면 무헌도 자신도 이 사람을 이용하고자 하는 입장에 있었다. 뜻하는 바를 위해서, 폐비가 필요하니 쓸데없는 말은 하지 말자 싶으면서도 저절로 입이 열렸다.

"이용당하지 않기 위해선 폐비께서 복위를 하셔야 할 겁니다. 지금 이 자리에서 무슨 말씀을 해 봤자 그 누구도 마마의 뜻을 존중하지 않을 것이니까요."

폐비의 입가에서 서서히 걷히는 미소를 주시하며 단은 덧붙여 말했다.

"궁 생활 서너 달 만에 이곳이 어떤 곳인지 잘 알게 되었습니다. 그걸 마마께서 모르실까요."

"……."

폐비의 얼굴에서 모든 희로애락이 지워진다. 가면을 쓴 것처럼 무표정한 얼굴로 멍하니 저를 올려다보는 힘없고 늙은 여인을 두고 단은 책에서 읽고 의식을 준비하기 전 춘삼에게 배운 대로 예를 갖춰 인사를 올리고 뒤도 안 돌아보고 밖으로 나왔다.

문 밖에서 기다리는 건 춘삼이었다. 안마를 했을 때 폐비가 질색을 하면서 소리를 지르는 걸 죄 들었을 테니 무슨 일이 있었던가 싶어 구체적인 이야기를 듣고 싶을 거다. 하지만 단은 아무 말 없이 그녀를 지나쳐 밖으로 나왔고, 앞뜰에 나와 있는 무헌을 발견했다.

　원래 목적은 함께 폐비에게 인사를 올리고자 함이었으나 단이 그녀와 만났으니 모든 용무는 마친 셈이었다. 이미 돌아갈 채비를 마친 무헌 앞으로 다가가 선 단은 그만 들을 수 있도록 작게 속삭였다.

　"미움만 잔뜩 사 버렸어."

　무헌이 원하는 대로 폐비의 환심을 살 수 없었다. 다음에 찾아오면 그땐 경기를 일으키면서 저를 쳐다도 보려 들지 않을 거라면서 단은 만면에 미소를 지었다. 그 웃는 얼굴을 말없이 내려다보던 무헌은 단의 동그란 어깨를 잡아 두어 번 주무르면서 그녀의 허리 뒤로 손을 댔다. 이제 되었다고, 돌아가자며 단을 제 쪽으로 끌어당겼다.

3장

황제는 종종 초선당의 폐비를 찾곤 했고, 그건 공공연한 비밀 같은 것이었다.

폐비 때문에 곤경에 빠질 뻔했던 황제가 어찌 그녀를 찾는 것인지를 두고 의견이 분분했지만, 그뿐이었다. 함부로 말을 꺼내기도, 추측성 발언을 하기도 민감한 사안이었다. 다른 숨겨진 뜻이 있겠거니 하고 넘기고 말았는데 이번에는 그리할 수 없었다.

다른 사람도 아닌 회임한 강부인과 함께 폐비에게 인사를 드렸다는 소식은 금세 퍼져 나갔고 화소영의 처소인 낙운궁에도 닿았다. 하지만 낙운궁의 대문은 견고하게 닫혀 있어 그 소식을 접한 화부인의 속내를 파악할 수 없었다. 강부인의 회임 소식이 알려진 이래, 계속 닫혀 있는 대문이 그녀의 심기를 대변하는 것이 아니겠냐는 은밀한 추측과 비웃음이 감돌았다.

그리고 그 모든 소식을 접한 매소희는 코웃음을 쳤다.

"잘하는 짓이다. 아주 대놓고 제 속이 뒤집혔다는 걸 알리고 있구나."

얼마든지 여우처럼 굴 수 있을 텐데 미련하게 뭘 하는 걸까. 보통 여자였다면 실의에 빠져 지레 포기한 거라고도 생각할 수 있겠지만, 화소영은 그런 부류가 아니었다. 대문을 걸어 잠그고 무슨 꿍꿍이를 꾸미고 있을까. 강부인에게 해를 끼칠 궁리를 하고 있겠고 자신 또한 거기서 자유로울 수 없을 거라는 확신에 가까운 생각이 들었던 매소희는 엄지손톱을 깨물었다.

"부인, 저입니다. 안에 들어가 보겠습니다."

마침 기다리고 있던 참이었기에 마다할 필요가 없었다. 안으로 들어온 시비는 매소희 앞에 다가와 섰다.

"분부하신 대로 처리했습니다. 그리고 이걸 받아왔습니다."

시비가 조심스럽게 내민 봉투는 지저분하고 끝이 다 해져 있었다. 질 좋은 종이를 사용할 수 없다는 걸 알면서도 너무 엉망이라 손을 대고 싶지도 않게 생겼다. 탐탁지 않은 내색을 숨기지 않은 채로 봉투를 받아 든 매소희는 시비를 내려다봤다.

"누가 네 뒤를 밟거나 하진 않았겠지?"

"아무도 저를 중하게 생각하지 않으니 그럴 일은 없습니다."

"그래도 모를 일이니 조심하는 편이 좋다."

"네. 네. 앞으로도 계속 조심하겠습니다."

연거푸 고개를 끄덕이는 시비의 이마로 식은땀이 한가득이었다. 제 심부름을 하는 동안 어지간히 긴장한 모양이었다. 그럴수밖에 없긴 하겠지만, 그래도 너무 힘들어하니 괜찮은 거냐고 위로라도 해 줘야 할 판이었다. 이내 지금껏 한 적도 없었던 말을 이제 와 새삼 해서 무슨 소용인가 싶었던 매소희는 특유의 쌀쌀맞은 어조로 말했다.

"왜 안 나가고 이곳에 있는 것이더냐."

"……부인, 제가 강부인께 찾아가서 인사라도 올릴까요?"

매소희의 한쪽 눈썹이 올라갔다.

전이라면 그 작은 움직임에도 잔뜩 겁을 먹고는 도망치던 시비가 버티어 서선 계속해서 말했다.

"제가 인사를 올리면 그걸 부인의 뜻으로 이해하고 받아들이실 게 아닙니까. 강부인께서 잘 챙겨 주실 겁니다."

"……."

"부인, 강부인께서 황후가 된다 하옵니다. 그걸 위해서 폐비를 복위시킬 거라는 소문이 파다합니다. 내일모레 조례가 열리는 날에 맞춰서 장상서를 위시한 많은 대신들이 강부인을 황후로 세우라 청하는 상소를 올릴 거라고도 합니다."

그러니 강부인이 황후가 되기 전에 잘 보여서 목숨 연명이라도 하려는 건가.

남들 보기에 강부인이 황후가 되자마자 가장 먼저 처리할 사람이 자신이라 생각되는 모양이었다. 걱정스러우니 조언을 하고 오지랖 넓게 구는 거란 걸 알면서도, 썩 반갑지가 않았다.

"그렇게나 나한테 혼나고 맞았으면서도 그딴 소리를 지껄이는 것이더냐. 그러니 네가 노비인 거다."

"……."

한기가 감돌 만큼 차가운 눈빛으로 응시하는 매소희를 앞에 두고 시비는 고개를 떨구었다. 역시나 괜한 말을 한 거로구나 싶어 우울한 표정을 숨기지 못하는 시비 앞에서 몸을 돌린 매소희는 탁자 위에 올려져 있던, 다양한 한과가 담긴 주머니를 뒤로 던졌다. 제 쪽으로 날아오는 주머니를 받아 든 시비는 이것이 뭔가 해서 겁먹은 얼굴이었다.

"가지고 가서 먹어라. 알아보느라 고생 많았다."

"가, 감사합니다. 감사합니다. 부인."

매부인이 저에게 준 것이 먹을 것이라는 걸 깨달은 시비의 안색이 대번에 환해졌다. 기쁨을 숨기지 못하고 몇 번이고 감사 인사를 올린 시비가 급히 바깥으로 나가자 매소희는 혀를 찼다.

"다 딱딱해진 한과가 뭐라고 저리도 기뻐하나."

이미 자신은 저만한 보석이 박힌 반지가 아니고서야 아무런 감흥도 일지 않는 사람이 되었다. 한과 하나, 물 한 잔에 억지로라도 감사하다는 마음을 가질 수 없었다. 애초에 신분이 다르니 시비의 반응을 생각할 필요가 없다는 걸 알면서도 환하게 웃는 그 얼굴이 눈앞에서 지워지질 않았다.

그러고 보니 지금껏 이곳에서 저를 보고 저리 웃는 사람은 처음이었던 것 같다. 그래서 이런 이상한 기분이 드는 건가 싶었던 매소희는 턱을 괸 채로 긴 한숨을 쉬었다. 이내 고개를 저은 그녀는 시비에게 받은 봉투를 열어 안에 적혀 있는 글귀를 읽어 내렸다.

죄 틀리고 엉망인 글씨지만 원하는 건 담겨 있었다. 그것들을 확인한 매소희는 손가락으로 종이 위를 툭, 쳤다.

*　　*　　*

9월 보름. 의식이 끝나고 삼 일째 되는 날 조례가 다시 시작되었다.

그 자리에서 장대인을 위시한 많은 대신들이 뜻을 모은 상소를 황제에게 전했고 그 안에 적힌 내용은 강부인을 황후로 책봉하라는 것이었다. 황제 등극 3년 동안 들리지 않은 경사를 전했을 뿐만 아니라, 평소 품행이 단정해 내명부의 위계를 바로 잡고, 의식 때 흠 잡을 데 없이 완벽했던 모습이 황후가 되기에 부족함이 없다는 거였다.

많은 자들이 이 시기에 저런 말이 나오지 않을까, 하고 예상하고 있었다. 조례가 열리기 전부터 이 자리를 들끓게 만들 화제가 될 것이란 걸 며칠 전부터 직감한 자들이 대부분이었다. 황제의 전폭적인 지지를 등에 업은 강부인은 어려움 없이 본인 세력을 끌어모았다. 더군다나 호적상 화씨 일족이니 무턱대고 존재를 부정하거나 이번 건에 대한 반박할 수 있을 리 없었다.

강부인을 황후로 올리고자 하는 자들은 거침이 없었다. 죄 비슷하게 들리지만 다른 것 같은 이유를 들먹이며 강부인을 황후로 책봉해야 한다고 했다. 그들의 말을 전해 듣는 황제는 담담한 얼굴이었다. 일이 이렇게 진행될 것임을 예상하고, 어쩌면 이리되길 바랐을지도 모르는 모습으로 대전을 채우는 말을 듣고만 있었다. 이리 있다간 정말로 강부인이 황후가 될 판인지라 더는 듣고만 있을 수 없었던 자들이 하나둘 앞으로 나섰다.

"폐하, 소율태국의 국모를 정하는 일입니다. 한 번의 논의를 걸쳐 결정지을 수 없는 일이라 사료됩니다."

"그렇습니다. 더군다나 강부인이 회임을 하긴 하였으나 태어날 아이가 공주일 수도 있고ㅡ."

"지금 강부인이 공주를 낳았으면 해서 그런 말씀을 하시는 겁니까."

강부인을 황후로 올리고자 하는 쪽에서 대번에 비난하는 말이 쏟아졌다. 어찌 그런 불길한 말을 하는 거냐며 대전 안으로 격양된 말이 오가고 늙은 대신 하나가 나섰다.

"내명부 안에서 유일하게 회임을 하신 분입니다. 타고난 복이 많으시니 태어날 아기씨가 황자인지 공주인지는 중요하지 않습니다. 소율태국의 큰 경사를 안겨주신 분이니 그에 걸맞은 지위에 오르셔야 합니다."

그렇다 해서 회임 한 번으로 황후로 삼을 순 없었다.

물론, 지금까지 그런 일이 아주 없었던 건 아니었다. 막강한 가문과 황제의 총애를 등에 업고 공주를 연달아 낳은 부인도 황후가 된 선례가 있었다. 때문에 앞서 한 말이 얼마나 부질없는 것인지는 국대인도 잘 알고 있음이었다. 하지만 강부인을 황후로 올리는 지금 상황을 당연한 것으로 만들 순 없었다.

왜 하필 태상은 지금 이 자리에 불참한 것인가. 저들이 이런 말을 꺼낼 걸 모르지도 않았으면서ㅡ.

늘 자신감에 차 있던 태상은 의식을 기점으로 빠르게 무너지고 있었다. 분명 호국사에서 황제에게 불려가 차를 마시고 난 후부터 사람이 변했다. 장상서를 위시한 많은 자들이 강부인을 황후로 올린다는 사전 정보를 입수해 그와 관련된 의논을 하려 했으나, 저택으로 찾아가서 본 태상은 엉망이었다. 자신이 알던 그 사람이 맞을까 싶을 정도로 피폐해진 모습이었던 그는 어떤 말을 해도 별 반응이 없었다. 게다가 오늘 조례에는 참석도 하지 않았다.

더는 태상을 믿고 의지할 수 없으니 이 난관은 스스로 해결해야만 했다. 마음먹은 국대인은 포갠 두 손을 위로 올리며 말했다.

"내명부에는 아직 젊고 아름다운 부인이 많으시고 폐하께선 정정하십니다. 조금 더 기다려 보면 더 많은 부인들이 기쁜 소식을 전해 줄 것입니다. 게다가 태어난 황손들의 자질을 알 수 없으니 태어난 아기씨들이 어느 정도 자라신 후에야ㅡ."

"그 말인즉슨 일단 황태자를 정한 후, 태자를 낳으신 분을 황후로 책봉하자는 것인가."

태상의 빈자리를 어떻게든 채우고자 앞선 마음이 실수를 낳았다. 묵직하게 가라앉은 목소리에 움찔한 국대인은 입을 다물곤, 곧은 자세로 서 있는 장상서를 바라봤다.

"그 무슨 이치에 맞지도 않는 헛소리를 정성껏 말하시나. 대인께선 본인이 무슨 말을 하는지 알고나 계신가."

"무, 물론, 잘 알고 있소. 나는 그저 폐하와 소율태국을 위해서 —."

당황이 컸던 국대인은 더듬더듬 말하면서 앞으로 고개를 돌렸고, 의도치 않게 황제와 시선이 부딪쳤다.

"……."

뱀 앞의 쥐가 이런 심정일까. 혀끝이 얼어붙어 차마 말이 입 밖으로 나오질 않았다. 사색이 되어선 눈을 내리뜨는 국대인을 확인한 황제가 입을 열었다.

"다른 건 몰라도 이것 하나는 확실하게 말할 수 있네."

내내 침묵하던 황제의 말이었기에 대전에 모여 있던 모든 자들이 귀 기울였다.

"지금도, 앞으로도, 내 아이를 가질 수 있는 건 강부인뿐일 것이라는 걸 말이야."

잠시 무거운 침묵이 대전 안을 감돌았다.

황제와 뜻을 함께하기로 해서 강부인을 황후로 올리기로 했던 대신들 몇은 입 안이 썼다. 따지고 보면 대전에 모여 있는 자들 중에서 내명부의 부인들과 혈연관계가 아닌 사람이 없었다. 이래저래 얽혀 있는 관계에 있었는데 수많은 부인을 외면하고 오로지 한 사람만 총애하겠다는 선언이었다. 그걸 마냥 기쁘게 받아들일 수 없었다.

하물며 국대인의 당혹감은 오죽할까. 화부인을 생각하지 않을 수 없었던 그는 황망함을 감추지 못했다.

"폐하, 내명부에는 수많은 부인들이 계십니다. 그런 말씀을 하시면 부인들이 너무 가엽지 않습니까."

"그 말은 내가 즉위할 때에 그대들에게 했던 말이다. 기억나지 않는가."

"……."

지적을 받은 자는 꿀 먹은 벙어리가 되었다.

무헌이 황제로 즉위했을 때, 소율태국과 다른 나라에서 앞다투어 보낸 축하 선물은 여인이었다. 하나같이 흠 잡을 데 없는 아름다운 여인을 바치는 그들의 의도야 빤했다. 황제는 내명부로 들어오게 될 많은 부인을 헤아리곤 '보답 받지 못할 기나긴 기다림을 안겨주기엔, 그녀들의 삶이 너무 길지 않나.'라고 말했다. 그 말을 하나의 농으로 받아들인 자들은 '자고로 창고의 쌀이 가득 채워져야 매년 풍성한 결실을 얻게 될 것입니다.'라며 웃었다.

딴에는 덕담을 한 것이라 생각되었는지 긴 수염을 쓸어내리면서 점잖은 척 웃는 모습이 보기에 역겨웠다. 그때 무헌은 분명 이렇게나 많은 부인은 필요치 않으니 반의반만 남겨두라 했지만 그걸 듣지 않은 건 이들이었다. 황제의 총애를 받지 못해도 내명부의 부인이 된 것만으로도 영광이 아니겠느냐는 소리나 떠들어 댔던 것이다. 그땐 그리 지껄였던 자들이 왜 지금은 태도가 돌변한 것일까. 구역질나는 그 속내를 황제는 모르지 않았다.

"강부인은 건강한 황자를 낳을 것이다."

선언이나 다름없는 말에 대신들은 숨죽인 채로 다음 말을 경청했다.

"황자는 자라 태자가 될 것이고 철이 든 태자가 오늘 이 자리에서 제 모친에 대해 가벼이 떠들어 댄 자들을 어찌 생각할지, 고심한 후에 말을 해 주길 바라네."

"……."

이보다 더 명확하게 본인의 뜻을 드러낼 순 없을 것이다.

필사적으로 막아서 강부인이 황후가 되는 걸 막을 수 있다면 다행이지만, 아닌 상황에 대해서도 염두에 두어야만 했다. 오늘 이 자리에서 어떤 식으로 행동하고 발언을 했는지에 따라 장차 가문의 운명이 결정지어진다. 그때부터 그들은 급격하게 말을 아꼈고 어색한 헛기침 소리만이 대전에 감돌았다.

이 자리에서 반대해 봤자 의미가 없다는 걸 깨달은 이들은 어서 빨리 조례가 끝났으면 싶을 거다. 저들끼리 모여 머리를 맞대고 이 일을 어찌 처리하면 좋을지를 궁리하겠지. 그들의 얄팍한 속내를 죄 꿰뚫은 황제는 입을 열어 말했다.

"강부인을 황후로 책봉하는 건은 가볍게 정할 수 없는 문제라하나 짐은 올해가 가기 전에 결정을 짓고 싶다. 그것이 나의 뜻이니 알아서들, 잘 처리해 주길 바라네."

강부인을 반대했던 자들의 고개가 더 깊이 숙여지고 그 위로무거운 침묵이 내려앉았다.

*   *   *

오늘따라 날이 참 맑았다. 좋은 날이지만 마음이 무거운 건너무도 다양한 이유가 깔려 있었다.

두 손을 공손히 모은 채인 단은 오른쪽으로 고개를 돌렸다. 보이는 건 전각 안에 의자를 두고 앉아 있는 폐비였다. 오늘은 기분이 좋았던 걸까. 이른 아침부터 저렇게 나와 앉아서 차를 즐기고있었다. 폐비의 기분이 좋지 않아 계속 기다리는 것도 문제긴 했지만, 이렇듯 할 일 없이 떨어져 서 있는 것도 고된 일이었다.

폐비라 하나 한때 황후였던 사람이니 그 뜻을 존중하는 게 맞았다. 몇 걸음 옮기면 전각에 들어갈 수 있겠지만, 조심스러워진다. 전에 폐비의 심기를 건드린 게 마음에 걸렸다. 모처럼 기분이 좋아 바깥바람을 쐬시는 분이 제 얼굴을 보자마자 언성을 높이면서 들고 있던 잔이라도 던지면 어쩌나 싶었다.

"부인, 바람이 찹니다. 안에 들어가서 기다리시지요."

보다 못한 혜령이 말을 건네자 단은 그녀를 내려다봤다.

"복중 아기씨를 생각하셔야지요."

얼마나 서 있었다고 배 속 아기를 생각하라는 말을 하는 걸까. 자신은 그렇게 허약하지 않았다. 실제로 단의 어머니는 단과 쌍둥이를 임신했을 때에도 나무에 올라 열매를 따던 분이셨다. 원래 평소처럼 행동해야 덧나는 일이 생기지 않는 법이었다. 괜한 걱정하지 말고 안심하라 하고 싶어도 올려다보는 혜령의 눈빛이 워낙에 대단했다. 제발 본인의 말대로 행동해 줬으면 하는 기색이었다.

단은 재차 전각으로 시선을 옮겼다.

긴 머리카락은 자연스럽게 흘러내려 와 바닥에 닿고 있었다. 선선한 바람이 불 때마다 좌우로 움직이는 그 검은 머리카락을 바라보던 단은 앞으로 움직였다. 당황한 혜령이 부인, 하고 단의 걸음을 멈추려 했지만 소용없었다.

전각으로 들어선 단은 한쪽 탁자에 잘 개어져 있던 담요를 들어 폐비 옆으로 다가가 섰다.

"마마, 바람이 찹니다."

동시에 담요를 내미는데 쳐다도 보지 않는다. 없는 사람인 것처럼 계속 차를 홀짝이기만 했다.

그걸 빤히 보던 단은 담요를 펼쳐선 제 어깨에 둘렀다. 그 순간 찻잔을 쥐고 있던 폐비의 손이 움찔하고 떨린다. 알면서도 모르는 척 단은 탁자에 슬쩍 몸을 기대었다.

담요를 두르는 것에 그치지 않고 탁자에 몸을 기대기까지 하는 단의 행동에는 폐비도 더는 무시할 수가 없었다. 폐비는 기가 차 하며 단을 돌아봤다.

"낯짝이 정말로 두껍구나."

"전 홑몸이 아닙니다. 찬바람을 쐬었다가 고뿔이라도 걸리면 제 손해가 아닙니까."

"내 앞에서 손해 운운하는 것이더냐."

"마마가 걱정되어서 건네는 말에는 대꾸도 없으시더니 제가 담요를 좀 둘렀다고 이러십니까. 처음부터 혼내고 싶으셨다면 귀한 시간 허비하지 말고 바로 시작하셨으면 좋았잖습니까. 제가 옆에 있는 걸 알면서도 모르는 척하시는 동안 얼마나 속이 상하셨습니까. 그러다 병나십니다."

사람 놀리는 것도 아니고 어찌 저리도 살살 속을 긁어대는지 모르겠다. 단이 저를 놀려먹는다는 걸 모르지 않았지만, 마냥 기분이 나쁘지 않은 것도 의아했다. 하지만 솔직한 속내를 드러내지 않은 폐비는 경멸의 눈빛을 던졌다.

"궁에 괴짜가 들어왔구나. 황제에 이어서 황후까지 이 모양이니, 나라가 잘 돌아가겠다."

"……."

황후라는 소리에 단은 입을 다물곤 대신 몸에 두른 담요를 끌어올렸다. 단이 무안해하자 그걸 놓치지 않은 폐비는 눈을 가늘게 떴다.

"왜 내가 모를 것 같더냐? 내가 황후로 30년을 산 사람이다.

눈을 감고도 일이 어찌 돌아가는지 죄 알 수 있어."

그런 자신을 두고 저들끼리 모여서 잘난 듯 떠들어 대겠지, 하고 말을 덧붙인 후 폐비는 코웃음을 쳤다.

원래 황후를 정하는 일은 황태후의 권한 중 하나였다. 그녀가 허락해야지만 그 다음이 있을 수 있었다. 하지만 모든 권한을 잃고 뒷방 늙은이가 되어 버린 지금에 와서는 그 누구도 그녀의 뜻을 묻지 않았다.

"네가 지금도 이리 오만 방자한데 황후가 되면 아예 날 깔고 뭉개겠구나. 황제가 떠들어 댄 말만 듣고는 날 미워할 테니 말이야."

"폐하께선 마마에 대해선 아무 말도 하지 않았습니다. 제가 마마에 대해서 전해 들은 말은 폐하가 아닌 다른 사람들 입을 통해서였지요. 대부분이 좋지 않은 내용이었던 만큼, 저는 마마를 어떻게 모셔야 할지를 모르겠습니다."

황제가 자신에 대해 아무 말도 하지 않았다는 게 의심스러웠을까. 여전히 짙은 불신이 담겨 있는 시선을 피하지 않은 단은 조곤조곤하게 말했다.

"제 어머니를 대하듯 굴면 또 혼나기나 할 테니까요."

"그렇지. 궁의 예법이라곤 하나도 모르는 너 같은 게 날 모신다 해 봤자 결국엔 내 화만 사게 될 거다."

실수투성이에 망둥이처럼 구는 아이가 어찌 황후가 될 수 있을까. 한 나라의 국모가 된다는 건 쉽지 않은 일이었다.

영 탐탁지 않은 눈빛으로 단을 위아래로 살피던 폐비는 다시금 화가 치밀어 올라 정확하게 단에게 손가락질을 했다.

"내가 황태후였다면 너 같은 건 황후가 되지도 못했을 것이야."

"……."

폐비가 이런 식으로 말하는 건 새삼스럽지도 않았다. 내내 무시당하는 것보단 이런 식으로나마 말을 섞는 게 더 낫지 않을까 싶지만, 지나치게 화를 내니 걱정되었다. 무헌은 폐비와 잘 지내야 한다고 말했다. 그가 했던 말을 상기한 단은 두르고 있던 담요를 벗어선 그걸 폐비에게 내밀었다.

"담요 드릴까요?"

본인이 두르기 위해서 준비한 것인데 자신이 걸치고 있으니 그게 눈엣가시일지도 모른다는 생각이 들었다. 폐비 입장에선 화가 날 수밖에 없겠거니 싶어서 일단 담요를 돌려주고 다시 대화를 시작해 볼까 싶었으나 올려다보는 눈빛은 서늘했다. 이 무슨 장난질이야. 타박이 담겨 있는 눈빛에 단은 두 손에 들고 있던 담요를 내렸다. 그리곤 폐비를 바라봤다.

바깥에 나와선 남장을 하고 사내들과 함께 생활하던 단이었다. 사내라면 왜 그렇게 꽁해 있는 거냐고, 사람 속이 이렇게 작아서 어디에 써먹겠느냐며 주먹이라도 휘두를 텐데 그런 짓 했다가 두 번 다시 초선당에 걸음도 못 하겠지.

무헌이 황제라는 걸 알았을 때에도 그것에 적응하는 데 꽤나 시간이 걸렸는데 이번에도 마찬가지였다. 황태후라니. 폐비를 어찌 대해야 하는 것인지 감이 오지도 않는다면서 단은 잠자코 있었다.

오늘은 이쯤해서 돌아가도 되겠지만, 그러고 싶지 않았다. 폐비의 말대로 지금 대전 안에선 자신을 황후로 책봉할 것인가 말 것인가에 대한 논의가 한창일 테니까.

무헌은 자신을 황후로 만들고자 했다. 황제인 그가 원하니 그리될 가능성이 높았다. 하지만 단은, 자신이 정말로 황후가 되어도 좋은 것인지 알 수가 없었다. 궁에 들어온 시점에서 무엇이 옳고 그른지에 대한 판단이 흐려진 것 같다면서 단은 입을 열었다.

"왜 아무 말씀이 없으십니까."

눈 하나 깜박이지 않고 올려다보기만 하는 그녀를 두고 단은 재차 물었다.

"제가 누군지, 아시잖아요."

"……."

다시금 폐비와 만나고, 그녀를 잘 모셔야 한다는 걸 알았을 때부터 단의 마음속에 자리한 불안이 있었다. 혹여라도 이상해진 폐비가 많은 사람들 앞에서 자신을 늑대라고 부르면 어찌하나 싶었지만 아직까지 그런 일은 벌어지지 않았다. 폐비는 자신을 강부인으로 여기고 그리 대해주었지만, 그럴수록 단에겐 또 다른 의문이 생겨났다.

정말로 폐비는 그때의 일을 기억하지 못하는 걸까. 단순히 정신이 이상해졌을 때의 헛소리 같은 거였을까. 그걸 완전히 잊은 걸까. 그게 진짜라면 다행스러운 일이었지만, 아니라는 느낌이 들었다. 때문에 이리 말하는 거였다.

입을 다문 단은 폐비의 대답을 기다렸다. 만에 하나라도 그녀가 여전히 모르는 척 군다면 단도 더는 그 일을 언급하지 않을 셈이었다. 그때, 폐비의 입꼬리가 뒤틀려 올라갔다.

"그래 봤자 늑대로 변하기만 할 뿐이지. 그 외에 다른 재주가 있더냐. 네가 늑대이기 때문에 지금의 황제를 홀린 것도 아니지 않더냐."

생각하고는 전혀 다른 말을 듣게 된 단은 웃음이 나왔다. 슬며시 올라가는 입꼬리를 본 폐비는 작게 덧붙였다.

"겉모습이 달라지는 거야 익숙해지면 그만이지만, 속이 변하는 건 답이 없지. 그처럼 사람을 피폐하고 병들게 하는 게 없다."

혼잣말하듯 중얼거린 후 폐비의 얼굴이 지독하게 일그러진다. 내내 오만하던 눈동자 안쪽으로 고통이 깃들면서 몸이 앞으로 무너졌다. 가슴팍을 강하게 움켜쥐고 난 후 호흡까지 가빠지는 걸 본 단은 당황해선 급히 손을 뻗었다.

"마마, 왜 그러십니까."

"마마―!"

동시에 뒤에서부터 달려온 춘삼이 단의 몸을 밀어내곤 폐비를 끌어안았다.

"지금부터는 제가 마마를 모실 것이니 부인께선 이만 돌아가시지요."

온몸으로 폐비를 끌어안아 그녀를 감춰 버린 춘삼은 뒤도 돌아보지 않고 빠르게 말했다.

"아랫것들을 데리고 이만 가십시오."

발작을 일으키는 폐비를 그 누구에게도 들키고 싶지 않은 거다. 그녀의 상태가 좋지 않다는 건 이미 많은 사람들이 알고 있지만, 그렇다 해서 그걸 공공연히 드러내고 싶지 않은 마음을 모르지 않았던 단은 급히 몸을 돌렸다.

빠르게 전각을 빠져나와 걸어오는 그녀를 본 혜령이 팔을 잡아 주면서 천천히 걸으라 했지만, 단은 들은 척도 하지 않았다.

"마마께서 피곤해하시니 이만 돌아가자."

아랫것들에게 말한 혜령은 빠른 단의 보폭에 최대한 맞추어 이동했다. 초선당 밖으로 나와 단이 가마에 오르는 걸 도운 혜령은 발을 내리기 전에 내내 마음에 걸려 했던 걸 청했다.

"부인, 계속 초선당을 찾으실 셈이라면 폐하께서 계실 때 함께 오시지요."

폐비는 많이 아픈 사람이라 갑자기 발작이 일어났을 때 단에게 어떤 해코지를 할지 몰랐다. 곁에 황제가 있다면 아주 위험한 상황은 모면할 수 있지 않을까 싶은 마음에 꺼내는 말이지만 단은 고개를 저었다.

"가뜩이나 하실 일도 많으신데 이런 곳까지 모시고 다닐 순 없다."

혜령은 금방 시무룩해졌지만, 작게 알겠다고 대답하고는 발을 내렸다. 가마가 올라가자 몸에서 힘을 뺀 단은 앞서 무헌과 주고받은 말을 떠올렸다.

이틀 전 찾아왔을 때 폐비에게 미움을 사 버렸다며 시무룩해 있는 단에게 무헌은 '내가 갔으면 폐비의 분노를 샀을 거다.'라고 말했다. 그러니 미움 받은 걸 가지고 풀 죽지 말라는 거였다.

자신의 입장에서도 폐비는 대하기 어려운 사람이지만, 무헌은 오죽할까. 듣자하니 무헌이 나타나기 이전에 이미 황후의 소생인 황자가 있었다 한다. 하지만 난리가 생기고 나서 병을 얻은 황자는 죽었다지. 병사지만, 자식을 잃은 부모의 입장에선 무헌을 원망하는 마음이 클 거다. 무헌이 나타나지만 않았더라면 그 자리는 제 아들 차지가 되었을 것이라는 생각을 할 테니까.

앞으로의 일을 위해서 폐비의 마음을 얻어야 한다고 했다. 그리고 지금 무헌이 원하는 건 단을 황후로 올리는 것이었다.

단으로선 지금 궁 안에서 본인이 할 수 있는 일에 최선을 다하고 있는 것뿐이지만, 남들 보기엔 황후가 되기 위해서 용을 쓰는 것처럼 여겨질 거다.

"뭐가 맞는지를 모르겠네."

"부인, 왜 그러십니까. 가마를 내릴까요?"

혼잣말하는 소리를 듣다니.

그만큼 혜령이 모든 신경을 집중해서 자신을 보살피고 있음을 느낄 수 있었던 단은 헛웃음을 흘렸다.

전에도 그렇지만 요즘은 더더욱 유난인 것 같다면서 단은 창을 가리고 있는 천을 옆으로 치워냈다. 혜령을 부르려 했던 단의 시야로 저 멀리 떨어져 있는 곳에서 이쪽을 보고 있던 자가 포착되었다. 상대는 시선이 부딪치자 급히 안으로 들어갔지만, 단은 분명히 봤다.

"……."

비밀이 많은 사람은 타인의 시선에 예민할 수밖에 없었다. 때문에 단은 그 시비의 생김새 옷차림 그리고 허리에 매고 있던 띠등을 빠르게 떠올렸다.

"부인, 왜 그러십니까."

옆으로 치워낸 천 옆으로 고개를 숙이는 건 혜령이었다.

무슨 말이라도 다 하시라고. 뭐든지 신속하고 정확하게 죄 들어드리겠다면서 반짝거리는 눈동자로 바라보는 혜령을 본 단은 웃었다. 바깥으로 손을 뻗어선 그녀의 뺨을 쓰다듬고는 바로 천을 내렸다.

갑작스러운 단의 행동에 놀라 눈을 크게 뜬 혜령은 이윽고 두 뺨을 붉혔다. 헤헤, 웃은 어린 시비는 손등으로 단이 쓰다듬은 뺨을 문질렀다.

*　　　*　　　*

황후에 대한 논의가 시작되는 건 현 황제 대에선 처음이었다.

전에는 어느 줄에 대는 것이 정답인가 싶어 은밀하게 눈치싸움을 했다면 지금은 보다 노골적으로 되어 갔다. 황제는 본인의 뜻을 밝혔고, 장상서가 그 뒤를 바치고 있었다.

귀족이지만 장사일도 하는 장상서를 천하다 손가락질 하는 이들도 많지만, 어디까지나 뒤에서만 그럴 수 있었다. 나라가 어렵고 살림이 궁핍해졌을 때 가장 먼저 발 벗고 나섰던 것이 바로 장상서 가문의 사람들이었다. 태상처럼 보란 듯이 위엄을 떨치는 건 아니라 할지라도 알게 모르게 그를 신뢰하고 믿고 따르는 자들이 많았다. 성품이 곧은 데다, 묵직한 외관은 자연스럽게 신뢰를 키웠다.

이번에 장상서가 나서서 황후 건에 대한 말을 꺼냈다. 여기서 누가 또 나서게 될지는 알 수 없으나, 생각을 잘 해야만 했다. 앞으로 있을 선택이 어떤 결과를 불러일으킬지 알 수는 없으나 이왕 하는 거 초반에 확실하게 눈도장을 찍어 둬야 손에 들어오는 배당금이 클 수밖에 없었다.

강부인을 황후로 올리는 것에 찬성하거나, 반대하거나.

뜻을 밝히려면 지금이었다. 뒤로 갈수록 의견의 파급력은 적고 존중도 받지 못할 테니.

"많은 상소를 처리하시느라 시간이 많이 늦어졌습니다. 강부인께서 주무시진 않으실지 걱정이 되는군요."

"자면 잠든 얼굴만 보면 그만이지."

황제의 대답에 이태감은 손으로 입을 가리고 웃었다. 금실 좋은 두 사람을 보기가 좋다는 식으로 구는 이태감이었으나 황제는 별 감흥이 없어 보였다.

"이상한 일이 있으면 바로바로 일러야 할 것이다. 지금부터가 중요할 테니까."

그 순간 이태감의 입가에 서려 있던 미소가 지워진다. 입가를 가리던 손을 내린 그는 난색을 표하며 조심스럽게 말을 꺼냈다.

"최선을 다하고 있지만, 쥐들은 사람 눈을 피해서 저들만이 이용할 수 있는 구멍을 여러 군데에 뚫어 뒀더군요. 저도 나이를 먹어서 예전처럼 세심함이 떨어지는 것도 있고요. 이제 슬슬 제가 할 일을 다른 아이에게 넘겨야 할 것 같습니다."

"아직도 정정한 사람이 겸손이 지나치군."

"아니요. 아닙니다. 나이를 먹은 만큼 세상이 많이 바뀌었지요. 요즘 사람들은 옛날사람들이 쫓아가질 못할 정도입니다. 아, 요즘 강부인의 곁에 있는 복운이라는 아이가 눈에 들더군요. 전에는 있어도 안 보이던 아이였는데 좋은 주인을 만나더니 날개를 펴고 활짝 날아다니는 격이 아니겠습니까. 부인께서 허락하신다면 제 아래에 두고 가르치고 싶은데 말입니다."

"강부인이 신뢰하고 부리는 사람이니 그쪽은 건드리지 마라."

"아이고, 물론입니다. 절대 해코지를 하려 꺼낸 말은 절대로 아니니 오해하지 말아 주십시오."

절대로 강부인에게 안 좋게 하기 위해서 꺼낸 말이 아니라면서 몇 번이고 고개를 저은 후 이태감은 공손하게 두 손을 마주 잡았다. 약간의 텀을 둔 후, 이태감은 넌지시 말했다.

"강부인께서 마음에 들어 하신다면 태감으로 하시지요."

"안 그래도 생각 중에 있었다."

"그렇군요. 폐하께서 이미 생각하고 계시는 부분이었는데 제가 쓸데없는 참견을 한 모양입니다."

"매부인은 조용히 잘 지내고 있는 것처럼 보이는군."

대화 중에 갑작스럽게 튀어나온 이름에도 이태감은 당황하지 않았다.

황제는 읽고 있던 상소를 위로 옮기면서 덧붙여 말했다.

"살아남고자 하는 의지가 강한 사람이라 막다른 곳에 도달하게 되었을 땐, 그 누구보다 상황 판단이 빨라지지."

"그렇습니다. 다들 매부인께서 경솔하게 행동해서 문제를 일으킬 거라 생각하겠지만, 정말은 아니지요."

본인이 나서도 되는 자리인지 아닌지를 귀신처럼 빠른 판단을 내리는 사람이었다. 때문에 아니다 싶을 때엔 절대로 앞으로 나서질 않는다.

그걸 모르는 자들은 내명부 안에서 매부인이 가장 먼저 큰소리를 내주길 기다릴지도 모른다. 하지만 매부인은 절대로 나서질 않을 것이다. 오히려 이럴 때 더 위험할 만한 사람은, 딱 하나밖에 없었다. 하지만 쉽사리 말을 꺼낼 수 없는 인물이었기에 이태감은 더 깊이 고개를 조아리곤 웃었다.

꽤 늦은 시간까지 건평궁에 있었던 황제는 휴식을 취하기 위해서 매화당을 찾았다. 근처에 다다를 무렵 대문을 빠져나가는 사람이 있었다. 장부인이었다. 최근 단과 잘 어울리는 유일한 부인이었고 장상서의 딸이기도 했다.

서둘러 황제가 도착하기 전에 자리를 뜰 셈이었지만, 여의치 않게 부딪치고 말았다. 가마에 오르려다 말고 자세를 바로 하는 그녀를 본 황제가 손을 들었다. 어가가 천천히 내려가고 몸을 일으킨 황제는 장부인 앞에 서선 물었다.

"벌써 돌아가는 건가."

"그렇습니다. 이런저런 많은 대화를 나누다 보니 시간 가는 줄도 몰랐답니다. 강부인은 안정이 필요한 사람인데 제가 붙들어 둬서 피곤하게 만든 건 아닌지 염려됩니다."

"마음 맞는 사람하고는 오랜 시간 대화를 나누어도 피곤하지가 않지. 그대가 강부인을 잘 챙겨 줘서 안심이 된다."

"별 말씀을 다 하십니다. 전 이런 일이라도 할 수 있음에 감사하고 있습니다."

말을 마친 후 올려다보는 눈빛은 맑고 영롱했다. 예전에는 부인들 뒤에 서선 거의 스스로를 드러내지도 않았던 사람이었다. 단을 알게 되어 그녀를 돕는 일이 장부인의 숨겨져 있던 일면을 드러내게 한 것이리라.

"이만 물러나겠습니다."

예를 갖춰 인사를 올린 후 장부인은 가마에 올랐다. 느리게 멀어지는 가마를 보고 있자니 곁으로 온 이태감이 말했다.

"장부인은 본인의 주제를 잘 아는 사람입니다. 현명하다 볼 수 있지요."

그 순간 황제가 고개를 옆으로 돌려선 이태감을 바라봤다. 다소 굳은 것처럼 보이는 눈빛과 마주하게 된 이태감은 바로 입을 다물곤 죄송하다며 사죄를 올렸다.

내명부의 부인이라면 응당 황제의 총애를 바랄 수밖에 없었다. 장부인이 강부인과 총애를 다투지 않고, 그녀와 사이좋게 잘 지내는 걸 두고 주제 운운할 만한 사항은 아니었다. 뭔가 많은 일이 있다 보니 이태감도 신경 쓸 것들이 많았다. 넋을 반쯤 놓고 있다 보니 말도 제멋대로 나오는 모양이라며 입을 다물고 눈치나 살피는 늙은 태감의 눈 아래 주름이 짙다.

"오늘은 이만 되었으니 들어가서 쉬어라."

"아닙니다. 폐하, 저는ㅡ."

"푹 쉬고 내일 일찍 와라. 오늘보다 더 바쁜 하루가 될 거다."

이만 돌아가 쉬라는 말에 숨겨진 진짜 의도를 파악한 이태감은 입을 다물었다. 그를 두고 혼자 매화당으로 들어간 무헌은 마중 나온 복운의 안내를 받아 단의 처소로 들어갔다.

조금 전까지 장부인과 담소를 나누었기 때문일까. 늦은 시간임에도 아직 환복은 하지 않았지만, 머리는 편하게 풀고 얼굴에는 화장기가 없었다. 무헌은 걸어가 단의 손을 잡고는 안으로 향했다. 그 모습을 확인한 복운이 탁자 정리를 하던 시비에게 밖으로 나오라 눈치를 줬다.

고개를 푹 숙인 시비가 복운과 함께 나가고 난 후 단과 무헌은 긴 의자에 앉았다. 탁자를 사이에 두고 앉은 무헌은 두 손으로 단의 손을 잡았다. 단의 손은 작지만 따뜻했다. 그 손을 제 커다란 손으로 잡아 주무르던 무헌이 고개를 들었다.

"피곤해 보인다."

단의 말에 무헌은 대꾸가 없었다. 여전히 단의 작은 손을 주무르다가 그걸 위로 들고는 손톱 위에 입을 맞추었다.

대수롭지 않을 수도 있는 그 행동이 사실은 하나의 응석이나 다름없었다. 자신의 얼굴에서 시선을 떼지 못하는 무헌을 두고 단은 잡힌 손을 빼냈다. 처음에는 놓아주려 들지 않던 무헌이지만, 계속해서 손을 당기자 결국에는 놓아준다.

몸을 일으킨 단은 무헌 앞에 서선 그의 얼굴을 붙들고 제 품으로 끌어당겼다. 단의 품 안에 얼굴을 묻게 된 무헌은 눈을 감았다. 말 잘 듣는 아이처럼 얌전히 있다가 깊이 숨을 들이마시고는 단의 허리를 두 팔로 단단히 끌어안았다.

옷 아래로 감추어진 단의 부드러운 가슴에 얼굴을 묻은 무헌은 그대로 몸을 일으켰다.

"……."

단은 제 쪽으로 내려오는 무헌을 응시하다가 눈을 감았다. 입술이 닿자 가볍게 문지르더니 이윽고 옆으로 고개를 돌린다. 단은 눈을 감고는 깊은 한숨을 토해 냈다. 입술을 타고 흘러내리는 입술에, 조금의 기대감도 없다면 그건 거짓일 거다.

단의 어깨에 얼굴을 묻은 채로 무헌은 그녀의 몸을 조금씩 뒤로 밀었다. 그가 미는 대로 뒷걸음질을 치면서 단은 무헌의 허리춤에 손을 댔다. 동시에 무헌의 손도 빠르게 겹겹이 입고 있던 단의 옷을 벗겼다. 보기에 좋은 옷이라도 벗길 땐 거추장스러울 수밖에 없었다. 무헌은 마지막 한 장 남겨진 단의 속옷까지 성급하게 벗겨내고는 그대로 그녀를 들어서 침대 위에 눕히고 그 위로 올라탔다.

단의 코앞까지 고개를 숙여선 빤히 바라본다. 마치 잡아먹을 것처럼 강렬하게 응시해 오는 시선에 눌린 듯 단은 숨죽인 채로 그를 올려다봤다. 하지만 그것도 머리를 쓰다듬고 엄지로 이마를 문지르자 금방 풀린다. 단이 옅은 미소를 짓자 무헌은 재차 그녀에게 입을 맞췄다. 이내 단의 아랫입술을 세게 빨다가 놓은 무헌은 고개를 숙였다.

*　　*　　*

황제가 노골적으로 뜻을 내비치니 강부인은 황후가 될 거다.

언제까지 황후 자리를 공석으로 만들 수 없으니 서둘러 채우는 게 맞겠지만, 그 대상이 원하던 사람이 아니었기에 많은 사람들의 속은 복잡할 수밖에 없었다. 특히 화씨 일족은 더더욱 그리했다.

같은 핏줄이니 강부인도 괜찮지 않겠느냐 같은 소리는 다른 가문 사람이라 할 수 있는 말이었다. 일선에선 물러났다 하더라도 화씨 가문의 주축을 이루는 장로들은 지금 이 상황을 납득할 수 없었다. 지금의 황제가 황위에 오르기까지 공헌한 바가 많거늘 어찌 이런 수모를 안겨주는 것인가 싶었다. 황후 그 자리는 처음부터 약속된 것이나 다름없었다. 화소영 외에는 그 누구도 황후가 될 수 없었다.

"입이 있으면 말을 해 보란 말이다!"

강하게 탁자 위를 내려치고는 매섭게 눈을 치뜨는 큰 어른을 앞에 두고도 화도문은 고개를 들지 못했다.

"오늘 그처럼 중요한 논의가 오갔다던데 왜 네놈은 참석조차 하지 않은 것이더냐! 다리가 부러진 것도 아닌데 왜 그 자리에 없어서 일을 이 지경으로 만든 것인데!"

"네가 그곳에서 반대를 했다면 그 어린 황제 놈이 이렇게까지 밀어붙일 수 있을 것 같더냐! 오늘 대전에서 오간 말을 듣자하니 가관이더구나! 회임할 수 있는 여인은 강부인뿐이라고?! 이는 우리 화씨를 우습게 보는 게 아니더냐! 큰 공을 세운 가문을 이런 식으로 홀대하는 법은 없었다. 이게 다 네놈의 잘못이 아니겠더냐!"

"화소영 그 계집은 대체 무얼 했기에 황제가 근본도 모를 강 씨인지 뭔지를 총애하게 했단 말이냐! 애초에 그런 정체를 알 수 없는 계집을 우리 가문의 호적에 올리는 게 아니었다! 네놈이 다 생각이 있다 해서 두고 봤더니 이게 그 결과물인 것이냐! 대체, 무슨 생각으로 일을 엉망으로 만들어! 입이 뚫려 있으면 말이라도 해 보란 말이다!"

뭔가 하나 일이 틀어지면 당장에라도 사람을 잡아먹을 것처럼 구는 건 여전했다. 여럿이 한 사람을 둘러싸서 결국에는 그들 입맛대로 길들이곤 했다. 늙은 장로들의 괴팍한 성정을 모르는 바가 아니고, 괜히 밉보였다가 가문 어른들에게 한 소리씩 듣고 싶지 않았기에 화도문은 지금껏 이들 앞에서 목소리를 크게 낸 적이 없었다. 하지만 지금처럼 이 많은 말을 듣고도 침묵하는 것 도 처음이었다.

어른이 말을 하면 대꾸라도 있어야 하는 법이었다.

그런데 고개를 숙인 채인 저런 모습이라니.

"네 이놈, 지금 우리가 하는 말을 듣기나 하는 것이더냐!"

"아버님의 연세가 올해로 쉰이 넘으셨습니다. 그런데 어찌 이 리도 함부로 말씀하십니까."

그 순간 화도문은 놀라 고개를 들었고, 다른 장로들도 마찬가 지였다. 어찌 이곳에서 여인의 목소리가 들릴 수 있는 것인가 싶 었던 그들은 화도문 등 뒤로 나타나는 화소영을 바라봤다.

얼굴을 가리기 위해서 덮고 있던 답답한 망토를 뒤로 넘긴 화 소영은 화도문의 곁에 서선 원형의 탁자를 둘러싸고 앉아 있는 장로들을 노려봤다.

"집안의 웃어른이라 하나 일선에서 물러나 세상 물정 모르는 분들께서 어찌 이리도 함부로 말씀하십니까. 제 아버님은 오랫동 안 화씨 가문의 대표로서 크고 작은 일처리를 해 왔습니다. 그러하니만큼 장로님들께서도 제 아버님께 예를 갖춰 대해 주십시오."

"감히 나이도 어린 계집이 여기가 어디라고—!"

"여기가 어디긴요. 제 집안이 아닙니까. 그리고 전 계집이 아니라 소율태국 황제의 부인입니다. 3년 전 절 궁으로 보내셨을 때, 앞으로는 예를 갖춰 절 대하게 되었다고 하셨던 걸 벌써 잊으신 겁니까?"

입을 다문 화소영은 장로들을 하나하나 노려봤다.

어디 입이 있으면 말들 해 보시지. 그런 도발이 담긴 눈빛을 앞에 두고 늙은 장로들은 기가 차 하며 가슴을 쳤다.

"저, 저, 저렇게 기가 세니 황제의 마음을 얻지 못한 거지."

화소영으로선 가장 듣고 싶지 않은 말이었다. 자신이 황제에게 총애를 받는 데에 한 번도 도움이 되어 본 적 없던 늙은이들이 잘도 떠들어 대는구나 싶었던 화소영은 냉랭하게 말했다.

"전 궁에서 나온 적이 없으니 이곳에 있어선 안 되는 사람입니다. 시간을 들여 인사를 올리지 못함을 용서하시지요."

동시에 그녀는 제 아비인 화도문의 팔을 잡고선 밖으로 나갔다.

갑작스러운 상황에 미처 대응할 수 없어 멍하니 있던 화도문은 밖에 나와서야 정신을 차리고 너— 하고 입을 뗐다.

"사람들이 듣습니다. 목소리를 낮추세요."

내던지듯 말하곤 뒤돌아보는 화소영의 눈빛은 매서웠다. 어두워도 느낄 수 있는 강렬한 눈빛에 화도문은 입을 다물었고 화소영은 빠르게 걸어갔다.

나고 자란 곳이었던 만큼 어디로 가야 조용히 대화를 나눌 수 있는지는 잘 알고 있었다. 별채에서도 가장 안쪽 방으로 들어간 화소영은 문단속을 하고 난 후에야 제 부친이 말하길 허락했다.

"자, 이제 말씀하세요."

화도문의 입장에선 지금 화소영의 반응이 기가 찼다.

여기가 어디라고 찾아온 것일까. 지금 같은 상황에서 그녀가 이곳에 있다는 게 알려진다면 더 큰 문제가 발생할 수 있었다. 부친의 입장에서 경솔한 행동을 저지른 딸에게 할 수 있는 가장 기본적인 꾸중을 하려 했으나 화소영은 그 모든 걸 사전에 차단했다.

"아버님이 무슨 말씀을 하시려는지 잘 알고 있습니다. 전 쓸데없는 시간 낭비를 하고자 이곳을 찾은 게 아닙니다. 해야 할 말만 하겠습니다. 어째서 조례에 참석하지 않으신 겁니까. 어찌자고 장상서가 발의하는 걸 막지 못하신 겁니까. 덕분에 강부인이 황후가 되는 건 기정사실이 되어 버렸습니다. 폐하께서 올해 안에 모든 걸 끝내라 하셨는데 이미 9월입니다. 겨울이 되기 전에 아버님과 저는 강부인이 황후가 되는 걸 지켜보게 되었단 말입니다."

지금 화소영이 하는 말은 조금 전 장로들에게 들은 것과 토씨 하나 다르지 않았다.

하지만 정말로 자신이 그 자리에 있었으면 그 일을 막을 수 있었을까. 저 새파랗게 젊은 황제가 '난 모든 걸 알고 있다.'라는 눈빛으로 바라보고 있을 텐데, 그 앞에서 입을 벙긋이나 할 수 있었을까. 물론, 필사적으로 무슨 말이라도 할 수 있었겠지. 그리고 내뱉는 말 중에는 분명 제 발목을 옭아매는 게 있었을 거다. 상황을 더 불리하게 만들었을지도 모르지.

호국사에서 자신을 보던 황제의 눈빛을 떠올리는 순간 화도문의 안색이 굳어진다. 부친의 안색이 파리하게 질리는 걸 본 화소영은 급히 앞으로 움직여 그의 팔을 붙잡았다.

"아버님, 왜 이러십니까."

"……."

"당신답지 않게 왜 이러는 거냔 말입니까. 설마하니, 폐하께 약점이라도 잡히신 겁니까."

속을 떠보기 위해 건넨 말에 돌아오는 건 경직된 눈빛이었다. 그 안에서 긍정을 발견해 낸 화소영의 표정이 굳어졌다. 서서히 일그러지는 딸의 얼굴을 봤을 때 화도문은 죄인이 된 것 같은 기분을 지울 수 없었다. 차마 똑바로 딸의 얼굴을 볼 수가 없어 고개를 돌리자 팔을 붙잡은 손으로 더 힘이 들어간다.

"아버님. 절 보십시오. 폐하와 대체 무슨 일이 있었는지를 알려 주십시오. 지금 무엇을 하고 계시는지도 말씀하세요."

눈을 질끈 감으며 아예 고개를 숙여 버리는 부친의 모습이 답답했던 화소영은 그의 어깨를 붙잡았다.

"이러지 마세요. 왜 이 중요한 순간에 숨으려 드십니까. 5년 전에는 그 덕분에 살아남을 수 있었지만, 지금은 아닙니다. 폐하께서 폐비의 지위를 복위하려 합니다. 그리되면 우리는 끈 떨어진 연 신세입니다. 폐비는 다른 사람은 몰라도 아버님과 저를 용서하려 들지 않을 거란 말입니다."

그 일이 있었을 때 가장 먼저 나서서 폐비를 가문에서 제하자 했던 것이 바로 화도문이었다. 폐비의 어미는 화도문의 누이였다. 나이 차가 많아 잔정이 없더라도 제 누이와 조카를 매정하게 버리고 가문에서 지워낸 후 실권을 잡게 된 것이다.

그걸 두고 당시에 교활하다며 손가락질하는 자들이 있었지만, 그뿐이었다. 황제가 태상을 가까이 두니 그에게 함부로 뭐라 할 수 없었던 거다. 하지만 상황에 따라 황제가 태상이 아닌 폐비를 선택하게 된다면 어찌 될 것인가. 그땐 장로들의 마음이 바뀔 수 있었다. 늙은 영감들이 몇 마디 하면 가문 내에서도 폐비의 지위는 견고해질 거다.

앞으로 어떤 일이 벌어질 것인지 화소영의 눈앞으로 환히 그려졌고 그건 그녀에게 좋은 방향이 아니었다. 때문에 부친을 다그칠 필요가 있었다. 평소에는 부지런하고 흠 없이 행동하는 사람이었으나 압박감에 약했다. 본인에게 더없이 유리할 상황일 때에는 태산처럼 단단한 사람이 갑자기 모래성처럼 무너져 내리는 것이다. 그런 식으로 해서야 어찌 황제의 마음을 얻을 수 있겠는가 싶을 만큼, 뒤로 이런저런 수작을 꾸미던 사람은 오간 데 없이 나약하기 그지없는 별 볼 일 없는 사내가 된다.

그걸 알기에 황제가 제 부친을 곁에 남겨둔 거다. 상황에 따라 쉽게 처리할 수 있을 거라는 확신이 있었기 때문에 말이다. 하지만 자신은 아니다. 달랐다. 이대로 보고만 있을 순 없었다.

화소영은 여전히 저를 똑바로 보지 못하는 부친의 팔을 잡아 흔들었다.

정신 똑바로 차리라고. 여기서 이런 식으로 무너져선 안 된다고.

왜 이렇게 한심한 모습을 보이냐면서 계속해서 잡아 흔들어도 화도문의 힘없는 눈빛은 여전했다. 결국 그의 팔을 잡은 손을 놓고 뒤로 물러선 화소영은 굳은 눈빛으로 제 부친을 노려봤다. 마치 잡아먹을 것처럼 오랫동안 응시하던 그녀는 가라앉은 목소리로 말했다.

"아버님께서 은밀하게 연락을 주고받는 그자들과 제가 만날 수 있도록 해 주십시오."

화들짝 놀란 화도문은 언제 화소영을 외면했느냐는 것처럼 정색을 하며 그녀를 노려봤다.

"무슨 말을 하는 것이더냐. 그놈들이 어떤 것들인지 알고 감히—."

"누군 누구겠습니까. 사람이 아닌 것들, 늑대겠지요."

"……."

큰 충격을 받은 화도문의 동공이 크게 확장된다. 어찌 그걸 알고 있느냐며 경악을 드러내는 부친의 반응이 화소영에겐 더 이상하게 다가왔다. 하지 말라고, 폐하의 심기를 건드리지 말라고 몇 번이고 말할 때에는 반응도 없던 사람이 고작 늑대 운운하는 소리에 이리도 기함하다니. 너무 늦은 반응이 아니냐면서 화소영은 뒤틀린 미소를 지었다.

"세상에 비밀이 어디에 있습니까. 아버님이 이러시니 저에게도 접근하는 자가 있더이다. 그자가 말하길 강부인이 보통 사람이 아니라 하더군요. 그 부분에 대해선 알아보는 게 있으십니까? 아버지. 막을 수 있는 건 지금 이때뿐입니다."

뭐든지 시기라는 게 있었다. 이때를 놓치게 된다면 무슨 수로 강부인이 황후가 되는 걸 막을 수 있을까. 지위에 따라 사람에 대한 가치와 평가가 달라지기 마련이었다. 그때가 되어 뭔가를 하고자 한들 누가 자신들의 뜻을 따를까. 황후가 된 강부인과 황제의 눈치를 살피느라 아무 말도 못 하게 될 것이다. 그런 식으로 자신은 내명부 안에서 존재하는 수많은 부인들 중 하나로 남게 된다. 부친도 마찬가지였다. 지금이야 태상이지만, 그 지위는 어느 날 갑자기 달라질 수 있었다. 장상서나 그를 따르는 무리가 하는 짓을 보아하니 모든 게 훤했다.

문득, 화소영은 일이 이 지경이 된 것에 대한 원망을 쏟아붓고 싶었다.

"어쩌자고 일을 이 지경으로 만드셨습니까."

애초에 제 부친이 강부인을 그런 방식으로 궁에 들이지만 않았다면, 이렇게까진 되지 않았을 거다.

일은 있는 대로 다 치고 그걸 엉망으로 만든 건 자신이 아닌 부친이었다. 그런 사람이 제 앞에서 잘난 척 떠들어 댔다고 생각하면 속이 뒤집혔다.

"강부인을 왜 우리 가문 사람으로 만들어 주신 겁니까! 어쩌자고 폐하와 강부인에게 명분을 만들어 준 거란 말입니까!"

"나도 일이 이렇게 될 줄은 몰랐다!"

냉철함을 앞세워 내내 침착하던 화소영이 참다못해 폭발하자, 화도문도 똑같이 흥분했다.

"결국엔 내 딸이 황후가 될 거라 믿었으니까—!"

지금의 황제가 등극하고 자신의 딸이 부인이 되었을 때 온 세상이 자신의 것이 될 것만 같았다. 그 믿음에 대한 의심은 추호도 없었지만, 그래도 혹 모를 상황에 대비하고자 해 둔 일이 이제 와 발목을 붙들 줄은 몰랐다. 아니. 정말은 알고 있었다. 엄청난 것들과 작당 모의를 했으니 일이 실패할 경우 돌아올 파장이 만만치 않을 것임을 알면서도 멈출 수 없었다. 마치 뭔가에 씐 것 같았다. 하지만 그걸 인정하고 자신의 잘못을 다 받아들여야만 하는 상황에서도 화도문은 그리할 수 없었다.

머릿속의 오만 잡생각을 지워내듯 화도문은 미친 사람처럼 소리쳤다.

"황제가 날 받아들였으니, 결국엔 함께 앞으로 나아갈 수 있을 거라 믿었다. 그게 뭐가 잘못이냐!"

"무슨 그런 멍청한 소리를 하십니까! 황제가 아버님을 곁에 두고 절 부인으로 삼은 건 폐비를 견제하고자 함이 아니겠습니까!"

"……."

지지 않고 악을 쓰는 화소영의 기세에 눌린 화도문은 허, 하고 허탈한 숨을 내쉬며 뒷걸음질을 쳤다. 사색이 된 부친을 노려보면서 화소영은 그를 계속 비난했다.

"폐하는 용상에 앉으신 것만으로도 이미 본인의 뜻을 이룬 겁니다! 저야 궁 안에 있으니 할 수 있는 게 없더라도 아버님은 아니지 않습니까! 바깥에서 얼마든지 일을 도모하고 세력을 만들 수 있으셨을 게 아닙니까! 3년의 시간 동안 해 오신 게 고작 늑대족이라는 자들과의 단합이었습니까?! 그 잘난 자들이 아버님께 무얼 해 줄 수 있다고요! 그자들이 나서면 당장 제가 황후가 될 수 있기라도 한단 말입니까!"

화소영이 쏟아내는 모든 말에 억울함도 있지만, 그보단 그녀의 목소리가 점점 커지고 있음이 염려되었다. 이러다 다른 사람들이 엿들으면 어쩌나 싶었던 태상은 쩔쩔맸다.

"어허, 목소리를 낮추거라. 지금 여기가 어디라고─."

"제 집이지요! 제가 유일하게 마음 편히 지낼 수 있어야 하는 곳! 그런데 아버님께서 그 모든 걸 망치셨습니다!"

몸 깊숙한 곳에서 올라오는 분노를 토해 내고 난 후, 화소영은 눈을 감았다. 크게 흥분한 탓일까. 순간적으로 빈혈이 일어 눈앞이 빙글 돌았다. 이마에 한 손을 올린 채로 흥분을 가라앉히려 했으나 쉽지 않았다. 마지막 순간까지 평정심을 잃지 않으려 했지만, 무리를 했다간 미쳐 버릴 것만 같았다.

　전처럼 행동하면 모든 걸 잃게 될 판이었다. 그런 걸, 용납할
수 없었다.

　여전히 이마에 손을 올린 채로 화소영은 화도문을 노려봤다.

　"제가 폐하의 마음을 얻지 못한 걸 탓하셨지요. 하지만 다른
사람은 몰라도 아버지만큼은 그리 말씀하시면 안 됩니다. 아버
지는 딱 한 가지 일만 하셨어야 합니다. 제대로 폐하의 목을 옭
아매서 결국엔 저를 선택하도록 해야 했습니다. 망설이고 눈치
를 보는 동안 아버지는 이용만 당하신 겁니다. 저, 선황 때와 마
찬가지로요."

　"……."

　멍하니 있던 태상의 눈동자 안쪽으로 빛이 사라진다. 다른 사
람도 아닌 피붙이의 비난은 유난히 더 아팠다. 숨죽인 채로 하염
없이 화소영을 바라보던 태상은 휘청거리다가 의자에 주저앉아
선 고개를 푹 숙였다. 보기가 안쓰러울 정도로 나약한 모습이었
지만, 화소영은 눈 하나 깜박이지 않았다.

　어째서 자신 앞에서 이런 모습을 보여 주는 걸까. 지금껏 그
누구보다 대단하고 큰 사람인 것처럼 위엄을 부려댔으면서, 일
이 틀어지기 시작하는 순간 급격하게 나약한 모습을 보인다. 자
신이 뭐라고 쏴대도 끝까지 뻔뻔하게 받아치고 '나는 잘못한 게
없다. 네가 황제의 마음을 얻지 못한 게 잘못이야.'라고 했으면
차라리 덜 절망스러웠으리라.

화소영은 제 부친의 그릇의 크기에 대해서 잘 알고 있었다. 결정적인 순간 중요한 일을 제대로 수행할 수 없는 사람이었다. 선황은 그걸 알고선 제 부친을 이용하려 들었고, 그것이 그의 족쇄가 된 것일지도 모른다.

"지금부터는 제가 하겠습니다."

"……."

"무얼 하고 계셨는지 하나도 빠짐없이 말씀해 주십시오. 제가 머리를 잘 굴려서 지금의 위기를 벗어나 보겠습니다."

"……쓸데없는 말 하지 말고 돌아가 있어라. 이런 식으로 함부로 궁 밖으로 나와선 안 된다."

"궁 안에 있어 봤자 죽을 날을 기다리는 것밖에 더 할 수 있는 게 있겠습니까."

태상은 고개를 들어 화소영을 노려봤다.

그딴 소리 지껄이지 말라며 위협적인 눈빛으로 노려봐도 화소영은 눈 하나 깜박이지 않았다.

"폐비가 황태후가 되면 그녀는 가장 먼저 아버님의 목을 부러뜨리려 들 것입니다."

모든 걸 내려놓은 화소영은 얼굴 위로 드러나는 악의를 감추지 않았다.

한쪽 입꼬리를 올려 저와 제 부친을 동시에 비웃었다.

"다른 건 몰라도, 일황자가 어찌 죽었는지는 저도 잘 알고 있습니다."

태상은 움켜쥔 손으로 탁자 위를 내리쳤다. 그 말은 하지 말라는 암묵적인 경고였지만, 화소영은 말하길 멈추지 않았다.

"자식을 죽인 원수를 용서하는 어미는 없습니다."

"그만해라! 내가 원했던 일이 아니야! 나는 어디까지나ㅡ!"

언성을 높이던 태상은 턱, 하고 막히는 숨에 제 가슴팍을 움켜쥐었다. 숨이 막히면서 관자놀이가 깨질 것처럼 아팠다. 눈을 질끈 감고 그걸 견디어 낸 화도문은 몇 번의 긴 숨을 내쉰 후 힘겹게 내뱉었다.

"나는 그저, 그 괴물이 하라는 대로 했을 뿐이다. 그래. 그뿐이야."

괴물. 강렬한 단어가 주는 두려움에 대해선 화소영도 모르지 않았다.

한때 제 부친은 전도유망한 사람이었다. 지금의 폐비인 자근목을 배경으로 거칠 것 없이 앞서 나아가던 사람이 덫에 걸려들었다. 절대로 저항할 수 없는 압도적인 신분의 차이. 그가 하는 말만을 듣고 따르는 동안 앞길이 창창했던 젊은이는 눈치를 살피며 동시에 뒷주머니부터 챙기게 되는 비굴한 자가 되어 갔다.

"일황자가 죽은 걸 알고 계시는 분께서 어쩌자고 은밀하게 알 수 없는 모임을 후원하셨던 겁니까. 그자들이 진정 아버지께서 하시는 일에 도움을 줄 수 있는 자들이라 믿으셨던 겁니까. 있지도 않은 일황자를 내세워서 사람을 모으면 그들이 허상을 뒤쫓아 역모라도 일으켜 줄 거라 생각하셨습니까. 아니요. 그건 절대로 일어날 수 없는 일입니다. 이 나라에서 역모란 있을 수 없는 일입니다. 그렇기에 폐비가 실패한 게 아닙니까."

파르르, 입술을 떤 화소영의 가늘게 뜬 오른쪽 눈에서 한 줄기의 눈물이 흘러내렸다.

"오랜 시간 마음에 품고 있는 그 커다란 공포를, 과연 누가 부술 수 있겠습니까."

숨죽인 화도문은 더는 말이 없었다.

이미 모든 걸 포기한 패배자의 모습으로 있었다. 지금 이 순간 믿고 의지할 수 있는 사람이 제 부친 하나뿐이라는 것이 못내 억울하고 분했다. 어찌해서 자신은 스스로의 힘으로 그 무엇 하나 할 수 없는 것일까.

마음 한구석이 텅 비는 상실감을 느끼며 화소영은 아랫입술을 깨물었고, 등 뒤에서 나직한 목소리가 들려왔다.

"그렇다고 언제까지 겁에 질린 아이들처럼 숨어 살 순 없는 노릇이 아니겠습니까."

가장 먼저 반응을 보인 건 화도문이었다.

급히 일어선 그는 가장 먼저 딸 화소영을 붙들어 제 등 뒤로 숨긴 후 방의 구석진 곳을 노려봤다. 그곳에서 걸어 나오는, 삿갓을 깊게 눌러쓴 자를 본 화도문의 얼굴이 일그러졌다.

"여기가 감히 어디라고 숨어든 것이더냐. 죽고 싶으냐."

"죄송합니다. 하지만 시기가 시기인지라 하루라도 빨리 만나 뵙고 인사를 드려야 한다고 생각했습니다."

동시에 사내가 화소영 쪽으로 고개를 돌리려 하자 화도문은 빠르게 고개를 저었다.

"내 딸하고 이번 일은 무관하네. 그러니 쓸데없는 짓 꾸밀 생각하지 말고 여기서 썩 물러나—!"

몸을 돌려 필사적으로 화소영을 숨기려 했지만, 그녀는 꿈쩍도 하지 않았다. 가만히 선 채로 정면을 응시하는 화소영을 확인한 사내는 붉은 입술을 양 위로 길게 올렸다.

"이미, 폐하께선 저희들과 태상이 무엇을 하고 있는지를 잘 알고 계십니다. 그렇기에 제가 강부인이라는 사람이 입궁하는 걸 반대했던 것입니다. 그러나 태상께선 밀어붙이셨겠지요. 같은 가문 사람이 둘이 되면 내명부 안의 세력을 키울 수 있을 거라는 아주 얕은 판단으로 말입니다. 그야말로 작은 꾀를 부리고자 초가삼간을 다 태운 격이 아니겠습니까."

"그대들이 처음부터 강부인이 평범한 인간이 아니라는 걸 알려 주었다면, 내 아버지도 다른 선택을 하셨을지도 모른다."

화소영이 받아치자 화도문은 사색이 되었다. 저런 것들하고는 말을 섞으면 안 된다고, 그냥 모르는 척 이곳에서 나가라 할 참이었으나 화소영은 거침이 없었다.

"마음만 먹는다면 끝까지 말릴 수 있었을 텐데 그러지 않았던 건, 네놈들도 생각이 있었기 때문이 아니겠느냐. 너희들과 같은 존재인 강부인이 언젠가 너희들에게 힘을 실어줄 수 있지 않을까 하고 말이야."

화소영은 눈을 가늘게 뜨며 비릿한 조소를 입가에 머금었다.

"여기저기로 양쪽에다 줄을 대고 가늠하려 했던 건 네놈들도 마찬가지다. 오히려 더 교활하다 볼 수 있지."

"아니라고 부정할 순 없군요. 그렇습니다. 하지만 저희도 한 가지 간과한 게 있긴 합니다."

무거운 한숨을 쉰 자는 고개를 옆으로 살짝 기울였다.

"설마하니 폐하께서 강부인에게 품고 있는 연모가 그리도 깊은 줄 몰랐지요. 이래서 첫정이 무섭다 하나 봅니다."

"……."

내내 평정심을 유지하던 화소영이지만, 더는 힘들어진 듯 아래로 내린 한 손을 강하게 움켜쥔다. 그 손등으로 오르는 핏줄을 확인한 자는 다시금 입을 열었다.

"이미 다 지나간 일이야 그렇다 쳐도 앞으로가 중요합니다. 부인께서 말씀하신 대로 폐비가 복위하고 강부인이 황후가 되기만 한다면 모든 게 황제의 뜻대로 됩니다. 모든 것이 전과 변함없이, 황제가 원하는 대로 굴러가게 되겠지요."

"그렇다면 어찌해야 한단 말이냐."

"태상께선 어찌하고 싶은 마음이 있기나 하십니까."

화소영과 내내 말을 주고받다가 마지막 순간 그걸 화도문에게 넘긴다. 약삭빠르게 구는 모습에 화소영이 뭘 하느냐 비난하기도 전에 사내는 담담하게 말을 이어 나갔다.

"이번에는 발을 빼고 외면을 하셔도 살아남기 힘들 것입니다.

폐비든 태상이든, 결국 둘 중 하나만 살아 있으면 화씨 가문은 명맥을 이어갈 수 있으니, 사람은 결국 안전한 쪽을 선택하게 되어 있습니다."

그건 이미 화씨 부녀가 인지하고 있던 것이었다.

핏줄을 중시하는 가문은 그 명맥이 이어지는 것만으로도 만족할 거다. 막판에 보다 안전한 곳으로 줄을 대려 들 테고, 황제는 바로 그걸 노리고 이제 와 폐비를 복위시키려는 거였다.

"이리되면 처음부터 변수였던 쪽을 건드리는 수밖에 없지 않겠습니까."

사내는 제 얼굴 옆에 손가락을 세웠다.

"딱 하나만 손대는 것으로 황제를 굴복시킬 수 있을 것입니다."

"……."

그것이 무언지 모르지 않았기에, 복잡한 감정이 깃들어 있던 화소영의 눈동자가 비로소 안정을 찾았다.

*   *   *

진맥을 살피는 어의의 표정은 더없이 진중했다. 몇 번이고 확인한 어의는 편안한 얼굴이 되어선 천이 덮어져 있던 강부인의 손목에서 손을 떼곤 뒤로 물러났다.

약재방 소속의 시비가 단의 손목 위를 덮고 있던 천을 치워내고 주변 정리를 하는 동안 어의는 밝은 표정으로 말했다.

"부인, 복중 아기씨의 맥이 아주 건강하십니다."

어의는 마치 본인 일이라도 되는 것처럼 크게 기뻐했다. 만에 하나라도 문제가 생겼을 경우 그 책임을 질 수 있으니 그게 염려가 되어 이러는 거란 걸 모르지 않았던 단도 한 번 웃어주고 말았다.

"맥이 선명하고 크게 잡히니 문제는 없어 보이지만, 그래도 조심해서 나쁠 게 없지요. 가능한 몸과 마음을 편안히 하십시오."

그 외에도 임신 중에 좋은 음식과 향 등을 알려 준 어의는 혜령에게 약재 몇 가지를 넘겨주고 밖으로 나갔다. 약재를 보관함에 넣고 받은 것들을 죄 정리하고 난 후에야 다시금 단의 곁으로 온 혜령은 조심스럽게 권했다.

"부인. 오늘은 건평궁에 가시는 게 어떻겠습니까."

단을 황후로 책봉하겠다는 뜻을 내비치고 난 후, 조례 때마다 그와 관련된 말들이 나오는 모양이었다. 아직까지는 적극적으로 뭐라 하는 이들이 없지만, 완전히 안심할 수 없는 상황이었다. 단이 보기에도 지나치게 조용했다. 이러다가 어느 방향에서 훅 치고 들어올지도 모를 일이었다. 무헌은 바로 그 상황을 미연에 방지하고자 하는 것 같지만—.

그러고 보니 한 이틀 정도 무헌의 얼굴을 보지 못했다. 이 넓은 궁 안에서 고작 이틀 못 봤다고 그리워 죽지는 않을 거다. 애초에 혜령이 이런 말을 하는 건 오늘 하루 정도는 초선당에 발길을 하지 않았으면 싶은 거겠지.

단은 거의 매일 초선당에 가서 폐비에게 인사를 올리고 있었다. 하지만 지금까지 제대로 된 방문이 이루어진 적이 없었다. 어제는 폐비가 늦게 일어나 단장하는 데 시간이 걸린다면서 거의 한 시진을 바깥에서 기다려야만 했다. 하필 날도 좋지 않고 바람도 찼기에 혜령은 내내 그걸 신경 썼다. 오늘 하루는 쉬었으면 싶겠지. 어의의 진맥을 받고 이런 저런 일을 하느라 오전 시간은 훅 가 버렸고, 어정쩡한 시간이 되다 보니 단도 늘어지는 게 없잖아 있었다.

쉬고 싶기도 하고, 갑작스럽게 무헌을 찾아가 얼굴을 보고 싶기도 하고. 이런저런 생각을 하면서 손톱 끝을 만지작거리던 단은 물었다.

"매부인의 처소에선 아무런 연락이 없고?"

"그렇습니다."

슬슬 어떤 방식으로든지 연락이 오지 않을까 싶었는데 지나치게 조용하니 이상했다.

한번 찾아가 봐야 하나.

그때 복운이 안으로 들어왔다.

"부인, 잠시 괜찮으시겠습니까."

복운이 저런 식으로 말을 꺼낼 때에는 은밀하게 전할 말이 있을 때뿐이었다. 단의 눈빛에 혜령이 바깥으로 나가고, 앞으로 다가온 복운이 몇 마디 말을 전했다.

"어찌할까요."

지금 단은 치료를 위해서 바깥에 나가 있는 영비를 수시로 챙겨 주고 있었다. 복운에게 말을 해 둬서 영비 근처에 사람을 풀어 보호도 해 주고 있었는데, 며칠 전부터 서성이는 수상쩍은 자들이 몇 보인다는 거다. 이런 일이 벌어질 거라고 어느 정도 예상했기에 단의 표정에는 큰 변화가 없었다.

"누군지 알 수 있을까?"

"몰랐으면 모르고 넘어갈 만큼 조심스러운 행보였습니다. 만만치 않은 자들이지요. 그런데 또 다른 누군가가 영비의 근처에서 보호를 해 주는 것 같기도 했습니다."

이쪽에서 푼 사람 말고 또 다른 누군가가 있다는 걸까.

단은 옅은 미소를 지었다.

"그 사람은 누군지 내 알겠다."

"저도 알 것 같았기에 어찌해야 할지 여쭙고자 말씀드리는 겁니다."

잠시 생각을 하던 단은 혜령에게 보석 상자를 가지고 오라 했다. 혜령이 안쪽에서 은화가 담긴 상자를 들고 왔고 단은 거기서 몇 개를 꺼내 복운에게 건넸다.

"그들이 모르게 조용히 영비와 그 가족들을 다른 곳으로 옮겨 줘. 할 수 있겠어?"

"할 수 있습니다. 심려치 않으시게끔 조용히 잘 처리하겠습니다."

받아 든 걸 품 안에 넣은 복운은 조용히 밖으로 나갔다.

영비에게 새롭게 접근하려는 자들은 누군지 알 수 없지만, 자신도 모르게 은밀하게 그 뒤를 봐주는 건 어떤 자들인지 알 것 같았다.

자신의 일족과 관련된 사람을 살뜰하게 챙겨 줄 수 있는 능력을 갖춘 사람이라면 딱 하나밖에 없었다. 손 놓고 있으면 알아서 어떻게든 해 주긴 하겠지만, 그것만 믿고 지켜보고 있기는 싫었다. 자신이 할 수 있는 일이 있으면 그에 맞춰서 책임을 지고 싶었다. 영비가 자신의 시비였기도 했고, 자신 때문에 어린 나이에 몸이 상할 일이 있기도 했고. 그리고 그 일을 만든 게 매소희였지.

"……."

탁자 위를 두드리던 단은 마음을 정하곤 혜령을 불렀다.

"혜령아, 우리 마마께 인사나 드리러 가 보자."

혜령이 가장 듣고 싶어 하지 않는 말이기 때문일까. 대답은 한참 후에 네에— 하고 늘어진 목소리로 돌아왔다.

＊　　＊　　＊

폐비 자근목은 어린 나이에 입궁해 열다섯에 황후가 되어서 이후로 수십 년 동안 많은 사람을 발아래에 두었던 여걸이었다. 실수라곤 없을 것 같았던 여인이 자식을 위해 해서 안 되는 일에 손을 대고, 처음으로 실패를 맛본 후 나락으로 굴러떨어졌다. 죄인이 되어 초선당에 갇혀 지내게 되었지만, 그럼에도 아직 살아 있었다.

죽지만 않으면 얼마든지 다음을 도모할 수 있기 마련이었다. 그리고 폐비였던 그녀가 다시금 황태후가 될 수도 있다는 소문을 접한 이들이 하나둘 그녀의 곁으로 몰려드는 건, 어찌 보면 자연스러운 현상일지도 몰랐다.

"마마, 발아래를 조심하십시오. 넘어지실까 봐 걱정이 됩니다."

폐비가 한 걸음 옮길 때마다 옆에 붙어서 살갑게 말하는 건 화부인이었다. 마치 예전부터 그리해 왔던 것처럼 살뜰하게 폐비를 모시는 모습에 그녀와 함께 초선당을 찾은 부인들의 표정은 굳어 있었다.

오긴 왔지만, 막상 저런 장면을 보게 된 것이 탐탁지 않은 것처럼 굴던 그녀들도 단을 보는 순간 태도가 달라졌다. 저들끼리 시선 교환을 하고는 급히 폐비 앞으로 다가갔다.

"마마, 어찌 이리도 피부가 고우십니까. 오랫동안 지병을 앓으셨던 분으로 보이지 않습니다."

"소문이 자자했던 미인이신지라 역시나 다르십니다. 세월의 흐름이 마마만 빗겨간 모양입니다."

누가 들어도 부자연스러움을 느낄 정도의 과한 아부였지만, 그런 말을 서슴지 않고 내뱉는 부인들은 태연한 얼굴이었다. 그때 예부인이 성급하게 앞으로 손을 뻗었고 그 손이 몸에 닿으려던 순간 곧장 폐비의 안색이 굳었다. 빠르게 변화를 감지한 화부인은 예부인 앞으로 손을 뻗었다.

"마마, 볕이 좋으니 정원으로 걸음 하시지요. 미리 자리를 마련해 뒀습니다."

거절당한 기분이 들었던 걸까. 무안한 얼굴을 한 예부인은 이내 작게 속삭였다.

"강부인이 왔나 봅니다."

그 말에 폐비가 고개를 들어 단을 봤지만, 시선은 금방 옆으로 옮겨갔다.

사람을 봐도 아는 체하지 않고 정원으로 가 버리는 폐비의 행동에 신이 난 건 예부인이었다. 처음 화부인이 이리로 오라 했을 때 왜 그래야 하나 싶었는데 이제 보니 죄 이유가 있었던 거다. 다른 건 몰라도 강부인이 찬밥 신세가 된 꼴이 속 시원하다면서 예부인은 화부인의 뒤를 졸졸 쫓았다.

단을 흘겨보면서 비웃던 예부인의 얼굴을 봤던 혜령은 아랫입술을 깨물었다. 강부인이 찾아올 때마다 반갑게 맞이해 준 적 없던 폐비였으나 이번 건 심했다. 어찌 사람을 이리 취급할 수 있는 건가 싶었던 혜령은 속이 상했다.

"부인, 아무래도 오늘도 마마를 모실 수 없게 된 것 같습니다."

그러니 오늘은 어제처럼 서서 마냥 기다리지 말라는 속내를 담아 말했다. 그 말에도 단은 흔들림 없는 눈빛으로 멀어지는 폐비만 보고 있었다. 담담해 보이는 얼굴이지만, 그래서 더 마음이 편치 않았던 혜령은 재차 말하려다 말고 입을 다물었다. 이쪽으로 다가오는 상궁 춘삼을 발견했기 때문이었다.

"힘든 걸음을 하셨는데, 죄송하게 되었습니다. 강부인."

인사를 올리고 고개를 드는 춘삼에게 시선을 둔 단이 물었다.

"저들은 언제부터 이곳에 찾아왔던 것인가."

"아침 일찍부터 찾아와 식사도 거르시고 마마를 시중들고 계십니다."

"그만한 정성이면 마마께서도 넘어가실 수밖에 없겠군."

"화부인은 마마의 사촌이니, 더더욱 어여삐하실 수밖에요."

원래 궁 안의 혈연관계는 의외로 좁았다. 폐비에게 잘 보여야 하는 상황이 되었을 때부터 단도 이것저것 알아본 게 있었다. 대부분이 복운과 혜령의 도움으로 알게 된 것이긴 했지만, 그들의 설명으로도 충분히 알 수 있었다. 폐비는 화씨 일족으로, 5년 전 일이 벌어졌을 때 화씨는 그녀를 내치는 것으로 연좌를 피할 수 있었다. 태상은 제 큰누이의 딸을 외면한 것이다.

원래 세상사라는 게 손바닥 뒤집듯이 바뀌는 것이라 해도 그만한 일이 있었는데 모르는 척할 수 있는 것일까. 이곳이 궁 안이니만큼, 특수할 수밖에 없는 공간이라는 걸 인지하고 있음에도 의문이 들었던 단은 작게 물었다.

"마마께서 초선당에 오시는 걸 태상이 반대한 걸로 알고 있는데."

"그렇지요. 태상께선 마마를 살리는 것이 화근을 남기는 것이라 말씀하셨던 분이셨습니다."

똑같이 목소리를 낮춰 대답한 춘삼은 단을 올려다봤다.

주고받는 시선은 짧았지만, 그걸로 충분했다.

"회임을 하신 귀한 몸이시니 무리를 하셔선 안 되지요. 오늘은 이만 돌아가십시오."

"내일은 일찍 찾아뵙겠네. 마마께 꼭 전해주게."

"그리하겠습니다."

몸을 돌리는 단의 곁에 선 혜령은 부축을 해 주었다.

내내 잠자코 있던 혜령이지만 대문을 나서는 순간 참지 못하고 내뱉듯 말했다.

"저들이 하는 짓이 괘씸하지 않습니까."

"말조심해야지. 그래도 부인들이시잖으냐."

"하지만 부인께선 곧 황후가 되실 텐데―."

"황후도 되어 봐야 아는 거지."

"부인―."

어찌 그리 마음 약한 말씀을 하시냐고 하려 했지만, 단은 담담했다.

"진심으로 하는 말이야. 황후든 뭐든 내가 그 자리에 앉아야지 되었다, 할 수 있는 거다."

내명부 안에 있는 부인들과 같은 처지였다면 보다 확신을 가질 수 있었겠지만, 그리할 수 없는 입장에 있었다. 황제인 무헌이 밀어붙이는 거나 주변에서 하는 말만 들으면 쉽게 황후가 될 수 있을 것 같지만, 실감이 나지 않았다. 그 황후가 될 유력한 가능성인 강부인이라는 사람이 정말 자신이 맞기는 한 건지 의문이 들기도 했고 말이다.

궁 안에 있는 것과 배 속에 아이가 있는 것도 실감이 나지 않아 가끔씩은 '이건 뭘까.' 하는 생각에 잠기게 된다. 깨닫지 못하는 사이에 정말로 위험한 곳에 깊이 들어오게 된 걸지도. 때문에 뒤돌아볼 새 없이 앞만 보고 가게 된다. 지금으로선 그리하는 게 최선임을 알기 때문이었다.

"부인."

재차 저를 부르는 소리에 단은 고개를 돌렸다.

그곳에는 굳은 안색인 혜령이 있었다. 아까 앞서 온 부인들 때문에 제대로 폐비를 만날 수 없게 된 사실을 두고 자신이 마음의 상처를 입진 않았을까 싶어 걱정하는 얼굴들이었다. 원래 반기는 이 없던 곳이었다. 폐비가 저를 본 것으로도 만족하는 단이었던 만큼 심각한 반응이 우스웠다. 동시에 이렇게나 자신을 생각해 주는 사람이 있기에 더더욱 돌아설 수 없음을 상기한다.

단은 자신이 이미 궁 안에서 적잖은 지분을 차지하고 있음을 알고 있었다. 자신을 위해서 움직이는 사람들도 적잖고, 그들을 위해서라도 어설프게 굴 순 없었다.

"마마는 나보다 훨씬 더 오랫동안 궁 안에 있던 분이시지. 만만찮은 분께서 저들의 의도를 모르겠어? 결국에는 본인에게 더 많은 이득을 줄 사람을 선택하게 되어 있지."

단의 말을 듣고 나서야 굳어 있던 혜령의 입매가 풀렸으나, 억울한 눈빛은 여전했다.

아직도 강부인을 우습게 여기는 자들이 있음이 못내 분했다.

*　　*　　*

화소영은 어떻게든 폐비와의 거리를 좁히려 들었다. 때문에
아직은 불안한 걸음걸이인 폐비를 부축하거나 해서 접촉하려 했
으나 그때마다 날아드는 매서운 눈빛에 위로 든 손을 내려야만
했다. 민망할 상황임에도 입가의 미소를 잃지 않는 화소영을 두
고 폐비는 냉랭했다. 베일 듯한 매서운 눈빛 안쪽에 서려 있는
건 '가증스러운 것'이라는 분명한 비난이었다.

"강부인이 꼴좋게 되었습니다."

폐비의 안색을 살피고, 그녀의 심기를 살피는 데 열중하고 있
었던 화소영은 뒤에서 들리는 들뜬 목소리에 안색을 굳혔다. 그
걸 아는지 모르는지 예부인은 어지간히 기쁜 듯 환하게 웃었다.

"마마의 곁에 계신 화부인을 보곤 안색이 확 변하더이다. 애초
에 이곳에 고것의 자리 따위는 없었는데 말이지요. 이번에야말
로 화부인과의 차이를 확실하게 알게 되었을 겁니다."

강부인의 콧대를 뭉개주었다고 믿는 것인지 예부인의 말은
쉽게 멈추지 않았다. 그만하라며 화부인이 눈치를 줘도 말이다.

"마마께서 황태후가 되시기만 하면 강부인의 천하도 그날로
끝나는 거지요. 어찌 그리 천한 것이 황후가 되겠다고 날뛰는지.
지저분한 것이 들어와 내명부의 물을 죄 흐리는 격이 아닙니까."

"황제의 핏줄을 품고 있는 사람을 천하다 하다니. 그건 황족을 능멸하는 것이란 걸 모르느냐."

배를 잡고 웃던 예부인은 갑작스럽게 날아든 지적에 사색이 되었다. 설마하니 폐비가 단을 두둔할 줄은 몰랐던 듯, 사색이 된 예부인을 노려보며 폐비는 언성을 높였다.

"어찌 이런 부족한 것이 내명부의 부인 자리를 꿰차고 있단 말이더냐!"

궁에 들어와 누군가에게 혼이 나긴 이번이 처음이었다. 히익 ― 하고 숨을 삼킨 예부인은 사색이 되어 어찌할 줄을 몰라 했고 화부인이 급히 중재에 나섰다.

"마마, 흥분하지 마십시오. 예부인도 진심으로 하는 말은 아니었을 겁니다."

동시에 어서 사죄를 올리라는 화부인의 눈빛을 받고서야 예부인은 덜덜 떨면서 고개를 조아렸다.

"요, 용서해 주십시오. 부족한 제가 함부로 입을 놀렸습니다."

납작 엎드려서 용서 받고자 하지만, 폐비는 말로 전하는 사죄를 용납하지 않았다.

"지금 내가 보는 눈앞에서 스스로 뺨을 스무 대 때리거라."

헛숨을 삼킨 예부인은 다급히 화부인을 올려다봤다. 귀하게 나고 자라서 부모에게도 단 한 번도 손찌검을 받지 않았던 예부인이었다. 폐비의 명은 쉽게 받아들일 수 없는 것이었기에 도움을 청했지만, 화부인은 그걸 외면했다. 고개를 돌려 버리는 화부인의 태도에 절망으로 얼굴을 일그러뜨리는 예부인을 두고, 폐비는 독살 맞게 말했다.

"왜? 황태후가 아닌 폐비의 명은 듣기 싫더냐?"

"아닙니다. 하, 하겠습니다."

어째서 이런 상황이 된 건지 알 수 없지만, 폐비의 화를 가라 앉히는 게 우선이었다. 떨리는 손으로 제 뺨을 툭, 치는 순간 예부인의 눈가에서 눈물이 떨어졌다. 보는 눈들도 적잖은데 무릎을 꿇고 앉아 제 뺨을 치게 될 줄이야. 아픔보다는 굴욕감에 눈물이 쏟아졌다. 그리고 뺨을 치는 게 아니라 얼굴을 쓰다듬는 것 같은 손길에 만족하지 못한 폐비가 소리를 쳤다.

"네가 네 노비를 벌하듯이 네 뺨을 때리란 말이다!"

화들짝 놀란 예부인은 저도 모르게 세게 힘을 줘 제 뺨을 내리쳤다. 짝, 하는 날카로운 음향과 동시에 얼굴이 얼얼해진 그녀는 순간적으로 놀라 얼어붙었다.

"그래. 그렇게 해야지! 그래야 벌이 되지!"

한 번 세게 제 뺨을 때린 것으로 크게 놀란 예부인은 그대로 얼어 버렸고, 더는 두고 봐선 안 되겠다 싶었던 화부인이 나섰다.

"마마, 아랫것들이 봅니다. 이만하시지요."

그러자 기다렸다는 듯 날 선 폐비의 시선이 날아든다.

"내 너를 어려서부터 귀여워했지. 하지만 다 컸다고 이런 식으로 훈계를 할 줄 알았다면, 예뻐하지 않았을 거다."

지금껏 화부인이 부축해 주어도 가만히 있었으나 더는 아니었다. 매몰차게 화부인의 손을 뿌리친 폐비는 몸을 돌렸다.

"다 물러나라."

화소영은 손짓으로 시비를 불러 예부인을 모셔가게끔 했다. 넋이 나간 얼굴인 예부인은 거의 시비에게 들려지다시피 해서 끌려 나갔고 화부인은 폐비의 곁에 다가가 섰다.

"너도 이만 내 눈앞에서 물러나거라."

노려보는 폐비의 눈빛에 담겨 있는 분명한 거부를 읽을 수 있었지만, 화소영은 침착하게 대응했다.

"말씀하신 대로 어려서부터 절 귀여워해 주지 않으셨습니까. 그때의 정을 생각하셔서라도 저에게 한 번만 더 기회를 주십시오. 저를—."

"싫다."

화소영의 말이 채 끝나기도 전에 폐비는 씹어 삼키듯이 내뱉었다.

"나는 너도 네년의 아비도 보기 싫다."

폐비의 입장에선 황제만큼 보기 싫은 게 자신과 부친일 것이다. 알고 있었지만, 그건 예전에 그녀를 버린 일과 관련된 것뿐으로, 더 깊은 속사정까진 알지 못했다. 잘만 구슬리면 얼마든지 사이에 벌어진 간극을 좁힐 수 있을 거라는 믿음으로 화소영은 목소리를 낮춰 말했다.

"이대로 가면 강부인이 황후가 될 것입니다. 그녀는 화씨 가문의 사람이 아닙니다."

"잘되었구나. 난 화씨의 씨가 말랐으면 좋겠다고 생각하는 사람인데 말이야."

내내 온화한 표정을 유지하던 화소영이었지만, 이번 말은 아니었다. 미세하게 변하는 표정을 읽어낸 폐비는 그것 보라며 그녀를 비난했다.

"어린 것이 어리석은 짓을 하려 드는구나. 하지만 그것도 상대를 봐가면서 해야지. 난 이제 눈치 볼 사람도, 지켜야 할 것도 없다. 황태후? 가문? 그까짓 게 내게 중요할 것 같더냐. 하찮기 그지없다."

대화도 통하는 사람하고 해야 하는 법이었다. 지금처럼 무슨 말을 해도 귀를 막고 듣고자 하지 않는다면 아무 소용이 없었다. 시간적인 여유가 있었더라면 이쯤에서 물러났겠지만, 그럴 수 없는 상황이었다. 여전히 자신에게 적대적인 폐비를 주시하며 화소영은 그 말을 입에 담았다.

"일황자의 복수를 하셔야 하지 않겠습니까."

서서히 크게 떠지는 폐비 자근목의 눈동자에서 시선을 거두지 않으며, 화소영은 독이 담긴 말을 전했다.

"일황자가 그리 비통하게 돌아가셨는데도 아무것도 하지 않으신다면 어찌 어미라 할 수 있겠습니까. 지하에 계신 황자님께선 눈도 감지 못하셨을 겁니다."

마지막에 가서는 화소영도 더는 웃지 않았다. 예의를 거둬들이고 서늘한 눈빛으로 주시하자 폐비의 입술이 천천히 벌어진다. 입술이 떨리고 동시에 막힌 숨을 내쉰 그녀는 가슴팍을 움켜쥐었다. 제 가슴을 쥐어뜯듯이 양손으로 가슴을 쥐던 폐비는 그대로 뒤로 넘어갔다.

"마마, 마마! 왜 이러십니까!"

다급히 달려온 춘삼은 쓰러진 폐비를 끌어안았다. 뒤로 넘어가면서 머리가 죄 풀어진 폐비는 얼굴이 파리하게 질려선 끄윽, 끽, 하고 막힌 숨을 토해 냈다. 폐비의 뺨을 두드리며 정신을 차리게 하려 했으나 쉽지 않았다. 덩달아 놀란 춘삼은 사색이 되어선 화소영을 올려다봤다.

"부인, 대체 마마께 무엇을 하신 겁니까?!"

"말조심해라! 내가 마마께 무얼 어찌했다는 말이냐!"

날카로운 호통에도 춘삼은 시선을 거두지 않았다.

먼발치에서 계속 감시를 했기에 저런 발칙한 눈빛으로 쳐다본다는 걸 모르지 않았지만, 불쾌했다. 똑같이 춘삼을 노려보며 화소영이 명령했다.

"마마의 몸이 갑자기 안 좋아지셨으니 어서 가서 약을 드리도록 해라."

"폐하께선 더는 그 약을 드시지 말라 명하셨습니다. 그러니 드리지 않을 것입니다."

"아니. 드려야 할 거다."

그 말이 떨어지기가 무섭게 바깥에 있던 자들이 들어와 춘삼을 끌어냈다. 폐비와 떨어지게 된 춘삼은 온몸을 비틀면서 저항

했지만, 작정하고 달려드는 이들을 떨쳐낼 순 없었다. 동시에 다른 시비 몇이 달려와 쓰러진 폐비를 부축해선 그녀를 등에 업었다. 급히 폐비가 머무는 별궁으로 향하는 자들의 뒤를 화소영이 따라붙자 그 누구도 나서서 막지 못했다. 보고만 있어선 안 되는 엄청난 일임에도 숨죽인 채로 쩔쩔 매는 자들 앞으로 화소영이 지나쳐 갔다.

별궁에 도착한 시비들은 침대에 폐비를 눕혔고, 화소영은 안에 들어가기 전 한 번 더 경고했다.

"마마는 내가 보살펴 드릴 것이다. 그러니 너희는 아무것도 하지 말거라."

춘삼 외에는 감히 화소영의 말에 반박할 수 있는 자들이 없었다. 고개를 조아리며 시선 피하기에 급급한 것들을 뒤로하고 폐비가 누워 있는 침전으로 향한 화소영은 모두를 물러나게 했다. 문이 닫히는 걸 확인 후 재차 폐비를 내려다보던 화소영은 움찔했다. 어느새 폐비가 눈을 뜨고 있었던 거다.

"마마, 저는 마마를 위해서―."

"어찌, 자식을 죽이려 하십니까. 폐하."

"……."

"어찌해서 자식들을 죽이려 하십니까. 황자를 살려주십시오."

눈동자가 몽롱하게 풀린 폐비는 힘겹게 손을 뻗어선 화소영의 손목을 붙들었다. 마치 갈고리처럼 강하게 손목을 붙든 채로 폐비는 떨리는 목소리로 청했다.

"차라리 날 죽이시고 폐하의 자식들은 살려주십시오."

끝에 가서는 흐느끼는 폐비를 두고, 화소영은 여전히 가만히 서 있었다.

＊　　　＊　　　＊

"폐하, 왜 그러십니까."

책상 앞에 앉아 상소를 처리하던 황제가 갑자기 고개를 들자 곁에서 먹을 갈던 이태감이 물었다. 하지만 황제는 여전히 침묵한 채로 정면만 응시할 뿐으로, 결국 이태감은 휴식을 권했다.

"피곤해 보이십니다. 오늘은 강부인께 가 보시지요."

그나마 황제가 휴식을 취할 수 있는 게 강부인의 곁이라는 걸 알기에 이리 권한다는 걸 모르지 않았다. 내색은 하지 않아도 무헌도 단을 떠올리는 순간 그쪽으로 마음이 끌렸다. 하지만 아직 처리할 일이 남아 있어 편히 쉴 수만은 없는 상황이었다.

"매소희는 조용히 잘 지내고 있던가."

"그렇습니다. 참 놀랍지요. 강부인이 어찌하신 건지 직접 찾아가신 이후로 매부인이 아주 조용히 지내고 계십니다."

하지만 사람이라면 그리하는 게 맞는 거였다. 매부인이 몸살과 풍한으로 크게 앓았을 때 그나마 챙겨 준 게 강부인이었다. 그 누구도 고삐를 틀어쥘 수 없었던 매부인도 도움을 받은 걸 고맙게 생각하는지 의식 전후로 무척 조용히 잘 지내고 있었다. 이쯤해서 연금을 풀어주어도 되지 않겠나 싶지만, 거기까지 의견을 낼 수 없었던 이태감은 웃었다. 특유의 사람 좋아 보이지만, 달리 꿍꿍이가 읽히는 얼굴이었다.

"나는 하는 일이 많아 아랫것들의 일까지 상세하게 알 수가 없다. 그러니 그건 네가 잘 처리해야 할 거야."

"딴에는 노력하고 있지만, 쉽지 않은 게 사실입니다. 그래서 말인데……."

"차라리 강부인을 가르칠 생각은 없나."

당치도 않다면서 이태감은 빠르게 손을 저었다.

"황후가 되실 분인데 어찌 그런 험한 일을 맡길 수 있겠습니까―."

"웬만한 일에는 눈 하나 깜박이지 않을 사람이지. 건드리면 깨지는 유리 꽃이 아니니 애지중지할 필요는 없네."

강부인이 보기와 다르게 강한 사람이란 걸 모르지 않지만, 앞으로 귀한 신분이 될 텐데 태감인 자신이 가르칠 순 없는 노릇이었다. 지금으로선 강부인 처소에 있는 복운이 더 욕심이 났다. 잘만 가르치면 큰 그릇이 될 수 있을 것 같지만, 황제는 강부인의 사람을 빼내는 걸 탐탁지 않아 했다. 나중에 기회를 봐서 다시 말을 꺼내 보자면서 이태감은 화제를 돌렸다.

"말씀하신 김에 제가 한 번 매부인의 처소를 들러 보겠습니다. 봐서 곽대인의 입궁도 허락하신다면 매부인께서 크게 기뻐하시겠지요."

곽대인이 경박하긴 하지만, 그나마 그가 있어야 매부인이 내 명부에서 버틸 수 있었다. 이태감의 말에 황제는 턱 아래에 손가락을 갖다 댔다. 자신이 한 말이 마음에 들지 않아서 저러는 것인가 싶었던 이태감은 눈치를 살폈다. 눈을 내리뜬 채인 황제는 혼잣말하듯 중얼거렸다.

"내 어머니는 궁에 얼마 머무르지 못하고 금방 떠나야 하셨지."

정말 갑작스러운 말이었다. 앞서 나눈 대화 중 어떤 것이 황제의 친모에 대한 그리움을 이끌어 낸 것일까. 이태감은 머뭇거리며 입을 열었다.

"그것이 말입니다. 폐하."

"들기론 폐비가 어지간히 괴롭혔다던데."

제 쪽으로 향하는 눈빛에 이태감은 마른침을 삼켰다.

몹시도 난처해하는 모습을 두고도 무헌은 묻길 멈추지 않았다.

"슬슬, 말해 줄 때도 되지 않았나."

"제가 복이 없어 선황과 함께 땅이 묻히지 못했습니다. 그렇기에 살아 있는 동안에는, 몇 가지 일만큼은 함구할 셈입니다."

"자네가 말하지 않아도 알려 줄 사람은 얼마든지 있다."

"……."

"하나라도 내가 모르는 게 있을 때 알려 줘야 그 공을 인정받게 되네. 다 알게 된 상황에서 몇 마디 보탠다고 자네가 덕 볼 일은 없을 거라는 거야."

궁에 들어와 있는 동안 나이만 먹은 게 아니었다. 연륜과 경험이 쌓인 자는 쉽사리 속내를 드러내지 않았다. 손을 마주 잡은 채로 황제가 무슨 말을 하는지 도통 모르겠다며 난처한 웃음을 짓기만 하는 이태감을 두고 황제는 중얼거렸다.

"참 기이하지. 마음이 없을 땐 모든 일들이 수월해서 우습기까지 했는데, 마음을 두자 하나의 일을 처리하는 데에도 많은 시간을 들이게 되는군. 혹, 실수가 있어 계획과 틀어지진 않을까 싶어서 말이야."

그것이 계속해서 업무가 늦어지는 원인인 것일까.

예전의 황제는 정해진 시간 안에 모든 걸 처리하는 사람이었다. 그런데 최근에는 이미 처리한 정무도 다시 돌아가 살피곤 제대로 된 걸 확인하고는 다음으로 넘어가곤 했다.

"사람 일이라는 게 죄 뜻대로만은 안 되나 보네."

매사에 신중하고 정확한 건 나쁜 게 아니었다. 완벽한 일 처리를 하는 걸 두고 그 누가 뭐라 하겠는가. 허나 황제가 듣고자 하는 것이 이런 것이 아님을 알기에 태감은 잠자코 있었다.

4장

무헌은 용상에 앉아 있는 선황과 마주하고 있었다.

기억하는 것보다 훨씬 나이 들고 힘없어 보이는 선황은 조용히 손짓했고, 무헌이 눈을 깜박이자 시야가 반전되었다. 어느덧 선황이 있던 자리에 올라 넓은 대전을 내려다보게 된 무헌은 천천히 몸을 일으켰다. 그에 맞춰서 대전의 양옆으로 나타나는 이들이 있었다. 평소에는 그늘 속에 제 모습을 감추고 오롯이 황제를 보호할 때만 나서는 자들. 그리하여 그들은 자연스럽게 그림자라는 호칭이 붙게 되었다.

일렬로 서 있는 그림자의 끝에 선황이 서 있었다. 그는 닫혀 있던 대전의 문을 활짝 열었고, 깊고 깊은 어둠이 무헌의 눈앞에 펼쳐졌다. 동시에 하늘에 떠오른 크고 밝은 만월이 시리도록 눈을 찌른다. 달을 등지고 선 선황의 얼굴 위로 짙은 음영이 자리해 그가 어떤 표정을 하고 있는지 알 수 없었다.

바깥으로 손을 뻗은 그가 말했다.

—이미 들어와 자리를 잡은 이들이 있기에 놈들은 이 안
까지 들어오지 못한다.

선황의 말을 한 귀로 흘려 넘기면서 황제는 가장 가까운 곳에서 있는 그림자를 내려다봤다. 시선을 느낀 그림자가 고개를 들었다. 깊고 가라앉은 눈빛으로 황제를 응시하던 령은 가슴에 한 손을 대고는 고개를 조아렸다. 그에게서 느껴지는 익숙한 느낌을 떠올리며 무헌은 눈을 떴다.

몽롱해진 시야에 담기는 건 아무것도 없었다. 눈을 감고 긴 숨을 내쉬는 것에 맞춰서 작고 따뜻한 손이 무헌의 턱과 뺨을 쓰다듬는다. 느리게 위아래로 문지르는 듯한 그 손길에 이끌려 눈을 뜬 무헌은 저를 내려다보는 단을 확인하곤 옅은 미소를 지었다.

"피곤해 보인다."

"……내가 꿈을 꾸는 건가."

돌아오는 말은 생뚱맞은 부분이 있었다. 묘하게 사람 부끄럽게 만드는 말이었기에 단은 두 손으로 무헌의 뺨을 눌렀다.

"귀여운 말을 하네. 정말로 피곤한 거구나."

일부러 뺨을 더 만지면서 주물러도 저를 바라보는 무헌의 눈빛은 여전했다. 눈 한 번 깜박이지 않고 지그시 바라보기만 하자 단은 누워 있는 무헌 위로 고개를 숙였다.

"이태감이 사람을 보냈어. 너를 좀 쉬게 해 달라고 하면서 말이야."

이러니저러니 해도 눈치 빠른 사람이라며 무헌은 옆으로 몸을 돌려선 단의 허벅지에 뺨을 기대었다. 다시금 잠드나 싶던 그는 몸을 뒤로 물리던 단의 손목을 잡아당겼다. 순순히 무헌의 곁으로 가 누운 단은 여전히 눈을 감고 있는 무헌의 얼굴을 바라봤다.

물끄러미 보다가 손가락 하나를 세워선 그의 미간을 가볍게 문질렀다. 별 반응 없이 이대로 계속 잠들어도 상관은 없었다. 그때 무헌의 입꼬리가 올라가더니 나직하게 중얼거렸다.

"듣자하니 오늘은 화부인 때문에 폐비에게 제대로 인사도 올리지 못했다지?"

궁 안에 비밀이 없다는 걸 알고는 있지만, 막상 무헌을 통해 듣게 되자 어떤 반응을 보여야 할지 알 수 없었다. 때문에 잠자코 있으려니 무헌이 덧붙여 말했다.

"갑자기 폐비가 발작을 일으켰다 하던데, 그것이 누구 때문일까."

폐비에게 보기 싫은 사람이 꽤 되었는데 거기엔 화부인도 자신도 포함되어 있었다. 싫은 사람과 있다 보면 발작을 일으킬 수

도 있는 거겠지. 막연하게 생각하던 단은 제 이마를 건드리는 손
길에 눈동자를 들었다. 어느덧 눈을 뜬 무헌은 단의 턱 아래에
손가락을 대었다.

"지금 이 궁 안에서 발언권이 강한 건 나 다음으로 너다. 그러
니, 피할 필요가 없는 자리에선 스스로 물러날 필요가 없어."

"성가신 일을 만들어 무엇하나 싶어서 피해 줬지. 폐비께선 아
직도 나를 마음에 들어 하지 않으시기도 하고."

"우리가 뭘 어떻게 해도 그분의 마음에 들 수는 없다. 그러니
지나치게 배려할 필요가 없어. 넌 그저 네가 할 수 있는 일을 하
면 되는 거지."

"……."

"잘 아시겠소. 부인."

다른 사람이 부인이라고 하는 건 상관없지만, 무헌이 저리 부
르면 심히 낯간지러웠다. 뭐 하러 그리 부르느냐 싶어 입술을 비
죽이면서도 단은 무헌의 가슴 위에 한 팔을 올렸다.

"내가 내명부를 장악해야 되는 걸까."

"기본적인 건 지킬 줄도 알아야지. 성가시다 해서 피하기만 하
면 그걸 다르게 해석한 자들이 제멋대로 굴게 된다."

단은 화부인의 곁에 서선 덩달아 자신을 무시하던 예부인을
떠올렸다. 그때 그 자리에서 조용히 물러나 주었던 건 폐비 때문
이었다. 몸이 안 좋은 사람 앞에서 소란스럽게 굴어 무엇하겠나
싶었기 때문이었다. 하지만 그런 기본적인 배려를 몰라주는 사

람은 있기 마련이었다.

그때 일을 떠올리면 분하다기보단 가슴이 답답해진다. 때문에 쉬이 굳은 표정을 풀지 못하던 단은 새삼 신기해져선 무헌의 가슴 위를 손바닥으로 두드렸다.

"넌 그런 걸 어떻게 다 알고 있는 건데?"

"이런 걸 배워서 아는 사람이 있고, 자연스럽게 알게 되는 사람이 있지. 난 후자였어. 입궁하는 순간 뭘 어찌하면 될지 눈에 훤히 보이더군."

원하든 원하지 않든 자신은 이곳에 속해야 하는 사람이었다. 선택의 여지가 없는 상황에서 무턱대고 반항하고 거부하는 건 현명하지 못한 것이었다. 어찌 되었던 십수 년 동안 선황이 원하는 대로 숨어 지내면서 살아왔고, 궁에 들어와서도 마찬가지일 뿐이었다. 건강이 좋지 않은 선황과 겨루어 무얼 하겠나 싶었던 무헌은 모든 걸 받아들이고 주변을 탐색했다. 궁 안이 최종 목적지인 것 같기는 한데, 과연 이곳이 자신이 있을 곳인지를 알아보려 했었다.

고개를 숙인 무헌은 저를 올려다보는 단을 확인하곤 그녀의 어깨를 잡아 제 쪽으로 끌어당겼다.

"전에 너는 나에게 미안하다고 그랬었지. 하지만 넌 내게 미안해할 필요가 없는 사람이야. 오히려 미안하다고 사과해야 할 건 나지. 나 때문에 네 삶이 복잡하게 꼬이게 되어 버린 셈이니."

무헌의 고백에 한동안 말이 없던 단이 입을 열었다.

"솔직하게 말해서 아직도 나는 내가 여기서 무엇을 하는지 알수 없을 때가 있어. 그럼에도 하나 정도는 확실하게 알고 있지."

"……."

"이러니저러니 해도 우리는 얽히게 되었을 거야. 내가 모르는 저들은 조용히 지내려던 내 일족까지 이용하려 들었잖아. 내가 그곳에 계속 있었어도 결과적으로는 너와 한 번 정도는 마주치게 되었을 거야. 하지만 그땐 지금처럼 이런 애틋함은 없었겠지."

단은 무헌의 입술에 손가락을 댄 채로 속삭였다.

"우리는 서로를 봐도 아무것도 느끼지 못했을 거야."

"……."

"우리 아가도 없었겠고."

임신한 건 여전히 실감이 나지 않았지만, 그래도 분명 제 몸속에는 무헌과의 결실 하나가 자리하고 있었다. 그것의 시작은 두 사람이 상단 남가주에 있었을 때부터 시작된 것이었다. 그때의 연이 없었더라면 이 모든 것들이 불가능했겠지.

단은 느리게 고개를 끄덕였다.

"그래. 아무것도 모르고 이용을 당하는 것보다야, 위에서 내려다보는 입장이 좋은 거겠지. 그래야 두 번 다시 억울할 일은 없을 게 아니야."

이전까지는 할 수 없었던 게 아니라, 어디까지나 지켜보고만 있었을 뿐이었다. 성가신 마찰을 피하고 가능한 조용히 넘어가려 했으나 상대가 그걸 다르게 해석하고 수용할 수 있는 선을 넘긴다면, 더는 당하고만 있을 순 없었다. 자신이 밀리면 그건 곧 무헌에게도 영향을 미치게 된다.

단은 제 앞에서 다양한 모습과 표정을 보여 주던 아름다운 부인들을 떠올렸다. 그리고 그들 중에서도 가장 돋보이는 사람은 하나였다. 화부인. 입 안으로 그 존재를 중얼거리고 난 후 단은 물었다.

"영비 곁에 사람을 붙인 게 너지?"

"그래."

역시나 그랬던 거다. 새삼스럽지도 않았기에 다음 질문을 던졌다.

"우리 가족들은 어떻게 지내고 있어?"

"얼마 전에 들었을 땐 쌍둥이가 바깥으로 나가겠다고 난리를 부린다고 하더군."

단은 저보다 훨씬 더 기운이 뻗치는 쌍둥이 동생들을 떠올렸다. 나이를 먹어감에 따라 키도 몸도 더 자랄 테고 생각하는 것도 많아지겠지. 더는 숲 속에 숨어사는 것에 만족하지 못하고 바깥의 큰 세상 구경을 하고 싶어질 거다. 더군다나 누이가 이미 밖에 나와 있으니 저들이라고 해서 못 나갈 게 뭔가 싶기도 하겠지. 쌍둥이가 바깥으로 나오는 건 이미 확실하고, 그때 자신이 도움이 되어 주면 좋겠다면서 단은 고개를 들었다.

"구량 님은, 그 사람하고 함께 움직이는 자들은 대체 무언데.

지금, 어디까지 온 건데?"

쌍둥이가 아닌 구량에 대해서 물어도 무헌은 당황하지 않았다. 이미 짐작하고 있었던 것처럼 담담해 보이는 그를 코앞에 두고 단은 그 말을 입에 담았다.

"역모가 일어나는 걸까?"

역모. 정말 무서운 단어였다. 할 수만 있다면 가능한 입 밖으로 꺼내고도 싶지 않았지만, 지금 가장 궁금한 게 바로 그것이었다. 하지만 무헌이 여기서 입을 다물어 버린다면 그때는 억지로 캐물을 수도 없었다.

숨기지 말고 속 시원히 다 알려 주었으면—.

간절함이 닿은 걸까. 내내 다물어져 있던 무헌의 입이 열렸다.

"누구처럼 이 자리까지 와서 내 심장에 검을 박아야 역모가 성공했다 볼 수 있지. 하지만 과연 그것이 가능할까? 그림자들은 그걸 용납하지 않을 테고, 이전에 이 나라를 지탱하는 기득권자들이 두고만 보지 않을 거야."

"……."

단은 숨죽인 채로 있었다.

들은 말이 정확하게 어떤 것인지 알 수 없어 하는 얼굴을 본 무헌이 갑자기 몸을 일으켰다.

"일어나."

이 늦은 밤에 어디를 가려고 하는 건지 영문을 알 수 없었지만, 침대 밖으로 나가는 무헌을 보고만 있을 수 없어 단도 서둘러 움직였다. 무헌이 단을 데리고 온 건 정무를 볼 때 주로 머무는 서재였다. 여기에 뭔가 있는 건가 싶어 주변을 둘러보는데 무헌이 계속 손목을 잡아끈다. 책상 뒤로 간 무헌은 그곳에 있는 의자를 발로 주욱 밀어내고는 허리를 굽혔다. 양반다리를 하고 앉아선 저를 올려다보는 모습에 단은 안색을 굳혔다.

어딘가 비밀스러운 장소로 가나 싶더니 고작 이런 책상 뒤인 걸까. 잠이 안 와서 낮에 미처 끝내지 못한 일을 마저 마무리 지을 셈인 걸까. 차라리 잠이 오지 않아도 계속 누워 있는 편이 낫지 않을까.

그때 무헌은 아예 한 손을 들어선 위아래로 까닥였다. 제 옆으로 와서 앉으라는 그 손짓에 결국 단도 무릎을 구부렸다. 무헌의 옆으로 기어가서 엉덩이를 붙이고 앉은 단은 다리를 주욱 뻗었다. 책상 뒤의 공간은 두 다리를 뻗어도 괜찮을 정도로 넉넉했다.

무헌이 무슨 생각으로 저를 이리로 데려온 건가 싶지만, 하고 싶은 대로 두자 싶었다.

"지금까지 수많은 황제들이 거쳐 간 자리지. 아주 많고 다양한 사람들이 있었을 거야. 그리고 원래라면 이 자리는 내 것이 되어선 안 되었지."

무헌은 이미 황제였다. 그가 이제 와서 저런 말을 할 필요가 없었다.

"황제는 하늘이 내리는 자리야. 원래 누가 되어야 한다고 정해진 것 없는 자리라고. 그러니까—."

그러니 그런 말은 하지 말라 하려 했다.

"나는 너와 내 아이가 다음 황제가 되었으면 한다."

"……."

단은 손을 들어 제 복부 위에 갖다 댔다.

무헌은 소율태국의 황제고, 이 아이는 그의 자식이었다. 황제의 아들이 황위를 잇는 건 크게 이상할 것 없는 일이었다. 그럼에도 선뜻 긍정하거나 맞장구를 칠 수 없는 단의 망설임을 읽은 무헌이 덧붙여 말했다.

"황제 자리는 하늘이 내리는 자리가 아니라, 그 당시에 권력을 틀어쥔 자의 뜻에 따라 변하게 되는 거야."

무헌의 뜻은 확고했기에 자신을 황후로 밀어 올릴 셈이란 걸 잘 알고 있었다. 황후가 되면 배 속의 아이도 더 잘 키울 수 있겠지. 하지만 그래도 되는 걸까. 지금 이 궁 안에선 자신이 늑대라는 걸 알고 공격하려는 자들이 있었다.

단은 저를 공격하는 자들을 어찌 처리할 것인지 아직도 계획을 세우지 못했다. 물론, 그들에 대해 무헌도 이미 알고 있고 발빠르게 움직여 어떤 식으로 처리하면 되는지에 대한 계획을 세워두었을지도 몰랐다. 그 도움을 어디에서부터 어디까지 바라야 하는 걸까.

정말로 황후가 되고 태어나는 아이가 아들이라면, 그때는 더 집요하고 음습한 공격이 시작될 테지. 때마다 무헌의 도움만을 기대할 순 없었다. 자신이 황후라면, 무헌과 태어날 아이를 위해서 스스로 해결할 수 있는 건 자신의 선 안에서 처리하는 게 옳았다.

늑대니 뭐니 하는 건, 마지막에 가서 고민할 문제로 두자며 단은 마른침을 넘겼다.

"궁에 들어온 늑대가 네가 유일했던 게 아니야."

"……."

"너 말고도 몇이 더 있었지. 그리고 그들은 어떤 식으로든지 지켜내려 했다."

속으로 결의를 다지던 단은 사레에 들릴 뻔했다. 그만큼 무헌의 말은 갑작스럽고 놀라운 것이었기에 저도 모르게 그 앞으로 얼굴을 가까이 내밀기까지 했다.

늑대족이 자신만이 아니라니? 나 말고 누가 더 있다는 건데?

설령 그렇더라도 내가 알아차리지 못할 리가 없잖아. 사람과 피가 섞인 게 아니라면ㅡ.

……아, 그런가.

스스로 깨닫게 된 사실에 놀라 눈을 치뜨는 단을 두고 무헌은 담담하게 말을 이어 나갔다.

"바깥에 나와서 보통 사람인 척 굴어도 그 비범함이 지워질 수는 없지. 어떤 식으로든지 특별함은 드러날 수밖에 없고, 그들은 그걸 숨기지 않고 이용하기로 했던 거다. 그걸로 황제를 지키는 거지."

"……."

설마 싶었던 단은 책상 뒤로 슬그머니 얼굴을 내밀었다. 그리고 다른 사람들에겐 보이지 않을 만큼 어둠 속 저편에 귀신처럼 홀연히 서 있는 그림자를 발견했다.

그들은 어디에 있는지 알 수 없다가도 황제인 무헌에게 해가 될 것 같은 상황이 발생하면 나타나 있었다. 하나인 것처럼 보이지만, 정말은 아니다. 보는 것보다 훨씬 더 많은 자들이 이 근처에서 그들의 황제를 지키려 하고 있었다. 이상하다고, 조금은 특이하다고 생각했던 저들의 몸 어느 한구석에 자신과 같은 피가 흐르고 있었던 걸까.

단은 자신이 바깥에 나오고서부터 발생하게 된 일에 대해서만 알고 있었다. 이전에 벌어진 일, 그로 인해 발생하게 될지도 모르는 상황 등에 대해선 아는 바가 적었다. 하지만, 늑대족인 자들 중에는 이미 수백 년 전부터 무언가를 해 오던 자들이 있었던 거다.

다시금 앞으로 고개를 돌린 단이지만, 그 표정은 굳어 있었다. 무헌은 복잡함이 깃든 얼굴인 단을 불렀다.

"단아."

예전에 소율태국의 초대 황제와 장군에 대한 것도 그렇고 이번 이야기도 마찬가지였다. 무헌은 엄청난 이야기를 너무 아무렇지도 않게 하는 단점이 있었다. 그와 달리 자신은 보통 심장을 지니고 있어서 이런 걸 듣게 되면 그걸 받아들일 시간적 여유가 필요했다.

그래. 저 황제를 지키는 그림자들도 늑대족의 피가 흐르는 사람들이었던 거로구나. 인간과의 혼혈이라고 해서 바깥에서 이상한 모임 같은 걸 만들기만 하는 게 아니었어. 각자 다른 길을 선택한 거고, 그림자는 잘 풀린 경우라 할 수 있었다. 황제의 곁에서 일할 수 있는 건 무척 어려운 일이니까.

그런데 어떻게 이 안까지 들어올 수 있었던 걸까. 초대황제 때에는 장군이 나라를 장악할 걸 두려워하는 자들에 밀려 내쫓김을 당해야 했지만, 지금은 시대가 많이 달라진 걸까. 그런 게 아니라 단순히 저들도 그림자의 정체를 모르는 걸 수도 있겠고―.

"내 아버지는 자식이 태어나는 걸 좋아하는 분이 아니셨다."

"……."

아직 두 번째로 접하게 된 엄청난 정보를 온전히 받아들일 수 없었다. 조금 더 자신만의 해석이 필요했다. 그러던 차에 던져진 세 번째 진실에 단은 빠르게 무헌을 돌아봤다.

세운 무릎에 한쪽 팔을 올린 무헌은 단이 아닌 정면을 응시한 채로 말을 이어 나갔다.

"부인은 많았고, 여인을 싫어하지 않아서 여러 번의 회임이 있었지만, 궁 안에선 아이를 낳을 수 없었지. 내 어머니가 궁 밖으로 나간 건 사람들이 말하는 대로 황후의 괴롭힘 때문만이 아니었어. 어머니는 날 낳기를 원하셨기에 도망쳐 나오실 수밖에 없었던 거야."

이 또한 쉽사리 받아들일 수 없는 말이었다.

믿기지 않는 진실을 알게 된 단은 눈을 가늘게 떴다.

"……그게 무슨 말이야?"

"네가 세상 밖으로 나오기 이전부터 이미 적잖은 늑대족과 그 핏줄을 이어받은 사람들이 있었다. 소율태국의 황제들도 그걸 알고 있었고, 영리하게 이용했지. 그들에겐 권력과 높은 지위를 내리진 않아도 제 곁에 두면서 보호하게끔 했던 거야. 그로 인해서 심적인 안정을 도모했겠지. 자신의 말에 거역할 수 없는 자들이 곁을 든든하게 버티어 주니 영원히 안전할 것이라 생각했던 거야. 하지만 뭐든지 시간이 흐르면서 초반의 의도는 퇴색되고 변질되기 마련이지. 내 아버지는 의심을 품게 되었다."

"……."

"본인보다 뛰어난 자식이 태어나면 곁을 지켜 주었던 자들이 본인을 해치고 그 아들을 선택할 것이라 의심하게 된 거야. 그래서 내 아버지에겐 자식이 딱 둘뿐이었던 거다. 하나는 황후가 필사적으로 지켜내려 했던 내 형님이고, 또 하나는 궁 바깥으로 나올 수 있었던 나. 그리고 그때부터 내 아비는 본인이 이상해졌다는 사실을 인지하게 된 걸지도 모르지. 아니면 궁 밖이라 안전하다 생각하고 하나의 장치를 걸어둔 걸 수도 있고 말이야. 사람 일은 모르는 일이니 어느 날 갑자기 무슨 일이 벌어지게 되었을 때, 선택지가 하나인 것보단 둘인 편이 나을 수 있을 테니까."

"……."

너무도 엄청난 이야기를 들어 버린 탓일까.

단은 여전히 머리가 제대로 굴러가질 않았다.

경직된 눈빛으로 망연자실하게 올려다보기만 하는 단을 두고 무헌은 그녀 쪽으로 고개를 숙였다. 그리고 지금껏 그 누구에게 해 본 적 없고, 앞으로 할 일 없는 이야기를 시작했다.

"나는 내가 바깥에서 자라게 된 이유에 대해서 늘 의문을 품고 있었다. 모두가 쉬쉬하면서 말조심을 하려 노력했지만, 영원한 비밀은 없었어. 내 부친이 소율태국의 위대한 황제라는 사실을 알게 되었을 때 당황한 건 사실이지. 동시에 나는 이런 생각도 했어. 나를 궁 안에서 키울 수 없는 사정이 있기에 바깥으로 내보낸 것이 아닌가— 하고 말이야. 어느 정도 나에 대한 애정이 조금이라도 있었던 게 아닐까 하고 말이야."

하지만 그게 아니었던 거다. 어머니가 궁 밖으로 나온 건 어디까지나 생존을 위한 어쩔 수 없는 선택이었던 거다.

단은 가라앉은 무헌의 눈동자 속에서 아프게 자리한 상처를 봤다.

태어나는 순간부터 무헌의 곁에는 아무도 없었다. 어머니는 돌아가셨고, 그의 부친인 선황은 궁 안에 있어 무헌은 어쩔 수 없이 다른 사람들 손에서 자라야만 했다. 이 나라 저 나라, 이곳저곳을 떠돌아 다녔던 것도 신분을 숨기기 위해서였겠지. 어려서부터 시작된 떠돌이 삶은 어른스럽고 속이 깊었던 아이에게 지울 수 없는 깊은 멍울을 만들어 냈을 거다.

처음으로 보게 된 무헌의 숨겨진 아픔과 마주하게 된 단은 속이 상했다. 무헌의 상처가 너무 아프게 다가와 눈물이 나올 것 같았지만, 그걸 힘겹게 내리누른 후 그의 얼굴을 두 손으로 감쌌다.

"너를 아끼는 마음이 있었기에 결국 널 곁으로 부르신 거잖아. 그래서 네가 황제가 될 수 있도록 해 주셨던 거야."

하지만 그 말을 인정하고 받아들일 수 없는 것처럼 무헌은 느리게 고개를 저었다.

"너무 슬픈 생각은 하지 마."

"나는 슬프지 않아."

단의 한 손을 움켜쥔 무헌은 그곳으로 얼굴을 묻었다.

"고작 그런 일들이 날 슬프게 할 수는 없어."

하지만 단이 보기에 지금 무헌은 무척 슬퍼하고 있었다.

상단 남가주에 있던, 육체적인 노동을 거의 하지 않고 특별 취급을 받았던 준수했던 소년이 정말은 황제의 귀한 핏줄이라, 결국에는 황위에 올랐다. 먼지가 쌓여 있는 낡은 서적에서나 읽어봄직한 이야깃거리였다. 글을 읽은 사람은 대단하다고 부러워할 수도 있겠지만, 그런 경험을 하게 된 사람은 또 다르겠지. 모두가 부러워할 만한 지위에 올랐더라도 본인이 싫으면 싫은 것처럼 말이다.

무슨 말을 어떻게 해 줘야 하는 걸까. 단은 지금처럼 말주변이 없는 게 원망스러울 수가 없었다. 황제라 지닌 권한이 큰 만큼 이래저래 너무 많은 걸 알게 되는 것도 안타까웠다. 적당히 모르고 지나치는 것도 있었으면 좋겠는데—.

무헌은 금방이라도 울 것 같지만, 그걸 참고선 제 얼굴과 머리를 조심스럽게 쓰다듬어 주는 단에게서 시선을 떼지 않았다.

실은 그녀에게 말하지 않은 것들이 몇 가지 더 있었다.

지금 단이 가장 궁금해하고 알고 싶어 하는 건 이런 게 아니라 구량과 관련된 것이었다. 바깥에 있는, 같은 늑대족의 피가 흐르고 있는 자들이 무엇을 하고 있는지를 알고 싶은 거겠지. 이미 단과 함께 바깥에 나가서 수상쩍은 모임을 하고 있는 자들을 본 적 있었다. 바로 그 자리에서 구량과 마주치고 위험한 상황에 빠질 뻔했던 단은 꽤 충격을 받은 것 같지만, 자신을 생각해서인지 내색하려 하진 않았다.

무헌은 그들에 대해서 오래전부터 주시하고 있었고, 계속해서 손을 쓰고 있긴 했다. 하지만 그들에 대한 구체적인 처리 방법에 대해선 말하기 거북했다. 한때라고는 하나 단은 구량을 잘 따랐고, 그들이 이런저런 방식으로 처리되었음을 기분 좋게 듣고만 있을 순 없을 거다. 홑몸도 아니니 단이 충격 받을 수도 있는 부분에 대해선, 최대한 삼가고 싶지만 그것이 최선일까.

무헌은 단의 눈가 주변을 손가락으로 더듬고는 입을 열려 했지만, 결국 말이 나오진 않았다.

구량은 널 보는 순간 늑대족이라는 걸 알고 있었을 거라고.

이전부터 모주화와 주고받았던 게 있었던 그는, 덫을 쳐서 널

옭아매려 했다고.

그때 내가 끼어들어서 널 도와주지 않았더라면 어떤 일이 벌어졌을지 알 수 없다는 말을 할 수 없었다.

만약 그때 단을 도와주지 않았더라면 지금의 이와 같은 상황도 없었겠지. 제 품에 안겨 있는 단을 사랑스럽다고 느낄 일도 없었을 거다.

"하고 싶은 말이 있으면 해."

눈치가 빠른 단의 질문에 무헌은 그런 거 없다며 바로 고개를 저었다.

"나 때문에 무리하고 있는 건 아니지?"

이번에도 역시 고개를 저으려다 말고 무헌은 단의 어깨를 붙잡곤 그녀의 귓가에 입술을 갖다 댔다.

"네 덕분에 무리를 해서라도 뭔가를 할 마음이 든 거고, 그건 내게 있어서도 아주 중요한 일이다. 그러니 괜한 생각하지 마."

고개를 옆으로 돌린 무헌은 단의 뺨에 입을 맞추곤 찬찬히 옆으로 이동했다. 입술이 닿자 기다렸던 것처럼 벌려지는 그 안쪽으로 혀를 밀어 넣었다. 무헌은 정성껏, 작고 말랑거리는 혀를 핥으면서 세게 빨았다. 몇 번 혀를 섞자 생기는 타액을 모두 삼키고 난 후 단은 천천히 얼굴을 떨어뜨렸다.

그걸 따라 재차 단에게 입을 맞춘 무헌은 고개를 돌려서 가볍게 입술을 빠는 동시에 그녀의 허리를 감아 제 다리 위로 올렸다. 단은 무헌의 목덜미 위로 고개를 숙였다. 단단한 피부 위에 이를 세워 깨물자 허리에 감겨져 있던 팔이 더 아래로 내려간다.

무헌은 다른 손으로 단의 등과 허리를 느리게 쓰다듬다가 그 몸을 받치고선 뒤로 밀어붙였다. 바닥에 눕혀진 단은 위로 포개져 오는 단단한 육체를 느끼면서 감고 있던 눈을 떴다. 익숙한 듯 제 얼굴 위로 고개를 숙인 무헌은 입술이 닿을락 말락 한 곳에서 멈추었다. 단의 얼굴에 시선을 고정한 채로 그의 한 손은 열심히 단의 치마를 걷어내고 있었다.

단과 가능한 몸이 밀착된 채로, 그녀의 몸에 무리가 가지 않을 선으로 느릿하게 움직이지만 그것으로도 충분했다. 머리털이 끝까지 곤두설 정도로 예민해진 감각에 누가 먼저라 할 것 없이 계속해서 젖은 신음이 새어 나온다. 입술이 닿을 만한 곳에서 제 허릿짓에 따라 시시각각 달라지는 단의 신음을 즐기면서 무헌은 더 깊게 허리를 놀렸다.

*   *   *

멀리서 들리는 새소리에 무헌은 먼저 눈을 떴다.

짧지만 무척 달게 잤기 때문일까. 눈을 뜨고도 멍한 게 있었던 그는 한참 동안 가만히 있다가 고개를 조금 들었다. 버릇처럼 품에 안겨 있는 단을 더 안쪽으로 끌어당기면서 뒤를 돌아보자 인기척이 느껴진다. 분명 이쪽에서 자신이 일어난 걸 알고선 저러는 것이리라.

"……."

조금 더 자고 싶다. 일어나고 싶지가 않아.

최근 들어서 연달아 하게 되는 생각을 하면서 무헌은 재차 머리를 내렸다. 그러자 미동 없이 잠들어 있던 단이 조금 더 앞으로 다가온다. 제 품에 폭하니 안기는 가느다랗지만 풍만함이 느껴지는 몸을 두 팔로 안으면서 멍하니 있던 무헌은 작게 중얼거렸다.

"이태감."

돌아오는 답은 없지만, 그가 바깥에서 다음 말을 기다리고 있음을 모르지 않았다.

"매소희의 연금을 풀어주도록 하라."

"그리하겠습니다."

짤막한 대답 후 이태감이 물러나는 기척을 느끼면서 무헌은 고개를 숙였다. 단의 동그란 이마에 입을 맞추고 나선 그녀의 허리와 등을 한 손으로 쓰다듬었다. 맞닿아 있는 부위에서 아직은 배가 부른 걸 느낄 수 없었다. 아직 한 달이 갓 되었을 뿐인지라 티가 나려면 한참 남았다고는 하지만―.

임신한 여인은 가능한 무리하지 말고 편안하게 있어야 한다고 했다. 초기에는 더더욱 조심해야 한다고도 했지.

이래저래 들은 말을 떠올리던 무헌은 품 안쪽에서 꼼지락거리는 느낌에 고개를 숙였다. 그러자 단이 천천히 눈을 떠선 위를 올려다본다. 푹 잘 잤던 탓일까. 단의 두 뺨이 통통한 것이 조금

부어 있었다. 깨물면 과즙향이 날 것처럼 탐스러워 보이는 단의 얼굴을 보던 무헌이 말했다.

"이만 일어나 봐야 할 시간이다."

들은 말이 불만스러웠던 걸까.

미간을 찡그린 단은 고개를 숙여 머리로 무헌의 가슴을 밀어대다가, 이윽고 뺨을 문질렀다.

"일어나기 싫다―."

단 쪽에서 먼저 이런 말을 꺼낸 적은 없었다. 늘 무헌이 먼저 일어날 채비를 하곤 했고, 단이 눈을 뜨면 더 자라며 머리를 쓰다듬곤 했던 것이다.

처음 하는 응석을 받아주고 싶은 마음이 들지만, 마냥 이런 상태로 있을 순 없었던 만큼 무헌은 재차 단의 등을 토닥였다. 커다란 손으로 가볍게 닿았다가 떨어지는 그 감촉을 즐기듯 있던 단은 심호흡한 후에 벌떡 일어났다. 일어나 앉자마자 헝클어진 머리를 잡아서 전부 뒤로 넘긴 후 좋아, 라고 짧게 기합을 넣고선 그대로 무헌을 타고 반대편으로 넘어갔다.

알몸으로 일어나려는 단의 팔을 잡아당긴 무헌도 덩달아 몸을 일으켰다. 이불로 단의 몸을 감싸듯이 둘러주곤 기어이 그녀를 침대에 앉힌 무헌은 먼저 바깥으로 나왔다. 잠시 후 환관 이소의 목소리가 들린다. 두런두런 주고받는 말 속에는 급히 당도한 상소가 있습니다―라는 것도 섞여 있었다. 과연 어떤 내용이 담긴 것일까.

흘러내린 이불을 잡아 어깨까지 올린 단은 천천히 뒤로 몸을 물렸다. 푹신한 이불에 누운 채로 위를 올려다보던 단은 다시금 눈을 감았다.

"……."

이렇게 누워 있으니 두근두근하고 뛰는 심장 박동이 생생하게 느껴진다.

이것은 조금 전 무헌의 품에 안겨 있었을 때에는 조금 더 강하게 뛰었다.

한 손을 들어 제 가슴 위에 올린 단은 일정하게 울리는 심장 박동을 느끼며 움켜쥐었다.

*   *   *

머리를 정리하던 손길이 떨어지고 난 후 단은 그대로 몸을 일으켰다.

뒤를 돌아보자 때맞춰 모든 채비를 마친 무헌이 보였다. 둘이 있을 때와 달리 머리를 틀어 올려 관모까지 쓴 그는 황제였다. 그런 그가 뒤를 돌아봤을 때 단은 두 손을 모은 채로 고개를 조아렸고 곁에 서 있던 혜령은 무릎을 꿇고 앉았다.

"오늘은 처리할 일이 많아 바쁘니 부르기 전에는 처소에 계시오."

"그리하겠습니다."

단의 대답을 들은 황제가 먼저 움직여 밖으로 나가자 단이 그 뒤를 따랐다. 황제와 부인의 단장을 돕기 위해서 들어와 있었던 자들도 그 뒤를 줄지어 따랐다. 건평궁을 나선 황제는 가운데의 긴 계단을 내려갔고 단이 뒤따랐다. 하지만 대문을 넘어서면서 그들은 각기 다른 방향으로 가야만 했다. 황제는 오른쪽의 대전으로, 단은 반대편인 본인의 처소로 가면 되었다.

대전은 바로 옆이었기에 황제는 어가에 오를 필요가 없었다. 많은 자들과 함께 멀어지는 황제를 확인하고 나서야 단은 본인 가마에 올랐다. 가마 앞의 발을 내리면서 혜령이 말했다.

"처소에 장부인이 오셔서 기다리고 계십니다."

건평궁에서 치장을 하는 동안 앞서 혜령에게 내린 지시가 있었다.

그것이 잘 전달된 걸 확인한 단은 잠자코 있었다.

"장부인과 뜻을 함께하는 다른 부인들도 함께 계십니다."

"그렇다면 곧장 초선당으로 가자."

혜령은 긴장으로 안색을 굳히며 짧게 네, 라고 답했다.

발이 내려가고 가마가 위로 움직인다. 서둘러 움직이는 가마를 느끼면서 단은 등을 기대었다.

몸이 노곤하고 눈을 감으면 금방이라도 졸음이 쏟아질 것만 같았다. 몸은 휴식을 원하고 있었지만, 오전 중에 해야 할 일을 끝마친 후에나 두 발 뻗을 수 있을 거라며 정면을 응시했다.

단을 태운 가마가 초선당으로 향하는 동안 그 뒤로 몇 개나 되는 부인들의 가마가 뒤따랐다. 가마의 수는 어림잡아도 여섯이 넘었고 그것들 모두가 초선당에 도착하니 꽤나 장관이었다. 가장 먼저 강부인의 가마가 도착하고 거기서 단이 내렸다. 복운의 부축을 받으며 밖으로 나온 단은 닫혀 있는 초선당의 대문을 확인하곤 눈을 가늘게 떴다.

어제, 먼저 이곳에 와 있던 화소영과 몇몇 부인들을 보고 그들의 의도는 이미 파악이 끝났다. 돌아가는 판도가 훤하니 내명부에 있는 여인들이 할 수 있는 건 하루아침에 죄인에서 황실의 가장 웃어른이 될 자근목에게 잘 보이는 일뿐이었다. 그리고 자근목과 진짜 한 핏줄인 화소영은 다른 누구보다 마음을 얻기가 수월하리라.

단도 귀가 있어 듣는 게 있고 눈이 있어 보이는 게 있었다. 화소영이 문을 틀어 잠그고 폐비의 곁에서 떨어지려 하지 않는다면 그 누가 뭐라 할 수 있을까.

자신 외엔 그 누구도 건드릴 수 없었다.

"화부인은 절대로 폐비를 순순히 내어주려 들지 않을 것입니다."

곁으로 다가와 선 장부인이 건네는 말에도 단은 반응이 없었다.

여전히 굳은 눈빛으로 닫혀 있는 대문을 응시하는 단을 두고, 장부인은 목소리를 낮췄다.

"태상께서 부인을 비방하는 상소를 올렸다 합니다. 안과 밖에

서 동시에 움직이고 있는 것이지요. 그러하니만큼, 부인께서도 강경하게 나가서야 합니다."

장부인은 뒤에 서 있는 몇몇 부인을 돌아보면서 덧붙여 말했다.

"이곳에 모여 있는 사람들은 모두가 같은 배를 탄 것입니다. 지금껏 잘해 오셨으니 앞으로도 실수가 있으셔선 아니 되십니다."

그래야 같은 배를 탄 자들이 모두 순항을 끝낸 후 본인들이 원하는 자리로 돌아갈 수 있으리라.

단은 이런 상황이 발생했을 때 무얼 어찌하면 되는지에 대해서 들은 바가 없었다. 저 황제인 무헌도 뭘 어찌하면 된다고 알려 주지 않았다. 하지만 과거 궁 안의 여인들에 대한 이야기나, 몇 가지 일화를 통해서 간접적으로 알게 된 게 있었다. 제 손을 잡고 흔들림 없는 눈빛으로 응시하면서 늘 상기해 준 게 있었다.

무헌은 황제고 자신은 내명부에서 가장 큰 총애를 받는 부인이었다. 지금 황제가 원하는 건 자신을 황후로 올리는 것이고, 그리해야 황제가 얻는 것이 많아진다. 덧붙여, 자신에 대해 알고 그걸 이용하려 드는 자들에게 반격할 수 있었다.

늑대족이니 뭐니를 떠나, 자신이 살고, 가족을 보호하고, 무헌을 지키기 위해선 한 발도 물러설 순 없었다.

어찌하여 이리 복잡한 상황의 중심에 서게 되었는지 따위를 고민하고 되돌아보는 건 모든 일이 정리되었을 때였다. 지금은 팔자 좋게 그런 것들을 일일이 헤아리고 있을 때가 아니었다.

단은 입을 열었다.

"문을 열어라."

기다렸다는 듯 앞으로 나선 복운은 단단히 닫혀 있던 대문을 두드렸다.

"강부인께서 오셨습니다. 문을 열어 주십시오."

목청이 좋고 대문을 두드리기까지 했으니 안에서 그걸 듣지 못할 리 없었다. 실제로 안쪽에서 부산스러운 발걸음이 들리더니 이윽고 잔뜩 긴장된 목소리가 들려왔다.

"마마께서 건강이 좋지 않으셔서 문을 열 수 없습니다. 화부인께서 지극정성으로 보살피고 있으니 걱정 마시고 이만 물러나시지요."

당치도 않았다. 고작 이런 말을 듣고자 이른 아침부터 이곳을 찾아온 게 아니었던 만큼 복운은 더 세게 문을 두드리며 외쳤다.

"강부인께서 찾아오셨다고 안에 말씀을 올려주십시오!"

"화부인께선 강부인께서 인사를 드리러 오실 걸 알고 계십니다. 안에서 말씀하시길, 나라의 경사를 품어 회임을 한 귀한 몸이시니 불길한 장소를 일부러 찾지 마시고, 처소로 돌아가 편히 쉬시라고 전하라 하셨습니다."

강부인이 안에 들어가 폐비를 만날 수 없도록 하려는 의도가 분명하게 읽혔다. 저런 되지도 않는 말을 듣고자 이곳을 찾은 것이 아니었던 만큼 복운은 재차 문을 열라 하려 했으나 그때 단이 한 손을 들었다.

가라앉은 눈빛으로 닫힌 문을 바라보던 단은 읊조리듯 중얼거렸다.

"안 열어 주면 우리가 직접 열고 들어가면 그만이다."

그 순간 복운 또한 굳은 얼굴로 고개를 끄덕이곤 뒤로 턱짓을 했다. 그러자 몇몇 환관과 가마꾼들이 문에 달라붙어 힘으로 밀어붙이기 시작했다. 오래된 건물이고 그간 제대로 보수가 이루어지지 않았던 대문은 장정들이 힘주어 밀자 덜컹거리는 소리를 내면서 점점 밀려났다.

억지로 문을 열 것이라 생각해 본 적 없었던 듯 안쪽이 소란스러워지지만, 손을 쓸 새도 없이 한쪽 대문이 떨어져 나갔다. 묵직한 문이 크게 기울어지면서 뒤로 넘어가기가 무섭게 단이 움직였다.

대문 뒤에 숨어서 열어 줄 수 없다 버티던 자들도 막상 단을 보곤 놀라 급히 고개를 조아렸다. 그들 사이를 지나간 단은 거침이 없었다. 바깥의 소란을 듣고 나온 시비들이 놀라선 아무것도 못하는 동안 중문을 넘어선 폐비의 처소 앞까지 도달한 단은 그곳에서 나오는 인물을 확인한 후에야 멈춰 섰다.

별채의 문을 열고 나오는 건 화부인이었다. 전날과 다름없는 모습으로 똑바로 선 채 눈을 내리뜬 그 기세가 대단하다 보니 다른 부인들은 어려워하며 고개를 돌렸다. 하지만 장부인과 강부인만은 그녀를 똑바로 바라봤다.

단은 화소영과 마주하고 있는 지금 이 순간이 하나도 두렵지 않았다. 오히려 편안함을 느끼면서 차분하게 말했다.

"곧 황태후가 되실 분이 계신 장소이니 불길할 것도 뭣도 없습니다. 게다가 화부인이 이리 계시니 저에겐 더할 나위 없이 길한 장소입니다."

단의 말에 화부인은 옅은 미소를 지었다.

"지금 마마께선 편찮으십니다. 그런데 이런 소란이라니ㅡ."

보란 듯이 다시금 모여 있는 자들을 둘러본 후, 화부인은 혀를 찼다.

"벌써부터 이런 패악을 부리신다면, 황후가 되시고 나선 아예 내명부를 깔고 앉으려 드시겠습니다."

"부족한 제가 어찌 그리할 수 있겠습니까. 오히려 그런 짓은 제가 아닌 화부인께서 하고 계시지 않습니까."

곧장 비난할 줄은 몰랐을까.

미세하게 굳어지는 화소영의 눈빛을 확인한 단은 말을 이었다.

"전 폐하의 명을 받아 마마를 보살피고 있었던 것입니다. 허나, 화부인께선 아무 말 없이 갑자기 찾아와 초선당의 대문을 걸어 잠갔습니다. 물론, 마마의 건강이 염려되어 그러셨을 수도 있겠지만, 두 분이 함께하는 동안 마마께 안 좋은 일이 발생한다면 그것은 전부 화부인의 책임이 될 것입니다."

화부인은 고작 그런 걸로는 자신을 난처하게 할 수 없을 거라며 짧게 고개를 저었다.

"전 어디까지나 마마의 상태가 염려되어서 지켜 드리려 했던 것입니다. 누구와 달리, 마마와 저는 한 핏줄이니까요."

화부인과 강부인이 사촌이라는 건 모두가 알고 있는 사실이었다. 허나, 그 관계에 대해 의문을 품고 있는 자들이 있는 것 또한 진실이었다. 면전에 대고 이런 말을 한다는 건 '너와 난 아무 사이도 아니지 않으냐.'라는 고백이나 다름없었다.

그리고 단은 태연하게 받아쳤다.

"제가 마마라면 화부인을 보기가 싫을 것 같습니다. 살고자 버린 게 몇 년 전 일이라고, 그걸 다 잊으시곤 안면몰수해선 이리 빌붙으려 하십니까."

"……."

단의 말에 장부인은 짧은 숨을 내쉬었다. 놀라 그런 게 아니라 속이 다 시원했기 때문이었다. 혹시나 싶어서 내내 단의 옆에 서 있었지만, 굳이 도움을 줄 필요는 없을 것 같았다.

어느 순간부터 여유로움이 사라져 표정이 없어진 화부인을 주시하며 장부인은 뒤로 한 발 물러섰다. 그러는 동안에도 단의 말은 계속되었다.

"마마께서 편찮으시다면 어의를 부르면 그만입니다. 앞으로 황실의 웃전이 되실 분이니 폐하께서도 마마의 상태에 대해서 아실 필요가 있고, 만에 하나라도 부인께서 찾아오신 후 마마의 상태가 더 악화되신 게 있다면 그 또한—."

단은 목소리를 낮추었다.

"폐하께선 하나도 빼놓지 않고 다 아셔야 할 것입니다."

단이 입을 다무는 순간 무거운 긴장이 감돌았다.

처음이야 기세가 대단했던 화부인이지만, 지금은 꿀 먹은 벙어리가 되어선 아무런 반박도 하지 못했다.

강부인이 아닌 다른 사람이었다면 화부인에게 이렇게까지 할 수 없었을 거다. 장부인은 화소영을 주시했다. 단이 이렇게까지 했음에도 화부인이 계속 버티어 서서 움직이지 않으려 든다면 그땐 이쪽에서 나서야 할지도 모른다. 강부인의 든든한 우군이 될 거라면서 결의를 다지는데, 화부인이 옆으로 물러섰다.

어느덧 미소가 걷혀 표정 없는 얼굴로 있던 화부인은 별채의 문에 한 손을 올렸다.

"어디까지나 좋은 마음에서 시작한 일인데 오해를 산 것 같으니 마음이 편치 않군요. 그래요. 강부인께선 어디 얼마나 잘 모시는지 지켜보겠습니다."

동시에 문을 연 화부인은 더 뒤로 물러났다.

어디 한 번 들어가 보라는 듯한 도발에 단은 다시 움직였다. 화부인을 지나쳐 별채로 들어서려는 순간, 단은 문지방 앞에서 바로 멈춰 섰다. 열려 있는 문을 통해서 미세한 향이 풍겼던 것이다.

"……"

문지방을 넘지 못하는 단의 옆얼굴을 주시한 화부인이 물었다.

"왜 들어가지 않으십니까. 마마께선 내내 의식이 없다가 조금 전에 기침하시는 것 같았습니다. 가서 얼굴을 보여 드리고 안심시켜 주십시오."

화소영은 문을 더 밀었고, 활짝 열리면서 묵직하게 가라앉아 있던 향이 더 노골적으로 풍겼다. 보통 사람들이야 알 수가 없는 미묘한 향이건만 지금 단은 분명히 맡을 수 있었다. 긴 소매 아래에 감춰진 손을 강하게 움켜쥔 채로 단은 화소영을 바라봤다. 평온해 보이는 얼굴을 한 아름다운 여인은 시선이 부딪치는 순간 붉은 입꼬리를 미세하게 올렸다.

과연 네가 이 안에 들어갈 수 있을까.

눈빛에서 전해지는 상대의 숨겨진 속내에서 단은 확신을 가졌다.

그래. 너도 다 알고 있는 거로구나.

앞서 매소희의 품에서 난 향을 내내 의심해도 확실하게 이거다, 라고 확정 지을 수 없었는데 이번에 확실해졌다. 때문에 단은 화소영이 우스웠다.

"부인께선 보기와 달리 어설픈 구석이 있으십니다."

그저 객기를 부린다 여기는 것처럼 느긋하기만 한 화소영에 아랑곳하지 않고 단은 덧붙였다.

"앉아서 머리만 굴렸던 분이라 하는 짓이 얕습니다. 그렇기에 뜻한 바를 이루지 못할 겁니다."

"……."

계속 웃으려 했으나 그리할 수가 없었다.

여전히 면전에서 이루어지는 조롱은 참을 수가 없었다. 거기다 전과 달리 농염한 여인의 분위기를 풍기는 단이다 보니 더더욱 견딜 수 없었다. 갑자기 나타나 자신의 것이 되어야 할 모든 걸 빼앗아간 계집이었다. 화소영은 있는 힘껏 단의 복부를 발로 밀어내는 상상을 하면서 고개를 옆으로 기울였다.

"열린 문 앞에 서서 쓸데없는 말이 길군요. 들어가서, 어디 한번 마마를 모셔 보십시오."

할 수 있다면 말이다. 응시하는 차가운 눈빛과 마주한 단의 입매로 힘이 들어간다. 앞으로 고개를 돌린 단이 문지방을 넘어가려던 것과 동시에 뒤에서 시원시원한 여인의 목소리가 들렸다.

"그런 일을 왜 강부인이 하셔야 한답니까. 회임까지 한 귀한 몸이 아니십니까."

내명부에 있는 사람이라면 누구나 다 알 만한 사람의 목소리였다.

당황한 장부인이 뒤를 돌아봤고, 씩씩하게 별채 앞뜰로 들어오는 매소희를 발견했다. 연금 중이라 함부로 바깥을 나다닐 수 없는 사람이 여긴 어쩐 일인가 싶어 놀란 장부인 앞을 지나쳐 간 매소희는 화소영과 단 사이에 서선 둘을 번갈아 봤다.

"여기서 폐비의 수발을 들어야 할 건 강부인이 아니라 화부인이십니다. 편찮으신 폐비를 단장해서 말끔하게 한 후, 강부인을 모셔야지요. 그것이—."

화소영 쪽으로 몸을 돌린 매소희는 잘 들으라는 듯 한 자 한 자 끊어 말했다.

"장차 내명부 수장을 대하는 도리가 아니겠습니까."

"⋯⋯."

단을 대할 때에는 그나마 표정을 숨길 수 있었지만, 매소희 앞에선 그리할 수가 없었다. 화소영의 미간에 생기는 주름을 통쾌하게 바라보며 매소희는 손뼉을 마주쳤다.

"아, 그렇지요. 폐비를 잘 모셔서 그나마 살 구석을 마련해 둬야 할 건 화부인이 아니라 저로군요. 전 댁과 달리 폐비와 아무런 접점이 없으니까요. 이것 참, 대륙 밖에서 온 사람은 어디 서러워서 살겠습니까."

정신 사나울 정도로 시끄럽게 떠들어 대던 매소희는 뒤를 돌아봤다.

"장부인. 뭐 하십니까. 같이 들어가서 폐비께 인사라도 먼저 올리지요."

갑작스러운 부름에 처음에는 당황했던 장부인은 이내 고개를 끄덕였다. 그리곤 다른 몇몇 부인들과 함께 별채로 들어갔고, 매소희는 단의 팔을 잡아 뒤로 밀었다.

"방해되니 물러서 있으세요."

단은 고개를 들었고, 마찬가지로 단을 본 매소희는 빠르게 고개를 돌렸다. 일부러 화소영의 몸을 밀치며 별채 안으로 들어간 매소희는 다 들으라는 것처럼 떠들어 댔다.

"방 공기가 왜 이 모양이야. 내가 강부인께 한 수 배운 게 있는데, 몸이 안 좋을 때는 환기를 시켜서 바깥의 신선한 공기가 들어오게 하는 것이다. 창문을 죄 열어라. 이 이상한 향로도 치우고. 상궁 춘삼은 왜 안 보이는 게야. 요즘 내명부에서 갑자기 사라지는 사람들이 많다더니, 설마하니 그 늙은 상궁까지 필요할 때 이런 식으로 코빼기도 안 보이나."

단도 춘삼이 보이지 않는 게 이상했기에 곧장 복운을 불렀다.

"상궁 춘삼을 찾고, 초선당에서 힘이 좋은 아이들을 몇 불러라. 폐하께서 자주 걸음 하시어 마마의 용태를 살필 수 있게끔 내 처소에서 모셔야겠다."

명을 받은 복운이 짧게 대답하곤 빠르게 움직였다.

단이 하는 걸 보고만 있던 화소영은 참지 못하고 입을 열었다.

"회임한 몸으로 어찌 병간호를 하실 셈입니까."

"그런 건 아랫것들의 몫이 아니겠습니까. 전 얼굴만 보이면 됩니다."

"……."

단의 답을 들은 화부인은 평온한 얼굴이었지만, 이내 미세한 변화가 생겨났다. 그녀는 웃었다. 매소희처럼 길길이 날뛰거나 다른 부인들처럼 솔직하게 감정을 드러내는 건 없었지만, 오히려 그렇기에 더더욱 얼굴을 마주하는 것이 껄끄러웠다. 하지만 단은 그녀에게서 시선을 떼지 않았고, 화부인도 마찬가지였다.

만약 별채 안이 소란스러워지지 않았다면 계속 서로를 쳐다봤으리라.

크게 휘청거리면서 나타난 건 바로 폐비 자근목이었다. 안에 들어간 사람이 몇인데 그녀가 이렇게 혼자 나타난 건가 싶었던 단은 당황했고, 동시에 폐비가 문가까지 다가와선 앞으로 몸을 숙였다. 놀란 화소영이 급히 부축하려 했으나 폐비는 그걸 뿌리치곤 단 쪽으로 손을 뻗었다.

힘겹게 고개를 든 그녀의 얼굴 절반이 머리카락으로 덮여 있었다. 기괴한 모습이었지만, 그보다 단이 충격을 받은 건 저를 바라보는 눈동자였다. 기분이 안 좋을 때에도 눈빛만큼은 또렷했던 그녀가 지금은 몽롱하게 풀려 있어 뭔가에 취한 사람처럼 보였다.

"내, 내―."

폐비가 힘겹게 입술을 달싹이는 순간 단은 앞으로 움직여 그녀를 부축했다. 여기서 갑자기 그녀가 늑대라는 말을 꺼내면 큰일이었다.

폐비의 몸에 배어 있던 미세한 향이 나자 단은 숨을 삼켰고 동시에 장부인이 나왔다. 단이 폐비를 부축하고 있는 걸 본 장부인은 서둘러 반대편 팔을 잡아 주었다.

"제가 모시겠습니다. 부인께선 물러나 계세요."

뒤따라 나온 매소희가 단의 팔을 잡아 옆으로 당겼고, 대신 폐비를 부축해 주었다. 그렇게 장부인과 매소희에게 부축을 받고 가는 동안 폐비는 계속 단을 돌아봤다. 무언가를 전하려 입술을 달싹이지만 결국 혼절했고, 근처에 있던 환관의 등에 업혀서 나갔다. 상태가 이상하니 염려가 되었던 단은 그 뒤를 쫓아갔고, 그때 곁으로 다가온 화부인이 팔짱을 끼었다. 그녀의 갑작스러운 행동에 단은 팔을 빼내려다 말았고, 화소영은 단의 팔을 토닥이며 말했다.

"결국 마마께선 절 선택하실 겁니다. 한때 꽤나 절 귀여워하셨으니까요."

"그럴까요. 버린 사람은 기억하지 못하겠지만, 버림받은 쪽은 죽을 때까지도 잊지 못하는 법이지요."

앞서 들은 말이 있기에 두 번째는 별 타격이 없었던 걸까.

단에게 얼굴을 가까이 붙인 화소영은 나직하게 말했다.

"지금이야 기세등등하지만, 그게 어디까지 가겠습니까. 게다가— 숨겨놓은 것도 많으신 분이 말입니다."

단은 웃으며 고개를 들어 하늘을 올려다봤다. 흐려서 부옇게 번진 하늘이건만, 나쁘지 않았다.

제 반응 하나하나를 놓치려 하지 않는 화소영의 뱀처럼 차가운 눈빛을 느끼며 단은 말했다.

"부인의 부친께서 잘 막으시면 뜻하는 바를 이루시겠지만, 일이 틀어져 잘못되었을 경우 상상도 할 수 없는 안 좋은 상황에

처하실 겁니다. 그리고 전 제 목숨 줄을 틀어쥐려 하는 자들을 용서할 만큼 아량이 넓지도 않지요."

고개를 돌려 화소영을 바라보는 단은 웃고 있었다.

그 미소를 두고 화소영은 눈을 가늘게 떴다.

"그래. 한번 해봅시다."

"우리가 뭘 하고자 해도 위에서 결정이 나면 따를 수밖에 없습니다. 그러니 새삼 뭔가를 하고 자시고가 없지요."

여전히 입가에 미소를 머금은 채로 단은 화소영의 팔을 치우고 그대로 그녀의 옷깃으로 손을 뻗었다. 단이 구겨진 옷깃을 바로 해 주는 내내 피하지 않는 화소영은 당당했다. 무엇이 그녀로 하여금 이렇게나 당당해지게 하는 것일까. 하지만 하나 잊어선 안 되는 게 있었다.

소율태국의 황제는 위무헌이었다.

"책봉례를 치르면 전 황후가 되고, 부인께선 계속 부인이실 겁니다."

옷깃에서 손을 뗀 단은 화소영의 어깨 아래를 손바닥으로 쓰다듬었다.

"황후가 되면 전 제 것을 지킬 겁니다. 저에 대한 걸 아는 자들은, 살려두지 않을 것입니다."

손을 치운 단은 굳은 얼굴인 화소영에게 희미한 미소를 지어 보였다.

"바깥이든 안이든, 살아남으려면 누군가의 머리를 밟고 일어서야 하지요. 그 대상이 부인이 될 줄은 몰랐습니다."

한때긴 하나 화소영이 제일 좋았다. 어느덧 그 마음이 사라지고 다른 것이 자리를 잡았다. 이미 서로에 대해서 알 만한 건 다 알고 있기에, 더는 물러설 구석이 없었다.

"마마는 제가 잘 모실 테니 심려치 마시고 신경도 쓰지 마세요."

손을 치운 단은 미련 없이 몸을 돌렸다. 다가와 팔을 잡아 주는 혜령의 손을 잡고선 초선당 밖까지 나오자 꽤 소란스러웠다.

한쪽에선 폐비를 가마에 태우는 일이 한창이었고, 또 다른 쪽에선 장부인과 다른 부인이 이런저런 대화를 나누고 있었다. 매소희는 가장 잘 보이는 자리에 팔짱을 낀 채로 있었지만, 그 곁에는 아무도 없었다. 혼자 있어도 당당한 매소희를 바라보던 단이 입을 열었다.

"매부인. 제 처소에 오셔서 차라도 한 잔 드시겠습니까."

갑작스러운 제의였을까. 혜령과 장부인도 놀라 단을 바라봤다.

어쩌자고 매부인을 부르는 겁니까. 그들이 눈빛으로 전하고자 하는 게 무언지 알면서도 단은 매소희에게 향해진 시선을 거두지 않았다.

매소희도 단의 제의가 의외였을까. 굳은 눈빛으로 단을 바라보던 매소희는 이윽고 되물었다.

"제가 불편하지 않으십니까."

"꼭, 와 주세요."

강요와도 같은 초대에 매소희가 응할지는 미지수였다. 하지만 그녀의 대답을 듣기 전에 단은 움직일 생각이 없어 보였고, 매소희는 어떤 식으로든지 답을 들려주어야 했다. 한 자리에 모여 있는 모두가 자신의 입술에 집중하고 있음을 깨달은 매소희의 입꼬리가 올라간다.

가을의 초입에 이미 털이 달린 조끼를 입어서일까. 유난히 피부가 하얗던 매소희가 붉은 입술을 열었다.

*　　　*　　　*

폐비를 모시고 매화당으로 돌아온 단은 제 처소를 정리했다.

부인이 사용하던 방을 내어주는 건 드문 경우였다. 매화당 안쪽으로 빈방이 몇 개 있었으니 거기에 폐비를 둬도 되겠지만, 일부러 제 거처로 옮기는 건 그만큼 안전하기 때문이었다. 더불어 그리하는 게 남들 보기에도 나쁘지 않았다. 혜령과 몇몇 시비들이 바쁘게 움직여서 폐비를 모시는 데 분주한 가운데 장부인이 조용히 다가왔다.

"저희는 이만 가 보겠습니다."

오늘 이른 아침부터 함께 움직인 부인들이었다. 아직 확실하게 정해진 것 없는 와중에 드러내 놓고 제 편이 되어 움직이는 건 부담스러웠을 텐데도 그걸 감안하고 이리 움직여 준 것이었다. 그에 대한 제대로 된 감사 인사를 하지도 못했는데 벌써 가겠다는 것인가 싶었던 단은 장부인의 손을 붙들었다.

"하셔야 할 일이 많으시잖습니까. 달리 도와드릴 수 있는 게 있다면 계속 남아 있겠지만, 그게 아니니 가 보겠습니다. 폐비는 편찮으신 분이니 강부인 혼자서 애쓰지 마세요. 몸이 상하면 아기씨에게도 좋지 않습니다."

"다음에 꼭 다시 모시겠습니다."

"오늘만 날이 아니니 마음 급하게 먹지 마세요."

잡고 있던 단의 손등을 두어 번 토닥인 후 장부인은 눈인사를 남기곤 몸을 돌렸다.

안으로 들어오지 않고 대문 바깥에서 기다리던 몇몇 부인들이 함께 움직이는 걸 확인한 후에도 단은 쉽사리 발길을 뗄 수 없었다.

"……."

결국에는 이리되는 것이로구나.

화소영이 초선당에 와 있는 걸 보는 순간 자신이 어떻게 해야 할 것인지에 대한 판단이 바로 섰다. 만만치 않은 사람이니 말로썬 통할 수 없었다. 그래도 설마하니 그 향을 써먹을 줄은 몰랐다. 이로써 매소희의 품에서 났던 향이 어디에서 나타난 것인지를 알 수 있었다.

바깥의 모임과도 어느 정도 관련이 있는 거겠지.

그 모임에는 구량이 있을 테고.

언제나 늘 자신에게만큼은 다정했던 구량을 떠올리면 마음 한편이 뭉클해진다. 덧붙여 그렇게나 잘 대해줬던 것에 이유가 있었던 것이라 생각하면 다른 감정이 드는 것 또한 사실이었다.

"부인."

부름에 뒤를 돌아보자 곁으로 다가오는 매소희가 보였다.

"바람도 찬데 바깥에서 무얼 하십니까."

매소희로선 이만한 시원한 바람도 견디기 힘든 것일지도 모르겠지만, 단은 그냥저냥 버틸 만했다. 그렇기에 그녀가 건네는 말에도 별다른 말없이 안쪽을 가리켰다.

"폐비를 모시느라 분주하긴 하지만, 안에 들어가서 함께 차라도 드시지요."

단이 앞장섰고 매소희가 뒤를 따랐다. 아닌 척하면서도 매소희는 매화당의 곳곳을 살폈다. 이리 들어오는 건 처음이었지만 과연, 좋은 장소였다. 황제의 총애를 받는 여자는 처소도 다르구나 싶었던 매소희는 단의 날씬한 뒷모습을 바라봤다. 말라도 가슴과 엉덩이에 살집이 있고 팔도 의외로 근육질이었다. 사내가 좋아할 만한 체형이었다. 생각을 거듭할수록 가슴이 답답해진 매소희는 고개를 돌려 버렸다.

안쪽에 있는 작은 방으로 들어온 단은 입구에 서성이고 있던 혜령에게 명했다.

"혜령아, 가서 차를 내오너라."

불안한 기색이 역력했던 혜령은 급히 고개를 조아렸다.

매부인의 방문이 달갑지 않은 것과는 별개로 그녀에겐 시비로서 해야 할 일이 있었다. 이럴 때 빠르게 차 준비를 해서 내놓는 게 매부인이 이곳에 머무는 시간을 단축할 수 있는 가장 좋은 수였다. 서둘러 움직이는 혜령을 보고 난 후 매소희는 단이 가리키는 곳으로 향했다.

의자에 앉은 매소희가 노골적으로 방을 둘러보자 단이 맞은편 자리에 앉으며 말했다.

"누추한 장소라 죄송합니다."

"부인의 처소를 폐비께 양보하셨는데 어쩔 수 없지요. 이만해도 훌륭합니다. 과연 앞으로 황후가 되실 분은 뭐가 달라도 다르십니다."

"황후라니요. 당치도 않습니다."

"시기의 문제일 뿐, 강부인께서 황후가 되는 건 정해진 일이 아닙니까."

얼굴에 고정된 시선이 부담스러울 만도 한데, 단은 내색 없이 옅은 미소만을 짓고 있었다. 그제야 단의 얼굴에서 시선을 거두는 매소희였지만, 다음에 확인하는 건 단의 복부였다. 아직 날씬해서 별 티가 나지 않는 단의 복부를 보던 매소희는 긴 한숨을 내쉬며 웅얼거렸다.

"사람이 미운 건 미운 거고, 부러운 건 부러운 거지요."

황후 자리도 부럽지만, 지금 매소희가 가장 부러운 건 바로 회임이었다. 여기저기 죄 소문날 정도로 황제의 총애를 받더니 회임도 빨리 하는구나 싶었던 그녀는 머리를 쓸어 올리며 짐짓 태연한 척 말했다.

"도움을 받은 게 있으니 빚을 갚은 것뿐입니다. 그러니 이번 내 행동에 대해서 많은 의미를 두진 마십시오. 행동을 같이 했다고 해서 내가 강부인 아랫사람 취급 받는 건 불편합니다."

"그 누가 감히 매부인을 그리 생각하겠습니까."

한때 내명부의 매소희는 공포의 대상이었다. 마음에 안 드는 일이 있으면 언성을 높이고 손찌검을 하는 일도 허다했다. 하루아침에 처소의 시비가 절반 넘게 바뀌고, 같은 부인을 상대로도 마음에 들지 않는 일이 있으면 욕을 한 적도 있었다. 결코 길들여지지 않는 야생마였다. 기세가 대단했던 만큼, 내명부 안에서는 그 누구도 매소희에게 함부로 굴 수 없었다. 한때는 그랬었다.

"지금은 다들 제가 끈 떨어진 연이라 생각하겠지요. 사막에서 온 별 볼 일 없는 계집이라고요."

툭하면 부친 매용배를 들먹이면서 그걸 방패로 삼던 매소희였다. 하지만 반복된 말은 위엄을 잃고 매소희를 지켜 줄 수 없었다. 언제부터 그리되었던 건지 알 수 없지만, 그녀가 날뛰어도 부친인 매용배가 쉽게 대륙 앞바다까지는 올 수 없을 거라는 생각이 사람들 마음속에 자리 잡게 된 걸지도 몰랐다. 그리고 그걸 가장 먼저 들먹인 사람이 있었다.

그 여자를 떠올리면서 매소희는 나직하게 말했다.

"지금은 부인보다 화소영, 그것이 더 싫습니다. 게다가 폐하의 총애를 받는 분이시니 잘 지내는 모습을 보이면, 그분도 기뻐하시겠지요."

그분이 누구인지 입 아프게 말할 필요가 없었다.

한껏 미소를 짓는 매소희의 등 뒤로 혜령이 들어왔다. 그리곤 누가 보더라도 알 수 있을 만큼 성급하게 차 준비를 마치고는 단의 곁에 섰다.

"부인. 제가 곁에서 시중을 들어드리겠습니다."

"내가 강부인을 잡아먹기라도 할 것 같더냐. 이 안에서 난 아무 짓도 할 수 없으니 괜한 걱정하지 말고 나가 있어라."

날 선 매소희의 말에도 혜령은 물러섬이 없었다. 단의 명이 없고서는 한 걸음도 움직일 수 없는 것처럼 버티어 서 있는 모습에 매소희의 한쪽 눈썹이 올라간다.

천한 노비가 지금 제 말을 무시하는 거냐며 당장 큰 소리가 나와도 이상하지 않을 상황이었다. 하지만 매소희는 노려보기만 했다. 전과 달리 한 번은 참고 있었다. 그걸 확인한 단은 혜령 쪽으로 고개를 돌렸다.

"난 괜찮으니 나가 있거라."

혜령의 이맛살이 찌푸려지는 것과 동시에 단은 재차 말했다.

"문을 잘 닫고 나가서 마마의 곁에 있어 드리거라. 복운에겐 꼭 춘삼을 찾아보라 이르고."

"……알겠습니다."

어깨를 축 늘어뜨린 채로 나가는 혜령의 걸음 하나하나에서 미련이 느껴졌다.

"제가 부인을 잡아먹기라도 할 것 같나 봅니다."

기다렸던 것처럼 코웃음을 치는 매소희를 두고 단은 담담하게 대꾸했다.

"예전 부인께서 제게 하셨던 일을 떠올려 보면 제 시비가 경기를 일으키는 것도 이상할 게 없지요."

고개를 돌린 매소희는 헛웃음을 터트렸다.

내가 언제 그랬다고 그러느냐. 멀쩡한 사람 잡지 마라. 그런 식으로 굴지만 결국에는 더 뭐라 하지 못하고 잔을 먼저 들어 차를 마셨다. 뜨거웠다. 바로 인상을 쓰면서 고개를 돌려 버리는 그 모습에 단은 웃음이 나왔다. 이제야 비로소 자신이 차를 마실 때마다 웃던 무헌이 이해되었다.

외면하듯 고개를 돌렸던 매소희는 짧은 순간 드러난 단의 미소를 보곤 그대로 시선을 고정했다. 짧은 시간에 사람이 변하기도 한다는 걸 알고 있긴 하지만 방금 그 모습은 의외였다.

"많이 너그러워지셨습니다. 전에는 이보다 덜 다듬어진 상태셨는데요."

눈을 가늘게 뜬 채로 매소희는 혼잣말하듯 중얼거렸다.

"덜 완성되어서 거친 면이 많이 보였을 때 부인을 처리하지 못한 게 제 실수였던 듯싶습니다."

면전에 대놓고 할 만한 말은 아니었지만, 말하는 매소희나 듣는 단이나 둘 다 표정에 변화가 없었다. 눈썹 하나 움직이지 않는 모습에 매소희는 혀를 찼다.

"보기엔 좋지만 재미는 없으십니다. 지금의 부인은 마치 저 얄미운 여우, 화소영과 비슷해지셨으니까요."

매소희로선 욕을 한다는 느낌으로 꺼낸 말이겠지만, 내명부의 부인으로선 이보다 더한 찬사가 없었다.

화소영은 황후가 되기 위해서 만반의 준비를 거쳐 입궁한 사람이었다. 어찌 그녀와 비교될 수 있겠나 싶지만, 비슷하다는 것만으로도 노력한 보람을 느꼈다. 단은 두 손을 들어 찻잔을 감싸 쥐었다.

바로 앞에 매소희가 앉아 있음에도 그것이 싫게 느껴지지 않았다. 장부인과는 다른 의미의 편안함을 느낀다. 물론, 상대는 다른 마음가짐으로 저를 보고 있을지도 몰랐다. 빈틈을 노려 공격을 하거나 약점을 잡을 심산으로 찾아온 걸 수도, 혹은 빚을 갚는다 해도 그걸 대가로 뭔가를 얻어갈 셈일 수도 있고. 이런저런 생각을 하던 단은 입을 열었다.

"가끔은 내가 왜 이 자리에 있는 것인지 의문이 들 때가 있습니다. 어째서 내가 이런 곳에서, 황후가 된다 어쩐다 하는 입장이 된 것인지 알 수가 없습니다."

단은 푸념을 하는 것이지만, 그녀를 부러워하는 사람에겐 염장으로 들릴 수 있는 말이었다. 하지만 매소희는 중간에 끼어들지 않았다.

"전 원래 바깥에서 살던 사람입니다. 어려서는 맨발로 산을 뛰어다니고, 철이 들 무렵에는 바깥의 넓은 세상을 직접 보고 경험해 보고 싶어서 남장을 하고 상단에 들어가서 일을 했지요."

"남장이라고요—?"

계속 듣고만 있으려 했으나 그리할 수가 없었다.

남장을 하고 상단에 들어가 일을 하다니. 들은 말이 참인가 싶었던 매소희는 되물었다.

"부인께서 남장을 하셨단 말입니까?"

"그렇습니다."

"허, 어찌 이런 사람이······."

더는 말을 잇지 못하는 매소희를 두고 단은 웃었다.

"그러게 말입니다."

웃어넘길 수 없는 말이었다. 지금 이 자리에서 들은 말을 다른 사람에게 하면 단의 입장이 난처해진다. 다른 이도 아닌 자신 앞에서 할 만한 말은 아니지 않나 싶으면서도 더 캐묻고 싶지가 않았다. 단이 너무 스스럼없이 모든 걸 털어놓기 때문일지도 모르겠다면서 매소희는 찻잔을 내려놨다. 물끄러미 내려다보던 매소희는 지나치듯 물었다.

"폐하하고는 바깥에서 만난 사이라는 게 사실입니까."

"그렇지요. 아시다시피 폐하는 그렇게 쉬이 마음을 주는 분이 아니시지 않습니까."

남가주에 있을 때에도 자신이 노력했기에 그나마 그가 마음의 문을 열었던 거다. 보통 사람처럼 대했더라면 그 건방지고 무례한 녀석의 머릿속엔 자신의 존재감 역시 먼지에 가까웠을 거다. 그렇게 그의 곁을 스쳐 지나가는 수많은 사람들 중 하나가 되었겠지.

그래. 그랬던 거로구나. 어렸던 자신은 본능적으로 무헌이 어떤 사람인지를 알고는 그만큼 필사적이었던 거다. 보통 사람처럼 무헌에게 무가치한 존재가 되고 싶지 않았다. 뭐라도 좋으니 제 흔적을 남기고 싶었다. 그래서 그 마음 안으로 들어가 중요한 존재가 되고 싶었다. 그 노력으로 인해서 지금의 결과가 만들어진 것일까. 그게 아니라면 그하고는 떨어지려야 떨어질 수 없는 어떤 인연이 작용할 결과물인 걸까.

잠시 오랜 생각에 잠겨 있던 단은 얼굴에 닿는 시선을 느끼곤 고개를 들었다.

그곳엔 커다란 상실감을 끌어안고 있는 존재가 있었다. 상처받은 것처럼, 혹은 이제야 포기가 된 것처럼 굳은 눈빛인 매소희를 두고 단은 잠자코 있었다.

오랜 침묵 후, 매소희는 중얼거렸다.

"그래. 알고 있었어."

"……."

"처음부터 무리라는 걸, 내 모르지 않았지."

이것은 매소희의 혼잣말이었다. 때문에 단은 들어주었다.

"암만 목석같은 사내라 할지라도 그리도 많은 여인들 사이에

서 흔들리지 않는 건 말이 안 되지. 사내가 여인에게 끌리는 건 자연의 이치이거늘 무슨 짓을 해도 별 감흥 없는 눈으로 쳐다보기나 해서 사람 민망하게 굴더니만 죄 이유가 있었던 거였어. 그래. 그 마음에 이미 다른 존재를 품고 있었던 거였지. 비단, 당신이 아니라 할지라도 내가 황후가 될 가능성은 희박하지. 어디까지나 나는 인질일 뿐, 그런 나에게 그 누가 힘을 부여해 주려 할까."

말이 좋아 부인이지 부인으로 오게 된 건, 진상품의 의미가 더 컸다. 때문에 매소희는 처음부터 이미 부인으로 내정된 상태였다.

부친인 매용배는 용맹한 사내지만 절제를 몰랐다. 하나의 부락을 함락시키고 난 후, 휴식기 없이 바로 다음을 향해 내달렸다. 때문에 함락시키고 나서도 잡음이 끊이질 않았고, 그로선 사막을 다독이는 것만으로도 벅찬 상태였다. 그럴 때 그의 위상을 듣게 된 바다 건너 대륙에서 그를 견제했고, 잠시의 시간을 벌 요량으로 자신을 보냈다.

딸을 보냄으로써 성의를 보였으니, 그 딸이 살아서 도착하든 말든 신경 쓸 게 없었다. 바다가 가장 험할 때 배에 올랐기에 그 누구도 자신이 살아서 대륙에 도달하게 될 거라고 생각하지 못했다. 자신의 죽음에 대해 전해 듣고도 슬퍼하며 눈물 흘릴 사람 하나 없었다. 그걸 알기에 이를 악물고 버텼다. 풍랑을 만나 당장에라도 배가 뒤집힐 것처럼 되어도 선원들과 똑같이 줄을 몸에 감고 기둥을 붙들고 버티어 냈다.

그렇게, 간신히 도착한 곳과 그곳에서 만난 황제는 참으로 보기에 좋았다. 손을 대서는 안 되는 저 높은 곳의 탐스러운 과일과도 같았다. 하지만 제 성격으로는 눈으로 보기만 해선 만족할 수 없었다. 무슨 수를 써서든 저 과일을 따서 맛이라도 보고 싶었다.

겉은 단단하고 덜 익은 것처럼 보이지만 크게 한 입 깨물면 상상도 할 수 없을 만큼의 달콤함이 담겨져 있지 않을까. 그 과육을 맛보기 위해서 뭐든지 하려 했다. 매용배를 견제하기 위한 자신이 황후가 될 수 없음을 알면서도, 그럼에도 포기하고 싶지가 않았다.

그건 지금 이 순간도 마찬가지였다.

"사내든 누구든 마음이 영원한 법은 없지. 그러니 난 포기하지 않을 겁니다."

딴에는 결의를 내비친 것이었건만 그걸 듣는 단은 무덤덤한 얼굴이었다.

오히려 더 침착한 얼굴이 되어선 별다른 말없이 차를 한 모금 넘겼다. 마치 네가 노력해도 그건 불가능한 일일 거다. 그렇게 딱 잘라 내는 듯한 반응이었다. 다른 사람들 앞에서야 존대를 하면서 예를 갖췄지만, 여기까지 와서 그럴 필요가 뭔가 싶었던 매소희는 짧게 말했다.

"나야 두 번째든 세 번째든 상관없지만, 화소영은 아니지요."

"……."

"그 여자는 첫 번째가 아니라면 만족할 수 없는 여자고 그래서 크게 일을 칠 겁니다. 그건 제가 목을 매단다고 난리를 피우는 것하고는 비교도 되지 않겠지요. 원하는 걸 손에 넣기 위해서 그쪽의 처소를 죄 걸어 잠그고 못 나오게 한 뒤, 불을 붙일지도 모른다— 이 말입니다."

"문을 걸어 잠그고 불을 지펴도 상관없습니다. 난 그 안에 없을 테니까. 남는 건 그녀가 죄를 지은 것뿐이겠지요. 그걸로 그녀의 숨통을 조일 수 있을 겁니다."

꼭 화소영이 불을 붙이지 않고 다른 방식으로 해를 가하려 한다고 해도 상관없었다. 이쪽도 똑같이 해 줄 수 있고, 그게 아니더라도 일이 생기기 전에 막을 수 있었다.

담담한 반응 너머에는 분명한 자신감이 담겨 있었다. 때문에 매소희는 질린 투로 중얼거렸다.

"……정말 많이 변했어."

"처음과 같은 상태로는 아무것도 할 수 없었으니까요."

물론 지금도 전과 완전히 달라진 건 아니었다. 예전부터 알고 지낸 사람들과 함께하거나 무헌 앞에선 얼마든지 본래 모습으로 돌아갈 수 있었다. 잘 웃고 덜렁거리면서 아무 말이나 할 수 있었다. 하지만 강부인으로서는 그리해선 안 되었다. 다른 누구보다 특출하기를 바란 적은 없다. 그저 거기서 모나거나 부족하지 않으려 더 노력했다.

"폐하의 곁에 있기 위해서는 예전과 같은 모습으로 계속 머물러 있을 순 없었지요."

매소희는 단이 이렇게까지 편안할 수 있는 이유가 진심으로 궁금했다. 태상과 화부인, 그 외에 많은 자들이 노리고 있음을 알면서도 어떻게 저렇게나 태연할 수 있을까. 대놓고 자신감을 드러내진 않지만, '어떤 일이 있더라도 굴복하지 않는다.'라는 단의 뜻이 읽혔다.

단을 앞에 두고 매소희는 본인에게 있어 부족한 게 무엇이었는지를 깨달았다. 하지만 그녀 딴에는 모든 것들이 최선을 다한 결과물이었다. 작은 일에도 시비들을 용서하지 않고 매질하고 다그쳤던 건, 빈틈이 생기면 자신의 약점을 파고들 자들이 있었기 때문이었다. 문제가 생기면 제 집안사람을 불러서 의논할 수 있는 부인들과 달리, 매소희는 모든 것들을 온전히 스스로 처리하고 해결해야만 했다.

이 넓은 땅 위에서 오롯이 혼자였기에 그만큼 독해질 수밖에 없었다. 그나마 그리했기에 그 누구도 자신을 우습게보지 못했던 거라고, 그리 믿었다. 자신이라도 스스로를 믿어주지 않는다면 그만큼 비참해질 수밖에 없었다. 하지만 강함이라는 건 그런 식으로 드러내선 안 되는 거였다. 가시를 세울수록 고립을 자처하게 될 거다. 황제의 총애를 바라는 것 말고 다른 노력을 할 때였다.

"전에는 아부하는 자들이 많아 묻지 않아도 알아서 나불대는 것들이 있었지요. 하지만 지금은 아닙니다. 궁금하고 알아보고 싶은 게 있으면 머리를 잘 굴려서 알아보는 수밖에 없지요."

매소희가 품에서 꺼내 탁자 위에 올린 건 낡은 종이였다. 바닥에 떨어져 있었으면 거들떠도 보지 않을 만큼 지저분한 것으로, 왜 이런 게 그녀의 품에서 나오는 건가 싶을 정도였다.

"넓은 궁 안에는 이상한 사람들이 많더군요. 거기서 몇이 화소영에게 접근해서 단물이라도 빨아볼 셈이었던 것 같은데, 그 전에 죽었으니 안타까운 일이지요."

"······."

뭔가에 이끌리듯 종이를 펼쳐서 안에 적혀 있는 내용을 확인했다.

궁 안에 있다가 갑자기 죽는 경우는 종종 있어 왔다 했다. 하지만 최근 들어 죽은 사람이 이상했다. 통신사에서 오랫동안 잡일을 돌보던 늙은 환관이 낙상해서 사망했다고 적혀 있었다. 죽음이 불길하니 가족들에게 보내지진 않았다는 문장도 덧붙여 있었다.

늙은 환관의 이름은 양영수였다. 처음 접하는 이름이었지만, 나이를 확인하는 순간 떠오르는 얼굴이 있었다. 시동으로 텃밭에서 일하고 있었을 때, 태감의 복장을 하고 찾아온 자가 있었다. 교활한 인상이었던 자는 본인 할 말만을 하고 사라져 이후로 행적을 알아볼 수 없었다. 복운에게 시켜 천천히 알아보라 하고 인상착의를 알려 주었지만, 그자가 태감이 아닌 통신사 한구석에서 일하던 늙은 환관이라면, 그래서 그 누구도 관심을 두지 않았다면 절대로 찾아낼 수 없었겠지.

"알게 모르게 숨어들어 와 있던 쥐새끼도 많고, 그걸 이용하려는 자들도 많지요. 필요한 것만 이용하고 미련 없이 버리는 자들은 뭐, 말할 것도 없고."

고개를 드는 단과 시선이 부딪치자 매소희는 희미하게 웃었다.

"내가 할 수 있는 건 여기까지입니다. 쥐새끼가 무엇을 물고 어디에다 전했을지. 그것이 비단 화부인 한 사람이었을지, 아니면 바깥에 누가 있는지……."

입을 다물고 약간의 틈을 둔 후, 매소희는 말했다.

"거기서부터는 부인께서 알아보셔야 할 것입니다. 저하고는 다르게, 써먹을 수 있는 것들이 많을 테니까요."

말을 끝낸 매소희는 미지근해진 차를 한 입에 털어 넣고는 몸을 일으켰다. 그대로 밖으로 나가나 싶던 그녀는 뭔가가 떠오른 사람처럼 아, 하고 짧은 소리를 내면서 뒤를 돌아봤다.

"나는 화소영보단 부인이 황후가 되셨으면 좋겠습니다. 이래저래 통하는 게 많을 것 같으니까요."

지금 당장으로선 단도 화소영보단 매소희와 손을 잡아 두는 편이 나았다. 그녀가 확실하게 무언가를 해서 도움이 될 수는 없다 쳐도, 그녀는 존재 자체에 가치가 있었다. 오래전부터 내명부의 폭군으로 주름잡았던 그녀가 자신과 함께한다는 사실 하나만으로도, 화소영이나 그와 관련된 자들의 발을 묶어 둘 수 있으리라.

단은 만면에 미소를 지었다.

"이번에 도움 받은 일에 대해선 꼭 폐하께 말씀드리겠습니다."

그 순간 안색이 밝아진 매소희는 바로 그거라면서 손가락 하나를 세워선 단의 얼굴을 가리켰다. 그리곤 덧붙여서 뭐라 하는 일 없이 그대로 밖으로 나갔다. 매소희가 나가기가 무섭게 들어온 건 혜령이었다. 혹시나 하는 마음에 닫힌 문 앞에서 떨어지지 않고 있던 그녀였다. 때문에 밖으로 나오던 매소희의 눈에 띄어선 노려보는 눈빛을 감당해야 했다.

"부인, 안색이 어두우십니다. 괜찮으십니까."

단은 탁자에 올려져 있는 뒤집힌 종이에 시선을 고정한 채로 물었다.

"복운은 아직인 거야?"

"상궁 춘삼을 찾아보고 있습니다. 곧 오지 않겠습니까."

"―죽었을까?"

안색을 굳힌 혜령은 그렇진 않을 거라며 고개를 저었다.

"오랜 세월 동안 궁에 계셨던 분입니다. 폐비도 계시니 암만 화부인이라 할지라도 함부로 건드릴 순 없을 것입니다."

하지만 구석에 내몰린 사람이 무슨 짓을 저지를지는 그 누구도 알 수 없었다. 그러하니만큼 어떤 일에 관해서도 속단하기엔 일렀다. 생각을 하던 단은 혜령의 손을 잡고는 자리에서 일어나 폐비에게 가자 말했다. 폐비가 머무를 수 있게끔 방 정리가 되긴 하였으나 병자였다. 오전부터 바쁘게 움직인 만큼 조금 쉬었다가 가 보면 어떻겠느냐는 말을 하고 싶었지만, 굳은 단의 표정엔 흔들림이 없었다. 결국 혜령은 단과 함께 폐비에게 향했다.

*　　*　　*

단의 부름을 받고 어의가 와서 폐비의 상태를 확인했다. 꼼꼼하게 진맥하고 난 후, 어의는 안정을 취하기만 하면 된다 말했다. 단은 며칠 전만 하더라도 심술을 부리긴 했어도 상태는 나빠 보이지 않던 폐비가 왜 갑자기 시름시름 앓는 것인지를 물었다. 질문을 받은 어의는 난처한 기색을 드러낼 뿐, 속 시원한 답변을 들려주지 않았다.

고개를 돌린 채로 피하려 드는 수상쩍은 모습에서 그가 달리 숨기고 있는 게 있음을 깨달았다. 그것과 관련해서 물어도 되는 것일까. 굳이 어의를 닦달하지 않아도 달리 물어볼 사람이 있음을 상기한 단은 그를 내보내고 이후로 폐비의 곁에서 그녀를 간병했다. 혜령이나 다른 시비들이 본인들이 대신 하겠다는 말에도 단은 미동이 없었다.

눈 하나 깜박이지 않고 잠들어 있는 폐비만을 바라보는 그녀를 두고 더 뭐라 할 수 없었던 자들이 모두 나가고 난 후, 단은 침전 근처에 있던 촛불을 하나 꺼트렸다. 안이 조금 더 어두워져서 숙면을 취하기에 좋은 상태가 되었다. 더 필요한 게 뭐가 있을까 하다가 다시금 의자에 앉은 단은 폐비의 얼굴을 내려다봤다.

말로는 30여 년 동안 궁 생활을 했다는데 얼마나 어린 나이에 들어왔으면 아직도 저렇게 얼굴에 주름 하나 없을까. 거의 마지막에 가서 마음고생을 많이 한 것 때문에 흰 머리가 많은 걸 제하면 언뜻 봐선 마흔 초반으로도 보이는 용모였다.

"……."

정말은 이런 식으로 보는 것조차 불가능한 사람이었을 텐데.

바깥에 있었을 때에도 황후가 폐비가 되었더라, 라는 식으로만 소식을 접했던 사람을 이렇게 가까이서 보고 모시게 되다니. 신기하고 이상했다. 그래서일지도 모른다. 어깨가 무겁고 몸이 피곤한 것과는 별개로 졸리지 않은 건 말이다. 아까부터 혜령이 쉬었으면 싶은 눈치를 주는데도 계속 이렇게 앉아 있는 데에는 이유가 있었다.

그때 폐비의 입술이 살짝 열렸고 단은 몸을 일으켰다.

"마마, 괜찮으십니까."

짧게 숨을 삼킨 폐비는 눈을 떠 정화하게 단을 바라봤다.

"물이라도 드릴까요?"

묻는 말에 답 없이 폐비는 하염없이 단을 바라보기만 했다.

전하고 싶은 말이 있는 걸까. 아니면 그저 보기만 하는 걸까.

그러다 다시금 잠들면 그땐 깨워야 하는 걸까. 그리고 그때 폐비가 바싹 메마른 입술을 달싹였다.

"네가 황후가 된다면, 그땐 정말로 다른 사람들은 황제에게 닿지 못하게 된다. 그걸 알고 있느냐."

무슨 말인가 싶었던 단은 안색을 굳혔다.

"어려선 알 수가 없었고, 눈에 보이는 게 있을 땐 두렵기만 했다. 그리고 더는 안 되겠다 싶을 땐 모든 게 늦어 버렸지."

"……."

"모든 황제들이 그리한 건 아니었지만, 내 부군은 참으로 무서운 사람이었다. 그는, 그 외에 다른 존재가 늑대들 사이에 있는 걸 용납하지 않았어. 이미 황제로 더할 나위 없이 고귀한 자가 되었지만, 더 큰 욕심을 부리게 되었지. 때문에 태어나게 될 모든 황제의 자식들을 두려워하고 경쟁자로 여겼어. 본인의 자식 중 하나라도 장성하게 된다면 늑대들이 저를 버리고 떠날 거라 생각했던 거야."

만약 앞서 무헌에게 들은 말이 없었다면, 폐비가 무슨 말을 하는 건지 이해할 수 없었을 거다. 하지만 앞서 들은 말이 있었기에 지금 그녀가 하는 말이 무서웠다.

굳어지는 단의 얼굴에 폐비는 느리게 고개를 끄덕였다.

"그래. 다른 의미로 그는 늑대에게 집착했다. 늑대의 인정을 받고, 그들을 곁에 두는 것으로써 본인이 황제의 자격이 충분하다고 느끼게 된 것이지. 수많은 자들이 암만 훌륭하다 칭송을 하더라도 그에겐 부족하기만 했다. 만족할 수 없었어. 그걸 채워줄 수 있는 건 오로지―."

힘겹게 손을 든 폐비는 단을 가리켰다.

단은 허공을 휘젓는 그 손을 붙잡아 주었다.

"나는 내 자식을 지키는 것만으로도 벅차서 다른 아이들마저 신경 쓸 수가 없었다. 하지만, 딱 하나 마음에 걸려서 챙겨 준 사람이 있었지. 결국 그 사람이 낳은 아이가 장성해 궁으로 돌아왔고, 그것 때문에 내 아들이 죽었다."

힘겹게 일어나 폐비는 단에게 매달렸다. 그녀의 품에 안기다시피 해선 힘겹게 말을 이어 나갔다.

"마지막까지 내가 믿고 사랑했던 사내가 날 버리고 제 자식마저 죽였어. 그런데도 내가 왜 살아 있어야 하는 것이더냐. 가문? 재물과 영화? 그런 게 다 무슨 소용이라고―."

"……."

"아이야, 나는 죽고 싶다. 살고 싶지가 않아. 그러니, 네가 모시는 황제에게 전해라. 더는 힘없는 이 늙은 여자를 괴롭히지 말아 달라고……. 네가 궁 밖으로 나가서 무사히 태어날 수 있었던 건 내 덕이니 나를, 내가 원하는 걸 달라고 말이야."

"마마……."

"이미 이곳의 황제에겐 수많은 늑대가 있다. 그들은 전과 달리 보다 완벽한 인간의 형태가 되어서 내쫓을 수도 없게끔 제자리를 유지하고 있단다. 그들이 있는 한 그 누가 황제에게 해를 가

할 수 있겠느냐. 그러니 너만은, 너만큼은 나를 위해서 뭔가를 해 줄 수 있지 않겠더냐."

가련한 표정을 지으며 폐비는 조심스럽게 단의 뺨을 감쌌다.

"너와 나는 닮은 구석이 참으로 많다. 같은 여인이고, 부인이었고, 황후가 되어서 황제의 아이를 낳게 될 거다. 그러니 황제가 아닌 나를 위해서, 너와 닮은 나를 위해서 나에게 복을 주렴."

떨리는 손으로 몇 번이고 단의 얼굴을 쓰다듬으며 피가 맺힌 나직한 절규를 토해 냈다.

"부디, 나의 늑대가 되어서, 황제가 아닌 황후도 보호해 주렴."

금방이라도 울 것 같은 얼굴로 올려다보는 폐비는 몇 번이고 본인과 같다는 걸 강조했다. 측은지심을 이용해서 본인이 원하는 걸 얻고자 했다. 거듭되는 요청에 마음이 흔들릴 만도 한데, 단은 마음이 차갑게 식었다.

어째서 폐비는 자신이 늑대라는 걸 알고 있는 것일까. 보는 순간 알아본 것은 이상했다.

오랜 세월 권력의 정점에 있었던 사람은 방대한 정보를 손에 쥐고 있었을 거다. 그것이 제정신이 아닌 상황에서도 큰 무기가 되었겠지. 이리도 간절하게 매달림에도 별 동요가 일지 않는 것은, 그녀가 자신이 늑대족이라는 걸 알고 있기 때문이었다. 그건 어떻게든 문제가 될 수밖에 없었기에 폐비에게로 고개를 숙인 단은 천천히 입을 열었다.

"저는—."

"단은 마마와 같지 않습니다."

등 뒤에서 울리는 나직한 목소리에 단은 입을 다물었다. 뒤를 돌아보는 단과 달리 폐비는 고개를 들기만 하면 어느새 침전 앞까지 온 황제 무헌을 발견할 수 있었다.

"저는 선황과 달리 많은 아이를 낳을 것입니다. 내 황후, 단과 함께. 그래서 끝까지 그녀를 아끼고 사랑할 것입니다."

무척 낯간지러운 말이었음에도 불구하고 단이 동요하지 않을 수 있었던 것은, 무헌이 지금 말을 전하려 하는 게 자신이 아닌 폐비 자근목이었기 때문이었다.

"단은 사랑 받는 황후가 되어서 끝없는 영화와 천수를 누리게 될 것입니다. 그걸 위해서 전 계속 이곳에 남기로 마음을 고쳐먹었지요."

"……."

담담하게 말했지만, 이내 단을 상대로 수작을 부리려 했음이 탐탁지 않았던 황제의 미간으로 주름이 잡혔다.

"단과 본인이 다르다는 걸 알고 계신 분께서 무슨 수작이십니까. 나약한 척을 하셔서 동정을 사려 하시다니. 어울리지 않으십니다."

그 순간 폐비의 얼굴에서 모든 표정이 지워졌다. 가면을 쓴 것처럼 무표정한 얼굴이 되어선 매섭게 노려보는 폐비를 두고 무헌은 손을 내밀었다.

"단아, 이리로 와라."

여전히 단의 팔을 움켜쥐고 있던 폐비의 손으로 더 힘이 들어
간다. 가지 말라며, 놓아주지 않을 것처럼 강하게 움켜쥐는 그
손길을 느끼며 단은 제 쪽으로 내밀어진 크고 단단한 손을 봤다.

자신에게 향해졌다는 것만으로도 충분한 안정감을 주는 익숙
한 손과 존재를 느끼며 단은 고개를 돌렸다. 시선이 부딪치는 순
간 보다 간절하게 변하는 폐비의 눈빛을 두고 단은 침착하게 말
했다.

"마마의 삶을 동정하지만 제가 사랑하는 건 폐하십니다. 그러
니, 뭔가를 하더라도 그를 위해서 하겠습니다."

단이 본인을 위한 무언가를 해 주기만 한다면 그것이 동정이
라 해도 상관없었다. 하지만 단의 입에서 나오는 말은 그녀가 듣
고자 하는 게 아니었다. 오히려 가슴 한구석에 더 깊은 상처를
만드는 말이었고, 서서히 표정이 굳어진 폐비는 단의 팔을 세게
움켜쥐었지만, 결국에는 놓아줄 수밖에 없었다. 저를 붙들고 있
던 손이 떨어지자 단은 미련 없이 자리에서 일어나 그대로 무헌
을 지나쳐 밖으로 나갔다.

폐비는 힘없이 단이 뿌리친 제 손을 내려다봤다. 손을 움켜쥐
었다가 펼치기를 반복하던 그녀는 마음을 채우는 원망을 느끼
며 더 가까이 다가온 황제 무헌을 노려봤다.

"그 아이의 정체에 대해서 모든 걸 말할 겁니다."

"……"

"내 부탁을 들어주지 않는다면―!"

"제 어머니께서 상처 받을 걸 알고선 궁 밖으로 내보내주신 게 바로 마마십니다."

주춤하는 폐비를 내려다보며 무헌은 재차 말했다.

"선황의 뜻을 알면서도 결국엔 덫에 걸려 모든 걸 잃고 나락으로 떨어지신 마마께서, 그런 모진 일을 하실 수 있을 것이라 생각하지 않습니다."

그 순간 폐비 자근목은 먼 기억을 더듬어 올라갔다.

황제가 새 여인을 얻었다 했을 때 그녀는 엷은 미소에 포기를 담았다.

어지간한 사람이었다. 그가 무슨 생각인지 이해하고 싶지도 않았기에 그저 받아들였다. 곁에 있던 자들이 먼저 인사를 해 오지 않는 게 괘씸하다며 찾아가서 교육을 시켜야 한다 했지만, 그것도 웃음으로 흘려 넘기려 했다. 하지만 같은 공간 안에 있었기에 결국에는 그 사람과 부딪치게 되었다. 참 예쁜 여자였고, 궁 안에 있는 그 누구와도 달랐다.

처음에는 무엇이 다른지 알 수 없었으나 황제와 함께 있는 모습을 보고 나서야 알게 되었다. 황제는 그 누구보다 여인을 아끼고 애지중지했다. 강하게 쥐면 바스라질라, 불면 날아갈까, 그렇게 곁에 두고 아끼는 게 눈에 보였다. 낯선 곳을 두려워하면서도 황제의 총애를 믿는 여인의 얼굴에선 빛이 났다. 하지만 자근목은 저들의 눈부신 행복이 오래가지 않을 것임을 잘 알고 있었다.

여인이 황자를 낳든 공주를 낳든, 결국 그 아이는 장성할 수 없을 거다. 태어나지 못할 수도 있겠지. 여인은 절망을 품고 하루하루 메말라 갈 테고, 황제의 마음도 지금보다 더 차갑게 변할 테지. 그저 전에 있었던 일이 반복되는 것일 뿐이었다. 일상을 그 누가 막을 수 있을까. 하지만 그때 자근목은 똑같이 굴러가던 일상을 막고 싶어졌다.

여인을 불러 살아서 아기를 낳고 싶거든 궁을 떠나라 했다. 위엄이 가득했던 때의 황후인 그녀의 명을 어길 수 있는 사람은 몇 되지 않았다. 입궁한 지 얼마 안 되는 어린 소녀 같은 여인이 어찌 황후의 명을 거역할 수 있을까. 여인은 궁 밖으로 나갔고, 황제는 그 사실을 알고선 자근목을 찾아왔다. 불같이 화를 내면서 당장에라도 그 여인을 데려오려 하는 황제에게 자근목은 그 말을 했다.

'그 아이마저 죽이시렵니까.'

지금껏 절대로 입 밖으로 꺼내지 않았던 말이었다. 그렇기에 황제는 불 같이 화를 내기보단 그대로 굳어 버렸다. 지독한 상처를 입은 것처럼 굳어 버린 그 얼굴 아래에 감추어진 분노를 발견한 자근목 또한 속이 편치 않았다. 동시에 그가 그 여인을 다시금 궁 안에 들이지 않을 것이란 걸 알 수 있었다.

'폐하께선 마음의 병이 있으신 겁니다. 그러니, 바깥에다

가 그 병을 고칠 수 있는 약을 심어두는 것도 나쁘지 않을 것입니다.'

과연 그것이 약이 될지, 독이 될지 알 수는 없었다.

하지만 본인의 나약함을 드러낼 수 없어 안으로만 품고 있었던 황제는 더 괴팍해졌고 계속해서 아이들을 죽여 나갔다. 살아남은 건 딱 두 아들뿐. 그리고 황제의 약으로써 심어두었던 바깥의 아이가 그녀에겐 독이 되었다. 아니. 이전부터 바깥에 있는 모자는 황후에게 지울 수 없는 깊은 상처를 남겼다.

아프고 아파서, 영원히 낫지 않고 덧나기만 하는 상처였다.

"네 어미를 나가라 했던 이유는, 너희 모자를 살리고자 하기 위함만이 아니었다."

지금껏 그 누구에게도 해 본 적 없던 말이었다. 그걸 이제 와 한들 무슨 소용인가 싶었다.

"전과 달랐던 선황을 보고, 여자였던 나는 너무도 비참함을 맛봤기에 네 어미를 보고 싶지가 않았다."

고작 말을 하는 것뿐인데도 왜 이리도 지치고 힘든 것일까. 켜켜이 쌓인 절망을 짧은 한숨에 섞어 뱉어 낸 후 자근목은 고개를 들었다.

"모두에게 모질었던 선황께서 네가 태어나는 순간 달라지실 걸 두려워했다. 내 아들의 자리를 빼앗길 것임을 난 처음부터 알고 있었던 거지."

입을 다물고 엷은 미소를 머금는 자근목의 뺨을 타고 뜨거운 눈물이 흘러내렸다. 올려다보는 눈동자는 텅 비어 있었다. 살아도 살아 있다고 볼 수 없는 눈동자인 그녀를 두고 무헌은 굳은 목소리로 말했다.

"그렇게나 이 세상에 미련이 없으십니까."

"네가 그리도 아끼는 강부인이 죽고 그 배 속의 아기도 숨이 멎었다 생각해 봐라. 너는, 살고 싶더냐?"

"죽을 땐 죽더라도 복수는 하겠지요."

"……."

담담한 대꾸 후 무헌은 눈을 감았다.

갑작스럽게 감정이 격해진 것일까. 미간으로 깊은 주름을 만든 채로 무거운 한숨을 내쉰 그는 눈을 뜨고는 폐비를 응시했다.

"앞으로 두 번 다시 그런 비유는 하지 마십시오. 무척 기분이 언짢습니다."

나직한 목소리에 담겨 있는 분노를 느낀 폐비의 얼굴이 일그러졌다. 다른 건 몰라도 누군가 저에게 분노나 싫다는 감정을 드러내는 것만큼은 용납할 수가 없었다.

"그래. 이런 식으로 날 핍박하기 위해서 살려두려는 것이로구나. 네놈의 의도야 빤하지. 하지만 그렇다 해서—"

폐비의 말은 채 이어질 수 없었다. 황제 무헌이 무릎을 꿇고 앉았기 때문이었다. 그의 행동은 예상치 못한 것이었다. 저도 모르게 무헌에게로 손을 뻗던 폐비는 이내 손을 거두었다.

황후로 있으면서 이런저런 모든 일을 경험한 바 있는 그녀였다. 갑작스럽게 여겨지는 황제의 이런 행동 이면에는 분명 목적과 이유가 있을 것이란 생각을 거둘 수 없었다. 그걸 알아내고자 쉽게 표정을 풀지 못하는 폐비를 앞에 두고 황제는 말했다.

"우선 제 어머니를 궁 밖으로 나갈 수 있게 해 주신 것에 대한 감사를 올립니다."

동시에 황제는 바닥에 손을 대곤 고개를 조아려 절을 했다.

천천히 고개를 들고선 허리를 꼿꼿하게 세운 황제는 굳은 얼굴인 폐비를 응시했다.

"두 번째로는 선황의 뜻을 아시면서 결국 원하는 대로 하셔선 결국엔 제가 돌아올 자리를 만들어 주심에 감사드립니다."

이는 조롱보다 더한 짓거리였다. 어찌 이러는 것이냐 싶어 분함을 참지 못한 폐비가 당장에라도 침대에서 뛰어내려 오려 했지만, 그 전에 황제가 두 번째 절을 올렸다. 절을 마친 그가 얼굴을 들었을 땐 또 무슨 말을 하려는 것인가 싶어 겁이 나기까지 했다.

"세 번째로는 견디기 힘든 시간을 이겨내서 아직도 살아 계심에 감사드립니다. 그리고 마지막으로―."

말하기에 앞서 무헌은 입을 다물었다. 되지도 않는 말을 잘도 지껄여 대더니만 왜 저렇듯 입을 다무는지 영문을 알 수가 없다. 어디 뚫린 입으로 더 지껄여 보라면서 눈을 매섭게 치뜨고 있던 폐비는 생각보다 오래 지속되는 침묵에 조급증이 났다. 어서 말하라 하려던 찰나 황제는 품 안으로 손을 집어넣었다. 거기서 나오는 건 붉은 천으로 감싸여진 봉투였다.

세심한 수가 놓아진 천을 보는 순간 폐비의 얼굴에서 표정이 지워진다. 무릎걸음으로 다가가 그걸 폐비 자근목 앞에 내려놓은 후, 황제 무헌은 가라앉은 목소리로 말했다.

"제 유일한 혈육인 형님의 복수를 하는 데 도움을 주심에 감사합니다."

"……."

붉은 천 위로 미세한 얼룩이 남아 있었다. 아주 오래된 혈흔이었다. 그걸 보는 순간 자근목의 눈동자에서 모든 감정이 빠져나갔다. 어깨를 늘어뜨린 후, 탄식과도 같은 한숨을 내쉰 그녀는 덜덜 떨리는 두 손을 천 위에 포갰다. 그대로 무너져 내렸다.

5장

  늦은 시간이었지만, 바깥에 나온 화소영은 안으로 들어갈 기미가 없었다. 전이라면 먼저 다가가 바람이 차니 이만 들어가자 했겠지만, 지금은 그리할 수 없었다.

  누군가 입방정을 떨지 않더라도 지금 상황이 이상하게 돌아감을 모르는 이가 없었다. 누구 하나 큰 소리도 내지 못하고 푹숙인 고개를 들지 못했다. 그러는 동안 시간이 점점 더 흘러가고 잠시 후 바깥이 소란스러워졌다. 가벼운 언쟁을 벌이는 것 같은 소리에 이끌려 나운이 밖으로 나가고 난 후, 얼마 안 있어 누군가와 함께 들어왔다. 그것이 강부인의 환관인 복운이라는 걸 확인한 화소영은 눈을 가늘게 떴다.

  "늦은 시간에 방문을 드린 걸 용서해 주십시오."

"그래야겠지. 배움이 적은 네 주인은 이 시간에 다른 부인의 처소에 환관을 보내는 게 얼마나 실례되는 일인지를 모르실 테니."

강부인을 비난하자 복운은 바로 고개를 들어 화소영을 바라봤다.

"이번 일은 제 주인과는 아무런 상관없는 일입니다. 오히려, 화부인과 더 관계가 깊다 할 수 있지요."

"발칙한 눈빛이로구나. 어찌 환관 따위가 나를 그리 볼 수 있단 말이더냐."

"사안이 사안인지라 노비가 무례하게 구는 걸 용서해 주십시오. 일각이 여삼추라 어찌할 수 없었습니다."

복운의 태도는 여전히 발칙했다. 환관 나부랭이가 부인 앞에서 이리 구는 법도는 없었다. 사람을 불러 당장 내쫓을 수도 있었지만, 화부인은 그러지 않았다.

"일단 말이나 들어보자. 타당하면 내 너를 용서할 수 있겠지만, 아니라면 네놈은 살아서 이곳을 나가지 못할 것이다."

살 떨리게 만드는 화부인의 경고에 복운은 품 안에 넣어온 패를 꺼내 내밀었다. 그것은 부인의 처소를 뒤질 수 있도록 허락된 패로, 황제가 내리는 것이었다. 복운이 당당하게 굴 때마다 저걸 가지고 있었을 거란 걸 예상했지만, 막상 저걸 보게 된 화소영의 눈빛은 더없이 차가워졌다.

"상궁 춘삼이 이곳에 있다는 말을 전해 들어 모셔 가고자 왔습니다."

그리곤 더 자세히 보라며 패를 위로 들었다. 화부인의 명이 떨어지면 복운을 끌어내려 했던 낙운궁의 환관들은 주춤거렸다. 멀찍이 물러나는 그들을 확인 후, 복운은 화소영을 올려다봤다.

이 패를 앞에 두고도 노비의 앞을 막으실 겁니까.

그리 묻는 복운의 눈빛은 여전히 화소영의 마음에 들지 않았다.

"강부인이 낮부터 춘삼을 애타게 찾는다는 걸 내 모르지 않는다. 그렇다 해서 그 사람이 왜 꼭 내 처소에 있을 것이라 생각하느냐. 만에 하나라도 그 사람이 이곳에 없다면, 그땐 너뿐만이 아니라 네 주인인 강부인도 무사치 못할 것이다."

"일단은 상궁이 계신지 제가 수색할 수 있도록 해 주십시오."

거창한 패를 들고 온 것치고 사람은 복운 하나뿐이었다. 혼자서 이 넓은 곳을 어떻게 다 뒤질 수 있을까. 화소영은 고개를 끄덕였다.

"그래. 한번 찾아봐라."

"기다려라―."

말이 끝나기가 무섭게 바깥에서 들리는 목소리에 화소영은 안색을 굳혔다. 급히 고개를 드는 그녀의 시야로 적잖은 수의 환관을 이끌고 들어오는 이태감이 보였다. 대번에 얼굴을 일그러뜨린 화소영이었지만, 이태감은 모르는 척 복운의 옆에 서선 말했다.

"사람 하나 찾는 게 별일 아닌 것 같아도 정말은 어려운 일이지. 내가 좀 돕겠다."

이태감은 데려온 환관들을 돌아보며 말했다.

"너희는 여기 계신 공공의 말씀을 따라 낙운궁을 구석구석 뒤지거라. 찾는 사람은 상궁 춘삼이다. 네놈들 중에서 그 늙은 상궁에게 혼나지 않은 아이가 없으니, 어떻게 생겼는지 내 굳이 설명하진 않겠다."

이태감의 말이 떨어지기가 무섭게 수십여 명의 환관들이 사방으로 흩어졌다. 당장 화부인의 처소부터 들어가 뒤지기 시작하자 사색이 된 나운이 이게 무슨 짓이냐며 팔짝팔짝 뛰었고 다른 시비도 마찬가지였다.

화부인을 모시면서 이런 일은 난생 처음이었다. 과연 이걸 두고만 봐도 되는 것인가 싶어 안절부절못하는데 다른 곳에서 요란한 소리가 났다. 아무래도 환관들이 수색을 하면서 선반을 무너뜨린 모양이었다. 그쪽에서 겁먹은 시비의 비명이 들리는 걸 확인한 나운이 황급히 달려갔고, 화소영은 아래로 내린 손을 움켜쥐었다.

이태감은 사방팔방 부지런히 뛰어다니는 환관들을 보곤 아이고, 하면서 한쪽 눈을 가늘게 떴다. 그러다 고개를 들어 화부인 앞까지 다가갔다.

"죄송합니다. 애들이 밤이라 그런지 혈기가 왕성해졌습니다. 아시다시피 저 아이들은 달리 풀 곳이 없는 몸이 아닙니까."

감히 뉘 앞이라고 이딴 소리를 지껄이는 것인가 싶었으나, 화소영의 입을 타고 흘러나온 말은 다른 것이었다.

"폐하께서 이러라 시키시던가."

묻는 말에 바로 대답하지 않고 옅은 미소를 머금으며 고개를 저은 이태감은 한 손을 들었다. 입술 앞에 손을 댄 채로, 그녀만이 들을 수 있도록 조곤조곤 말했다.

"먼저 선을 넘으신 건 부인이십니다. 바깥일은 부친께서 해결하시도록 하셔야 했습니다. 어찌 부인께서 나서시려 하십니까."

"……."

모든 걸 죄 알고 있는 것처럼 지껄이는 말에 화소영은 오히려 더 당당하게 받아쳤다.

"앉아서 죽을 날만 기다리고 있으라는 건가."

"왜 꼭 죽을 생각만 하십니까. 폐비를 보십시오. 인내하고 계시다 보니 좋은 날이 찾아오지 않습니까."

과연 그것이 인내한 것에 대한 보상이 될 수 있을까. 황제가 원하는 여인을 황후로 올리기 위해서 폐비든, 자신이든, 화씨든, 결국에는 이용당하는 입장에 있었다. 그걸 모르지도 않을 교활한 늙은 태감이 지껄이는 말을 듣고만 있어야 한다는 게 분하고도 원통했다.

"네놈을 먼저 처리하지 못한 게, 천추의 한이로구나."

"그런 게 비단 부인뿐이겠습니까."

몸을 뒤로 물린 이태감은 만면에 미소를 짓고 있었다. 그것은 화소영이 입궁한 첫날부터 보아왔던 미소였다.

사람 좋게 웃어서 그것이 자신의 사람이 되고자 하는 의사 표현인 줄 알았으나 아니었다. 궁에서 나고 자라 노인이 된 자는 더는 사람도 아니었다. 오로지 권력에 빌붙어 가장 강한 자의 입 안의 혀처럼 굴 따름이었다.

어금니를 악문 화소영은 네놈, 하고 나직하게 중얼거렸고 동시에 안쪽에서 큰 목소리가 들렸다.

"공공, 상궁 춘삼을 찾았습니다!"

동시에 이태감은 고개를 옆으로 기울였다. 심히 유감이라는 표시를 하는 자를 두고 화소영은 재차 아랫입술을 깨물었다. 저도 모르게 앞으로 몸을 내미는 것과 동시에 이태감은 빠르게 그녀 앞에서 떨어졌다.

춘삼은 환관 둘의 부축을 받고도 제대로 걷지 못했다. 절뚝거리는 그녀는 옷을 제대로 입지도 못했고 머리는 반이 죄 풀어진데다 입술이 하얗게 터 있었다. 평소 그녀를 아는 자들은 상상도 할 수 없는 엉망인 모습이었다.

"아이고, 나이도 많은 사람이 이 무슨 꼴인가ㅡ. 안 본 사이에 아주 누더기가 되었어."

"……시끄럽게 굴지 말고 그 입 좀 다무세요."

힘겹게 말한 후 춘삼은 고개를 들어 화부인을 올려다봤다.

춘삼은 이곳에 없다고, 애먼 사람을 잡는다면서 분노하던 화부인은 막상 나타난 춘삼을 보고도 눈 하나 깜박이지 않았다. 당황한 기색 없이 더없이 편안해 보이는 얼굴인 그녀를 두고 춘삼은 저를 부축한 손길을 밀어냈다. 절뚝거리며 걸음을 옮기자 놀란 이태감이 잡아 주려 했지만 그 또한 치워낸 춘삼은 화부인 앞에 서선 그녀를 올려다봤다.

춘삼을 끌고 와 그녀를 이런 꼴로 만든 것이 바로 화소영이었다. 하지만 화소영은 본인 때문에 엉망이 된 사람을 앞에 두고도 당황한 기색 하나 없었다. 그 모습을 눈에 담으며 춘삼은 두 손을 모아선 큰절을 올렸다. 직후 흙바닥에 앉은 채로 춘삼은 말했다.

"부인께서 처음 입궁하셨을 때 기억하십니까. 그때, 마마께서 어린 사촌 동생을 잘 기억해 달라 했고 그 자리에서 부인은 저에게 대추를 하나 주셨습니다. 그때의 기억이 오래 남아 어떻게든 부인께 해가 되지 않으려 했으나, 나이를 먹고 힘이 없어진 지금은 제 주인 한 사람을 보호하는 것으로도 벅찹니다. 때문에 더는 부인을 지켜드릴 수 없음을 용서해 주십시오."

"너 따위 늙은 상궁의 도움이 없어도, 난 아무렇지도 않다."

"……."

화소영이 이렇게 나올 것임을 모르지도 않았던 춘삼은 더 깊이 고개를 조아린 후 천천히 몸을 일으켰다. 자리에서 일어난 그녀가 복운의 부축을 받으며 밖으로 나갔다. 그때까지 남아 있었던 이태감은 넌지시 물었다.

"부인, 엉망이 된 곳은 치워 드리겠습니다."

하지만 날아든 건 날 선 눈빛이었다.

"지금은 당장 내 눈앞에서 사라지는 게 날 돕는 일이니, 그리 해 주지 않겠나?"

"그러실 것 같았습니다. 그럼 소인 이만 물러나옵니다."

끝까지 미소를 잃지 않는 것이 예를 갖추는 것이라 생각하고 저러는 것이겠지만, 화소영은 느긋한 이태감의 얼굴에서 쉬이 시선을 거둘 수 없었다. 몸을 돌린 그가 환관들과 함께 빠져나가는 걸 보고도 화소영의 굳은 표정은 쉬이 풀리질 않았다.

머리가 뜨겁게 달아올라 눈두덩이 부근이 지끈거리기까지 한다. 목구멍 위까지 올라오는 화를 힘겹게 삼킨 후, 호흡을 가다듬는 그녀의 귓가로 울음이 들렸다. 모르는 척 외면하려 했건만 멈추지 않는 울음에 결국 화소영은 언성을 높였다.

"무슨 일이 벌어진 것도 아닌데 어디서 곡이냐! 주변 정리가 끝나면 다들 들어가고 더는 울음소리를 내지 마라!"

빠르게 몸을 돌려 안으로 들어가 버리는 화소영을 두고 나운은 망설였다.

전 같으면 일단 뒤따라 들어갔겠지만, 지금은 그럴 수 없었다. 나운은 계속 들리는 울음에 뒤를 돌아봤다. 나와 있는 시비나 환관들의 얼굴이 하나같이 좋지가 않았다.

예전에 화영국이 사냥터에서 저주 인형을 발견했을 때에도 이러지 않았다. 겉으로 보기에 모든 게 절망적이겠지만, 그래도 모를 일이었다. 아랫것들이 지레 겁먹고 울상 지을 필요가 없었다. 급한 대로 근처에 있던 시비들을 다독인 후 나운은 화소영 곁으로 갔다. 그녀는 탁자에 엎드려 있었다.

"……."

지금껏 본 적 없는 모습이었다. 마치 지쳐 무너진 것 같은 모습처럼 여겨졌기에 말을 건네는 것조차 조심스러웠다. 어쩌면 안 본 척 다시 나가주는 게 부인을 위한 일일지도 몰랐다.

"다들 내가 졌다고 생각들 하겠지."

몸을 돌리는 것과 동시에 들리는 나직한 목소리에 나운은 마른침을 삼켰다. 모르는 척 나가 버리고 싶은 걸 꾹 참으며 그녀는 뒤를 돌아봤다.

"부인께선 좋은 마음으로 마마를 모시려 했던 것입니다. 춘삼이 그걸 막고 함부로 구니 잠시 가둬 두었던 거고요. 폐하께 잘 설명하면 분명 믿어주실 겁니다."

그제야 화소영은 고개를 들었다.

"정말로 폐하께서 내 말을 믿어주실 것 같더냐."

어둠 속에서 지금 화부인이 어떤 표정과 눈빛으로 저를 보고 있는지 알 수가 없었다. 정말은 보고 싶지 않다는 게 더 정확한 표현일지도 몰랐다. 나운은 고개를 조아린 채로 차마 답을 못 했다.

"폐비도 내 말을 들어주려 하지 않는다. 그런데 폐하께서? 그분은 내 말 백 마디보다 강부인의 말 한 마디를 믿으실 분이다."

"아닙니다. 그러지 않으실 겁니다. 폐하께선……."

"내가 나서면 모든 것들이 잘 해결될 거라 생각했건만, 아니었던가."

재차 입을 다문 나운은 아래로 모은 두 손을 세게 움켜쥐었다.

"나는 이리도 무력했던 거로구나."

힘없는 중얼거림 후 긴 한숨을 내쉬는 화소영에게선 지울 수 없는 짙은 패배감이 만연해 있었다.

＊　　　＊　　　＊

어둠을 틈타 은밀하게 움직이는 자가 있었다. 누군가 볼세라, 들킬세라, 한 걸음 옮길 때마다 두 번 세 번 주변을 살핀 그는 허름한 대문을 통해 안으로 들어갔다. 사람이 살지 않은 지 오래된 것처럼 보이는 낡은 저택이 여기저기 자리하고 있었다.

사내는 거기서 가장 멀쩡한 곳의 문을 열고 안으로 들어갔다. 좁은 그곳에는 이미 많은 자들이 모여 있었다. 아직 막 논의를 시작한 것처럼 작지만 힘 있게 의견을 늘어놓는 자들의 얼굴 위로 숨길 수 없는 불안이 감돌았다. 본인의 뜻이 절대적인 양, 하나의 틀림도 없는 것처럼 굴지만 어쩌면 다들 알고 있을지도 모른다. 이 모임이 근본적으로 문제가 있는 거란 걸 말이다.

어쩌다 모임을 알게 되어서 이후로 한 번도 빠짐없이 참석했기에 이번에도 자리하게 된 사내는 칙칙한 얼굴이었다. 다른 이들처럼 적극적으로 논의에 참여하지 않음에도 불안이 가라앉질 않았다. 도착한 지 얼마 안 되어서 벌써부터 모든 일이 빠르게 끝났으면을 바라고 있었다. 그때 얼굴에 닿는 시선을 느낀 사내는 움찔해선 고개를 들었다. 먼저 와 있던 자들 중 하나가 저를 보고 있었다.

"왜 자네는 아무런 말이 없나. 이제 와 빠지고 싶은 모양인데 어림도 없어. 한 번 시작된 인연은 계속될 것이고, 누구라도 하나 배신하면 그땐 모든 걸 뒤집어쓰게 될 것이야."

짧은 순간 많은 뜻이 전해졌고, 사색이 된 사내는 크게 숨을 내쉬지도 못했다.

덜덜 떨며 그는 천천히 앞으로 기어가서 사람들 사이에 끼어들었다.

"이대로 저 황제가 하고 싶은 대로 하게 둘 순 없소. 강부인이라니. 어찌해서 화부인이 황후가 아니란 말인가!"

"폐비가 황태후가 되고 강부인이 황후가 된다면, 더는 손을 쓸 수가 없소! 장상서가 나서서 이를 주도하고 있다 하니 지켜만 봐선 안 되는 일이오! 우리가 나서야 합니다!"

"그렇소. 우리가 아직 관직에 오르진 못했지만, 때가 되면 높은 그 자리는 죄 우리 것인데, 나라의 황제와 황후가 그 모양이라면 어찌 마음 놓고 뜻을 펼칠 수 있단 말인가!"

"우리의 장래와 나라를 위해서라도 더 적극적으로 막을 필요가 있네!"

불만은 많고 막아야 할 일 또한 한둘이 아니지만, 그걸 어떤 식으로 해결하면 될지에 대한 의견은 단 하나도 나오지 않았다.

무조건 목소리가 큰 사람이 이기는 싸움처럼 언성은 더 커지고 바닥을 두드리는 자들도 생겨났다. 은밀하게 모임을 가지는 게 무색한 상황이었다. 지나치게 흥분하는 건 지금 이 상황에서 마땅히 어찌하면 좋을지에 대한 좋은 방안이 없기 때문이리라.

다들 모르는 척해도 결국에는 잘 알고 있는 상황이었다. 여기서 문제는 과연 누가 먼저 그것에 대해서 말을 꺼내느냐는 거였다. 꺼낼 수 있을까. 불안을 입 밖으로 내뱉는 순간, 정체성 없는 이 모임은 눈 깜짝할 사이에 무너지게 될 터였다.

그때 안쪽의 문이 열리고 가면을 쓴 사내가 나타났다. 그가 등장하는 순간 공기를 흔들던 불안이 일시에 걷혔다. 약속이라도 한 것처럼 동시에 저를 바라보는 자들을 두고 가면의 사내가 말했다.

"다들 지나치게 흥분해 있군. 때가 되면 지금의 큰 문제도 알아서 해결될 것이니 다들 마음을 편안히 먹으시오."

최근 거의 모습을 드러내지 않던 가면의 사내였다. 암암리에 앞으로 계속 나타나지 않으면 어쩌나 싶었던 인물의 등장에 사람들의 마음속에 자리하던 불안이 빠르게 사라졌다.

"황후의 일보다 더 중요한 사안이 얼마든지 있으니, 그건 다음에 토론하기로 하고 오늘은 이만하고 일어나시오."

"다음 모임은 언제입니까!"

한 사람이 묻자 모두가 가면의 사내의 답을 기다렸다. 거의 맹목적이라 할 수 있는 반응이었지만, 가면의 사내는 동요하는 기색 하나 없었다.

"정해진 바가 있으면 연락을 할 터이니 기다리고 있으시오. 다들, 무사히 돌아가시길 바라겠소."

모이기는 했으나 마땅히 뭔가를 한 기억은 없었다. 그것과 관련한 의문을 드러내고 싶어도 입이 떨어지지 않는다. 하나의 질문을 던지는 순간 이 연약하고도 불안한 관계는 무너지게 된다. 결국 전보다 더한 불안을 품은 채로 그들은 자리를 뜰 수밖에 없었다. 하나둘, 일어나는 자들 사이로 가장 마지막에 온 사내도 있었다. 바로, 화영국이었다.

모여 있던 자들이 전부 흩어지고 난 후에야 가면의 사내도 들어왔던 문을 통해 밖으로 나갔다. 그 틈을 놓치지 않은 화영국은 가면의 사내가 밖으로 나가는 때에 맞춰 그 뒤를 따라붙었다.

"저에게도 뭔가 지시를 내려 주십시오."

남아 있던 자가 있을 줄은 몰랐던 걸까. 뒤돌아보는 가면의 사내에게서 주춤한 기색이 느껴졌지만, 화영국은 빠르게 말했다.

"전에 큰 실수를 범했기에 내내 자중하고 있었습니다. 하지만 이젠 저에게 뭔가를 맡겨 주셔도 되는 게 아닙니까. 전 이미 당신이 태상과 화부인에게도 어떤 지시를 내렸음을 알고 있습니다."

그 두 사람에게 지시를 내려서 궁 안을 소란스럽게 굴라고 했겠지. 그러는 동안 이들은 바깥에서 무슨 일을 하려는 걸까. 분명 상상도 할 수 없는 엄청난 일이겠지. 자신이 바로 그 일에 힘이 될 수 있었다. 간절함을 담아 올려다보는 화영국은 비굴하기까지 했다.

그 비굴함이 갑자기 불쌍하게 보인 건 아니었다. 그것은 더 조롱하고 싶어지게끔 만드는 모양새였다.

"이리도 어설프니 결국 덫에 걸린 것이지."

상대의 목소리가 갑자기 차갑게 들리는 걸 왜일까. 그보다 덫이라는 게 무언지 알 수 없었던 화영국은 떨리는 손으로 더 강하게 바지 자락을 붙들었다. 어느새 그는 바닥에 주저앉아 매달려 있었던 거다.

"잘 생각해 봐라. 숲에서 나온 그 저주 인형이, 정말로 자네가 발견한 것이었는지를."

"……."

숲에서 나온 저주 인형은 화영국이 발견한 것이고, 그렇기에 큰 문제로 불거질 뻔했다. 그로 인해 가문의 장로들과 태상에게 얼마나 꾸중을 들었던가. 성급하게 행동하지 말라면서 집밖으로 나가지도 못하고 있었다. 반성의 시간을 가진답시고 홀로 있는 동안 화영국은 제 처지를 비관했지만, 동시에 뿌듯한 것도 있었다.

자신이 한 일 때문에 나라가 뒤숭숭해졌다. 어떤 식으로든지 영향력을 행사했음이 못내 자랑스러웠던 것이다. 이건 모임에 참석하는 그 누구도 해 본 적 없던 일이지 않던가. 때문에 다시 돌아오게 된다면 그땐 이들이 자신을 다르게 대해 줄 것이라 믿었다. 아무것도 하지 않은 자들보단, 뭐라도 한 자신이 더 대단하다 칭찬을 들을 거라 생각했건만―.

그리고 화영국은 지적을 받은 사항을 몇 번이고 머릿속으로 상기했다.

저주 인형을 발견한 사람은 정말로 자신일까.

그때 그 자리에서 저주 인형을 들고 있던 건 시동이었다. 자신이 인형을 가지고 가려 했던 건, 그것이 저주 인형이었기 때문이었다. 많은 자들이 떠들어 대는 것처럼 결코 그 인형과 관련된 무언가가 있기 때문이 아니었다. 오히려 아는 것이라곤 하나도 없다 할 수 있었다.

황제 앞에서 적극적으로 부정할 수 없었던 건, 생각보다 그의 위세가 대단했기 때문이고, 어떤 식으로 말해야 아무 탈 없이 그 상황에서 벗어날 수 있는지를 몰라서였다. 뭐가 뭔지 모르는 사이에 자신에게 죄가 부과되었고, 그로 인한 벌을 받아야 했다.

"결국, 모두가 교활한 황제의 덫에 걸린 것이니—."

"무슨 말씀이십니까. 그렇다는 건 그 모든 게 황제의 계략이었단 말입니까."

계속해서 밀어내는 걸 붙잡으며 화영국은 답을 해 달라 애걸복걸했다.

모여서 시끄럽게 구는 놈들을 내쫓았더니 하나 남아 있던 놈이 말썽이다. 처음에는 좋게 밀어내던 손길이 점점 거칠고 매몰차졌다. 손등이 얼얼할 정도로 얻어맞아도 포기하지 않았던 화영국을 매달고 바깥까지 나오게 된 자는 그를 내려다봤다. 아예 무릎을 꿇고 앉아선 절절매는 추하디추한 화영국을 매섭게 노려보던 자는 쯧, 혀를 찼다.

가볍게 차는 그 소리가 유난히 크게 들리는 것 같았던 화영국의 손에서 힘이 빠져나갔다. 천천히 떨어지는 그 손길을 마지막까지 지켜보던 가면의 사내는 미련 없이 몸을 돌렸다. 그 주변으로 체격 좋은 자들이 따라붙는다. 빈틈없이 수행하는 그들과 함께 움직이던 가면의 사내는 머리끝이 곤두서는 느낌에 발을 멈추고 뒤를 돌아봤다. 매섭게 노려보지만 보이는 곳에 있는 건 아무것도 없었다. 하지만 분명 하나를 느낄 수 있었다.

그건 어둠속에서 저를 감시하는 날카로운 눈빛이었다.

그것은 익숙하지만, 동시에 그들 속에 숨겨진 무언가를 자극하는 위험이었다.

굳은 눈빛으로 한참 동안 어둠의 저편을 노려보던 가면의 사내는 미련 없이 몸을 돌렸다. 처음에는 일정한 보폭으로 걸음을 옮겼으나 점점 빨라지더니 나중에는 달리기 시작했다. 그대로 순식간에 사라져 버렸다.

*　　　*　　　*

궁 안에서 죽은 자들을 버리는 곳은 정해져 있었다.

본래 가족이 있고 돌아갈 고향이 있는 몸들이야 간혹 돌려보내는 경우가 있지만, 갑작스러운 죽음이나 그 죽음에 의혹이 있거나 하면 한 곳에 묻어 버리는 게 보통이었다. 그것은 추후 발생할 수 있는 잡음을 막기 위한 하나의 방법이었다.

"공공, 찾았습니다."

초조하게 기다리던 늙은 태감이 급히 아래로 뛰어 내려갔다. 쌓여 있는 시체 중에서 하나를 발견해 위로 끌어 올렸는데 그 모양새가 참담하기 이를 데 없었다. 찾는 자의 엄지손톱이 없고 발톱이 검게 죽어 있다는 특징만 아니었다면 알아볼 수 없을 정도였다. 온통 난도질을 해 놔서 얼굴 생김새를 하나도 알 수 없게 해 둔 걸 확인한 태감은 역한 표정을 숨기지 못하곤 고개를 돌렸다.

"내가 확인했으니 이만 되었다. 다시 안에 넣어두어라."

태감은 질색을 하면서 빠르게 손을 저었다.

"참으로 역하구나."

급한 일이라 내내 초조한 상태로 있어서 썩은 시체에서 나는 냄새도 모르고 있었는데 더는 아니었다. 속이 울렁거려 당장 토악질을 할 것만 같았던 자는 소매로 코를 누르면서 급히 올라갔다. 뒤에 있던 자들이 시체를 처리하는 한편, 다른 환관이 서둘러 걸어가는 태감의 뒤를 쫓았다. 어둠을 틈타 사람들의 시선을 피해 은밀하게 이동한 그들은 보고 확인한 걸 이태감에게 전했고, 다시금 황제의 귀로 들어왔다.

"그리되었다고 하옵니다."

처음 황제의 지시를 받고 나서 설마 싶었으나 사실로 밝혀지고 나니 면이 서질 않았다.

"죽어 나간 자들에 대해서까지 확인하지 못한 것은 제 불찰이옵니다."

"이번 일이 마무리되면 그때부터 복운을 곁에 두고 하나에서부터 열까지 모든 걸 다 가르쳐라."

황제의 말에 이태감은 모은 두 손을 힘주어 잡았다. 굳은 안색을 한 채로 바닥만 내려다보는 그를 두고 황제는 책상 한편에 올려놓은 낡은 종이를 쓰다듬었다.

"눈치가 빨라서 강부인의 곁에 계속 두려 했지만, 당장으로선 쓸 만한 사람이 하나밖에 보이질 않는군."

종이에는 환관과 몇몇 시비의 이름이 적혀 있었다. 모두가 죽음에 의혹이 있는 자들로, 그들 중 통신사에서 일했던 자의 죽음이 가장 이상했다. 이 늙은 환관은 바깥과 은밀하게 말을 주고받던 인물이었다. 일이 잘 안 풀리니 화부인에게 접근했으나 결국 죽음을 피할 수 없었다.

여인이라 우습게보고 접근했을 텐데, 화부인은 그리 호락호락한 사람이 아니었던 거다. 알아낼 걸 알아낸 후 발목이 잡힐 것 같으니 말끔하게 처리를 해 버린 것이다. 보통의 여인이 할 만한 행동은 아니었다.

"저들이 다음에는 어찌 행동할까."

어떤 식으로든지 마무리를 지을 때가 다가오고 있었다. 늙은 태감이 입을 열든 다물든 굴러가는 바퀴는 목적지에 도착해서나 멈추게 될 것이고, 그때가 되면 자신이 살 수 있는지 아닌지가 결정될 거다.

어느덧 지치고 피로한 얼굴이 된 이태감은 고개를 들었다.

"화부인이 무언가를 하려 하지만, 그녀는 할 수 없습니다. 내 명부의 부인이 정사에 관여하면 그건 죄가 됩니다."

전에는 모르는 척 굴었으나 숨기는 것 자체가 더는 의미가 없었다.

이태감은 조금의 망설임도 없이 계속해서 말했다.

"태상은 바깥에 있는 자들과 함께 판을 뒤집으려 들 테지만, 그 또한 통하질 않을 것입니다. 결국엔 다들 제 밥그릇을 챙기려 들 테고 이제 하절기입니다. 다들 대문을 걸어 잠그고 조상께 제사를 올려 가족들끼리 오붓한 시간을 보내며 그들끼리의 결속을 다지려 들 것입니다. 지금 이 시기에 어떻게든 해보고 싶겠지만, 목숨을 걸지 않고선 밀어붙일 수 없을 만한 일이지요. 하지만 그 누가 태상과 함께하려 들겠습니까. 이미 태상은 강부인을 같은 핏줄의 호적에 올렸습니다. 화부인이 안 되면 강부인을 선택하면 그만인 자들이 수두룩할 텐데요."

거기다 폐비도 있었다. 폐비가 황태후가 되면 그녀의 직인이 찍힌 종이 하나가 큰 힘을 발휘하게 될 것이다.

"구석에 내몰린 쥐는 결국에는 고양이를 물게 되어 있습니다. 직후―."

눈을 가늘게 뜬 이태감은 낮게 쉰 목소리로 중얼거렸다.

"고양이의 한입 간식거리가 되지 않겠습니까."

"……."

은밀하게 건넨 말에도 황제는 눈 하나 깜박이지 않았다.

이 모든 것들이 황제의 계획 아래에 있었다. 이미 짐작하고 더 나아가 대응책을 마련해 두었을지도 모른다. 자신이 하는 모든 말이 황제에게 신선하지 않음을 알면서도 이태감은 말하길 멈출 수 없었다.

"폐하께서 모든 걸 알고 계시다는 걸 알고 있으니 조용히 끝내려 들지 않을 것입니다. 모두가 모여 있는 자리에서 강부인의 흠을 잡을 테고, 폐하를 모욕하려 들 겁니다. 어떻게든 깎아내려서 본인의 살 구멍을 만들려 하겠지만, 그것이 태상의 큰 실수가 될 것입니다. 왜냐하면 저들이 모르는 하나가 더 있으니까요."

지나치게 많은 말을 해서일까. 아니면 다른 이유 때문일까. 이태감은 바싹 타들어 가는 목구멍 안쪽으로 마른침을 삼켰다.

"강부인을 만나기 이전의 폐하는 황위 따위 어찌 되어도 상관없는 분이셨지만, 지금은 어떻게든 그걸 지키고자 하신다는 것이죠."

무헌이 황제가 되는 모든 과정을 곁에서 지켜보았던 이태감이었다.

당장으로선 딱히 거절할 명분이 없기에 황위에 올라 황제가 된 것뿐이었다. 황위에 오르는 동안 이런저런 다양한 것들을 알게 되었고, 정사에 깊이 파고들어, 그 나름의 세력을 확장하고 은밀하게 진행하는 일도 있었지만, 그럼에도 황위 자체에 대한 미련이 없었다. 그러던 어느 날 그가 변했다. 변화는 한 사람에 의해서 이루어졌다.

소중한 것이 생기고, 그걸 지키고자 하는 마음을 먹게 된 사람은 누구나 강해질 수밖에 없었다. 하물며 그것이 한 나라의 황제가 된다면, 더 생각할 것도 없었다.

긴장된 눈빛으로 응시해 오는 이태감을 주시하며 황제는 천천히 입을 열었다.

"그리도 잘 알고 있는 자네가 나를 진심으로 황제로 받아들일 수 있겠나."

꽤 오래 용상을 지키고 있지만, 이전엔 그것에 크게 미련을 보이지 않던 황제였다. 때가 되면 떠날 마음도 품고 있었던 그에 대해 모르지 않으면서 그런 자신을 믿고 따를 수 있는 거냐는 거였다.

황제의 질문에 이태감은 더 생각할 것도 없는 것처럼 옅은 미소를 지으며 더 깊이 고개를 조아렸다.

"폐하, 저도 높으신 분들과 마찬가지인 족속입니다. 일단 지금 이 자리를 유지할 수만 있다면, 큰 변화는 원치 않지요. 자식도 없고 대를 이을 수도 없는 소인배마저 이리 생각하는데, 많은 걸 쥔 분들은 어떻겠습니까."

"……"

알면서도 모르는 척, 다른 답을 건네는 이태감을 두고 무헌의 입꼬리가 올라갔다.

그래. 없는 자들이야 그걸 얻기 위해 발 벗고 뛰어다닐 뿐, 이미 손에 쥔 것들이 많은 자들은 크게 욕심 부리지 않고 그것에 만족하는 게 대부분이었다.

궁 안에 들어와 있는 자들의 만족감은 크고 그걸 어떻게든 유지하려 노력한다. 그 사실을 모르는 자들만이 열심히 뛰어다니고 있었다. 예를 들어 태상과 화부인처럼 말이다. 가장 앞에 서있었기에 화살을 피할 수 없는 만큼, 그걸 면하거나 본인에게 유리한 상황을 만들고자 그만큼 위험한 선택을 하게 되어 있었다. 그리고 그들이 그것에 열중하는 동안, 그와 관련된 자들은 하나둘 발을 빼고 있었다.

자신이 만만치 않은 상대이고, 상황이 묘하게 돌아간다 싶자 실제로 바깥에 있는 그자들이 가장 먼저 몸을 사렸다. 도망치려는 거다. 그들은 도주할 시간을 벌기 위해서 계속해서 태상의 옆구리를 찔러댈 거다. 과연 이용당하고 있음을 모르는 태상은 어찌 행동할까. 며칠 전 강부인이 황후가 되어선 안 된다는 상소를 올리고 난 후 깜깜무소식인 그가 말이다.

"요 며칠 태상이 조례에 참석하지 않고 있더군. 몸이 안 좋은 거라면 푹 쉴 수 있도록 해 주겠다 전하라."

"날이 밝는 대로 폐하의 명을 전하겠습니다."

고개를 조아리는 이태감을 밖으로 내보내고 난 후, 무헌은 재차 낡은 종이를 뒤집었다.

화소영이 사람을 죽인 걸 확인 후, 매소희가 알아본 결과물이었다. 지금껏 사고 칠 줄만 아는 것 같더니만 설마하니 이리도 도움이 될 줄은 또 몰랐다. 매소희가 나서서 알아본 것이 있기에 보다 수월하게 화소영을 조용하게 만들 수 있을 것 같았다. 워낙에 야망이 큰 사람이라 가만히 있으라 해서 정말 그럴 수 있을까 싶지만—.

무헌은 눈을 내리뜬 채로 생각에 잠겼다. 오롯이 홀로 남겨진 지금 이 순간, 그의 머릿속은 복잡하게 뒤엉켜 있지만 그 속에서 해결책을 찾아가고 있었다. 그 해결책이 다른 누군가에겐 부당하고 억울할 수도 있겠지만, 모두가 만족하는 결과 같은 건 없었다.

황제로 살고자 한다면, 단이 황후가 되고, 태어날 아이가 황태자가 될 수 있으려면.

결국 자신이 해야 할 일들은 정해진 거나 다름없었다.

고개를 든 무헌은 어둠에 잠겨 있는 구석진 자리를 응시했다. 처음에는 아무도 없었지만, 촛불이 흔들리는 순간 그 앞으로 긴 그림자가 생겨났다.

"말씀만 하신다면 그들은 저희가 처리하겠습니다."

이미 바깥에는 적잖은 수를 풀어두었고 은밀하게 그들의 뒤를 쫓고 있었다.

말 한마디만 하면 정리하는 건 쉬웠다. 놈들이 끝까지 저항하려 든다면 다소 잡음이 일긴 하겠지만, 무헌은 그들보다 상대적으로 우위인 입장을 마음껏 써먹을 참이었다.

놈들을 하나도 빠짐없이 전부 다 죽여라.

그 말 하나만 하면 되었지만, 무헌의 입을 타고 흘러나오는 건 다른 것이었다.

"너희들은 그들과 뜻을 함께하지 않는 것이더냐."

"앞서 태감이 말한 대로 사람은 한 자리에 오래 있으면 그곳에 익숙해지기 마련입니다. 그리고 바깥에 나와 있는 자들 중에서 진정 늑대라 할 수 있는 존재는 딱 한 분뿐이십니다."

바깥에 나와 있는 진정한 늑대는 오로지 한 사람뿐, 바로 단이었다.

그림자든, 바깥에 나와 있는 자들이든, 그들은 늑대족의 피가 흐르기만 할 뿐으로, 늑대가 될 순 없었다.

"나와서 사람도 아니고 늑대도 아닌 것들이 뭐라도 되는 양 떠들고 뒤로 작당을 부려도 죄 헛짓거리일 뿐이지요."

"너답지 않게 말이 많군."

"피 냄새를 맡으면 가벼운 흥분 상태가 되는 건 본능이라 할 수 있겠지요."

앞으로 맡게 될 피 냄새일까.

책상 위에 올려져 있던 낡은 종이를 책 사이에 넣어둔 후 무헌이 말했다.

"태상이 행동하는 걸 보고 다음을 결정하자."

하지만 그림자 령도 황제 무헌도 태상이 어찌 행동할지를 죄 알고 있었다.

야망이 있지만 그걸 위해서 제 모든 걸 걸 수 있을 만한 배포는 없었다. 겉보기에 그럴싸할 뿐, 결정적으로 중요한 일에 대한 결단력을 내릴 수 없으니 결국엔 이용만 당하게 되는 것이다. 선황이 중요한 일을 죄 태상에게 시킨 것에는 이유가 있었다.

드러낼 수 없는 황제의 치부와 관련된 일처리를 함으로써 결국엔 그건 태상 화도문의 목을 죄는 족쇄가 되었다. 분명 본인 손을 더럽혔는데도 그 어디에서도 자랑스럽게 떠벌릴 수 없는 일에 이용만 당했던 것이다. 그걸 분통 터져 하면서 생의 마지막을 걸 용기조차 없으니, 분명 먼저 나서서 실수를 저지를 게 분명했다.

무헌이 자리에서 일어났을 때, 그림자는 이미 오간 데 없었다. 이미 익숙해서 새삼스럽지도 않았던 만큼 신경 쓰지 않고 밖으로 나와 명했다.

"강부인에게 가자."

"어가를 준비하겠습니다."

"아니. 걸어서 가겠다."

걸어서 가지 못할 거리는 아니지만, 그래도 많이 걷게 될 터였다. 이태감은 한 번 더 황제에게 어가를 이용하시라는 말을 하려 했으나, 무헌은 이미 계단을 내려갔다. 당황한 이태감은 뒤로 손짓을 했고 환관들과 시비들이 황급히 그 뒤를 따랐다.

건평궁을 나선 무헌은 밤하늘을 올려다봤다. 어두운 구름 사이에 보이는 달이 훤하니 참 밝다. 곁으로 다가온 환관이 등을 비춰 발아래를 환하게 해 주려 했으나 무헌은 그러지 말라며 고개를 저었다. 정말 그리해도 되는 건가 싶지만, 황제가 원치 않아 하니 계속해서 등불을 비출 수가 없었다. 이태감은 머뭇거리는 태감에게 손짓해서 당장 뒤로 오게 한 후 다섯 걸음 떨어진 곳에서 뒤를 쫓았다.

제법 차갑게 식은 바람이 뺨을 스친다. 느긋하게 산책하듯 걸을 때가 아님을 알면서도 이 순간을 즐기게 된다. 마냥 나쁘지도 좋지도 않았다. 걸어서는 하루 만에 다 돌 수도 없는 이 궁 안이 거대한 새장처럼 여겨져 그것이 심기를 불편하게 할 때도 있었지만, 지금은 많이 익숙해졌다. 이제야 비로소 이곳이 자신이 살아가야 할 곳이라는 실감이 나는 것 같다면서 무헌은 고개를 들었다.

저 앞으로 동그란 불빛이 떠올라 있었다. 뭔가에 이끌리듯 걸어간 무헌은 작은 등불 옆에 서 있는 단을 발견했다.

자신이 걸어서 매화당으로 가고 있는 걸 어찌 알았을까. 어쩌면 서로 마음이 통해 길목에서 만나게 된 걸지도 모르겠다면서 단의 곁에 선 무헌이 물었다.

"곁에 눈치가 빠른 사람들이 많나 보군."

"다들 폐하를 제대로 모시지 못하면 큰일이라도 나는 것처럼 구니까요."

올려다보는 장난스러운 눈빛을 보고 나서야 비로소 안심이 된다.

무헌은 단이 걸치고 있는 겉옷의 앞을 여며 주면서 그녀의 손을 잡았다. 제 손 안에 다 들어오는 작은 손을 느끼면서 나란히 걸어갔다.

늦은 시간에 넓은 태상의 저택을 찾는 이가 있었다. 정면에 있는 큰 문이 아닌, 그 안에 살아야지만 알 수 있는 옆으로 난 작은 대문을 통해 들어온 이는 화부인의 시비 나운이었다. 가리개를 깊게 눌러써선 필사적으로 얼굴을 가린 채로 종종걸음을 옮긴 나운이 찾는 사람은 태상 화도문이었다.

궁 사람이 사사로이 왔다 갔다 하는 걸 많은 이들에게 보일 필요가 없었다. 화부인의 다른 지시가 있는 것이 아니라면 태상만 뵙고 돌아가는 게 보통이었다. 때문에 지금 그가 어디에 있는지도 잘 알고 있었다.

태상은 일이 잘 풀리지 않거나 고민거리가 있을 땐 으레 저택 뒤에 마련된 작은 사랑채에 틀어박혀 있곤 했다. 최근 갑자기 일이 많이 생겨 찾아뵈어도 제대로 된 대답을 들려주지 못하는 상태일지도 모르겠다면서 나운은 벽으로 몸을 붙였다. 때마침 안쪽에 있던 저택의 시종이 크게 하품을 하며 지나가는 걸 확인 후에야 다시 움직였다.

제법 익숙한 걸음으로 별채에 도착한 나운은 문이 아닌 창가 아래에 서선 주변을 둘러봤다. 아무도 없는 걸 확인 후에야 위로 손을 뻗어 창을 두드리려는데 안쪽에서 목소리가 들렸다.

어떤 내용이 되든지 함부로 엿듣는 것처럼 위험한 게 없었다.

특히나 지금 이곳에선 말이다.

모르는 척 넘길 셈이었지만, 나운의 두 다리는 움직이지 않았다. 실은 이곳에 오기 전 그녀는 어머니를 만났고 그곳에 있던 오라비를 만났다. 오라비는 저택 상황이 이상하다면서, 종종 그곳을 찾는 수상쩍은 이들의 행보가 불안해 보인다고 했다. 그리고 덧붙이는 충고가 하나 있었다.

'우리가 화씨를 위해서 일하는 몸이라고는 하나 목숨까지 걸 필요는 없다. 나나 어머니는 그렇다 치더라도 너는 궁에 있는 사람이 아니더냐. 눈치를 봐서 벗어날 수 있을 것 같으면 그 선택을 하거라. 이는 주인을 배신하느니 뭐니 하는 문제가 아니다. 크게 보면 우리는 소율태국 사람들이다. 나라의 백성이 따라야 하는 건 폐하가 아니시더냐.'

화가 난 것처럼 무섭도록 안색을 굳힌 채로 말을 전하는 오라비였지만, 정말은 그 안쪽에 담겨 있는 것이 걱정이란 걸 모르지 않았다.

아직 어린 누이가 궁 안에 있다가 개죽음을 당하길 원치 않았던 거다. 하지만 나운도 같은 마음이었다. 몇 번이고 위험을 무릅쓰고 행동하는 건, 어머니와 오라비 때문이었다. 그들이 아니라면 누가 이런 위험한 짓을 하려 할까.

벽에 머리를 기댄 채로 멍하니 있던 나운은 고개를 들었다.

살짝 열려 있는 문틈으로 두 사람의 목소리가 들려왔다.

별채 안에 있는 건 태상과 가면을 쓴 사내였다. 의자에 앉아 두 손으로 머리를 붙든 채인 태상은 무척 지쳐 보였지만, 사내는 그를 계속 도발했다.

"그런 모습으로 계속 계실 것입니까. 황제는 벌써 우리의 뒤를 쫓고 있습니다."

머리를 붙들고 있던 태상의 손이 움찔, 떨렸다.

"황제는 우리가 당신과 결탁하고 있음을 모르지 않습니다. 그러니 이제 와 저희를 버린다 하셔도 아무 의미가 없습니다."

가면을 쓴 사내는 뒷짐을 진 채로 느긋하게 방 안을 왔다 갔다 했다.

"처음부터 위험부담이 큰 일이었습니다. 때문에 전 몇 번이고 경고를 했지요. 보통 마음가짐으로는 감당하기 힘드실 거라고요. 그때 태상께선 괜찮다고 호탕하게 말씀하셨습니다. 바깥에서 나고 자란 애송이 황제가 하면 얼마나 하겠느냐면서요. 세상이 태상의 것이니, 뜻을 함께하면 좋은 자리를 주시겠다 약조하셨지요. 그때 태상은 참으로 기개가 높으셔서 뒤따르면 뜻을 이룰 수 있을 것이라 생각했습니다. 그런데—."

내내 외면하던 태상은 결국 참지 못하고 얼굴을 쳐들었다.

치미는 화를 차마 참을 수 없었던 그는 주먹으로 본인 가슴을 연거푸 두드렸다.

"이미 많은 자들이 나에게서 등을 돌리고 있네. 그런 와중에 대체 무얼 할 수 있단 말인가."

"그들이라고 해서 원해서 배신하려 들었겠습니까. 태상께서 이리도 한심한 모습을 보이시니, 그들도 실망한 거지요. 계속 함께해 봤자 개죽음을 면키 어렵다는 걸, 이미 예상했던 것입니다."

태상 쪽으로 몸을 돌린 자는 마주 잡은 두 손을 문지르며 은밀하게 말했다.

"지금이라도 손을 떼면 그땐 우리도 살아남을 수 있습니다. 하지만 태상은 그리하실 수 없습니다."

"너희 놈들이 다시금 숲으로 돌아가면 되지 않겠더냐―."

그 순간 가면 속에 감추어져 있던 사내의 눈이 가늘게 떠지는 것 같았다. 그 반응이 긍정적인지 부정적인지는 알 바 아니었다. 지금 당장은 태상도 본인 살길을 마련하는 게 최우선이었다.

"처음부터 없었던 것처럼, 그렇게 사라져 버린다면 폐하께서도 나에 대한 의심을 지우실 거다."

"선황을 떠올리십시오."

"……."

"지금의 황제는 선황과 아주 많이 닮았습니다. 한 번 결정한 일과 관련해선 무르지 않을 것입니다."

선황에 대해 말하는 순간 태상의 호흡이 가빠지고 그의 이마 위로 핏줄이 생겨났다. 숨길 수 없는 분노를 드러내는 태상을 응시하며 사내는 느긋하게 다음 말을 이어 나갔다.

"궁 안에 계신 화부인을 생각하십시오. 태상께서 이리 구시면 화부인 또한 살아남으실 수 없습니다. 소꿉놀이를 하듯 뒤에 숨어서 일을 진행하는 건 이미 의미가 없습니다. 그러니 전면전으로 가야 합니다."

태상은 여전히 앉은 자리에서만 분노를 표현할 뿐이었다. 선황 때에서부터 이어진 모진 인연에 치를 떨면서 당장에라도 폭발할 것처럼 굴지만, 정말은 그걸 드러낼 용기조차 없는 나약한 늙은 사내 곁에 서선 사내가 계속 그를 자극했다.

"태상께 등을 돌린 자들이 많다면, 그자들을 다시금 끌어들이는 수밖엔 없습니다. 시간이 적으니 가장 효율적으로 사람을 모으는 건, 많은 이들이 모인 자리에서 황제를 공격하는 것입니다."

어느덧 태상 앞에 선 자는 그의 귓가에 입술을 댄 채로 교활한 말을 쏟아냈다.

"그가 당황하는 모습을 보여줌으로 해서, 대신들에게 실망감을 안겨주십시오. 실망은 곧 배신으로 이어질 것입니다. 태상과 뜻을 함께하려는 자들이 늘어나게 될 것입니다. 그리해서, 이후는 태상의 뜻대로 진행하십시오."

그것도 명분이 있어야 가능한 일이었다. 모든 것에는 절차가 있는 법인데 태상에겐 그것이 없었다. 딸이 부인으로 내명부에 들어가 있지만, 강부인처럼 회임한 것도 아니었다.

"하지만 내 딸은 회임도 하지 못했네. 지금의 황제가 잘못된다면 후사는―."

그런 말은 할 필요도 없다며 고개를 젓는 사내의 모습에 태상은 입을 다물었다.

"그건 그때 가서 생각하면 되는 것이 아니겠습니까. 이대로 웅크리고 숨어만 계시는 건 한심하기 짝이 없는 것입니다. 필시 황제도 이런 태상을 비웃고 있을 겁니다."

사내는 태상의 약점을 정확히 알고 그곳을 아프게 후벼 파냈다. 숨죽인 채인 태상의 안색은 이미 파리하게 질렸고, 그의 눈동자는 불안하게 흔들렸다. 동시에 앞서 사내가 한 말이 하나의 지표가 되어서 이후에 어떤 식으로 행동하면 될지를 정해주었다.

혀끝으로 사람을 조종하는 자는 이 얼마나 두려운가.

벽에 붙어선 채로 안에서 주고받는 모든 말을 들은 나운은 아랫입술을 깨물었다. 화부인을 따라 궁에 들어와 그곳에서 생활한 기간이 무려 3년이었다. 보고 들으면서 쌓인 눈치로 지금 상황이 어찌 돌아가는 것인지 모르지 않았다. 이럴 때 저가 무엇을 해야 하는지에 대해서도 잘 알고 있었다.

사람은 누구나 다 본인에게 중요한 걸 우선하기 마련이었다. 나운에겐 그런 중요한 사람들이 있었다.

*　　　*　　　*

매화당에서 눈을 뜬 무헌은 강부인의 손길을 빌려 단장을 마쳤다. 평소에는 일찍 일어나길 힘들어하던 강부인이 오늘은 황제보다 더 일찍 일어나서 머리를 정리하는 것도 도왔다. 관모를 쓰고 나서 그 줄의 모양을 바로 잡은 후 웃는 단을 따라 덩달아 미소를 짓던 황제는 몇 번이고 그녀를 끌어안으려 했다.

그저 포옹하는 것뿐이었지만, 방 안에 단둘만 있는 게 아니라 단은 심히 민망해했다. 그러지 말라며 주먹으로 어깨나 가슴을 밀치는 손길이 제법 매웠다. 몇 번 더 오가는 장난 속에서 둘 사이에 크고 작은 웃음이 터졌고, 황제는 강부인의 배웅을 받으며 한결 가볍게 매화당을 나설 수 있었다.

조례를 위해 대전에 모인 대신들을 대할 때에도 황제의 용안은 편안했다. 하지만 시간이 흐름에 따라서 황제는 눈을 감았고, 계속 그 모습으로 있었다. 눈을 감았다고 해서 조례에 등한시한 것은 아니었다. 그는 귀를 열고 대전에 모여 있는 자들의 목소리를 전부 듣고 있었다. 때문에 간혹 거슬리는 말을 한다 치면 바로 미간으로 주름이 잡혀, 불편한 속내를 드러냈다.

본래 젊은 황제는 대하기 어려운 상대였다. 내도록 궁 밖에서 자랐다 한들, 선황이 죽기 직전까지 품고선 황위를 잇는데 차질이 없게끔 만반의 준비를 갖추었다. 2년의 기간은 짧다 할 수 있겠지만, 바깥에 있는 동안 놀고만 있었던 게 아니었던지 그는 누가 보더라도 흠이 없으리만치 완성된 상태였다. 그렇기에 그 속내를 파악하기에 어려움이 있었다. 어디에서부터 어디까지 알고 있는 것인가. 그의 성정은 어느 쪽을 더 닮았을까.

숨죽인 채로 조용히 이어지던 조례는 중반을 넘어서부터 이변이 생겼다.

앞서 몇 가지 문제를 처리한 후 황제는 대전에 모여 있는 절반의 대신들에게 먼저 퇴청할 것을 명했다. 무슨 일인가 싶어도 중요한 일은 처리했으니 더 자리를 지키고 있을 이유가 없었다. 절반이 퇴청하고 얼마 안 있어서 또 절반을 돌려보냈다. 모두가 하급 대신이거나 잡무를 관리하는 자들로, 자연스럽게 대전에 남아 있는 건 지체 높은 자들뿐이었다.

누구 하나 우습게볼 수 없는 높은 신분에 좋은 가문 사람들뿐이었다. 중요한 자들만 모아두고는 은밀하게 전할 말이 있는 게 아닌가 싶었던 자들은 더더욱 긴장했다. 그리고 얼마 후, 그 사람이 나타났다.

갑작스럽게 의식을 치른 후 두문불출하던 태상이 나타났고, 그의 두 손에는 상소가 들려 있었다.

지금껏 본 적 없던 굳은 얼굴인 태상을 두고 모여 있던 대신들은 그의 입을 통해 어떤 말이 흘러나올지를 직감했다. 대문에 장상서를 비롯하여 그와 뜻을 함께하는 자들의 표정이 굳어졌다. 위험을 감지한 자들이 목소리를 낮춰 막아야 하지 않겠느냐고 했지만, 장상서는 미동 없이 황제와의 거리를 좁히는 태상을 바라봤다.

황제 앞까지 나아간 태상은 무릎을 꿇고 앉아선 깊이 고개를 조아렸다.

"몸이 좋지 않아 며칠간 조례에 참석할 수 없었습니다. 무례를 용서해 주십시오."

그제야 눈을 뜬 황제는 태상 화도문을 내려다봤다.

좌우로 갈라져 서 있는 대신들 사이를 나누듯이 깔려 있는 붉은 천 위, 황제와 가장 가까운 곳에 그가 한쪽 무릎을 꿇고 앉아선 상소를 내밀고 있었다. 행동으로 본인의 뜻을 전하는 자를 두고 황제의 입꼬리가 올라갔다.

"몸이 안 좋으면 쉬어야지. 무리할 필요가 뭔가."

"나라와 폐하를 잘 모시는 것이 제 사명이 아니겠습니까. 때문에, 저는 이 자리에서 폐하께 용서를 구하고자 합니다."

그 순간 황제의 한쪽 눈이 미세하게 가늘게 떠졌다. 불편한 기색을 드러내는 황제였으나, 화도문은 말하길 멈추지 않았다.

"저 태상 화도문, 폐하께 죄를 청하고자 합니다."

화도문은 상소를 더 높이 올리며 고개를 조아렸다.

"강부인은 본래 저희 가문 사람이 아닙니다. 근본 없는 여인을 감히 폐하의 곁에 두었으니, 그 죄가 참으로 큽니다."

남아 있던 자들 사이로 적잖은 술렁거림이 생겨났고, 장상서가 앞으로 나서서 태상을 비난했다.

"태상, 며칠간 편찮으시다 들었는데 안 좋았던 게 머리셨습니까. 그리도 편찮으시다면 무리하지 마시고 이만 일어나시지요."

"강부인은 화도 강씨 사람이 아닙니다!"

장상서가 하는 말에 따를 마음이 없다는 걸 알리듯 갑자기 언성을 높여 말한 후, 태상은 뒤이어 말했다.

"그녀의 태생에 대해선 명확하게 밝혀진 바 없고, 마지막으로 확인된 것은 산매골에서 온 사람이라는 것뿐입니다. 산매골은 천하디천한 자들이 무리를 지어 모여 사는 땅으로, 그곳의 사내들은 대부분 가문이 없고 여인들은 몸을 팔아 생계를 연명한다 하옵니다. 태어나는 아이들은 자연스럽게 제 성씨와 핏줄을 알 수가 없으니, 이 어찌 천하지 않을 수 있단 말입니까! 그런 곳에서 온 여인을 제대로 확인도 하지 않고 화씨 호적에 올려서 내명부에 들였으니, 이는 제 불찰입니다!"

커지는 술렁거림 사이로 태상에게 손가락질하는 이도 적잖았다. 저 사람이 눈이 뒤집혀 해서는 안 되는 일을 벌이고 있다면서 염려를 드러내는 와중에 태상의 말은 계속되었다.

"정체 모를 여인이 폐하의 총애를 한 몸에 받아 내명부와 궁의 위계질서를 흩트렸으니, 이에 대한 벌을 제가 대신 받겠습니다! 태상에서 물러나 폐하의 처분을 기다리겠습니다!"

본인이 저지른 일의 책임을 통감하며 죄를 달게 받겠다 하고 있으나, 지금 태상이 보다 강하게 주장하는 게 있었다.

강부인은 황후가 될 수 없으니 그녀를 궁 밖으로 내치라는 거였다.

지금 태상이 하는 말이 모두 맞는 것이라면 강부인은 결코 내명부에 들어올 수 없는 여인이었다. 하지만 입궁하는 첫날부터 시작된 황제의 관심은 끊임없는 총애로 이어져 결국엔 회임까지 하게 되었다. 그토록 아꼈던 강부인에 대해 황제가 몰랐을까. 이를 깊게 파고들면 결국엔 황제를 욕보이려는 의도가 담겨 있었다.

입을 다문 태상은 이보다 더 심각할 수 없었다. 온몸으로 본인의 말이 진실임을 주장하고 있었다. 태상이 이리 나온다면 이에 대응할 수 있는 건 황제뿐이었다. 장상서를 비롯한, 대전에 남아 있던 대신들이 황제의 입만 바라봤다.

내도록 태상이 떠드는 걸 듣고만 있던 황제가 답했다.

"강부인은 성씨가 없는 여인이 아니다. 그녀는 강씨고, 이름은 단이다. 산매골에서 오긴 했지만 그곳 태생도 아니다."

강부인이 산매골 출신이라는 걸 인정하는 것인가.

이는 보통 문제가 아니었기에 재차 큰 술렁거림이 생기기 전에 황제의 말이 계속되었다.

"내가 남가주에 머물렀을 때, 그녀도 그곳에 있었다. 입궁하기 이전부터 나와 알고 지냈고, 그녀가 짐의 첫정이다."

작게 숨을 삼키는 소리가 들렸다.

처음에는 강부인이 산매골에서 왔다는 사실을 황제가 인정함으로써 문제가 커질 뻔했는데, 이어지는 말이 모든 걸 정리해 버렸다. 적어도 지금 대전에 모인 자들 중 황제가 남가주에 있다가 입궁한 사실을 모르는 자가 없었다. 그만큼 소율태국 내에서 중요한 위치의 사람들이었던 것이다.

궁 안에 파다하게 소문이 돈 대로, 역시나 강부인은 황제와 바깥에서부터 인연이 있었던 것이었던가. 첫정이라 하는 여인을 황후로 올리기 위해서 신분을 위장해서 입궁시킨 것이고 말이다. 다른 사람 입에서 나온 말이라면 그게 무슨 경우냐면서 따질 수도 있으련만, 황제가 먼저 밝혔기에 그러기 어려웠다. 처음 태상이 이상한 말을 꺼낸다 싶었는데 상황이 이상하게 돌아가고 있었다.

황제가 너무도 담백하게 인정하자 태상은 적잖이 당황했다. 아연실색한 채로 올려다보는 태상을 내려다본 황제가 옅은 미소를 지었다.

"왜 그런 얼굴을 하는가? 다 알고서 이런 무엄한 짓을 저지르려 했던 게 아닌가."

상소를 위로 올린 태상의 손이 미세하게 떨리기 시작했다. 빠르게 흔들리는 눈동자에서 그가 다음을 준비하고 있음을 깨달은 황제는 옅은 미소를 지었다. 하지만 금방 미소를 거두고는 태상과 그만이 알고 비밀로 부쳐두기로 했던 약조를 입에 담았다.

"네놈의 조카가 했던 짓을 눈감아 주는 것으로, 아직도 본인의 죄가 무엇인지 깨닫지 못하고 낯짝을 두껍게 버티고 있는 자들의 죄를 묵인하는 것으로, 그 대가로 그녀를 내 곁에 두기로 하지 않았더냐. 그런데 이제 와서 이런 짓이라니."

흠칫, 하고 놀라 상소를 놓칠 뻔한 태상이었지만, 황제는 눈 하나 깜박이지 않았다.

"그대가 먼저 약속을 여겼으니, 나도 더는 그대와의 거래를 지킬 필요가 없게 된 셈이다. 그렇지 않으냐."

"폐하, 저는─."

자신이 먼저 이리 말을 꺼내면 적어도 황제가 이런 식으로 반응하지 않을까, 하고 예상하긴 했지만 막상 이리되자 무척 당황스러웠다. 때문에 뭐라도 좋으니 반박하려 했으나 외면하듯 고개를 돌리는 황제 때문에 입을 다물어야 했다.

황제는 남아 있는 몇 안 되는 대신들의 얼굴을 하나하나 살폈다. 그 시선을 담담하게 받아들이는 건 장상서를 비롯해 그를 따르는 자들이었다. 아닌 자들은 지레 찔린 게 있는 것처럼 고개를 돌려 황제의 시선을 외면하려 했다.

"그대들이 내가 이 자리에 오르는 걸 보고만 있었던 순간부터, 나는 힘을 얻게 되었다."

무슨 말을 하고자 함일까.

대신들은 숨죽인 채로 그 어느 때보다 집중해서 황제의 뒷말을 기다렸다.

"그대들이 서 있는 그 자리와 손에 쥐고 있는 권력과 헤아릴 수 없는 수많은 혜택들. 그걸 보장 받고자 내가 황제가 되는 걸 지켜만 보았고, 나 또한 그걸 알기에 적당히 넘어가 주었던 것이다."

설마 싶었으나 다들 황제가 하는 말을 막을 수 없었고, 무헌은 그 말을 입 밖으로 내뱉었다.

"내가 이 자리에 서 있는 것이 불만이라면, 선황께서 일황자를 죽이려 하셨을 때 막았어야 했다."

"폐하―."

기함한 대신들이 뒤늦게 말리려 했지만, 무헌은 멈추지 않았다.

"선황께서 이전에 수많은 황자와 공주들을 죽이셨을 때, 그러지 말라 막았어야 했단 말이야. 그런데 이제 와서 내가 하는 일에 토를 다는 걸, 어찌 받아들여야 할까."

황제는 입을 다물었지만 그가 말한 내용을 들은 이들은 식은땀을 흘렸다.

알면서도 모르는 척 외면하고 싶었던 업보가 되살아난다. 그 사실을 어찌 지금의 황제가 알고 있는 것인가. 아니 모르는 게 더 이상한 것일까. 복잡한 속내와 맞물려 황제가 이런 엄청난 사실을 스스럼없이 발설하는 것에서 엄청난 일이 벌어지게 될 것임을 예감한 자들의 낯빛은 하나 같이 파리하게 질렸다. 당장에라도 도망치고 싶은 두려운 침묵이 감도는 대전 안으로 젊은 황제의 목소리가 울려 퍼졌다.

"내가 황제가 되는 건 허락하지만, 강부인이 황후가 되는 건 용납하지 않으시겠다?"

말 속에서 황제의 심기가 얼마나 불편한지가 묻어난다. 대전에 모여 있던 자들은 당장에라도 무릎을 꿇고 앉아서 바로 강부인을 황후로 책봉해야 한다는 말을 해야 하는 게 아닌가 싶었다. 두렵고도 부담스러운 상황에 절절 매고 있는데 가까스로 정신을 부여잡은 태상이 황제에게 말했다.

"그녀는 황후가 될 수 없는 사람입니다. 그 연유에 대해선 폐하께서 잘 알고 계실 거라 사료됩니다."

"아니."

단호하게 부정한 황제는 태상을 노려봤다.

"황후가 될 수 없는 건 그대의 딸이지."

"……."

여기저기서 헛숨을 삼키는 소리가 들렸다.

갑자기 나타난 태상이 강부인의 태생을 걸고넘어지면서까지 일을 키우는 이유에 대해 모를 사람이 어디에 있을까. 하지만 설마하니 황제가 이토록 확실하게 못 박는 말을 할 줄은 예상치 못했다. 이쯤 되면 악에 받친 태상이 또 무슨 짓을 할지 몰랐다. 하지만 그는 입술을 앙다문 채로 황제를 노려보기만 할 뿐이었다. 아니, 저런 식으로 황제를 노려보는 것 자체가 엄청난 불경이었다. 그걸 지적해야 하지 않나 싶지만 장상서가 나서질 않으니 가볍게 움직일 수가 없었다.

무헌은 저를 노려보는 태상의 눈동자 안에서 그가 내뱉고 싶은 걸 알아냈다.

강부인은 사람이 아니지 않은가. 늑대족임을 모두에게 알려야 뜻을 굽힐 것인가.

분함을 참지 못하고 아래턱을 덜덜 떨기까지 하는 태상은 힘겹게 말을 아꼈다. 그것이 그가 지닌 최후의 수단이라 믿는 것 같았다.

허나, 무헌은 조금의 동요도 없었다.

"소몰이꾼이라는 걸 아나."

황제는 무슨 말을 해도 들리지 않는 것처럼 노려보기만 하는 태상에게 친절한 설명을 해 주었다.

"너른 들판에 자유롭게 풀을 뜯어먹는 소들도 때가 되면 한 곳으로 모이게 해야 하는 법이지. 자네는 고작 그 정도의 역할이 부여된 자였을 뿐이야. 나 대신에, 다른 의미로 소몰이꾼을 하고 있었던 거지. 그런데 그것이 뭔가 크고 대단한 것이라도 되는 양 달라붙은 것들이 있더군."

태상의 호흡이 점점 가빠지면서 그의 이마로 힘줄이 솟았다. 힘겹게 견디어 내는 그를 조롱하듯 황제가 명했다.

"그놈들을 어찌 처리해야 할 것인가. 말해 봐라. 장상서."

기다렸다는 듯 앞으로 나선 장상서는 두 손을 모으고 답했다.

"소율태국의 황제는 오로지 폐하 한 사람뿐이십니다. 폐하가 아닌 다른 사람을 마음에 품거나, 혹은 칼날을 겨누는 상상을 한 것만으로도 이는 중죄이옵니다. 역모지요."

장상서와 뜻을 함께하기로 했던 자가 말을 이었다.

"젊은 귀족 자제들 사이로 은밀한 모임이 이루어지고 있음은 이미 알고 있었습니다. 그들이 누구고 어떤 행적을 지니고 있는지 전부 소상하게 알아두었으니 폐하께서 말씀만 하신다면 당장 이를 처리하겠습니다."

그제야 암암리에 태상과 친분을 쌓고 모임에 자식들을 보냈던 대신들이 화들짝 놀랐다. 사색이 된 자들은 가까운 곳에 있는 이들의 얼굴을 하나하나 살폈다. 이리 보자 장상서 쪽으로 모여 있는 몇을 빼곤 전부 다 모임에서 자유로울 수 없는 이들이었다.

황제가 남아 있으라 했을 때 설마 싶었는데 맞았다. 이미 알고 있었던가.

앞서 장상서가 모임과 관련해서 역모라는 낙인을 찍어 두었기에 그들은 정신이 없었다. 동시에 태상이 쓸데없는 짓을 저질러 일을 망쳤다는 생각을 지울 수 없었던 자들은 그가 원망스러웠다.

끝까지 모르는 척 버티고 있다가 퇴궁하자마자 저택으로 돌아가 변변찮은 아들놈을 먼 곳으로 보내는 것도 한 방법일 수 있었다. 하지만 그러다 발각되면 황제가 노하여 더 크게 추궁할 수 있었다. 어쩌면, 눈 딱 감고 먼저 용서를 구하는 것으로 면죄를 받을 수 있지 않을까 싶었던 자는 급히 앞으로 나와선 무릎을 꿇고 앉았다.

"폐하, 어리고 철없는 것이 주변의 꾐에 넘어가 실수를 저지른 것이니 이를 용서해 주십시오―."

미처 움직이지 못한 자들의 매서운 눈길이 등 뒤에 달라붙었지만, 기회를 놓치면 잃는 거였다. 발 빠르게 움직인 걸 자랑스러워하며 고개를 들었던 자는 저에게 내리꽂히는 냉랭한 시선에 주춤했다. 뒤이어 북풍한설처럼 차가운 황제의 목소리가 들렸다.

"그리도 어리고 철이 없으면 살려둬도 그대 집안에 누가 될 것이니 이참에 없는 자식으로 생각하게."

"……"

틀렸다. 황제는 이미 모임에 참여한 젊은 자들을 용서할 마음이 없었다. 가장 빠르게 나서서 용서를 구한 것 때문에 더 확실하게 황제에게 눈도장을 찍게 된 것이었다. 아둔한 제 행동을 원망하고 싶어도 이미 지나가 버린 일이었다. 후회한들 죄 소용없었다.

그건 태상도 마찬가지였다.

이리 굴면 조금이라도 판도가 변할 수 있지 않을까 싶었으나 어리석은 바람이었다. 변하는 건 아무것도 없었다. 그 말을 내뱉지 않는 이상에는, 그 무엇도 달라지지 않았다. 하지만 강부인이 늑대족이라 해서 그녀가 회임을 했다는 것이나 황제의 첫정이라는 건 여전했다.

강부인의 정체를 숨기기 위해서 황제는 모임에 참여했던 모든 이들을 죽여 없애 그곳에서 나온 모든 말을 묻어 버릴 것이다. 덧붙여, 그 모임을 처음 만들었던 자신 또한 용서하지 않겠지. 발설하고자 한다면 목을 걸어야 했고, 죽음 외에 다른 결말이 상상되지 않았다.

무릎을 꿇고 앉아 있던 태상은 피가 통하지 않아 굳어 버린 다리에서 올라오는 통증마저 느낄 수 없었다.

어찌하면 좋을 것인가.

지금 이 일을 어떻게 해야 한단 말인가.

"태상."

얼마 안 되는 무게인 상소를 두 손 위에 올리고 있는 것만으로도 충분히 벅찬 상태였던 태상은 부름에 놀라 고개를 들었다. 황제가 내려다보고 있었다.

황제의 시선이 얼굴 위로 머무는 시간만큼 태상의 낯빛은 점점 파리하게 질렸다. 겉보기로는 티가 많이 나지 않을 수 있겠으나, 의외로 그가 신경줄이 약한 사람이라는 걸 알기에 지금 이 순간 얼마나 무리하는지 짐작할 수 있었다.

"더 할 말이 있나."

"……."

"그대의 배후에 있던 자가 이런 상황에 대해서는 아무것도 일러주지 않던가."

작은 술렁거림이 들려온다. 옆 사람과 은밀하게 주고받는 말 하나하나 세세하게 엿들을 순 없어도 태상은 그들이 저를 조롱하고 있음을 확신할 수 있었다.

이곳에 모여 있는 자들 중에서 그 '모임'의 정체를 모르는 자가 몇이나 될까. 알면서도 묵인해 주고 있었던 걸 이제 와서 문제 삼고 있다. 그 모든 문제의 불씨가 마치 자신에서부터 시작된 것처럼 말이다. 무얼 어찌하든지 결국엔 자신은 끝나게 되어 있었다. 자신이 무너지면 제 딸은 어찌될 것인가. 늘 뜻대로 따르지 않아 괘씸하면서도 동시에 자랑스러웠던 딸을 떠올리며 태상은 입을 열었다.

"저는 강부인에 대한 조사를 청하는 바입니다."

작은 탄식이 들려왔다.

한다는 말이 고작 그것인가. 강부인을 물고 늘어진다고 해서 달라질 상황이 아니었다. 어찌 그걸 모르냐는 한심함이 담겨 있는 탄식에도 아랑곳하지 않고 태상은 덧붙여 말했다.

"황실의 핏줄을 잇는 일입니다. 이는 확실하게 하는 편이 옳습니다."

"그래. 그렇게 하겠다."

황제의 순순한 대답이 의외였던 걸까. 별거 아닌 그 대답에서 일말의 희망을 발견한 것처럼 눈을 치뜨는 태상이었지만, 이어지는 말이 그를 다시금 절망으로 빠트렸다.

"이후로 나는 저잣거리를 활보하며 되지도 않는 말로써 나를 비난하는 자들을 하나도 빠짐없이 잡아들일 것이다. 만에 하나라도 그와 관련된 자가 있다면 혹독하게 죄를 묻겠다."

왜 갑자기 말이 그렇게 튀는 것인가 싶었던 몇몇 자들이 황망해했다.

"철이 없어 어울렸다는 건 말이 되지 않는 소리지. 자식 간수를 제대로 못하면 가문이 망하게 되는 법이라는 걸 알아야 다시는 이런 하찮은 짓거리를 벌이지 않겠지. 안 그런가."

나직한 황제의 말 속에 담겨 있는 건 분명한 분노였다.

이 자리에서 태상이 한 모든 말은 적잖은 문제를 일으킬 만한 것들이었다. 보통 사람이라면 듣자마자 사색이 되어선 어쩔 줄 몰라 하며 쩔쩔 맸겠지만, 황제는 눈 하나 깜박이지 않았다. 앞서 주고받은 많은 말이 있었지만, 거기에서 대신들은 확신할 수 있었다.

황제는 이미 알 만큼 알고 있었다. 모르고 있었기에 대응하지 않았던 게 아니라, 일이 이 지경까지 될 때까지 기다렸던 거다. 한 번에 몰아서 최악의 방법으로 처리해도 말이 나오지 않도록, 그것이 오히려 정당한 대응으로 여겨질 수 있도록 말이다.

모임을 통해서 그 자리에 있는 자들과 자연스럽게 친분을 쌓으라는 정도로만 생각하고 그걸 묵인하고 있었던 자들은 속이 타들어 갔다. 태상보다 훨씬 더 어두운 낯빛이 된 그들 중 일부는 두 다리를 덜덜 떨고 있었다. 할 수만 있다면 당장 저택으로 돌아가 아들놈을 붙잡고 먼 곳으로 보내 버릴 태세였다.

"다들, 왜 이렇게 무거운 얼굴인가. 긴장 풀게. 곧 추분절이 아닌가. 좋은 날이니만큼, 내 그대들 중 일부에게 선물을 주려 하니 이태감이 부르는 자들은 잠시 궁에 머물다 돌아가게."

앞서 주고받은 무거운 대화는 이미 머릿속에서 지워진 것처럼 구는 황제를 두고 남아 있던 대신들은 더 조용해졌다.

이태감이 앞으로 나서서 몇몇 이들의 이름을 불렀고, 호명이 이어질 때마다 다시금 불편한 공기가 감돌았다. 이름이 불린 자들 대부분이 이번 모임과 직간접적으로 관련된 자들이었기 때문이었다. 왜 하필 자신들만 남으라 하는 것인가 싶었던 자들은 하나둘 태상을 바라봤다.

모임에서 태상보다 중요한 역할을 차지하는 사람은 없었다. 과연 그도 불려질 것인가 싶었으나 아니었다. 끝끝내 태상 화도문의 이름은 불리지 않았고, 조례가 끝나 대전에 모여 있는 자들이 하나둘 자리를 뜨는 순간에도 황제는 태상에겐 눈길조차 주지 않았다. 이태감이 대전을 나설 때에도 태상은 드넓은 대전에 홀로 남겨졌다.

*　　*　　*

볕이 좋은 어느 날 화소영은 전각에 홀로 앉아 차를 마시고 있었다. 겉으론 더없이 평온해 보이지만, 그 속은 이미 썩어 문드러지지 않았을까.

넓은 궁이라도 화젯거리는 저잣거리의 추문보다 훨씬 더 빨리 돌았다. 이미 오늘 조례에 있었던 일에 대해서 모를 사람이 없었다. 그 자리에서 태상은 강부인의 태생을 비난하고, 그녀가 화씨가 아니라 밝혔다. 하지만 황제는 오히려 그 자리에서 강부인과는 궁 밖에서 알고 지내왔던 첫정이라는 사실을 인정했다.

강부인의 신분이 낮다는 것보다 황제의 연정을 드러내는 고백이 훨씬 더 화제가 되었다. 덧붙여, 전부터 은밀하게 말이 돌던 모임에 대한 실체가 드러나게 되었으니 모두가 그것에 대해 떠들어 댔다.

일황자가 살아 있다는 걸로 사람을 모아 새로운 세상을 만들고자 하는 게 모임의 목적이라 하지만, 시작부터가 잘못되었다. 일황자는 죽어서 궁 밖으로 나갔다. 일황자의 숨이 끊어지고 그의 시신이 관에 누워 있는 걸 본 자들이 몇이던가. 그때 폐비가 오열하다 몇 번이나 혼절한 사실도 있었다. 살아 있다는 걸로 사람을 모으는 건 사기나 다름없었다.

평소 대화를 해도 태상이나 화부인은 함부로 언급할 수 없는 존재들이었다. 모여서 떠들어 대는 게 들통 나면 경을 치는 것으로 끝날 일이 아니었다. 하지만 지금은 누구나 먼저라 할 것 없이 죄 떠들어 대니 그 화제에 끼어들지 않는 게 더 이상하게 여겨질 판이었다. 가뜩이나 숨 막힐 정도로 답답했던 상황에서 떠들 거리가 던져진 셈이었다. 사람이 모여서 말이 섞이다 보면 전에는 몰랐던 것들도 하나둘 밝혀지기 마련이었다.

예를 들어, 화부인이 강부인을 낙태시키려고 이상한 약을 쓰려 했다던가. 사사로이 바깥에 사람을 보내 강부인의 트집거리를 알아내려 했다던가. 그러다 잘 되지 않으니 결국에는 부리던 늙은 태감을 소리 소문 없이 처리했다던가. 매부인은 기분이 좋지 않으면 그 자리에서 욕을 하거나 손찌검을 하고 그만이었지만, 화부인은 얌전한 얼굴로 뒤에서 비겁한 수를 쓰니 정말 끔찍한 사람이라던가. 황제가 강부인을 선택한 이유가 있었다던가.

그러다 아주 오래전 일도 들먹였다. 원래 태상과 화부인은 일황자가 황제가 되길 원했다고 말이다. 지금의 황제가 마음에 들지 않아 은밀하게 일을 꾸미려 했다가 망한 거라며 이런저런 많은 말들을 주고받았다.

하루아침에 많은 것들이 변하는 곳이라 해도, 막상 그런 일을 당하고 나면 미치지 않는 게 이상할 정도였다. 낙운궁의 시비들은 화부인의 상태가 염려되면서도 동시에 앞길이 걱정되었다. 주인이 문제를 일으키면 아래에 있는 자들도 덩달아 당하게 되는 일이 생기곤 했다. 앞서 화부인이 초선당에서 강부인과 부딪친 일이 있었다.

그때 왜 그래야 했던 걸까. 도무지 화부인답지 않은 행보였다. 그녀가 그런 식으로 행동한다 해서 강부인을 이길 수 있을 리가 없는데―.

낙운궁의 분위기는 뒤숭숭했고, 다들 표정이 좋지 않았다. 나운도 마찬가지였다.

잠시 외출을 하고 부인의 처소로 가려는데 중간에 나타난 시비가 그녀를 붙잡았다.

"나운아, 대체 어딜 다녀왔던 거니? 부인께서 널 얼마나 찾았는지 아니?"

다급한 얼굴로 다가오는 걸 보아하니 찾았던 게 부인인지 시비인지 알 수가 없었다.

금방이라도 울 것처럼 절절 매는 얼굴인 시비를 다독인 나운은 화부인이 어디에 있는지를 물었고, 전각에 홀로 계시다는 답을 들었다.

"실은 오전에 여러 부인들께 함께 차를 마시자는 연락을 넣었는데 답이 온 쪽은 하나도 없었어."

시비는 울먹거렸다.

"얼마 전만 해도 부르기도 전에 찾아오시던 분들께서, 정말 너무하지 않니?"

사람 마음이 쉽게 바뀐다 해도 이러는 건 정말 너무하지 않으냐면서 시비는 금방이라도 눈물을 쏟을 기세였다. 다른 때라면 나운도 위로의 말을 건넸겠지만 지금은 그럴 기운이 없었다. 동료 시비의 팔을 토닥여 준 후 나운은 뒤뜰로 향했다. 우울한 눈빛이었던 나운이나 전각이 가까워지자 작게 호흡을 가다듬었다. 화소영의 뒤로 다가간 나운은 애써 미소를 지어 보였다.

"부인, 이만 안에 들어가시지요."

탁자에 놓인 차는 이미 차갑게 식었고, 간식거리 또한 표면이 딱딱하게 굳어서 먹을 수 없었다. 대체 언제부터 홀로 있었던가 싶었던 나운은 일단 접시부터 들어 그걸 정리하려 했다.

"오늘은 늦었구나."

접시를 놓쳐 달그락, 하고 부딪치는 소리가 났지만 바로 다시 들었다.

"돌아오는 길에 사고가 있어서 그걸 처리하느라 시간이 걸렸습니다."

"사고라니. 평소에 네가 그런 것에 걸려들 만한 사람이었더냐."

"서둘러 돌아올 셈으로 마음이 앞서다 보니 그리되었습니다."

말과 동시에 나운은 소매를 걷어 올려서 붕대가 감겨진 왼쪽 팔을 보였다. 그걸 보고 나서야 화소영의 경직된 눈에서 힘이 빠져나간다.

"많이 다친 것은 아닙니다. 걱정하시지 않아도……."

말이 채 끝나기도 전에 바깥이 소란스러워진다. 높아진 목소리 사이로 비명이 섞이는 걸 들은 나운은 심각한 얼굴이 되었으나 화소영은 아니었다. 만약 부르는 이가 없었더라면 바깥에서 무슨 일이 벌어지든지 관심조차 가지지 않았을 거다.

"부인, 잠시 나와 보시지요."

헐레벌떡 달려온 시비의 안색은 잿빛이었다. 무슨 일인가 싶었던 나운은 먼저 가서 확인해 보려 했으나 그 전에 화소영이 움직였다. 빠르게 전각을 내려가는 모습에 놀란 나운은 천천히 가라 했지만, 지금의 화소영의 귀에는 아무것도 들리지 않았다.

중문을 넘어 대문 앞에 서서야 바깥이 소란스러웠던 이유를 알 수 있었다. 그곳에는 감찰사 소속의 태감과 시위가 서 있었다. 가장 앞에 검은 의복을 입은 태감은 기다란 판을 들고 있었는데, 그곳에는 연금령을 받은 부인의 대문 앞에 붙여두는 종이가 놓여 있었다.

내명부에 있으면서 설마하니 자신이 저런 종이를 받게 될 줄은 몰랐다. 무엇을 했다고 자신에게 연금령을 내린단 말인가. 평정심을 유지하려 했으나 쉽지 않았다. 화소영은 태감을 노려봤다.

"폐하께선 최근 돌아가면서 부인들에게 연금령을 내리는 걸 즐기시나 보네."

"죄가 없다면 연금령을 받을 필요가 없지요. 처신을 잘못했기에 벌을 받는 게 아니겠습니까."

면전에 대고 처신 운운하는 소리에 대번에 화소영의 얼굴에서 표정이 지워진다. 굳은 얼굴이 된 걸 본 태감은 아이쿠, 라는 인위적인 소리를 내더니 제 입술을 가리며 민망해했다.

"죄송합니다. 소인이 말실수를 했습니다."

"지금이야 이렇다지만 사람 앞일은 어찌될지 모르는 일이다. 오늘 이 일을 어찌 수습하려 이러는 것이냐."

손을 내리고 위로 눈을 치뜬 태감은 그건 염려치 말라며 나직하게 말했다.

"폐하께선 여러 태감에게 분부하셔서 궁에 들어와 있는 자들을 더 철저하고 자세하게 기록하라 명하셨습니다. 갑자기 사라지거나 하는 일이 생기면 바로 조사에 들어가게끔요. 만에 하나라도 추후 부인이 저에게 죄를 물으려 하셔도 폐하의 허락 없이 소인을 어찌할 순 없으실 겁니다."

화소영은 앞서 죽여서 궁 바깥으로 내보낸 자가 있었다. 그걸 어찌 알고 이리 조롱하는 것인가 싶었다.

본인이 저지른 일이 너무도 빨리 밝혀졌음에 화소영은 당황했지만, 내색하지 않았다. 눈 하나 깜박이지 않는 그녀의 모습이 성에 차지 않았던지 태감은 얄밉게 덧붙였다.

"내내 대전에 계시던 태상께서 혼절하셔서 저택으로 돌아가셨다 합니다. 궁금해하실 것 같아서 알려 드립니다."

화소영은 앞으로 한 걸음 움직였지만, 나운이 그 앞을 막아섰다. 화소영이 다가온 만큼 물러선 태감은 소매로 입술을 가리면서 눈을 가늘게 접었다.

"폐하의 허락이 있지 않고선 부인께서 이곳에서 한 발도 나가실 수 없고, 그 누구도 만날 수 없으십니다. 그렇다 해서 연금되는 동안엔 매부인처럼 홀대를 당하진 않으실 겁니다. 곧 황후가 되실 강부인의 먼 친척이 아니십니까. 귀한 핏줄을 지니신 분이니 죄인이셔도 신경 써서 모시겠습니다."

"……."

딴에는 좋은 소식을 전하기에 웃는 것인지, 단순히 비웃기 위함인지 알 수 없는 태도를 취하며 태감은 시위들과 함께 밖으로 나갔다. 대문이 닫히고 바깥에서 못질하는 소리가 들렸다. 잠금쇠를 걸어서 바깥에서 열어 주지 않으면 그 누구도 나갈 수 없게끔 하는 것이었다.

탕, 탕, 묵직한 소리와 흔들리는 대문에 맞춰서 누군가 울음을 터트렸다. 당황해서 울지 말라고 하던 이도 결국에는 무릎을 꿇고선 오열했다. 전염된 슬픔에 모두가 쓰러져 우리 화부인 어쩌면 좋겠냐면서 곡을 했다. 하지만 그러는 와중에도 화부인만이 꼿꼿이 서선 닫혀 있는 대문을 올려다볼 뿐이었다.

"……."

닫힌 대문이 원래 이리도 크고 단단했던가.

정말로 자신은 이곳에 발이 묶여선 밖으로 나갈 수 없게 된 것일까.

아니. 아직 한 건 단 하나도 없었다. 무엇을 했다고 벌써부터 이렇게 발이 묶인단 말인가.

집안의 사내들은 믿을 수 없는 자들이었다. 자신이 나서야지만 해결할 수 있었다. 폐비가 황태후가 됐을 때 그 곁에 붙어 아부를 하면 일단은 목숨을 보전할 수 있었다.

황태후가 보호해 주는데 감히 그 누가 자신을 해할 수 있겠나. 황제조차도 그럴 순 없었다. 게다가 강부인이 황후라고? 누가 그걸 허락한단 말인가.

"황후가 되는 건 나다."

아랫입술을 깨물어 필사적으로 울음을 참던 나운은 놀라 고개를 들었다.

흔들림 없는 눈빛으로 대문을 노려보던 화소영이 움직였다. 거침없이 걸어가선 대문으로 두 손을 뻗는 걸 본 나운이 급히 그녀의 허리를 끌어안았다. 그러지 마시라고 일단 안으로 들어가자는 말에도 화부인은 포기하지 않고 계속해서 문으로 손을 뻗었다. 저런 것 따위가 제 앞을 막을 순 없다면서, 아직 아무것도 한 게 없다면서, 나중에는 분노가 담긴 악을 써댔다.

*   *   *

"난리도 아니었다 합니다. 평소 그런 사람이 아니었기에 더 놀랐겠지요."

말하고 난 후, 무거운 한숨을 내쉰 장부인은 제 머리 장식을 더듬었다.

아랫것들이 실수해도 화내는 법 없고, 웬만해선 감정도 드러 낸 적 없던 화부인이었다. 요 며칠 위험하게 행동하기에 무슨 일 이 생기겠다 싶었지만, 설마하니 연금까지 될 줄은 몰랐다. 하지 만 조례에서 태상이 한 짓이 정말이라면 그 딸 또한 무사할 수는 없겠지. 떠드는 입이 많으니 자연스럽게 장부인도 듣게 된 것들 이 있었지만, 강부인 옆에선 입을 벙긋도 하지 않았다. 대신 그 녀는 여전히 소녀처럼 여리여리한 단의 옆얼굴을 바라봤다.

겉보기야 벌레 하나 죽일 수 없을 것 같지만, 사람은 보이는 것만이 전부가 아니었다. 이런 사람이 결단을 내릴 때에는 밀어 붙이는 힘이 예사롭지 않았다. 그래서 좋았다.

장부인은 높이 올라간 단의 머리에 꽂혀 있는 붉은 비녀를 보 곤 말했다.

"투박하고 못난 비녀로군요. 강부인과 어울리지 않습니다."

그제야 옆으로 고개를 돌린 단에게서 시선을 떼지 않은 채로 물었다.

"폐하께서 주신 겁니까."

그 순간 단의 두 뺨이 발긋하게 달아오른다.

앞서 주고받은 무거운 대화에서는 눈 하나 깜박이지 않던 사 람이, 고작 비녀 이야기를 했다고 입을 꾸욱 다물더니 두 뺨이 발긋해졌다. 솔직하게 말해야 할지 말아야 할지 고민하던 단은 작게 고개를 끄덕였고, 그 모습에 장부인은 소리 내 웃었다.

"두 뺨이 깨물어 먹기 좋게끔 달아오르니, 이제야 비녀와 잘 어울리는 얼굴이 되셨습니다."

장부인의 농에 단은 제 머리 비녀를 손을 쓰다듬었다.

매일 입는 옷이 다르고 장신구도 그에 맞춰서 변화를 주지만, 비녀는 대부분 이것을 사용하곤 했다. 처음에는 다른 어울리는 것이 있으니 그걸 해 보라 권하던 혜령도 낌새를 눈치채고는 더는 말이 없었다.

그래도 이것저것 사용해 보는 게 좋을까. 딴에는 심각해진 채로 계속 비녀를 만지자 장부인이 더 크게 웃으면서 신경 쓰지 말라고, 이리 보니 정말 좋다고 말해주었다. 저것도 황제가 준 것이라는 걸 알고 나서부터 달라진 평가였다. 앞으로는 입는 옷에 맞춰서 다르게 장식물을 달아야 할까. 그때 뒤에서 혜령의 목소리가 들렸다.

"부인, 내무부 총관이 오셨습니다."

기다리던 사람과 물건이 도착한 모양이었다.

장부인은 성급하게 단의 손목을 잡아 흔들었다.

"드디어 옷감이 도착한 모양입니다. 보러 갑시다."

곧 추분절이었고, 그에 맞춰서 단이 해야 할 일이 생겼다.

어쩔 땐 할 일이 하나도 없어 시간을 보내는 게 무료하다 싶다가도 가끔씩 이런 식으로 갑자기 해야 할 일이 생겨나곤 했다. 추분절에 맞춰서 내명부에 있는 부인들과 아랫것들에게 하례품을 나눠 줘야 했고, 그게 단에게 넘어왔다. 전에는 황제가 내명부 총관과 함께 대충 처리를 했지만, 단은 곧 황후가 될 것이기에 그것에 맞춰서 임무가 부과된 것이었다.

어떤 식으로 하면 되는지에 대해선 대충 전해 들었지만, 무엇이든지 처음 하는 일은 긴장이 되기 마련이었다. 나눠 주는 사람과 그걸 받는 사람들의 마음이 같을 순 없었기에 장부인을 불러도움을 청했다. 원래 상인 가문에서 온 장부인은 기꺼이 받아들였고, 확실히 셈이 빠르고 물건을 보는 안목이 높기 때문인지 일이 수월하게 진행되었다.

안쪽 단의 처소에는 폐비가 기거하고 있었기에, 자연스럽게두 번째로 넓은 방에서 일을 처리하게 되었다. 비단부터 시작해서 장신구와 각 지역의 특산물, 화장품에서부터 음식까지 나눠야 할 게 한둘이 아니었다. 모두에게 똑같이 나눠 줄 수 있을 만큼 수량이 넉넉한 것이라면 고민할 필요도 없겠지만, 아닌 것도있었던 만큼 금방 고민의 시간이 찾아왔다.

산 너머에서 올라온 귀한 분첩이었다. 바르기만 하면 얼굴에서빛이 난다고 알려져 여자라면 누구나 탐을 낼 만큼 귀중한 것이지만, 이번에 올라온 건 딱 2개뿐이었다. 이걸 어떻게 나눠야 할까. 고민에 고민을 거듭하는 단을 보고만 있던 장부인이 물었다.

"이것도 나누실 셈이십니까."

장부인은 분첩을 하나 들어서 자개로 꾸며진 표면을 쓰다듬었다.

"원래 이런 귀한 건 한 사람에게 돌아가게 되어 있습니다. 그러니 고민하지 마시고 부인께서 다 사용하세요."

이걸로 해결되었다면서 장부인은 분첩이 기록되어 있던 장부를 한 장 넘겼다. 하지만 장부인과 달리 강부인은 좋은 걸 혼자서 독식하는 것에 대한 부담이 컸다.

"그래도 누구나 탐을 낼 만한 건데 나중에 불만을 토로하지 않을까요."

"딱 2개만 들어왔으니 내명부의 웃전이 사용하는 게 맞습니다. 아니면 봐서 마마께 드리시든가요."

아, 그런 방법이 있었구나.

폐비를 챙기지 않은 걸 떠올린 단이 장부를 다시 살피려 하자 장부인은 만류했다.

"하례품으로 내려온 것 대부분이 귀한 물건이긴 하지만, 이런 건 마마께 드리기에 부족함이 있습니다. 일 차로 넘어온 것 말고 다음으로 들어오는 건 정말로 질 좋고 귀한 것이니 그것들 중에서 몇 가지를 골라 마마께 드리세요. 그 정도나 되어야 마마께서도 만족하실 겁니다."

내명부 사람들을 다 챙기는 일이었던 만큼 한 번에 모든 정리는 불가능했다. 말대로 내일 또 들어올 물건이 있다는 걸 떠올린 단은 새삼 장부인이 소중하게 느껴졌다. 그녀 없이 이 모든 일을 자신 혼자서 처리하는 게 가능했을까. 초입에서부터 막혀서 하루 종일 머리를 부여잡고 있었을 거다.

"장부인 덕분에 일이 수월하게 진행되는군요. 고맙습니다."

"어려서부터 보고 배운 것이니 저에겐 별 어려울 것도 없는 일입니다. 게다가 중요한 일 대부분은 부인께서 처리하셨으니 제가 한 건 얼마 되지도 않습니다. 물건 보는 눈이 정확하시고 셈도 빠르시니, 참으로 영특하십니다."

가능한 도움을 받지 않고 혼자 하려 애쓰는 편이긴 하지만, 그것도 장부인이 아닌 척 알려 주는 게 있었기에 가능한 일이었다. 너무 그렇게 띄워 주지 말라고, 대단할 것 없는 사람이라 하려던 찰나 내내 조용히 있던 내무부 총관이 끼어들었다.

"강부인께서 내명부의 수장이 되신다면 소율태국의 살림살이가 점점 윤택해져 만백성이 풍요로워질 것입니다."

만면에 미소를 지으며 사람 좋게 구는 내무부 총관의 행동에 장부인은 크게 웃음을 터트렸다. 원래 감정 표현이 솔직한 편이었던 그녀는 배를 붙잡곤 다른 손으로 탁자를 두드리며 계속 웃어댔다.

눈치만 보다가 간신히 한마디 건넨 것뿐인데, 그것이 저렇게나 크게 웃을 만한 일이었던 걸까. 민망함에 총관의 안색이 굳어지자 장부인도 그제야 웃음을 그치면서 강부인을 봤다. 단은 그만하라면서 가볍게 눈치를 주었다.

이만 진정해야 함을 모르지 않지만, 기회를 놓치지 않고 아부를 하는 게 우스웠다. 하지만 앞으로 그런 사람이 한둘일까. 단과 마주하는 모두가 죄 똑같이 행동할 거란 걸 알기에 장부인은 간신히 웃음을 삼켰다. 그럼에도 쉽게 진정이 되지 않아 손으로 부채질을 하자, 그걸 지켜보던 단은 근처에 있던 부채를 하나 들어 장부인에게 건넸다.

"이건 장부인께 드려야겠습니다."

"이런 귀한 걸 주시다니. 고맙습니다. 아껴서 잘 사용하겠습니다."

부채를 받아들여 부채질을 하면서도 장부인의 웃음은 쉬이 그치질 않았다.

눈치를 보던 총관 이혜경은 뒤를 돌아봤고 서 있던 환관이 다가와 기다란 상자를 내밀었다.

"부인, 이것은 제 작은 성의이니 받아주십시오."

갑작스럽게 무얼 주는 건가 싶던 단은 장부인을 봤고, 그녀가 눈썹을 위아래로 움직이자 상자를 받아들였다. 탁자 가운데에 상자를 두고 뚜껑을 열자 그 안에 희고 고운 윤기 나는 털이 들어가 있었다.

"어머나, 세상에. 설산의 여우 털이지 않습니까. 이렇게 귀한 걸 어찌 구하신 겁니까."

단박에 알아봐 주는 장부인 덕분에 길게 설명할 필요가 없어졌다. 조금 전 크게 웃음을 터트려 사람을 민망하게 한 장부인이지만, 이걸로 불만이 사라진 총관은 크게 고개를 끄덕였다.

"그렇습니다. 설산에서 쉽게 발견되지 않는 여우 털입니다. 춥고 사람의 발길이 거의 닿지 않는 곳이라 여우의 털이 촘촘하고 아주 부드럽지요. 정말 힘들게 구한 것입니다."

"총관의 노력 덕분에 이리 귀한 걸 다 봅니다. 털에서 빛이 나는 것 같지 않습니까. 강부인, 이것 좀 보세요."

총관은 뿌듯해했고, 장부인은 연신 감탄사를 토해 냈지만, 단은 이도저도 아닌 얼굴이었다.

숲에 있었을 땐 종종 늑대로 변해 그곳의 무법자처럼 지내던 단이었다. 그렇게 한 곳에 오래 지내다 보면 초식동물, 육식동물 가리지 않고 죄 어울려 놀 때도 있었다. 설산까진 가 본 적 없으니 어떻게 생겨먹은 녀석인지 모르겠지만, 가죽만 덜렁 제 눈앞에 놓여 있으니 기분이 참으로 오묘했다.

곧 겨울이 된다면서 혜령이 종종 짐승의 털을 가지고 와 이런 저런 걸로 새롭게 조끼나 윗옷을 만들자 하지만 그때마다 단은 질색했다. 털 같은 건 필요 없으니 솜이 들어간 조끼나 준비해 달라 하곤 했지만, 이들 앞에서도 그런 내색을 취해도 되는 건가 싶었다. 이건 총관의 정성이었다. 그걸 받아들이지 않고 거부하는 건 성의를 무시하는 셈이었다. 때문에 단은 제 대답만 기다리는 두 사람을 의식하며 어색하게 고개를 끄덕였다.

"정말 좋네. 마음에 들어. 고맙네."

"천만의 말씀입니다. 더 좋은 걸 구해 드리지 못해서 송구할 따름입니다."

현재로선 궁 안에서 유일하게 사적으로 강부인에게 선물을 전달할 수 있었다. 무척이나 의미가 깊은 일이었던 만큼, 총관은 내내 미소 띤 얼굴로 하례품을 나누는 작업을 진행했다.

작업을 이어가면서 자연스럽게 총관의 선물은 옆으로 치워졌지만, 단은 그것이 내내 신경 쓰였다. 여우 털이 부드러워서 사람들이 주로 애용하지만, 시장에 나가 보면 종종 늑대털도 보이곤 했다. 늑대가 아닌 여우인 걸 다행으로 여겨야 하는 걸까. 애써 여우 털이 들어간 상자는 피하면서 열심히 일에 집중한 결과, 해가 저물기 전에 대충 마무리 지을 수 있었다.

같이 고생한 총관을 그냥 보낼 수 없어 귀한 차를 챙겨 주고 배웅까지 한 단은 의자에 앉자마자 앓는 소리를 냈다. 마음 같아선 눕고 싶지만, 아직 장부인이 있었기에 그럴 수 없었다. 어깨를 두드리면서 피곤한 기색을 숨기지 못하는 단을 본 장부인은 웃었다.

"그래도 잘하셨습니다. 처음 하시는 것 같지가 않았어요."

셈을 하는 것이나 물건을 고르고 나누는 건 상단 남가주에 있을 때 어깨너머로 본 게 있었다. 배운 적 없이 보기만 했는데 그게 이런 식으로 도움이 될 줄은 또 몰랐다. 역시 뭐든지 알고 넘어가는 게 좋은 거라면서 단은 재차 오른쪽에 놓인 상자를 내려다봤다.

"……."

"마음에 들지 않으시면 다른 사람에게 주세요."

별 내색하지 않은 것 같은데 제 속을 다 알고 있는 것 같은 말에 당황한 눈을 동그랗게 떴다.

"보자마자 눈빛이 굳으시더이다. 총관이 민망하지 않게끔 좋다고 하신 게 아닙니까."

과연 장부인의 눈썰미를 속일 순 없었다. 좋은 사람이라 해도 속내를 죄 드러낼 수 없기에 머뭇거리자 장부인은 부채로 상자 위를 가볍게 문질렀다.

"주변이 산이라 가을이 다 지나기만 해도 손끝이 시려집니다. 이런 질 좋은 털로 옷을 만들어 입으시면 배 속 아기씨에게도 좋지 않겠습니까."

"그렇긴 하겠지만, 그렇게 따뜻한 물건이라면 저보다 더 사용할 만한 사람에게 주는 게 맞을 것 같기도 하고……."

"매부인을 챙겨 주시려고요?"

바로 입을 다물지만, 장부인은 모든 걸 알고 있는 얼굴이었다.

다른 부인들은 매소희를 챙기는 단을 괴짜로 여기는 것 같았다. 장부인과 함께 어울리는 부인들도 내색은 하지 않아도 암암리에 매소희와 거리를 두었으면 하는 눈치였다. 혹, 장부인도 그녀들과 같은 마음이면 어쩌나 싶어 염려되었다.

탁자 위에 마주 잡은 두 손을 올린 채로 별 대꾸 없는 단을 두고 장부인은 느린 부채질을 했다.

"저도 크게 내세울 것 없는 사람이라 매부인에게 많이 당했지요. 무슨 말을 할 때마다 우습게 여기고 깔아뭉개려 들었으니까요. 처음이야 기분이 나빴는데 나중에는 어리구나 싶더이다. 어려서부터 사촌동생들과 함께 자라서 나이 어린 애들의 고집 같은 걸 좀 알고 있으니까요. 딴에는 고향을 떠나 먼 땅에 와서 버티려고 용을 쓰나 싶어서 그때부터 그러려니 하고 있지만, 사람 마음은 쉽게 변하지 않지요. 눈치가 빠른 사람이라 지금은 부인께 도움을 주지만 또 어찌 변할지 모르니 조심하세요."

그나마 이런 충고도 장부인이기에 가능한 것이었다.

"장부인처럼 신중하신 분이 곁에 계시는데 무슨 걱정이 있겠습니까."

"사람을 믿는 건 좋지만, 궁 안에선 조심하셔야 합니다. 저도 지금이야 이렇지 나중에 어찌 변할지 누가 알겠습니까."

"그때 되면 저도 변하겠지요. 그러니 지금은 장부인을 좋은 사람으로 믿고 많이 의지하려고요."

아부 이상으로 참 듣기 좋고 예쁜 말이었다.

장부인은 부채를 돌려서 단에게 빠르게 부채질을 하면서 눈이 보이지 않도록 웃었다.

"제가 사내였으면, 폐하와 크게 다투었을 겁니다."

우스갯소리를 하고 가벼운 농을 주고받는 동안 점점 날이 저물어 간다. 회임한 단을 더는 무리시키고 싶지 않았던 장부인은 장부에 대한 말을 꺼냈다.

"마마께서 일어나시면 정리한 장부를 보여 드리세요. 오랜 세월 이 일을 하신 분이시니 틀린 게 있으면 바로 잡아 주실 겁니다. 그리고―."

단과 단둘뿐인 방을 둘러본 장부인은 앞으로 얼굴을 내밀곤 목소리를 낮추었다.

"마마께선 괜찮아 보이셔도 정말은 정신이 온전치 못하십니다. 저도 이건 말 꺼내기가 조심스러운데, 마마께선 아주 오랜 시간 동안 의식을 혼탁하게 하는 약을 복용하셨습니다. 그렇기에 지난 몇 년 동안 초선당이 잠잠했던 거지요. 발작이란 갑자기 일어나는 법이고, 부인께 해가 가지 않으리란 법도 없으니 마마를 뵐 때에는 꼭 혜령이나 복운과 함께하세요."

말을 마친 장부인은 몸을 일으켰다.

"시간이 더 늦어지기 전에 이만 가 보겠습니다."

"오셔서 고생만 하셨는데 저녁이라도 드시고 가세요."

되었다며 고개를 저은 장부인은 단의 배웅도 마다했다. 방문 안쪽에 단을 세워 둔 장부인은 한 번 더 단의 손을 잡아 주었다.

"사람이 많은 곳이니 어디서든지 듣기 싫은 말이 들리게 됩니다. 그것들에 의연해지세요."

알겠다며 단은 고개를 끄덕였다.

장부인이 혜령과 함께 보이지 않게 되자 단은 다시 안으로 들어와 장부를 챙겼다.

무헌이 폐비를 만나고 난 후 그녀에게 문안 인사를 올리지 않았다. 바깥에서 기다리는 동안 그들은 짧지 않은 대화를 주고받았다. 그 내용을 알지는 못해도 무거운 공기로 충분히 짐작할 수 있었다. 세상을 살다 보면 굳이 알지 않아도 될 일이 몇 가지 있기 마련이었다. 무헌과 폐비 사이는 그런 것이었다.

인사를 올리지 않았다고 해도 고작 나흘 정도를 뵙지 않았을 뿐이었다. 갑자기 찾아온 걸 두고 이상하게 여기진 않겠지. 단은 폐비가 있는 곳에 도착했고, 화장대 앞에 앉아 있는 여인을 발견했다.

거울 앞에 있지만 정말로 본인의 모습을 눈에 담고 있는 것인지, 다른 뭔가를 주시하는 것인지 알 수 없었다. 제대로 대화가되는 것 같아도 어쩔 땐 말없이 빤히 쳐다보기만 할 뿐으로, 그럴 땐 확실히 아픈 사람처럼 여겨졌다.

"마마께선 제가 뭐라 해도 답이 없으신 상태십니다."

등 뒤로 다가와 말을 전하는 건 상궁 춘삼이었다.

나흘 전, 황제와 함께 길지 않은 대화를 나눈 후 폐비는 입을 닫아 버렸다. 돌아온 춘삼이 계속 말을 건네도 대꾸 없이 먼 곳을 바라보거나 거울 속에 비치는 본인 모습을 보기만 할 뿐, 세상 모든 것들과 동떨어지고 싶어 하는 사람처럼 굴었다. 그리 말을 전하는 춘삼의 낯빛은 어두웠다.

설명을 들은 단은 폐비 옆에 서서 이번에 하례품을 정리한 장부를 내밀었다.

"마마, 제가 배움이 부족해서 가르침을 얻고자 합니다."

예상대로 폐비는 고개조차 돌리지 않았다.

"마음이 편안해지실 때 다시 찾아뵐까요."

장부를 내민 채로 하염없이 기다리는 게 능사가 아니었다. 상대가 마음을 열어 주어야 다음이 이어질 수 있는 법이었다. 조금 기다린 후 돌아가자고 마음먹고 있을 때, 내내 다물어져 있던 폐비의 입술이 열렸다.

"내 아들은 어려선 아주 영특하고 사랑스러웠다."

폐비는 입을 열었지만, 그건 단이 청하지 않은 말이었다.

단은 조용히 장부를 아래로 내렸다.

"하지만 왜일까. 자라면서 점점 이상해지더구나. 부족한 구석이 많이 보였어. 그래도 배 아파 낳은 자식이라 어떻게든 잘해 보려 했지만, 나 혼자만의 힘으로는 안 될 일이었다. 사가에서 나고 자라났다면 모를까, 황제의 자식이 부족하면 문제가 생긴 단다. 적들은 귀신처럼 그 틈을 파고들지. 하물며ㅡ."

고개를 돌려 단을 바라본 폐비는 뱃속 깊숙한 곳에서 올라오는 통한의 숨을 내뱉었다.

"아비가 제 자식을 죽이려는 상황에선 더더욱."

"……."

폐비의 갑작스러운 말에 당황한 기색을 드러낸 것은 춘삼이었다. 어찌 저런 말을 강부인 앞에서 하는 것인가 싶어 만류하려 했으나 단의 뒷모습은 흔들림이 없었다. 그녀가 폐비의 말에 동요하지 않음을 확인한 춘삼은 제자리에 가만히 서 있었다.

폐비는 눈 하나 깜박이지 않는 단을 응시하며 물었다.

"너는 네 아이를 잘 낳아서 키울 수 있을 것 같더냐."

질문인지 아니면 악담인지 알 수 없는 말이었다. 때문에 단도 깊이 생각하지 않았다.

"궁 안에서 키우기가 여의치 않다면 나가서 키우면 되지요."

성에 차지 않는 답이었을까. 언짢아하는 것처럼 안색을 굳히는 폐비에게 단은 웃어 보였다.

"어려서부터 이것저것 많이 해 봐서 굶어죽진 않을 것입니다. 저와 제 자식 하나 정도는 건사할 수 있겠지요."

"……."

단을 올려다보던 폐비의 눈동자 안쪽으로 검은 얼룩이 자리 잡는다.

본인이 할 수 없었던, 상상도 하지 못했던 걸 너무도 쉽게 말하는 단을 앞에 두고 나니 다시금 마음이 무너져 내렸다. 고개를 돌려 거울 속에 비치는 늙고 힘없는 제 얼굴을 응시하던 자근목은 힘없이 중얼거렸다.

"그때 그 여인을 내보낼 것이 아니라, 내가 나갔어야 했다."

"……."

"자식이 소중해서 지키고 싶었지만, 동시에 내 자리도 중요했지. 그래. 그랬어."

다시금 본인의 세계에 갇히게 된 폐비를 본 단은 들고 있던 장부를 화장대 위에 올려놨다.

그녀가 정신이 맑을 때 한 번 정도 확인해 주면 되었다. 추분절이 될 때까지도 확인해 주지 않는다면, 그래도 상관없었다. 예를 갖춰 인사를 올린 단은 몸을 돌렸다.

"결국엔, 이 나라는 원래 주인의 손에 쥐여지겠구나."

문을 열고 밖으로 나가기 전에 들리는 소리에 단은 고개를 들었다.

어둠이 내려앉은 밖을 확인 후 멈춰 있던 발을 들어 문지방을 넘어갔고 뒤를 따라온 춘삼이 문을 닫았다.

"안정이 되시면 다시금 초선당으로 모시고 가겠습니다. 그때까지 조금만 참아주십시오."

"매화당은 넓고 방도 많으니 마마께서 원하시면 계속 머무셔도 된다."

"어차피 한 공간에 계실 순 없습니다. 마마께서 복위되시고 부인께서 황후가 되신다면, 거처도 달라질 겁니다."

지체가 높아지면 그에 걸맞은 생활 공간이 부여되는 법이었다.

폐비가 황태후로 복위된다면 더는 초선당에 머물지 않고 볕이 잘 드는 좋은 궁을 사용해도 될지도 몰랐다. 지금보다 훨씬 나아질 일만 남았다. 하지만 아직 마음에 걸리는 게 있었던 춘삼은 조금 목소리를 낮췄다.

"오늘 낮의 일에 대해서 들으셨습니까. 화부인께서 연금되었다 하시더군요. 성격상 그대로 물러날 사람이 아니니 미리 대비하시지요."

염려되기에 건네는 조언임을 알아도 그다지 귀담아 듣고 싶지 않았던 단은 깊이 숨을 들이마셨다.

기분 탓일까. 어디선가 쇠가 삭는 냄새가 났다.

6장

    지금 황제는 처리할 일이 쌓여 있었다.

    추분절을 준비하는 것만도 벅찬데 폐비를 복위하는 문제와 황후 건이 섞였다. 그 외에도 조례에서 태상이 내뱉은 말 때문에 물밑에 가라앉아 있던 문제가 수면 위로 떠올랐다.

    알고자 한다면 모두가 조례 때 주고받은 모든 말을 알 수 있었다. 그럼에도 사람들은 몹시도 말을 아꼈다. 연금된 화부인과 태상이 어찌 처리될 것인지를 신이 나 떠들다가도 황제와 강부인이 걸리면 그때부턴 입을 다물었다.

    분명 반년 전만 해도 화부인은 그런 존재였을 거다. 이상한 점이 있어도 쉽사리 발설하거나 깎아내릴 수 없는 두려운 존재. 그런데 세 달도 채 되지 않아서 상황이 달라졌다. 단도 처음 궁에

들어왔을 때 제 주변 상황이 이렇게나 달라질 거라곤 상상조차
못 했다.

열린 문 안으로 들어서 고개를 들자 책상 앞에 앉아 있는 황제
가 보였다. 단정하게 머리를 모아선 관모를 눌러쓰고 있는 그의
미간으론 짙은 주름이 몇 개나 파여 있었다.

쉬이 해결되지 않는 문젯거리가 있는 걸까. 그게 아니면 모든
것들이 일사천리로 진행되어서 재미가 없는 걸까.

기척을 죽여 책상 옆에 선 단은 바구니를 내려놓고는 그 위를
덮고 있던 천을 들었다.

처음에는 어설프고 투박하기만 했던 손길이 제법 능숙해졌
다. 찻잔을 꺼내고 주전자를 기울여 차를 따른 후 미리 준비해
온 작은 꽃잎을 올렸다. 모든 준비를 마치고 나서야 고개를 든
단은 저를 보고 있는 황제를 확인하곤 옅은 미소를 지었다.

황제는 그런 단을 보고도 별다른 말이 없었다.

책상에서 물러서 의자에 등을 기대고 앉은 후 그는 팔짱을 끼
었다. 마치 감상하는 것처럼 단과 그녀 앞에 놓인 찻잔을 유심히
살피던 무헌은 짧게 말했다.

"기분 나빠."

"……."

눈빛 하나, 짧은 몇 마디로 사람 기분을 이토록 구리게 만들
수 있는 것도 재주라면 재주였다.

바로 미소를 거둔 단은 퉁명스럽게 반문했다.

"뭐가."

"지나치게 능숙한 게 마음에 들지 않아."

단은 옅은 미소를 지으면서 잔을 들어 무헌 앞에 내려놨다.

"피곤하면 시간도 늦었으니 이만하고 자. 괜히 시비 걸지 말고."

내가 지금 많이 다듬어져서 그렇지, 한때 산매골에서 날리던 싸움꾼이었다고. 한 번 눈앞에서 힘자랑을 해 줘야 '아, 내가 사람 잘못 건드렸구나.' 하지 아주.

가볍게 입술 끝도 씰룩여 보이는 단을 본 무헌도 실소를 흘리며 잔을 들어 차를 한 모금 넘겼다. 원래 딱 한 모금만 마시는 사람이 이번에는 쉬지 않고 계속 차를 마신다. 그렇게 잔이 비고서야 내려놓는 걸 확인한 단은 안색을 굳혔다.

"혹시나 해서 묻는 건데, 언제 밥 먹었는지 기억나?"

"으음―."

말꼬리를 길게 늘어뜨린 후 무헌은 팔짱을 낀 채 두 팔을 책상 위로 올렸다.

그렇게 잠시 생각에 잠겨 있나 싶더니 눈을 감고 고개를 옆으로 기울인다. 느리게 고개를 움직이는 모습에서 짙은 피로감이 읽혔다.

무헌의 답을 들을 필요도 없었다. 단은 당장 밖으로 나가 서 있던 이태감에게 식사 준비를 일렀다. 가뜩이나 황제가 제대로 식사를 챙기지 않아 그걸 염려하고 있었던 이태감은 두말없이 고개를 끄덕였다.

저녁 준비를 하라 이르고 난 후 다시금 무헌의 뒤로 가서 어깨에 손을 올리려하자 피하려 든다.

"가만히 있어. 식사 준비가 되는 동안에 주물러 줄게."

움직이지 못하게 무헌의 어깨를 잡아 자세를 바로 한 단은 손가락에 힘을 주었다. 처음에는 단의 손길에 몸을 맡긴 채로 있던 무헌의 자세가 점점 아래로 처진다.

책상 위에 팔짱 낀 팔꿈치를 기댄 채로 있던 그는 눈을 감고선 긴 숨을 내쉬었다. 그런 반응을 하나하나 살피며 단은 무헌의 목과 어깨 등을 느리게 주무르면서 이윽고 팔꿈치로 그의 어깨 가운데를 꾸욱, 눌렀다. 전에는 이런 식으로 건드리면 당장 나타나는 사람이 있었건만 지금은 아니었다. 이상하게 잠잠하다면서 단은 찬찬히 주변을 살폈다.

그림자는, 없었다.

"그들은 잠시 자리를 비웠다."

평소 무헌의 진짜 그림자처럼 굴던 자들이 자리를 비웠는데 이상하지 않을 리 없다.

전에는 알아도 모르는 척, 그러려니 했지만 언제까지 그럴 수 있을까. 단은 대수롭지 않은 투로 물었다.

"누구 뒤를 쫓는 건데."

"뒤쫓는 역할은 다른 이들이 하고 있다."

동시에 오른쪽 목 안쪽을 누르는 힘이 강해진다. 시원하기보단 아픔이 더 강했기에 무헌은 뒤를 돌아봤다. 여전히 무헌의 어깨에 한쪽 팔을 올린 채로 그를 내려다보던 단의 표정은 굳어 있었다.

그 얼굴을 보던 무헌은 손을 뻗어선 단의 턱과 뺨을 건드렸다. 그러다 제 어깨에 걸쳐져 있던 팔을 잡아선 옆으로 당겼다. 뒤에서 옆으로 나오는 걸 확인하고서야 의자를 뒤로 뺀 무헌은 단을 제 앞의 책상 위에 기대고 서게끔 했다. 단의 손을 각각 붙잡은 채로 그녀의 얼굴을 물끄러미 올려다보던 무헌이 말했다.

"사냥개를 좀 풀었지. 지금 상황이 어떻게 돌아가고 있는지 알고 싶으냐."

질문에 대한 답은 없지만, 단의 눈빛은 모든 걸 드러내고 있었다.

소율태국의 황제인 무헌이 하는 일에 대해선 별 관심 없었다. 하지만 그가 하는 일이 일족과 관련된 것이라면 좀 달라진다.

알고 싶고 듣고 싶다. 그런 바람이 담긴 눈빛을 확인한 무헌은 천천히 입을 열었다.

* * *

태상 화도문이 나타나 조례를 엉망으로 만들어 버렸다. 딴에는 반전을 기대했겠지만, 그의 공격은 황제에게 조금의 타격도 안겨주지 못했다. 오히려 황제의 본심을 드러내게 하는 자리가 되어서 다른 이들이 섣불리 행동할 수 없게끔 했다.

조례에서 많은 말이 오갔지만, 정작 중요한 건 그 누구도 언급하지 않았다. 몰랐기에 그런 걸 수도 있고, 알면서도 말할 수 없기에 그럴 수도 있었다. 태상이 바로 그런 상태였다. 암만 그라한들 그 말을 입 밖으로 내뱉기란 여간 부담이 되지 않을 수 없을 거다.

만약, 만에 하나라도 태상이 그 말을 모두가 있는 자리에서 말했다면 어찌 되었을까.

막상 그 상황이 닥치지 않았기에 무엇을 상상해도 의미가 없었다. 상대가 말을 꺼내지 않았으니 그에 맞춰서 대응하자 싶어도 알게 모르게 영향 받은 게 있었던 것인지 무헌은 약간 서둘러 일을 진행했다.

조례에 참석하기 위해 모여 있던 자들 중 열 남짓이 건평궁으로 불려왔다. 그들로선 따로 모여 의논을 하거나 말을 맞출 새도 없었다. 앞서 황제의 말을 들으면서 그의 강경한 뜻을 깨달은 걸까. 건평궁에 불려온 자들은 누가 먼저라 할 것 없이 무릎을 꿇고는 고개를 조아렸다.

퍼렇게 질린 낯짝을 하고 있는 그들 앞으로 황제가 나타난 건 한참의 시간이 흐른 후였다. 거의 한 시진 동안 무릎을 꿇고 있는 동안 다리에 피가 통하지 않아 뻣뻣한 통나무가 된 것 같았다. 고통도 고통이지만, 기다리는 동안 그들의 머릿속을 차지한 오만 잡다한 생각들이 더 괴로웠다. 나중에는 황제가 무슨 말을 해도 토 다는 일 없이 그 모든 걸 수용하자 싶은 상태가 되었다.

그즈음 나타난 황제는 반갑기까지 했다. 그렇다 해서 속없이 솔직하게 드러낼 수 없는 감정을 억누른 채로, 더 깊이 고개를 조아렸다.

황제는 책상 위에 서선 그곳에 쌓여 있는 상소를 하나하나 정리했다. 그 앞에 무릎을 꿇고 앉아 있는 자들은 이미 관심 밖이었다. 황제가 조용하니 먼저 말을 걸 수도 없었다. 하지만 다리가 끊어질 것 같아 더는 버티는 게 무리였다. 어찌할까 싶어 아랫입술을 깨물며 힘겹게 버티는 중에 황제가 이태감을 시켜 대신들에게 줄 것을 전하라 했다. 그제야 고개를 든 그들은 각각 앞으로 온 검은 무복을 입은 사내들을 보곤 사색이 되었다.

웬만한 때가 아니라면 모습을 드러내지 않는다 알려진 황제의 그림자들이었다. 그들이 왜 앞에 서 있는 건가 싶으면서도 본능적으로 목을 더듬었다. 깨닫지 못하는 동안 목이 잘려 나간 건 아니겠지. 황급히 목을 더듬다가 떨어지지 않고 제대로 붙어 있음을 깨닫고서야 안심했다. 하지만 안도의 한숨을 내쉬는 건 아직 일렀다.

그림자는 그들에게 두루마리를 건넸다.

내밀어진 저것의 안에 어떤 것이 적혀 있는지 알 수 없으니 선뜻 손을 뻗을 수 없었다. 고민에 고민을 거듭하던 그들은 떨리는 손으로 두루마리를 받아 그걸 펼쳤다. 너무 떨어서, 두루마리를 놓친 자도 있었다. 화들짝 놀라 다시금 두루마리를 펼쳐 그 안에 담겨 있는 걸 확인한 자들은 모두 숨을 삼켰다.

두루마리의 가운데에 적혀 있는 건 옛날에나 사용하던 오래된 한자어였다. 그것은 신체의 일부분을 가리키는 단어로, 바로 목을 뜻하는 것이었다.

  '추분절을 맞이하여 그대들도 따로 내게 성의 표시를 해야 하지 않겠나. 이번에는 특별히 내가 갖고자 하는 걸 주문하고자 하네.'

목이라는 것이 누구의 목을 일컫는 것일까.
설마 싶었던 이들은 이어지는 황제의 말에 귀 기울였다.

  '네놈들의 귀한 자식들과 어울렸던 그것들의 몸 위에 붙어 있는 그걸 하나씩 얻어서 들고 와라. 기한 안에 내가 원하는 걸 가지고 오지 못한다면 그땐—.'

이제는 더는 떠는 자들도 없었다. 크게 숨을 내쉬지도 못하고 얼어 있는 자들 머리 위로 차디찬 목소리가 떨어졌다.

  '네놈들의 자식 놈들에게서 받아낼 것이다.'

사색이 된 자들이 만져선 안 되는 걸 건드린 것처럼 두루마리를 바닥으로 던지듯 내려놓고는 바닥에 머리를 찧으면서 용서를 구했다. 한 번만 용서해 달라고, 두 번 다시 이런 일이 없도록 제대로 자식을 가르치겠다면서 소란스럽게 구는 것에도 황제는 눈 하나 깜박이지 않았다.

이들은 어떤 식으로든지 두루마리에 적혀 있는 걸 들고 와야만 했다. 하지만 무헌은 잘 알고 있었다. 오랜 세월 동안 인간들 틈에 숨죽이며 살아온 그들이 얼마나 잘 제 몸을 숨기는지에 대해서 말이다. 이들이 무슨 수를 쓰더라도 다시금 어둠 속으로 숨어들어 간 그들을 만날 수 없을 거다. 그러는 동안 애가 타 속이 시커멓게 타들어 간 자들은 다른 걸로 용서를 구하려 들 거다.

그 값은 결코 싸지 않을 것이며, 궁극적으로 무헌이 얻고자 하는 게 바로 그것이었다.

점점 차갑게 식는 황제의 눈빛을 아는지 모르는지 그들은 점점 더 시끄러워졌다.

'닥쳐라.'

약속이라도 한 듯 입을 다무는 것이 우습다.

결국엔 본인들이 묵과해서 벌어진 일임에도 문제가 생기자 피해자처럼 구는 그 모습들에는 동정심도 생기지 않았다.

'처음부터 모르던 일도 아닐 텐데 새삼스럽게 굴 것 없다. 애초에 너희가 결정할 수 있는 건 몇 가지 안 된다. 이

번 일이 불만이라면 태상을 찾아가 어찌하면 좋을지에 대
해 의논해 보거라. 어차피 이번 일은 태상 그자가 아니었다
면 일어나지 않았을 것이다. 그렇지 않은가?'

반문에 돌아오는 답은 없었지만, 그래야 했다.
여기서까지 말대꾸를 한다는 건 그만큼 눈치도 없고 머리도
나쁘다는 반증이었다.

'태상을 찾아서 그에게 용기를 불어넣어 주거라. 그래서
지금의 황제를 몰아내고 새로운 인물을 용상에 올리자 해
보거라.'
'폐하, 당치도 않습니다. 어찌 그리 두렵고도 엄청난 말
씀을 하십니까—!'
'할 수 있으면 해 보라는 거다.'
'…….'
'전혀 다른 핏줄을 지닌 사람을 용상에 올렸을 때, 과연
무슨 일이 벌어질지 구경하고 싶으니.'

더는 떠들 기운도 없어진 걸까. 넋이 나간 것처럼 멍하니 지켜
보는 자들을 두고 무헌은 입꼬리를 올렸다. 내내 굳어 있던 표정
이 풀리면서 그나마 온화하다 할 수 있는 얼굴이 드러났지만, 오
히려 그게 더 두려웠다. 등골이 오싹해지면서 견딜 수 없는 오한

이 드는 걸 느끼며 그들은 고개를 떨구었다.

끝까지 자리를 지키고 용서를 구하려 해 봤자 아무 의미가 없었다.

황제의 뜻은 확고했고, 그 누구도 그걸 흔들 수 없었다. 마지막까지 버티어 서 있던 자가 일어나 건평궁을 나서는 동안에도 각 대신들 앞에 서 있던 그림자는 여전히 제자리를 지킴으로써 뜻을 밝혔다.

너희가 황제의 뜻을 제대로 이행하지 못할 경우, 우리가 네놈들 자식의 목을 베어 버릴 것이다. 라고 말이다. 그림자를 두고 나오는 자들은 등 뒤에 사신을 남겨두고 온 것처럼 오금이 저리고 겁이 났을 거다. 실제로 성급한 걸음을 옮기다가 발을 헛디더서 계단을 구른 자도 한둘이 아니었다.

한 사람만 찾아내는 것이라면 머리를 맞대고 의논이라도 할 수 있었을 테지만, 이는 각개 전투나 다름없었다. 모임에 참석하는 자들의 정보에 대해서 아는 건 오로지 그들의 자식들뿐, 상대방은 알 도리가 없었다. 때문에 그들은 첫째로 태상을 찾아갔다.

홀로 대전에 남아 결국엔 실려 나갔다는 그는 오랫동안 정신을 차리지 못했지만, 당장 제 자식을 잃을 판이었던 자들은 눈에 뵈는 게 없었다. 태상 화도문의 저택을 찾아가 행패 아닌 행패를 부렸고, 그러는 와중에 다음 모임에 대한 정보를 얻었다. 그날이 바로 오늘이었다.

허나 그 모임은 헛패였고 모습을 드러낸 건 각 가문에서 보낸 살수들뿐이었다. 서로를 알아보지 못하니 결국 칼부림이 거하게 났고, 피해를 입은 건 한쪽뿐이었다. 아마도 앞으로도 꽤 오랫동안 이와 비슷한 일이 반복되고 반복될 거다. 그리고 추분절이 다 지나고 나서야 대신들 중 일부는 얼굴이 허옇게 뜬 채로 '놈들을 찾아낼 수 없었습니다.'라면서 용서를 구하려 들 테다.

결국엔 그리될 일이었다.

"숨는 데는 도사인 것들이니, 이번 일이 잠잠해지면 다시금 땅 위로 기어 나오려 들겠지. 그리고 그때에는⋯⋯."

내내 잘 말하던 무헌이 입을 다물었다.

잘 먹고 잘 쉬다가 엎드려서 단의 안마를 받은 후 누웠기 때문일까. 갑자기 나른하니 눈꺼풀이 한 없이 무겁기만 했다.

제 허벅지에 머리를 베고 누워 있는 무헌이 계속 말이 없었다. 그의 머리카락을 넘겨주고 정리하면서 다음 말을 기다리고 있었던 단은 그래서, 라고 되물었다.

"하던 말은 계속해야지."

"⋯⋯."

말하다가 멈추면 듣던 사람이 궁금해지지 않겠냐면서 단은 무헌의 뺨을 꾸욱 눌렀다.

그 손길에도 잠자코 있던 무헌은 혼잣말하듯 중얼거렸다.

"놈들이 다음에는 궁 안으로 들어올 테지. 너와 내 아이가 태어나면, 이용 가치가 클 테니까."

지금만 하더라도 그들은 문턱 앞까지 온 상태였다.

만에 하나라도 태상이 야망이 넘치는 자였다면, 무헌이 아둔했다면, 혹은 내명부의 총애 받는 여인이 화소영이 되었다면, 모임에 참석한 자들 중 유난히 특출한 자가 있었더라면, 앞에 열거한 것들 중에서 하나만 해당되는 게 있었다면 무슨 일이 발생했을지 그 누구도 알 수 없었다. 자신도 저들이 그리는 큰 그림 속에 등장하는 한 부분이 되었을지도 몰랐다.

몸을 돌려 똑바로 누운 채로 단을 올려다보던 무헌은 눈을 가늘게 떴다.

"너와 다시 만나지 않았더라면."

"……."

무헌이 눈을 감기에 잠드는 건가 싶었던 단은 그의 입술을 타고 흘러나오는 말에 머리카락을 넘기려던 손을 옆으로 내렸다.

"우리의 아이가 생기지 않았더라면. 어쩌면 저들은 훨씬 더 수월하게 원하는 걸 손에 넣었을지도 모르지."

무헌은 요 며칠 무척 바빴다. 해야 할 일을 마무리 짓기 위해서 바쁜 걸 수도 있겠지만, 조금 더 강하게 밀어붙인다는 느낌도 들었다. 그렇기에 태상이 궁 안팎의 조롱거리가 되고 화부인이 연금 당하는 거겠지. 폐비도 곧 황태후가 되겠고, 자신은 신년이 됨과 동시에 황후가 될 거다.

단도 무헌의 속을 전부 헤아릴 수 있는 건 아니었다. 하지만 그와의 사이에서 생겨난 아이가 어떤 원동력이 되었다는 건 알 것 같았다. 지켜야 할 게 하나 더 늘어나고, 동시에 아기가 안전한 곳에서 보호 받으면서 자랐으면 싶은 거겠지.

바깥에 있는 그들과는 별개로 자신은 무헌에게 또 다른 위험이었다. 그런데도 괜찮은 걸까. 여기까지 와서 그런 걱정을 하는 건 이상한 걸까.

단은 무헌의 팔 위에 손을 올리곤 가볍게 토닥였다.

"오늘은 그림자들이 죄 이곳에 없는 거네?"

"앞으로 당분간은 없겠지. 지금은 놈들을 뒤쫓는 데에만 집중할 테니까."

그렇다는 건 이 넓은 건평궁 안에서 무헌을 계속 지켜보면서 보호해 줄 이가 없다는 거였다. 이태감과 환관 및 상궁이 있긴 했지만, 그들이 그림자와 같을 순 없었다.

고개를 끄덕인 단은 마음을 먹고는 무헌을 내려다봤다.

"그럼 지금부터는 제가 폐하의 곁에 머무르면서 지켜 드리겠습니다."

"……."

갑작스러운 존대에 무헌이 낯설어할 줄 알았지만 아니었다. 의외로 담담한 눈빛으로 저를 올려다보는 무헌을 두고 단은 무헌의 손을 잡았다.

두 번 다시 헤어지지 않으리라.

과거의 그들처럼, 한 사람을 위해서 떠나는 선택을 하지 않을 거다.

죽으나 사나 둘이 함께하는 것, 그것이 진정한 행복이라고 생각하니까.

*   *   *

바람 소리마저 스산하게 들리는 깊고 어두운 산 속을 헤매는 자가 있었다. 정신없이 뛰어오르고 내리기를 반복하는 동안 방향 감각을 잃은 자는 이윽고 자신이 어디에 있는지를 생각하길 포기했다. 일단은 가장 먼 곳으로 가기만 하면 되었다. 더는 그 누구도 뒤쫓을 수 없는 그런 곳으로 가서 한 5년 처박혀 있으면 자연스럽게 모든 게 정리되어 있을 터였다.

하지만 결국 사내는 붙들렸다.

앞서 이용 가치를 다 한 쥐의 등을 떠밀어 도주할 시간을 벌었음에도. 이래저래 저들이 헷갈려 할 만한 가짜 은식처를 만들어 두었음에도. 오는 동안 몇이나 되는 희생자를 만들었음에도.

결국에는 붙잡혔다.

심장이 터질 것처럼 부풀어 올라 입 밖으로 토해질 지경이었던 자는 후들거리는 두 다리에 힘을 주곤 간신히 버티어 섰다. 그리고 제 앞에 서 있는 존재를 노려봤다. 그들은 어둠을 발판 삼아 기척 없이 다가와 사방에 포진해 있었다. 황제의 곁에서 결코 떨어지지 않는 것들이 바깥으로 나오다니. 어지간히 마음이 급했나 보다면서 가면의 사내는 힘겹게 숨을 골랐다. 하지만 그것도 앞으로 다가오는 령을 보는 순간 무너졌다.

령이 들고 있는 시린 날을 지닌 검에는 이미 많은 자의 피가
묻어 있었다. 저 피가 누구의 몸에서 흘러나온 것인지를 모르지
않았던 사내는 이를 악물었다. 동시에 뒤로 다가온 자가 그의 무
릎 뒤를 가격했고, 무릎을 꿇고 앉으면서도 사내는 허리를 꼿꼿
이 세웠다. 마지막 자존심을 내세우려는 것처럼 령을 똑바로 노
려보면서 가면의 사내가 요구했다.

"나를 황제 앞으로 데리고 가라."

대답 대신 령은 사내의 얼굴을 덮고 있던 가면을 벗겨냈다.

혹, 하고 피부에 닿는 찬기에 사내는 오금이 저렸다. 보다 진
해진 피비린내에 어금니를 악문 자는 필사적으로 공포를 숨겼
다. 힘겹게 마른침을 삼킨 사내는 령의 답을 기다렸다. 앞서 저
를 황제에게 데리고 가라 했던 말에 대한 답을, 말이다. 그리고
돌아오는 건 실소였다.

"아무것도 아닌 네놈을 어찌 폐하 앞에 데리고 간단 말이더냐."

"……."

경직된 사내의 눈동자 안쪽으로 불똥이 튄다. 길바닥 위의 돌
멩이나 다름없는 취급을 받게 된 것에 기가 차 하던 자는 견딜
수 없는 모멸감에 경련을 일으키듯 온몸을 떨더니 이내 악을 썼
다. 눈이 뒤집혀선 령에게 달려들려 했으나 뒤에 서 있던 그림
자가 등을 걷어차 앞으로 고꾸라졌다. 쓰러진 자의 등 가운데를
발로 내리누르는 동안에도 상처 입은 짐승처럼 허우적거리는 자
를 두고, 령은 입가의 미소를 거두었다.

"잠시 어울리는 자들이 있어 뭔가 대단한 사람이라도 되었다고 생각했더냐. 그렇다면 그것이 네놈의 크나큰 착각이다."

령은 검을 쥔 손에 힘을 주었다.

"이미 이 땅은 인간들의 것이다. 주인이 있어 쇠보다 더 단단한 천장이 하늘을 가리고 있거늘, 어찌 그걸 헛바닥 놀림으로 뚫을 수 있을 것이라 믿었더냐."

"네놈은 분하지도 않더냐!"

내내 알아들을 수 없는 짐승 같은 외침을 토해 내던 자는 온 힘을 다해서 고개를 쳐들었다.

"원래라면 그곳은 우리들의 것이 되었어야 했다! 이 세상은 힘 있고 특별한 자들이 지배하게 되어 있는 것이다!"

올려다보는 사내의 눈동자는 이미 온갖 잡다한 욕망으로 가득 채워져 번들거렸다.

"너와 우리가 손을 잡는다면 우리의 꿈을 이룰 수 있단 말이다!"

마치 이쪽에서 거부할 수 없는 말을 한 것처럼 득의만만한 표정을 짓는 사내를 두고 령은 좌우로 한 번 고개를 저은 후 검을 아래로 내렸다. 놀란 사내가 그걸 피하려 온몸을 뒤틀었지만, 워낙 단단하게 등이 밟힌 채라 벗어날 수 없었다. 사내의 목을 제대로 확인하면서 그림자 령이 말했다.

"모든 사람들이 똑같은 걸 목표로 삼지 않는다. 너희는 도전하려던 자들이었고, 우리는 지키려 하는 자들이다. 그리고—."

검이 닿자마자 사내는 경기를 일으키면서 비명을 질렀다.

"네놈들과 손을 잡을 필요도 없이 이미 새로운 희망을 봤다."

동시에 그림자의 검이 깔끔하게 사내의 목을 베어 버렸다. 피가 튀고 몇 번이고 몸을 들썩이던 자가 잠잠해질 때까지, 령은 검을 치우지 않았다. 내내 시끄럽게 굴던 자가 더는 움직이지 않자 령은 검을 거두고는 고개를 들었다.

만월의 밤이다. 달빛이 훤하니 보기에 좋았다.

하늘과 땅이 뒤집히듯이 하루아침 만에 이루어지는 변화도 있을 수 있었다. 하지만 세월이 차곡차곡 쌓여 가면서 자연스럽게 변해 가는 것도 있었다.

강부인이 황자를 낳고, 그 황자가 장성하는 내내 황제와의 사이가 굳건하다면 그다음은—.

"……."

지키고자 하려는 존재가 보다 자신들과 같아진다. 하나둘 닮아가는 점이 늘어나는 걸 곁에서 지켜본다는 건 무척 매력적이고 즐거운 일이었다. 그것은 기척을 지우고 살아도 산 것이 아닌 자들처럼 지내는 그들에게 있어 유일한 삶의 낙으로, 그걸 이런 하찮은 것들이 방해하게 둘 수 없었다.

그때 곁에 서 있던 그림자가 부러진 화살을 내밀었다.

"한 놈이 도망치긴 했지만, 조만간 숨이 끊어질 것입니다."

화살은 부러졌지만, 화살촉에는 독이 발라져 있었다. 이 화살을 맞고도 오래 버틸 순 없었다.

령은 딱 한 사람 죽음을 확인하지 못한 자를 떠올렸다. 이윽
고 그 얼굴을 머릿속에서 지워 버린 령은 검을 검집 안에 밀어
넣었다.

"이만 폐하께 돌아가자. 오랫동안 자리를 비운 것이 마음에
걸리는구나."

동시에 몸을 돌린 령은 유령처럼 숲 저편으로 사라졌다.

*　　*　　*

최근 궁 안에선 아침이 될 때마다 하나둘 사라지는 자들이 있
었다. 보통 때라면 심상치 않은 일이니 대체 무슨 일인가 싶어
시끄럽게 떠들 만도 한데, 다들 눈치 싸움을 하듯 말을 아꼈다.
하루가 저물고 날이 밝을 때마다 이야깃거리는 새롭게 생겨났
지만, 그와 관련된 말을 떠드는 자들은 없었다. 암묵적인 침묵이
강요되는 상황에서 낙운궁은 점차 초라해졌고, 매화당은 갈수
록 화사해졌다.

가을의 중순 무렵에도 피어난 꽃은 지지 않았고, 나뭇잎은 여
전히 푸르고 싱싱했다. 늘 열려 있는 대문 안쪽으로는 각지에서
보내진 선물이 산을 이루었고, 도무지 수용할 수 없을 지경이 되
어서야 황제가 명을 내려 더는 강부인에게 사사로이 선물을 보
내지 말라는 금지령을 내렸다. 좋은 물건을 보내 강부인의 눈에
들고자 했던 자들에겐 더 없이 아쉬운 일이지만, 황제의 명을 어

길 수 없었다. 그 어느 때보다 황제의 눈치를 살피고 납작 엎드려야 할 상황에서는 말이다.

그러는 동안 바깥에서 암암리에 이루어졌던 모임에 대해 떠드는 자들이 사라졌고, 강부인과 관련된 소문은 영원히 함구해야 할 비밀이 되어 있었다. 강부인의 위세가 높아짐에 따라 자연스럽게 화도 강씨가 모든 화씨의 제일이 되어 호적에서도 당연 앞열에 적히게 되었다.

태상 화도문은 점차 사람들 머릿속에서 지워졌다. 정말은 그의 존재나 그가 떠들어 댄 많은 말들을 잊으라는 무언의 압박이 형성되어 있었다. 하루아침에 날개가 부러져 땅에 추락한 화도문의 처지는 비참할 정도였다.

간이나 쓸개를 모두 빼내어 줄 것처럼 아부를 떨던 가신들은 노골적으로 태상을 비난하며 외면했고, 그곳에서 일하던 노비들은 야밤을 틈타 도망가기에 바빴다. 어느 날 태상이 병을 얻었다는 말과 미쳤다는 소문이 돌았다. 믿기질 않을 정도로 비참해지는 태상이었지만, 어느 순간부터는 아무 말도 들리지 않게 되었다. 자연스럽게 사람들의 관심에서 멀어진 것이다.

시간이 차곡차곡 쌓여 가고 추분절이 되었다.

나라에서 챙기는 큰 명절이니만큼 자연스럽게 부인들도 한데 모여서 덕담을 주고받았다.

단은 장부인을 포함 몇몇 부인들과 담소를 나누기에 바빴다. 흉을 넘기고 복을 불러들인다는 의미가 담겨 있는 명절이니만큼, 모든 부인들이 화려하게 스스로를 치장했다. 하지만 그녀들이 암만 치장한다 한들, 강부인에 비할 바가 아니었다.

소율태국에서 나는 가장 좋은 것들은 가장 먼저 강부인에게 가고 그다음이 황제라는 우스갯소리가 돌 정도였다. 지나치게 눈에 튀는 걸 피하고자 수수하게 단장했다 쳐도 몸에 두른 비단은 최상의 질을 자랑하고, 장신구는 감탄을 자아낼 정도로 세공이 섬세했다. 멀리서 봐도 좋고 가까이서 보면 더 좋았기에 단의 곁에 있는 자들은 호들갑을 멈추지 않았다. 그것도 그나마 장부인을 통해 강부인에게 접근하는 게 허락된 몇몇 부인들만 누릴 수 있었다. 화부인을 따르던 부인들의 신세는 처량할 수밖에 없었다.

아닌 척해도 다들 강부인과 말을 섞고자 했다. 그 기회만 노리고 있는데 장부인이 곁을 내어주지 않으니 쉽지가 않았다. 하지만 여기서 포기할 순 없었다. 과거 몇 번 강부인과의 마찰이 있었으나 그 때문에 잠자코 있어선 상황이 더 안 좋아질 거라면서 눈치만 살피던 예부인은 급히 몸을 일으켜 맞은편 자리에 앉아 있던 강부인에게 걸어갔다. 예부인이 입을 떼기가 무섭게 그녀의 뒤에서 매소희가 나타났다.

"실례."

짧게 말한 매소희는 일부러 예부인의 어깨를 치고는 그녀를 흘겨봤다.

"어딜 그리 급하게 가십니까. 설마하니 그렇게나 욕하던 강부인에게 아부 떨 심산은 아니시지요?"

설마 그럴 리가 없지. 그 정도로까지 염치없는 사람이었던 거냐면서 뚫어져라 바라보자 예부인의 두 뺨이 달아오른다. 당혹감을 감추지 못하고 어쩔 줄 몰라 하던 그녀는 나는— 하고 말을 더듬었고 매소희의 눈이 가늘게 접혔다.

"다른 나뭇가지로 갈 셈이거든 화부인이 죽고 나서 결정하세요. 아직 그 사람이 두 눈 시퍼렇게 뜨고 있는데 어찌 이리도 경솔하게 구십니까."

"……."

화부인에 대해 듣자 예부인의 안색이 눈에 띄게 굳어졌다.

"화소영이 이 사실을 알면 부인의 얼굴 껍질을 홀라당 벗기려 들 것입니다."

가만히 듣기가 끔찍할 말을 아무렇지도 않게 하는 매소희지만 예부인은 아니었다. 큰 충격을 받아선 사색이 된 그녀가 어찌 그런— 하고 중얼거리고는 크게 휘청거렸다. 하지만 코웃음을 친 매소희는 한 번 더 예부인의 어깨를 밀치고는 단의 앞으로 가서 바로 옆에 비어져 있던 자리에 앉았다. 그리곤 여우 털이 탐스럽게 달린 조끼의 아래를 잡아 살짝 내렸다.

너무도 당당하게 강부인 곁에 와서 앉는 매소희를 두고 뭐라할 사람은 없었다. 말이야 건넬 수 있겠지만, 돌아올 반응이 두려웠다.

이 자리에서 강부인을 대할 때 가장 조심해야 할 건 다른 누구도 아닌 매소희였다. 연회에서 강부인에게 잔뜩 술을 먹이고 단도를 들고 덤비기까지 해서 황제의 노여움을 사 연금까지 당한 기억은 머릿속에서 죄 지워진 모양이었다.

사람이 염치가 있으면 저러진 못할 텐데. 부인들은 불편한 기색을 숨기지 못했지만, 매소희는 눈 하나 깜박이지 않았다. 태연하기 짝이 없는 모습에 장부인이 먼저 말을 꺼냈다.

"매부인께서 지금 입고 계시는 조끼가 참으로 귀해 보입니다."

그 말을 왜 안 꺼내나 싶은 표정을 지으며 매소희는 보란 듯이 조끼 앞을 쓸어내렸다.

"북쪽 설산에서 사는 여우의 털로 만든 것입니다. 귀한 것이라 그런지 가볍고 무척 따뜻합니다. 덕분에 겨울에도 궁 여기저기 죄 뒤집고 다닐 수 있겠습니다."

본인 입으로 직접 궁을 다 뒤집고 다니겠다 선언하자 부인들은 작게 혀를 찼다. 그 소리에 대번에 매소희가 눈을 치뜬다. 매서운 눈빛에 움찔한 이들이 알아서들 고개를 돌려 시선을 피하자 작게 코웃음을 친 그녀는 단을 바라봤다.

"강부인이 마음 써 주신 덕분에 폐하께서 이것저것 많이 챙겨 주십니다."

정말은 단이 말해서 황제가 매부인에게 하사한 것이었다. 그걸 황제가 본인을 생각해서 준 것이라 믿는지, 꽤나 흡족해하는 얼굴이었다.

"겨울을 힘들어하신다 들었습니다. 고뿔에 걸리지 않게 미리 예방해 두는 편이 좋겠지요."

"그러게 말입니다. 길고 차디찬 밤에, 옆자리를 데워 줄 수 있는 분이 계시면 얼마나 좋을까요."

내명부의 부인이 할 만한 말은 아니었다. 이곳의 부인의 침전에 들 수 있는 사내는 오롯이 황제 한 분뿐이었다. 황제의 총애를 독점한 강부인 앞에서 저리 말하는 건, 황제를 빼앗겠다는 선언과 다를 게 뭔가 싶었기에 결국 다른 부인이 지적했다.

"암만 부인들끼리 모여 있는 자리라 한들, 할 소리가 있고 말아야 할 게 있습니다. 조심 좀 하세요."

"부인들끼리 모이는 자리니 저도 이런 말을 할 수 있는 겁니다. 아니었다면 꺼내지도 않았겠지요."

끝까지 당당한 매소희가 불편했으나 더 뭐라 할 수 없었다. 뻔뻔함으로는 그 누구도 대적할 수 없다면서 고개를 저은 부인들은 삼삼오오 모여서 다시 대화를 이어 나갔다. 좋은 날까지 인상 쓰면서 있을 필요가 없었다. 가능한 많이 웃고 즐기고 떠들어 댔다. 그러는 동안 단도 그들 사이에 거리낌 없이 어울렸고, 자신을 주시하는 수많은 시선을 느낄 수 있었다.

설마하니 자신이 여기까지 오를 줄 몰랐던 몇몇 부인은 무척 초조해 보였다. 틈만 보이면 당장 그 사이를 파고들 기세였지만 단은 곁을 내어주지 않았다. 곁에 둘 사람은 지금으로도 충분했다. 새로운 사람을 곁에 두는 건 상황이 안정되었을 때부터다.

내명부의 부인들이 다 함께 모이는 건 굉장히 오랜만이었다.

좋은 날에 맞춰서 덕담을 주고받으니 시간은 무척 금방 흘러갔다. 원래라면 황제도 얼굴을 보이는 게 맞았지만, 처리할 것들이 많았던 그는 자리를 비울 수 없었다. 다들 알고 있는 사실이었던 만큼 황제가 나타나지 않음을 서운하게들 여기지 않았다.

딱 한 사람을 제외하고 말이다.

"폐하는 오늘 저녁에 강부인만 뵐 셈이신 모양입니다."

각자의 처소로 돌아가기 위해 나오기가 무섭게 저런 식으로 구는 건가 싶었던 장부인이 단 대신에 불편한 속내를 드러냈다.

"매부인, 좋은 날이지 않습니까. 강부인은 홑몸이 아니시니 하실 말씀이 있다면 다음에 하시지요."

오랫동안 한 자리에 앉아서 부인들과 길게 어울려 준 것만으로도 단은 제 할 몫을 다 한 셈이었다.

많은 부인들이 있는 자리에선 싫은 소리를 하지 않았지만, 바깥에 나와서는 아니었다. 만에 하나라도 매소희가 계속 쓸데없는 말을 지껄인다면 이쪽 선에서 처리할 요량으로, 장부인은 서늘한 눈빛을 던졌다.

"장부인께서는 강부인의 시중을 드는 것으로 만족하기로 하신 모양입니다."

"장차 황후가 되실 분을 성심성의껏 모시는 것 또한 부인의 소임입니다. 매부인께선 그걸 잊으신 모양입니다."

"오랜 시간 황후가 없었으니 잊을 만도 하지요. 새로운 황후가 생기셔도 제가 그걸 떠올릴 수 있을지 모르겠습니다."

장부인의 표정이 더 굳어졌으나 매소희는 아랑곳하지 않아 하며 단을 쳐다봤다.

"강부인께서 불편하신 게 아니라면 같이 걷지요."

매소희의 제안에 혜령과 장부인이 동시에 단을 바라봤다. 둘 다 매소희와 함께 있는 걸 저어하는 눈빛이었다. 그들의 뜻을 모르는 바는 아니었지만, 단은 미소로 매소희의 청을 수락했다.

"좋습니다."

그럴 줄 알았다며 매소희는 당장 단의 곁에 붙어선 그녀의 팔을 잡아 주었다. 마치 오래전부터 친분을 이어 온 것처럼 살갑게 구는 행동에 기가 찬 혜령의 표정이 굳는다. 하지만 곁에 서 있던 장부인이 내색하지 말라는 듯 살짝 고개를 젓자 바로 굳은 얼굴을 풀었다.

단의 옆에 붙어선 팔을 잡아 주는 매소희의 손길은 꽤나 능숙했다. 지금껏 다른 사람의 시중만 받아왔지, 누군가를 부축해 준 적이라곤 단 한 번도 없었을 것 같았는데 의외였다. 주변에서 걱정하는 것과 다르게 단은 안정감과 편안함을 느끼면서 매부인의 말을 기다렸다. 아무런 목적 없이 먼저 걷자고 할 사람이 아님을 알기 때문이었다. 그때 누군가 종종걸음으로 다가와선 단에게 먼저 인사를 올렸다.

"강부인, 오늘 오랜만에 많은 대화를 나눌 수 있어서 즐거웠습니다. 다음엔 따로 만나 차를 마시지요."

"기쁜 마음으로 기다리겠습니다."

얼굴과 성씨도 알지만 그뿐이었다. 대화도 많이 나누지 않았지만, 면박 주고 싶지 않았던 단은 미소로 답했다. 마찬가지로 만면에 미소를 지으며 한 번 더 인사를 올린 부인은 매부인은 아는 체도 하지 않고 멀어졌다.

"아부하는 자들이 곁에 잔뜩 있어서 좋으시겠습니다."

"그 말들이 죄 진짜도 아닌데 좋을 것도 뭣도 없지요. 한 귀로 듣고 한 귀로 흘려 넘기니 별 감흥도 없습니다."

당황할 거라 생각하진 않았지만, 이리도 담담하게 받아치는 것도 의외였기에 매소희는 단의 옆얼굴을 바라봤다.

"그래요. 이게 부인의 본모습인 거겠지요."

그제야 단도 고개를 돌려 매소희를 응시하며 말했다.

"제 본모습에 대해서 그 누가 알겠습니까. 폐하께서도 전부는 모르실 겁니다."

"……."

처음에는 미소 띤 얼굴을 유지하던 매소희지만, 점차 입매가 경직된다. 미소를 거둔 그녀는 나직하게 말했다.

"부인께서 황후가 되시고 황자를 낳으시면 아마도 많은 부인들이 깊은 상실감을 느끼게 될 것입니다. 적잖은 사람들이 불가에 귀의하길 원하지 않을까요."

절에 들어간 부인들 중에는 정말로 여승이 되는 사람도 있지만, 그 외에 황제의 묵인 하에 다른 사내에게 시집가는 경우도 더러 있었다. 그 사실도 앞서 장부인과 나눈 대화를 통해 알게 된 사실이었다.

단도 이제는 저가 황후가 될 것이란 걸 충분히 인지하고 있었다. 거기에 무헌의 성격도 알고 있었다. 그가 계속해서 다른 부인들을 찾지 않을 수 있다. 등을 떠다밀거나 부탁하면 어찌될 수도 있겠지만, 단은 그리하고 싶지가 않았다. 무헌의 마음이 동해서 찾는 거라면 모를까, 이쪽에서 먼저 나서서 다른 여자도 만나라는 말은, 역시나 할 수가 없었다.

마지막 생각에 대해선 말하지 않았지만 분명 풍기는 분위기가 있었을지도 모른다. 그때 장부인은 기분 나쁘게 생각하지 말라면서 본인의 의견을 들려주었다.

'남아 있는 사람은 어떤 방식으로든 본인에게 맞춰서 살아가게 될 것입니다. 짧지 않은 삶을 이어가는 동안 한 번 정도 폐하의 눈길을 받을 수 있다면 그 또한 큰 복이겠지요. 하지만 스쳐 지나가는 바람은 허무할 뿐입니다. 나 자신을 생각한다면 출궁하는 것이 답이지만, 그 또한 쉽지 않습니다. 왜냐하면 이곳에 있는 여자들은 모두가 나 자신이 아닌 가문을 위해서 살아가는 사람들이니까요.'

눈을 내리뜬 장부인의 얼굴 위로 숨길 수 없는 비애가 깃든다. 짧은 한숨 속에 그 모든 걸 포함해서 흘려 버린 장부인은 옅은 미소를 지었다.

'그리하기에 보통 사람들보다 많은 걸 누리고 편하게 사는 겁니다. 그것과 맞바꾼 것이라고 생각한다면 마음은 편해지겠지만, 글쎄요. 그걸 알 만큼 사고가 열린 부인이 몇이나 될까요.'

장부인은 단의 손을 잡았다.

'황후가 종착점이 아닙니다. 거기서부터 모든 게 새롭게 시작될 것입니다. 지금보다 더 힘들고 고될 수도, 쓴 물이 넘어올 만큼 절망적일 수도 있습니다. 그때에 맞춰 의연하게 대처하기 위해선 멈추지 마셔야 합니다. 내명부 안에서 벌어지는 모든 일 정도는 혼자서 해결할 수 있을 만큼의 실력을 키우셔야 할 겁니다.'

거기까지 말한 후, 장부인이 하나 더 충고해 준 게 있었다. 황제의 총애를 독점하는 것에 대해 다른 부인들 앞에서 미안하게 생각하지 말라고 말이다. 약점을 드러내면 상대는 파고들게 되어 있다고 말이다. 사람이 늘 강할 수는 없겠지만, 가능한 매사에 당당한 모습을 보이라 말이다.

장부인이 하는 말이 꼭 정답일 수는 없겠지만, 많은 도움이 되는 게 사실이었다. 그런 믿을 만한 사람이 곁에 있다는 건 큰 복이었다. 그리고 매소희는 아직 속내를 드러낼 수 있을 만한 사람이 아니었다.

"황자가 태어나면 나라의 경사가 되겠지만, 공주가 태어나도 괜찮습니다. 적어도 두 사람은 크게 기뻐할 테니까요."

그 순간 매부인의 입가로 옅은 미소가 번진다.

잘도 그러겠다는 빈정거림이 섞인 미소를 확인한 단은 제 팔을 잡아 준 매소희의 손을 잡았다. 그것에 놀란 것인지 매소희가 곧장 손을 빼내려 했으나 그러지 못하도록 더 단단히 붙든 단은 입을 열었다.

"매부인이 이처럼 제 곁에 있으셔서 참 안심이 됩니다. 덕분에 배우는 게 많고, 경계심을 풀지 않을 수 있으니까요."

"……."

본인이 원하는 대로 반응하지 않기 때문일까. 영 재미없는 것처럼 굳은 얼굴로 있던 매소희는 느리게 고개를 끄덕였다.

"그리하셔야 할 겁니다. 전 어느 쪽에나 변수가 될 수 있으니까요."

정복자의 딸이란 그런 것이다.

팔짱을 푼 손을 빼낸 매부인은 한 걸음 물러서선 입고 있던 조끼 위를 쓰다듬었다.

"덕분에 겨울은 따뜻하게 잘 날 수 있을 것 같습니다. 문득, 이곳에 와서 부인만큼 절 챙겨 준 사람이 없다는 게 떠올라 그에 대한 감사 인사를 할 요량으로 걷자고 한 겁니다. 그런데 하나같이 제가 부인을 잡아먹기라도 할 것처럼 보였나 봅니다."

마지막으로 화사한 미소를 지어 보인 매소희는 먼저 몸을 돌려선 빠르게 멀어졌다. 그 뒤로 매소희의 시비들이 종종걸음을 옮기며 다급히 따르고, 단의 곁으로 온 혜령이 괜찮으냐고 물었다. 하지만 단은 물음에 대한 답 없이, 멀어지는 매소희의 뒷모습을 가라앉은 눈빛으로 응시했다.

*　　*　　*

추분절은 새해가 되기 전 한 해를 돌아보고 남은 날을 어찌 지낼 것인지를 계획하는 중요한 시기였다. 한해의 농사가 풍년이면 기쁨이 크겠지만, 흉년이어도 절망하는 일 없이 내년에는 잘하자면서 서로를 다독였다. 나쁜 일은 흘려 넘기고 좋은 일은 더크게 기뻐하는 날이니 이렇게나 소란스러운 거다.

다 말라비틀어진 꽃밖에 없는 화병 앞에 서 있는 화부인의 얼굴엔 생기라곤 없었다. 그녀의 곁에서 지극정성으로 시중을 들던 나운도 오간 데 없었다.

무심하게 말라 버린 꽃을 응시하던 화소영은 옅은 미소를 지었다.

비참하고 또 비참했다. 나락으로 굴러떨어진다는 게 이와 다를 게 뭔가 싶었다.

이 어둠이 언제까지 이어질까. 죽을 때까지 계속 이곳에 처박혀 있어야 하는 걸까. 정말 그리도 비참하게 살아남아야 하는 걸까. 바깥의 아버지는. 그들은 무얼 하고 있을까. 뭔가 한 것도 없는데 이리되어 버리다니. 대문이 걸어 잠긴 것만으로도 자신은 이리도 무력해지는 것인가 싶었던 화소영은 답답함을 참지 못하고 고개를 들었다. 그리고 저 안쪽의 어둠 속에 서 있는 그림자를 하나 발견했다.

언제부터 저곳에 있었던 걸까. 갑작스러운 일에도 화소영은 당황하지 않았다.

"강부인이 올 줄 알았는데 폐하께서 직접 오셨군요."

담담한 말에 맞춰서 어둠 속에 서 있던 사내, 황제가 앞으로 천천히 걸어 나왔다.

"예를 갖춰 인사를 올리지 못함을 용서해 주십시오. 너무도 그리던 분인지라, 인사를 올리기 위해 고개를 숙여야 하는 그 짧은 순간마저 아쉽기 그지없으니까요."

실제로 말하는 내내 화소영은 황제에게서 시선을 거두지 않았다. 눈 한 번 깜박이지 않고 뚫어져라 바라보는 모습은 기괴하기까지 했다.

화소영은 저를 보는 황제의 얼굴과 그의 눈동자를 연거푸 살폈다. 혹여라도 그 안쪽에 자신에 대한 미안함이 한 톨이라도 담겨 있지 않을까 싶어 그것을 찾아내려 했다. 하지만 유감스럽게도 그런 기미가 없었다. 마치 타인을 대하듯 예전과 다름없는 모습이었고, 그것이 화소영을 자극했다.

"문이 닫히고 나서 오가는 사람이 없는데도 기이하게 바깥의 소리가 죄 들립니다. 그들은 제가 없는 사람인 양 신이 나서 떠들어 대지요. 다들 제가 끝났다고들 합니다. 하지만 전 그리 쉽게 끝날 사람이 아닙니다. 전 아직 아무것도 하지 않았으니까요. 아니, 애초에 한 것도 없습니다. 폐하, 전 정말로 한 게 아무것도 없습니다."

그런데 왜 이런 꼴이 되어야 하는 걸까. 앞서 한 수십 가지 질문에 대한 답은 오롯이 눈앞에 서 있는 자만이 할 수 있었다. 그럼에도 그의 입은 여전히 다물린 채였다.

"무슨 말씀이라도 해 보세요. 혼자서 떠들어 대려니 제가 머리가 이상해진 사람이 된 것만 같습니다."

실제로 전과 많이 달라져 있다는 걸, 화소영은 깨닫지 못했다.

속으로 열을 셀 만한 시간이 흘렀을까. 황제의 침묵을 견디다 못한 그녀가 재차 물었다.

"제 아버님은, 아직 살아 계시지요?"

"태상이 살아 있으면 그대가 재기할 수 있을 것이라 믿는 것인가."

"……."

내내 무섭도록 입을 다물고 있더니만 저런 말을 할 때에나 입을 여는 것일까.

멍하니 있던 화소영은 허탈한 미소를 지은 후, 이내 그걸 거두었다.

"폐비께서 황태후가 되신다면 어떻게든 절 구제해 주실 겁니다. 절 무척이나 어여뻐하셨으니까요."

"그대가 본인 아들과 짝이 될 것이라 믿으셨을 테니까. 하지만 일황자는 죽었고, 그 황자가 죽는 데 일조한 것이 태상이라는 걸 아시게 되었으니, 그대가 죽는다 한들 만나려 하지 않으실 거다."

설마하니 황제에게서 저런 말을 듣게 될 줄은 몰랐던 화소영은 제 심장이 쿵, 하고 내려앉는 소리를 들었다. 그녀는 다급히 황제 앞으로 다가갔다.

"그것은 모함입니다. 제 아비께서 그러실 리가 없습니다. 제 아버지는—!"

"모함은 황태후께서 지금껏 당하신 일을 두고 하는 말이지."

"······."

"선황과 그대의 아비가 함께 한 짓을 대신 뒤집어쓰고 그에 모자라 자식을 잃고, 지위마저 빼앗기셨으니. 원통해할 건 그대가 아닌 황태후시지."

태상과 선황이 일황자를 죽인 중좌는 이미 황태후의 손으로 넘어갔다. 그녀에게 건넨 것은 일황자가 죽기 직전에 남긴 서찰이었다. 그가 죽음을 눈앞에 두고 마지막으로 제 모친을 살리기 위해 한 글자, 한 글자 힘주어 눌러쓴 단어가 낙인처럼 남겨져 있었다. 폐비가 그걸 받아서 내용을 확인했으니, 하늘이 두 쪽이 나더라도 태상과 화부인에게 도움을 줄 리가 만무했다.

화소영은 저가 무슨 행동을 하고 떠들어도 표정 하나 변하지 않는 황제를 두고 허탈해졌다. 이내 원망을 담아 그를 노려봤다.

"폐하의 마음엔 틈이 없습니다. 진실을 말씀드리려 해도 비집고 들어갈 자리가 없으니, 목청이 터져라 외쳐도 무슨 소용이겠습니까."

하고자 하는 모든 것들이 통하지 않는다면 마지막에 가서 남는 건 악뿐이었다.

화소영은 당장에라도 황제에게 달려들 기세로 목소리를 높였다.

"폐하께서 그리도 아끼시는 강부인이 인간일 것 같습니까? 그 사람은 사람이 아닙니다. 강부인이 바로 모든 일의 근원입니다! 그 여자는, 늑대란 말입니다! 제 아버지는 그 사악한 것들에게 속으신 겁니다! 그렇지 않고서야 그런 엄청난 일을 저지르실 리가 없잖습니까! 그렇지 않습니까―?!"

거의 마지막에 가서는 울먹이고 있었다. 결국 자신의 아버지는 이용만 당했을 뿐, 가장 불쌍한 사람이었던 거라고 말이다.

선황의 뜻을 따라 그의 자식들을 처리할 때에도, 선황과 가까이 하다가 늑대족에 대해서 어렴풋이 알게 되어 알아볼 때에도, 황제가 기이할 만큼 바깥에 둔 자식을 총애해 다음 황위를 넘겨주려 할 때에도, 그걸 위해서 황후에게 누명을 씌우고 일황자를 죽이려 했을 때에도, 새로운 황제가 생겨 보다 본인의 권한을 강화하고자 은밀하게 알아본 그들과 손을 잡고 모임을 만들었을 때에도.

그 모든 것들에 그저 이용만 당했다는 건가.

무엇이 잘못된 것인지를 지적하기에 앞서, 말을 하는 것 자체가 의미가 없었다. 이미 귀를 틀어막아선 본인이 듣고자 하는 말이 아니면 용납하려 들지 않을 테니. 때문에 무헌도 본인이 하고자 하는 말만 했다.

"그 사실에 대해서 잘도 알고 있군. 바깥과 내통하고 있었던가."

"지금 그런 게 중요하십니까?"

"중요하지. 그래야 그대에게도 벌을 내릴 수 있을 테니까."

"……."

무헌을 올려다보는 화소영의 눈빛이 뜨겁게 타올랐으나 이내 식어 버리고 대신 얼굴이 하얗게 질렸다.

"이유야 어떻든 그대는 강부인에게 해를 가하려 했고, 그걸 가벼이 넘길 수가 없다."

아래로 내린 두 손을 움켜쥔 화소영은 떨리는 목소리로 물었다.

"강부인이 사람이 아니라 말씀드리지 않았습니까. 그런데 지금 폐하의 귀에 들어오는 건 제가 강부인에게 해를 가하려 했다는 사실뿐입니까?"

"강부인에게 해를 가하는 건 곧 내게 칼날을 겨누는 것과 다르지 않음을, 아직도 모르나."

여전히 그 계집을 두둔하는 것인가 싶어 재차 한마디 하려던 순간 황제가 덧붙였다.

"강부인을 몰아낸 후 그다음이 내가 될 것이라는 걸, 똑똑한 그대가 모르지 않을 텐데?"

이번 말에 대해서 화부인은 답이 없었다. 그녀의 부친 태상이 모임을 만들 때 어떤 마음이었는지, 황제가 마음에 들지 않는 행동을 할 때마다 제 앞에서 어떤 식으로 떠들어 댔는지를 모르지 않았기 때문이었다. 그렇기에 침묵으로 그 사실을 숨기려 했으나 계속해서 이어지는 황제의 말이, 그럴 수 없게끔 했다.

"그동안 나는 내가 지닌 지위에 대해서 크게 마음 준 적이 없었다. 원치 않게 지니게 되었으니, 어느 날 갑자기 잃게 되어도 아쉬울 게 없었다. 그게 보기에 딱했던지 그대의 부친을 포함한 몇몇이 내게 지닌 것들의 중요성을 일깨워 주었지."

"……."

"그대들 덕분에 요 얼마간 참 즐거웠다. 마치 술래잡기를 하듯 놀이를 하는 느낌이었지."

누군가에게 있어선 사활이 걸린 중요한 일이었다. 그걸 놀이로 치부하고 가볍게 여겨선 안 될 일이었다. 하지만 이미 승세를 잡은 이는 그런 아주 작은 배려조차 없었다. 어쩌면 배려 같은 걸 할 필요가 없다고 생각하는 걸지도 모르지.

한때 손에 넣고 싶었던 사내의 얼굴이 다르게 보인다. 예전, 고개를 들어 똑바로 보는 것도 부담스러웠던 선황과 겹쳐서 보였다.

분노했어도 절망한 적 없던 화소영의 눈동자 위로 물기가 차오른다. 그 눈물을 힘겹게 참으면서 그녀는 중얼거렸다.

"제가 사내였다면, 이런 결과가 생기진 않았을 것입니다."

예전 제 부친 앞에서 말했듯이, 문제를 일으켰던 화영국을 비난했듯이, 말하지 않더라도 마음속으로 수백 수천 번을 되뇌던 생각을 내뱉었다.

"제가 사내라면 결코 이렇게 끝나지 않았을 것입니다."

조금 더 그를 곤란하게 만들 수 있었을 거다. 그리해서 황제가 손에 쥐고 있는 그것들을 쉽게 얻을 수 없게끔 했을 거라며 화소영은 아랫입술을 깨물었다.

하지만 이번에도 여지없이 그녀의 필사의 비난은 통하질 않았다.

"그대가 사내가 되었어도 결국엔 마찬가지였을 거다. 누군가가 필사적인 만큼, 나 또한 그만큼 매달려서 버티고 지키려 했을 테니까."

"……."

화소영은 입술을 열었지만, 더는 아무 말도 할 수 없었다. 결국 참지 못한 눈물이 한쪽 뺨을 타고 흘렀다.

"앞으로 그대는 낙운궁을 나와 초선당에서 지내게 될 거다."

눈물조차도 통하지 않는 황제의 냉랭한 말을 들으면서 화소영은 눈을 감았다.

원래 이리도 차디찬 사내였다. 어쩌면 이리할 수 있단 말인가.

여전히 원통하다는 생각을 지울 수 없었던 그녀의 머릿속으로 어떤 생각이 빠르게 스쳐 지나갔다. 어쩌면, 그가 이토록 차가운 건, 그것 때문이던가. 앞서 황제가 몇 번이고 숨기지 않고 드러내는 건 강부인에 대한 정이었다. 강부인을 보호하기 위해서, 그녀의 정체에 대해 알고 있는 자신을 어떻게 해서든 처리하지 않을 수 없었던 거다.

자신과 제 부친에게 닥쳐온 불행은 마른하늘의 날벼락과도 같았다. 짧은 순간 벌어진 그 모든 일이 믿기질 않았다. 하지만 믿던 말던 이미 벌어진 일로, 황제는 냉혈한이었다. 본인의 마음과 여인만이 중요한 사람이었다. 본인에게 가장 소중한 게 생겨나면 그 외에는 모든 걸 열외로 칠 수 있는, 말도 안 되는 사내였다.

"폐하께서 이런 분이란 걸 강부인이 알기나 한답니까."

그 외의 모든 것들을 눈 하나 깜박이지 않고 제할 수 있는 사람이란 걸, 과연 알고나 있을까.

힘없이 던진 질문에 황제의 답은 옅은 미소였다. 거기서 그가 이 질문에 대한 답을 할 마음이 없음을 느낄 수 있었다. 실제로 황제가 한 말은 화소영을 더 절망으로 밀어뜨리는 것이었다.

"폐비께서 그리하셨던 것처럼, 춘삼 같은 상궁이 곁에 있다면 얼마든지 복위할 기회의 발판을 마련할 수 있을 것이다."

여기서 왜 춘삼에 대한 말이 나오는 걸까. 의문은 곧 풀렸다.

황제가 몸을 돌려 밖으로 나갔고, 이대로는 그를 못 보내겠다 싶어 뒤따라간 화소영은 열린 문 가장 앞쪽에 서선 고개를 조아리고 있는 나운을 발견했다. 오롯이 황제를 배웅하기 위한 모습으로, 절대로 안을 보지 않으려는 모습에서 그녀의 배신을 깨달았다.

"……."

문이 닫히고 재차 홀로 남겨진 화소영은 온몸을 짓누르는 절망을 감당하지 못하고 그대로 혼절해 버렸다.

* * *

낙운궁을 나서는 황제를 맞이하는 건 복운이었다. 전과 달리 태감의 복장을 한 그는 깊이 고개를 조아렸고, 황제는 준비된 어가에 올랐다. 위로 올라간 어가가 움직이자 팔걸이에 팔을 기댄 무헌은 눈을 감았다.

저를 비난하고 원망하던 화소영을 떠올리자 피로감이 짙어진다. 덩달아 그녀가 했던 말이 떠올랐다. 자신이 이런 사람이란 걸 단이 알고 있느냐는 말, 말이다.

자신이 어떤 사람인지에 대해 그 누구보다 잘 알고 있는 사람이 단이었다. 제 밑바닥까지 다 보여 줘도 떠나거나 배신하지 않을 유일할 사람일 거다. 이리도 확신할 수 있는 건, 예전 폐비가 조롱했던 것처럼 단이 무헌이 아는 유일한 여인이고, 기억하는 얼굴이며, 마음에 품은 첫정이기 때문일지도 몰랐다.

아주 오래전 소율태국의 기반을 다졌던 그들은 헤어졌지만,

자신은 절대로 놓아줄 수 없었다.

결코, 놓아줄 수 없었다.

"……."

생각이 깊어질수록 마음이 무겁다. 제법 차게 식어간 공기 사이로 긴 숨을 내쉰 후 고개를 들자 저 앞에 서 있는 여인이 있었다. 보는 순간 그립고도 그리운 향이 코끝을 스친다. 뭐라 설명할 수 없는 안도감을 느끼며 무헌은 한 손을 들었다.

어가가 내려가자 기다렸다는 듯 몸을 일으킨 무헌은 뒤따르는 복운도 마다하고 걸음을 서둘렀다. 거의 달리다시피 해서 도착한 건 단의 앞이었다.

"얇게 입었어."

"그래도 춥지는 않습니다."

단은 얼굴을 보자마자 얇게 입었다 타박하는 무헌의 손을 잡았다.

작지만 따끈한 단의 손과 달리 무헌의 손은 차게 식어 있었다.

"보세요. 손이 차가운 건 폐하시지 않습니까."

고개를 들어 웃는 단의 모습에 무헌은 느리게 고개를 끄덕였다. 그래, 라고 작게 답했다.

무헌은 웃는 단의 얼굴이 보기에 좋았다. 그 얼굴은 밤하늘을 훤하게 밝히는 만월과 같았다. 볼 때마다 마음을 가득히 채워 주는 사랑이었다. 간혹 길을 잘못 드는 경우가 있더라도 이렇게 웃어 주는 단이 곁에 있다면, 그걸로 모든 게 다 괜찮아질 것만 같았다.

두 손으로 단의 손을 포개듯이 붙잡은 무헌은 그녀의 몸을 앞으로 끌어당겼다. 가볍게 단을 끌어안아 주고 나선 몸을 돌려 등을 보였다. 예전에 술에 취했을 땐 아무 고민 없이 저 등에 업힐 수 있었지만, 이번엔 아니었다. 날이 저물지도 않고 지켜보는 눈들도 많았다. 그러지 말라며 어깨를 밀어내도 꿈쩍도 하지 않자 결국 단은 그 뒤에 업혔다.

"다른 사람들이 보면 흉을 볼 겁니다."

"면전에 대고는 떠들지도 못할 테니 상관없다."

"……."

무헌의 대답에 단은 입을 다물었다. 하여튼 제멋대로라면서 표정을 굳혔으나, 이내 금방 풀렸다. 무헌의 어깨에 뺨을 문은 단은 눈을 감았다.

귓가로 눈 쌓이는 소리가 들린다.

철없던 어느 날, 남들 몰래 눈 위에 찍혀 있던 발자국을 보고 그걸 손가락 사이에 담았을 때처럼, 그때와 전혀 달라지지 않은 마음을 품고 저를 업어주는 사내의 목을 살며시 끌어안았다.

외전

　바깥으로 뻗은 손바닥 위로 작은 눈덩이가 내려앉는다. 피부에 닿자마자 녹아내리는 걸 느끼며 손을 움켜쥐자 마차 안에 앉아 있던 이수가 한마디 던졌다.

　"얌전히 있어."

　안 들리는 척 이강은 계속 바깥으로 손을 내밀고 피부에 닿는 찬 눈을 느꼈다.

　복잡한 사정이 생겨서 나고 자란 터를 떠나 새로운 땅에 정착한 지 얼마 안 되었다. 새롭게 살아가야 할 터전의 주변에 무엇이 있는지 알아보러 돌아다니는 시간도 부족할 때, 바깥에 나와 있는 누이의 연락을 받았다.

　나이를 먹고 생각이 많아지면서 누이처럼 바깥 세상에 대한 궁금증이 컸기에 그 초대를 마다할 이유가 없었다. 걱정하는 부모님을 뒤로한 채로 이강, 이수 쌍둥이 형제는 나흘째 마차를 타고 이동하고 있었다.

그나마도 말을 타고 이동한 시간을 줄였기에 마차 안에서 나흘만 있었던 거다. 전에 살았던 곳보다 훨씬 더 숲 속 깊숙한 곳으로 들어가서 마차를 타는 곳까지 오는 데만도 꼬박 하루하고도 반나절이 걸렸다. 누이의 입장이나 자신들의 정체 등을 고려할 때 얌전히 있어야 한다는 걸 알면서도 좀이 쑤셨다.

보란 듯이 계속 창밖으로 손을 내밀고 있던 이강도 몸이 으슬으슬 추워지자 바로 손을 집어넣었다. 두 손을 문지르면서 안쪽으로 입김을 불어넣으며 투덜댔다.

"춥잖아."

"그러니까 창문 닫아. 너 때문에 감기 걸릴 것 같잖아."

다른 사람들 눈에 띄지 않게끔 은밀하게 이동 중에 있었는데 자꾸만 창밖으로 팔을 내미는 이강이 탐탁지 않았던 이수는 타박의 말을 던졌다. 내내 참나 싶더니만 더는 한계였던 거다.

마차 안에서만 벌써 며칠째인지 모르겠다. 이수가 조금만 어울려 준다면 훨씬 재미있을 텐데 계속 혼자서만 심각했다. 그런 이수의 관심을 끌기 위해서 쓸데없이 창밖으로 손을 내밀고 있었던 이강은 이때다 싶어 잽싸게 제 쌍둥이 형제의 곁으로 가 앉았다.

"여우 털이라도 쓰고 있을 걸 그랬나?"

"난 그런 거 싫어."

늑대하고는 종이 다르다 하나 춥다고 해서 다른 짐승의 털을 이용하는 건 말이 안 되었다.

이강도 딱히 여우 털을 위해서 꺼낸 말은 아니었다. 때문에 의자 위에 두 발을 올린 이강은 무릎에 턱을 올리곤 짧은 한숨을 쉬었다.

"누이를 만나러 가는 길이 정말 멀구나."

지금까지는 나름 잘 버텼지만 더는 힘들지도 모르겠다 싶었던 이강은 뚱한 얼굴이었다. 답답해서 지금 당장 마차 밖으로 뛰쳐나가고 싶어 하는 얼굴인 형제를 두고 이수가 말했다.

"아버지 말씀 기억하고 있겠지? 누이는 더 이상 우리가 알던 사람이 아니야. 조심해야 해."

"그래 봤자 우리 누이지. 이름이 바뀐 것도 아닌데 사람이 얼마나 달라졌겠어?"

말은 이리해도 누이인 단을 떠올리는 순간 표정이 어두워진다.

수년 전에 바깥으로 나간 누이는 처음엔 상단에서 짐꾼으로 일하게 되었다 했다. 보수도 좋고 같이 일하는 사람들도 괜찮아서 무척 편하게 잘 지내고 있다는 편지와 함께 적잖은 돈과 생필품이 도착했지만, 그걸 받아도 부모님은 썩 기뻐 보이지 않았다. 쌍둥이도 어렸을 땐 누이가 보내준 물건과 음식이 마냥 좋았지만, 철이 들면서 당시 부모님이 왜 그리도 굳은 얼굴이셨는지를 이해할 수 있었다.

남가주에서 일하게 되었다던 누이는 한동안 연락이 없더니 다음에는 산매골에서 지내고 있다고 했다. 그렇게 몇 년 동안 정착하나 싶더니 갑자기 이상한 놈들이 들이닥쳤다. 모주화라는 이름을 지닌, 재수 없는 놈이었다. 그놈들 때문에 나고 자란 땅을 떠나 다른 곳으로 가야만 했다.

자신들이야 십수 년 남짓이라지만, 어른들은 수십 년을 살았던 땅이었다. 수백 년 동안 이어져 내려온 삶의 터전을 버린다는 것과 새롭게 살아가야 할 장소를 모색하는 건 간단한 일이 아니었다. 하지만 누군가의 도움으로 어렵기만 했던 일이 수월하게 진행되었다.

처음 누이의 곁에 있던, 준수한 사내를 봤을 땐 별 느낌이 없었다. 용케도 누이가 저런 잘난 사내를 알고 있구나— 하고 가볍게 생각하고 넘겼지만, 알고 봤더니 그자가 소율태국의 황제란다.

쌍둥이도 자신들이 어찌해서 숲 속에 숨어 들어와 살게 되었는지에 대해선 알고 있었다. 하지만 그건 이미 옛날 옛적으로 표현되는 머나먼 과거의 일이었다. 다른 사람은 어떨지 몰라도 쌍둥이는 소율태국의 초대 황제나, 그의 허물을 받아 숲으로 숨어든 장군의 일에 대해선 믿지 않았다. 그런 게 어디에 있어—라면서 코웃음을 치고 넘길 만한 이야깃거리일 뿐이었다.

소율태국이나 황제나 살아가면서 어떤 식으로든지 엮일 일이 없을 거라고 생각했는데 아니었다. 평생 살면서 얼굴 한 번 볼일 없을 거라 믿었던 존재와 이리도 가까운 관계가 되다니.

치료나 이런저런 다양한 이유 때문에 누이를 황제와 함께 보낼 수밖에 없었던 아버지는 이후로 생각이 많아 보였다. 그가 무슨 생각을 하고 고민하는지 알 것 같았지만 차마 물을 수 없었다. 설마하니 그렇게까지 되겠는가 싶었는데, 이번에도 역시나 아니었다.

세상은 정말이지 말도 안 되는 일이 너무 아무렇지도 않게 벌어지곤 했다. 제 누이가 소율태국의 황후가 된다니. 처음 그 내용이 적힌 편지를 받았을 때, 아버지나 어머니, 쌍둥이도 믿을 수 없었다. 제 누이의 필체가 분명한 편지를 앞에 두고도 이게 진짜인가 싶어 몇 번이고 앞뒤로 살폈다.

꼬박 삼 일 동안 식구들끼리 말이 없었다. 그건 몇 달이 지난 지금도, 누이를 만나러 가는 이 순간도 마찬가지였다. 누군가 갑자기 나타나 모든 게 농이었다면서 기분 나쁜 짓을 벌여도 이상하지 않았다. 그만큼 놀라운 상황이었다.

누이인 단을 만나 이야기를 나눠 봐야지만, 그녀에게 벌어진 일이 정확하게 어떤 것인지를 알 수 있겠지.

"빨리 만나고 싶다."

이강의 중얼거림에 이수는 말없이 고개를 끄덕였다.

* * *

좀이 쑤시다 못해 더는 한계다 싶을 즈음에 도착했다는 말을 전해 들었다. 어딘가로 들어가고 속도가 느려졌을 때 드디어인가 싶었던 이강은 마차의 문이 열리자마자 기다렸다는 듯 밖으로 튀어 나갔다.

마차가 들어서 있는 곳은 으리으리한 저택의 뒤뜰이었다. 용케도 여기까지 마차가 들어올 수 있었구나 싶을 만한 장소였다. 보기 좋게끔 화려하게 꾸며진 뒤뜰은 쌍둥이의 눈에 들어오지도 않았다.

며칠 만에 바깥에 나왔다는 사실 자체가 중요했기에 이강은 두 팔을 머리 위로 든 채 여기저기를 뛰어다녔다. 조용히 해야 한다는 걸 알기에 그나마 소리를 지르지 않았다. 저리 뛰어다니는 것도 요란스럽다 싶지만, 많이 참고 있었다는 걸 알기에 이수는 뭐라 하지 않고 마차 앞에 서선 고개를 들었다.

마차 곁에는 삿갓을 깊게 눌러쓴 검은 무복을 입은 사내가 있었다. 쌍둥이가 이리로 오는 동안 곁에서 호위를 서던 자였다. 각진 턱과 다물린 입매, 다부진 몸에서 사내의 강함을 알 수 있었다. 하지만 그보다 달리 신경 쓰이는 게 있었다. 뭐라 설명하기 어려운, 미묘하게 신경을 건드리는 감각이다.

이수는 삿갓 아래로 보이는 사내의 얼굴을 계속 주시했다. 그때 정면을 응시하던 자의 고개가 조금 내려왔고, 동시에 저 멀리 있던 이강이 이수를 불렀다.

"왜 그래?"

사내의 시선이 제 얼굴에 닿는 걸 느끼면서 이수는 바로 고개를 돌려 버렸다.

"아니, 아무것도 아니야."

동시에 이수는 이강에게 달려갔다.

둘은 본인을 영비라 소개한 여인의 안내를 받아 안쪽의 별채로 이동했다.

문을 열고 별채로 들어선 형제는 깔끔하고 넓은 내부가 마음에 들었다. 가구며 의자, 기둥 사이를 묶는 끈이나 안쪽에 내려온 발 등 모든 게 신기했다. 간혹 어머니에게 주면 좋아할 만한 것들이 눈에 들어오면 그때부터 새로운 고민이 생겨났다. 이걸 얻어갈 수 있을까— 하고 말이다.

바깥으로 나온 게 처음이었기에 모든 게 새로웠던 쌍둥이의 관심은 수시로 바뀌었다. 창문을 열어 눈이 덜 녹은 언 땅을 확인하다가 이내 탁자에 준비된 간식거리가 눈에 들어왔다. 이강은 별채에 들어올 때부터 먹을 것에 시선이 갔지만, 애써 모르는 척했다. 그도 슬슬 한계에 다다랐기에 더는 참지 못하고 접시에 소담하게 올려진 약과를 가리켰다.

"이것 좀 봐 봐. 우리 먹으라고 둔 건가?"

"뭔데?"

그제야 탁자 위를 확인한 이수도 뭔가에 이끌리듯 다가갔다.

여러 종류의 약과에 과일 등이 다양하게 준비되어 있었다. 깊은 숲 속에서 간식이라고 해 봤자 자연에서 얻을 수 있는 산열매와 단맛이 나는 나무뿌리뿐이었다. 이런 식으로 인위적으로 만들어진 간식거리는 누이가 보내준 경우에만 맛볼 수 있었다.

입 안으로 침이 고여서 참기가 힘들었던 이강은 이수의 옆구리를 쿡쿡 찔렀다.

"먹어 봐."

"안 먹어."

"그러지 말고 동시에 같이 먹자. 그러면 괜찮지?"

이곳에서 이걸 먹을 만한 사람은 자신들밖에 없긴 했다. 결국 이수는 이강의 말에 넘어갔다.

"동시에 같이 먹는 거다?"

이수의 말에 눈에 띄게 안색이 밝아진 이강은 몇 번이고 고개를 끄덕였다. 그리곤 아까부터 노리고 있었던, 꽃잎 모양으로 된 약과를 가리켰다. 이것부터 먹어 보자 할 셈이었는데 그때 문이 열리고 영비가 들어왔다.

"실례합니다."

막 약과를 집어 먹을 참이었던 쌍둥이는 놀라 눈을 동그랗게 떴다. 당황을 숨기지 못하는 두 소년의 모습이 의아했지만, 내색하지 않은 영비는 차분하게 말했다.

"마마께서 도착하셨다고 합니다."

탁자 앞에 붙어 있긴 하지만 이걸 집어 먹으려 했던 건 아니라는, 나름 머리를 굴려 열심히 변명거리를 찾고 있었던 둘의 눈이 더 크게 떠졌다. 드디어 누이를 만나게 되는 건가 싶었을 때, 이강이 코를 씰룩였다.

"어, 진짜다. 진짜 누이의 냄새야."

평범한 사람 앞에서 무슨 말을 하는 건가 싶었던 이수는 이강의 등을 세게 쳤다. 등이 얼얼해질 만큼 세게 맞은 이강이지만, 본인이 이상한 짓을 했다는 인식은 있었던 만큼 뭐라 하진 않았다. 대신 뒤따라오라는 영비의 말에 재빠르게 밖으로 달려 나갔다.

별채의 작은 대문 앞까지 가는 동안 둘은 투닥거렸다. 아까 실수를 하긴 했지만, 그래도 그렇게 세게 때리면 어쩌냐면서 투덜대는 이강에게 시끄럽다 한 이수는 조용히 가자며 그의 소매를 잡아당겼다. 작지만 쉬지 않고 떠들면서 "네 탓이다. 아니다. 너다."라는 대화를 들으며 영비는 희미한 미소를 지었다.

둘이 도착한 곳은 마차가 들어올 수 있었던 뒤뜰이었다. 그곳에는 꽤나 화려한 마차가 세워져 있었고, 거기서부터 누이의 느낌이 강하게 났다.

다시 만나면 이래저래 하고 싶은 말이 많았다. 반가움을 참지 못한 이강이 손을 뻗었다.

"누ㅡ."

막 단을 부르려는 것과 동시에 마차의 문이 열리고 곱게 치장한 시비의 손을 잡고 한 여인이 내렸다.

붉은 천 위에 금수가 놓아진 치마와 저고리를 입고 허리에는 두터운 금띠를 둘렀다. 추운 겨울의 한기를 피하고자 어깨에 살짝 두른 새하얀 겉옷이 눈을 찔렀다.

높게 틀어 올린 머리에 달린 갖가지 비녀와 장신구는 웬만한 대저택의 몇 채 값이리라. 대놓고 화려한 차림새인 여인은 뽀얗고 투명한 피부와 검고 동그란 눈동자, 그리고 통통한 붉은 입술을 지닌 선이 고운 여인이었다. 보는 순간 제 어머니를 떠올릴 만큼 흡사한 미모를 지녔지만, 거기서 바로 누이로 연결이 되지는 않았다.

"마마십니다."

곁에 선 영비의 말에도 가만히 서 있었다. 눈으로 보고도 낯설기만 한 누이를 물끄러미 지켜보기만 했다.

똑같지만 미세하게 다른 생김새를 지닌, 이제 막 소년의 티를 벗어나기 시작한 쌍둥이의 모습에 영비는 앞으로 움직였다. 혜령의 부축을 받아 걸어오던 단은 영비를 보곤 반가움을 숨기지 못하고 먼저 말을 건넸다. 황송해하면서 기쁨을 감추지 못한 영비도 고개를 조아리면서 몇 마디 말을 주고받았다. 직후 혜령 대신 영비의 손을 잡고 단은 쌍둥이 앞으로 다가가 섰다.

앞서 쌍둥이에게 보고 싶다는 편지를 받은 적도 있었다. 때문에 얼굴을 보자마자 반가움을 숨기지 못한 아이들이 달려들 거라 생각했는데 기이하게도 침착했다. 아니. 뭔가 놀란 것처럼 숨죽인 채로 저를 올려다보는 말썽쟁이의 모습에 단은 붉은 입꼬리를 올렸다.

이 녀석들이 왜 이런지 모르지 않았다.

"왜 그런 얼굴들인 거야. 내가 반갑지 않은 거니?"

"누이?"

목소리를 들어도 여전히 낯설었다.

이강과 이수가 아는 누이는 괄괄한 목소리만큼 빠르고 매운 주먹을 지닌 사람이었다. 재회의 순간 자신들의 목을 각각 팔로 감아 조르기부터 하지 않을까 싶었거늘, 지금 눈앞에 서 있는 이 사람은—.

꽃잎 위로 나비가 날아들듯이 사뿐사뿐 다가와 말끝에 "—거니?"라고 붙이는 것도 낯설다. 누이 같지만 아닌 것 같다면서 심란한 얼굴이 된 이강이 먼저 직설적으로 물었다.

"누구세요?"

그 순간 웃음이 터졌다.

혜령과 영비가 손으로 입을 가리고 웃지만 여전히 이강은 심란해 보였다. 누이가 맞는 것 같긴 한데 왜 이러는지, 자신에게 대체 무슨 짓을 하는 건지 도통 알 수 없어 하는 짙은 고뇌가 엿보였다. 단은 쌍둥이 형제들의 혼란을 가중시켰던 온화한 어조로 말했다.

"일단 들어가자."

이번에는 이수마저 표정이 굳어진다.

이건 대체 뭘까. 그리 묻고 싶어 하는 눈빛인 동생들을 두고 단은 이수의 어깨를 토닥였다.

* * *

금방이라도 허물어질 것 같은 낡은 초가집이 좁은 골목길을 두고 마주한 채 답답할 정도로 밀착되어 있었다. 사람이 살기를 포기하고 떠난 곳에 남은 건 쥐와 고양이 몇 마리뿐이었다. 다 무너지는 담벼락 위에 앉아선 입을 벌리고 하품을 하던 고양이는 기척도 없이 나타난 자들을 발견하곤 벌떡 일어났다. 앞다리를 주욱 뻗곤 꼬리를 세워 날 선 소리를 내보지만 그쪽으로 시선을 주는 자들은 아무도 없었다.

질퍽한 길바닥을 지나친 그들은 좁은 길목으로 들어가 끝자락에 자리한 약재상으로 들어갔다. 떨어지기 일보 직전인 문짝을 조심스럽게 열고는 먼저 들어선 령이 굳은 눈빛으로 안을 살폈다. 수상쩍은 기척이 느껴지지 않는다는 걸 확인하고 나서 뒤를 돌아보자 삿갓을 깊게 눌러쓰고 있는 황제가 안으로 움직였다. 동시에 구석진 곳에서 등이 곱은 중년 사내가 나타났다.

가뜩이나 불편한 몸인 약재상의 주인은 바닥에 닿을 만큼 고개를 조아렸다.

"누추한 곳을 방문해 주시니 영광입니다."

방문하는 자들은 수상쩍고 동시에 위험해 보였다. 그들의 정체에 대해서 묻지 않았으나, 암묵적으로 그가 누군지 알 수 있었던 사내는 차마 고개를 들지도 못하곤 안쪽을 가리켰다.

"처음에는 저도 긴가민가했지만, 알아보는 동안 확신이 섰습니다. 확인해 보십시오."

동시에 안쪽으로 움직인 사내는 낡은 천을 거두고는 먼저 안으로 들어갔다. 거의 다 녹은 초에 불을 붙이고는 몇 걸음 옮겨서 비밀 문을 열어 그 안쪽에 숨겨 둔 것을 내보였다.

이번에도 먼저 움직인 건 역시나 령이었다. 밀실 안에는 낡은 탁자가 놓여 있었고, 그곳에는 시신이 눕혀져 있었다. 피부가 검게 변색되고 머리털이 죄 빠져서는 부패가 시작된 상태의 시신은 똑바로 보기가 역했다. 시신의 상태가 좋지 않으니 황제에게 보이기가 조심스러워진다. 자신이 확인하는 것으로 마무리 지어야 하는 것이 아닌가 싶었으나 어느새 황제 무헌은 령의 옆에 서 있었다.

한동안 시신을 내려다보던 무헌은 무겁게 다물려져 있던 입술을 열었다.

"못 알아볼 지경이로군."

"진즉 죽어도 이상하지 않지요. 그런데도 계속 버티다 숨이 끊어진 겁니다. 정말이지 독한 자가 아닐 수 없습니다."

성급하게 끼어든 건 약재상의 주인이었다. 뒤에 남아 있던 그림자들이 함부로 입을 놀리는 것에 대해서 굳은 시선을 던졌지만, 미처 그걸 깨닫지 못한 사내는 거침이 없었다.

"주변 사람들에게 들어보니 갑자기 나타나서 지난 몇 달 동안 바깥 외출을 거의 하지 않았다고 합니다. 종종 이 늙은이를 방문하는 자가 있는 것 같다고는 하지만 어느 순간 발길이 뜸해지다 보니, 방치가 되다시피 해서 아사한 겁니다. 악인에게 걸맞은 죽음이 아니겠습니까."

지금 약재상의 주인에게 가장 중요한 건 한눈에 보기에도 비범한 사내의 환심을 사는 것이었다.

뒷거리에선 다양한 것들이 주고받아지지만 거기서도 가장 어렵고 비밀스럽게 거래되는 건 사람에 대한 정보였다. 누군가를 은밀하게 찾아보는 것에서부터, 한 사람의 목숨을 끊는 일. 혹 죽었더라도 그 행방을 찾고자 하는 등 다양하게 분류되어 있었다. 그리고 탁자 위에 눕혀져 있는 저 노인은 근래 접한 일거리 중에서도 가장 값이 큰 자였다.

노인이 어디에서 무얼 했는지는 중요치 않았다. 그저 시신이라도 좋으니 찾고자 하는 분이 계시다는 게 중했다. 오랫동안 뒷골목에서 정보를 수집하다 보면 눈치라는 게 늘 수밖에 없었고, 모두가 조심스러워하면서 모시는 자의 신분도 어느 정도 짐작할 수 있었다. 몇 번을 확인했기에 저들이 찾는 게 저 노인이라는 확신이 있었다. 주변 반응을 보더라도 틀림이 없었다.

짧은 시간 안에 상대의 마음에 들고자 하는 사내는 성급했다.

"저자가 있던 집에서 수상쩍은 건 죄 가지고 왔습니다. 확인해 보시렵니까?"

사내는 구석진 곳에 자리한 상자와 오래된 주머니 쪽으로 걸어갔다. 그 안에 담겨져 있는 걸 꺼내 보여 주려 했지만, 그 전에 뒤에 서 있던 자가 검집으로 주머니를 건드리려는 자의 손목을 눌렀다. 서늘할 정도로 찬 기운에 화들짝 놀란 사내는 급히 손을 치웠고, 동시에 령이 두둑한 주머니를 던졌다. 그걸 받아 챈 사내는 두 손 가득히 전해지는 묵직함에 환한 미소를 지었다.

"아이고, 고맙습니다. 이 은혜를 어찌 갚아야 할지―."

이번에도 역시나 땅에 엎드릴 것처럼 절을 하는 자를 두고 령이 그리로 움직였다.

이들의 환심을 사고자 했지만 령 같은 자가 이렇듯 가까이 다가오면 부담스러웠다. 겁에 질린 얼굴로 올려다보는 자를 주시하며 령은 나직하게 말했다.

"만에 하나라도 이곳에서 있었던 일을 외부에 발설한다면 그땐 네 목은 붙어 있지 않을 것이다."

"……."

그제야 이들에게 환심 사는 게 중요한 게 아니라, 무사히 빠져나갈 것을 우선해야 했음을 깨달았다. 사내는 몇 번이고 고개를 끄덕이다가 바닥을 기다시피 해서 밖으로 나갔다. 그걸 확인한 령은 다시금 무헌의 곁에 서선 진즉에 숨이 끊어진 구량을 살폈다.

3개월 전에 독화살에 맞았음에도 꽤나 오랫동안 버텼다. 오랫동안 남가주에서 일하면서 쌓은 의학적 지식이 그의 명줄을 늘려주었으리라. 하지만 그런 노력에도 부질없이 결국엔 한 해를 넘기지 못했다.

"독에 당했으니 속이 죄 썩어 있을 겁니다. 가까이 다가가시는 건 좋지 않으십니다."

마음 같아서야 무헌이 이곳에서 나갔으면 했다. 하지만 그 말에도 무헌은 여전히 구량의 얼굴에서 시선을 떼지 않았다.

무헌에게 있어서 구량은 그의 곁을 스쳐 지나간 수많은 자들 중 하나일 뿐이었다. 이런 식으로 부딪치는 것이 아니었다면 기억할 일도 없었겠지. 사람의 겉과 속은 달라서, 그 안에 들어가 앉은 게 아니라면 그가 무슨 생각을 하는지 알 도리가 없었다.

구량은 바깥에서 기회를 노리던 자였다. 어쩌면 황제의 핏줄을 만나게 되고 함께하면서 심경의 변화가 생겼을지도 모르지. 그렇기에 막판에 손을 거두었던 거다.

변화를 꾀하는 데에 구량이 원했던 건 대대로 내려왔던 황제의 첫 번째 핏줄이었을 거다. 일황자를 앞세워서 변화를 도모하려 했지만, 그의 죽음이 일을 틀어지게끔 했다. 다른 자들은 계획을 변경해서 태상과 손잡고 다시금 기회를 노리려 했고, 어쩔 수 없이 함께 뜻을 이어가던 구량은 여전히 생각이 많았을 거다.

단은 남가주에서 지냈던 짧지 않았던 시간을 소중한 추억으로 여기고 있었다. 구량도 마찬가지였던 모양이다. 저를 잘 따르는 늑대족 계집애가 썩 마음에 들어 진심으로 대했고, 그 마음의 일부는 자신에게도 향해져 있었던 거다. 때문에 막판에 그가 가장 먼저 손을 뗐고, 그때부터 외부 세력은 흔들렸다. 그걸 깨달은 몇몇이 구량이 은밀하게 보관하고 있던 약초를 이용해서 단을 공격하려 했지만, 눈치챈 구량이 판을 엎었고 무헌이 그 틈을 노렸다.

태상이 문턱을 넘지 못하자, 화부인이 성급하게 굴어 그들을 몰아넣을 수 있는 덫을 쳤고, 기득권을 포기할 수 없었던 자들이 등을 돌렸다. 차마 단을 공격할 수 없었던 구량이 손을 떼고, 모임을 주도했던 자들에 대한 사냥이 시작되면서 더는 버틸 재간이 없어진 거다. 애초에 그들은 그 어디에도 속할 수 없었다. 늑대족도 아니고 인간도 아니다. 그렇다 해서 믿고 의지할 수 있는 무언가가 있었던 것도 아니었다. 시작부터 속이 곪을 수밖에 없는 관계였다.

덕분에 수월하게 일을 진행할 수 있었다. 자신이 황제이기에, 이들보다 우월한 입장에 서 있기에 그나마 힘을 덜 쏟을 수 있었던 게 아닐까.

구량을 보고 있노라면 예전 기억이 떠오른다.

어떤 일이라도 소홀히 넘기지 말고 최선을 다하라고, 그래야 그 모든 배움이 자신의 것이 될 거라 했다. 그에 대한 본보기가 되려는 것처럼 구량은 매사에 실수가 없던 이였다. 때문에 무헌이 인정하는 몇 안 되는 사람들 중 하나였다.

본인의 뜻한 바가 중요하지만, 동시에 곁에 두고 가르침을 주었던 황제의 핏줄이 용상에 오르길 바랐던 걸까. 그 마음이 아주 조금이라도 있었을까.

이미 죽은 자에게 물을 수 없는 질문이었다.

무헌은 눈을 감았다.

어떤 일이든지 뜻한 바가 다르다면 그로 인한 마찰은 피할 수 없었다. 구량 또한 본인의 결정을 꺾을 수 없기에 차라리 죽음을 선택했을지도 모른다.

무거워지는 마음 한편을 달래려 짧은 숨을 내쉰 후, 무헌은 몸을 돌렸다.

죽음에 대한 애도는 하지 않았다. 그저 선택이 다른 것에 대한 결과물일 뿐이었다.

령은 구량이 지니고 있었던 짐을 뒤지다가 상자 안쪽에서 작은 상자를 발견하곤 그걸 열어 봤다. 짧게 끊어진 줄기가 바짝 말린 형태로 절반 정도 담겨 있었다. 늑대족에게 그다지 좋지 않은 성분이 가득 담긴 암초향이다.

"암초향이 맞습니다. 전부, 독성이 강한 것입니다."

사람의 발길이 뜸한 깊은 산골짜기에서나 얻을 수 있는 것으로, 이 상태로 말리는 것도 쉽지 않았다. 대부분은 꺾는 순간 시들어 버려 오래 보관하기가 어렵고, 최근은 구하기가 하늘의 별 따기만큼 어려웠다. 그걸 한 줌씩이나 지니고 있다니.

얼마 안 되는 이것 때문에 단도, 배 속의 아이도 위험해질 뻔한 적이 있었다.

"다 없애 버려라."

"알겠습니다."

뚜껑을 닫은 령은 그걸 상자 속에 넣고는 곁에 서 있던 그림자에게 턱짓을 했다. 안으로 들어온 자들이 상자와 짐을 챙겨 들고 나가는 걸 확인한 무헌도 밖으로 나왔다.

낡고 볼품없는 마른 약재가 걸려 있는 입구까지 나온 후, 무헌은 령이 건넨 젖은 수건으로 손을 닦아 냈다.

"오늘 이곳에서 있었던 일은 그 누구에게도 발설치 말거라."

"부인께도, 말입니까."

손가락 마디마디를 닦아 내던 무헌은 한 번 고개를 끄덕였다.

"들어서 기분 좋을 일이 아니다. 안정기라 하나 누군가의 죽음을 전하고 싶지가 않군."

"……."

"시신은 양지 바른 곳에 적당히 묻어라."

그 말에 알겠다며 그림자 령은 눈을 내리떴다.

*　　*　　*

의자에 앉은 단은 두 손으로 찻잔을 감쌌다.

영비와 혜령이 차를 내와도 그걸 어찌해야 하는 건가 싶어 구경만 하고 있었던 쌍둥이는 물 흐르듯이 자연스럽게 행동하는 단이 놀라웠다. 여전히 적응되지 않지만, 이것 하나는 확실하게 말할 수 있었다.

"예쁘다."

낯간지럽지만 솔직한 의견이었다.

누이인 단은 정말로 예뻤다. 완전히 사람이 달라진 것처럼 행동거지 하나하나가 낯설고 분위기마저 다르게 느껴졌다. 턱을 괴고는 단을 물끄러미 보던 이강은 한숨을 쉬었다.

"내가 알던 누이가 아닌 것 같아. 떨어져 있은 지 얼마나 되었다고 사람이 이렇게나 변할 수 있는 거지?"

"쓸데없는 소리 하지 마. 그래 봤자 누이야. 변하고 말 것도 없어."

"애써 태연한 척하지 마. 너도 누이가 낯설다고 느끼고 있잖아."

사실이었기에 이수는 더 뭐라 할 수 없었다. 대신 입을 꾹 다문 이수는 단을 흘깃 보더니 곧장 시선을 피했다. 그러다 아닌 척 다시금 슬쩍 볼 것이란 걸 모르지 않았던 단은 찻잔을 놓으며 물었다.

"뭐가 그렇게 낯설고 이상한데?"

"이것 봐. 말하는 것도 이상하잖아."

삿대질을 하면서 인상을 쓰는 이강은 마치 '우리 누나 아니야.' 라고 말하고픈 얼굴이었다.

몇 달 만에 만난 쌍둥이는 단을 앞에 두고 어찌할 바를 몰라 했다. 낯설고 낯선 누이를 어떻게 대해야 하는 건가 싶어 심란해하며 몇 번이고 눈을 굴려대는 동생을 두고 단은 조용히 손을 들었다.

"─그러니까 뭐가 이상하냐고 묻잖아."

아까부터 삿대질인 이강의 손을 잡고는 그대로 뒤로 꺾어 버렸다. 으아악, 소리를 지른 이강이 의자 뒤로 넘어가고 동시에 이수가 뭐 하는 건가 싶어 벌떡 일어나는 것에 맞춰서 그 목에 팔을 감고 가볍게 졸라 주었다. 갑작스럽게 당한 일에 놀란 이수가 버둥대자 손을 풀어준 단은 가볍게 손을 털면서 의자 안쪽으로 깊숙이 몸을 묻었다.

"하나도 안 변했지?"

꺾인 손가락을 붙들고 그 위에 후후, 바람을 불던 이강의 눈가엔 눈물이 찔끔 맺혀 있었다. 두 손으로 제 목을 감싸 쥐고 있던 이수는 몇 번 기침을 하다가 뒤로 슬금슬금 물러났다. 그리곤 본인의 목과 어깨 부근을 조심스럽게 어루만지다가 심각한 얼굴로 중얼거렸다.

"목 걸기를 당했는데 하나도 안 아프다."

이강과 달리 내내 침착함을 가장하던 이수의 두 눈동자에도 불신이 담기기 시작한다.

너 우리 누나 아니지? 대체 정체가 뭐냐. 그리 묻는 것처럼 빤히 응시하는 시선에 헛웃음을 흘린 단은 성가시게 굴지 말라는 듯 근처에 있던 원형의 의자를 끌어선 그 위에 한쪽 다리를 올렸다.

"이상한 말 하지 말고 이리 와서 내 팔이랑 다리 좀 주물러."

비스듬히 앉아서 팔걸이에 한쪽 팔을 걸치고는 다른 손으로 의자에 올려진 다리를 가리키는 모습에서 비로소 누이가 엿보인다.

정말은 누이라는 걸 알고 있었다. 너무 달라진 모습이 낯설어 반은 장난으로 모르는 척했던 건데 이게 길어지자 오히려 혼란스러워진다. 이쯤하자면서 이수는 투덜거리면서 단에게 걸어갔다.

"멀리서 온 귀한 동생들에게 그런 걸 시키는 건 너무하지 않아?"

"누이가 잘나서 마차도 타고, 이리로 오는 내내 극진한 대접을 받았을 텐데 무슨 소리야."

아까는 지켜보는 눈이 있어서 점잖은 척 굴었지만, 동생들과 있는데 계속 그럴 필요가 없었다. 껄렁거리는 말투에 비로소 안심이 된 이강도 슬그머니 단의 앞으로 와선 단의 복부를 물끄러미 봤다.

두터운 옷을 입었기 때문인지, 아니면 붉은 띠 덕분인지 여전히 날씬해 보인다. 황후가 된다는 것에 이어서 임신 중이라는 사실도 밝혀 아버지를 혼란으로 빠트렸는데, 겉으로 보기엔 전과 크게 달라진 점이 없었다.

"배가 많이 안 나왔네? 정말로 임신한 거지?"

그 말에 단은 대꾸 없이 웃기만 했다.

한쪽 눈을 가늘게 뜨면서 특유의 장난스러운 미소를 짓는 단이지만, 전과 확연히 달라진 모습에는 아직 적응이 되지 않았다.

"그 잘생긴 형님의 자식이야?"

연이어서 묻는 말에 단의 입가에서 미소가 거두어진다. 옆으로 고개를 돌린 단은 헛기침을 했고, 그 어색한 긍정의 표현에 이강은 확신을 담아 말했다.

"것 봐. 누이는 얼굴을 밝힌다ー. 아파!"

말이 채 끝나기 전에 꿀밤을 맞은 이강은 징징거렸다.

"아프잖아!"

"더 맞기 싫으면 쓸데없는 말은 하지 마라."

반쯤 일어났다가 다시 의자에 앉은 단은 움켜쥔 손을 얼굴 앞으로 들었다.

작지만 여전히 매운 주먹이었다. 이것도 살살 때려서 이 정도지 제대로 들어갔으면 멀찍이 날아갔을 거다. 주먹맛을 보고 나서야 과연 우리 누나라면서 고개를 주억거리는데 영비가 들어왔다.

"마마. 큰 소리가 나서 들어와 봤습니다. 어디 편찮으신 곳이라도 계신가요?"

"별일 아니니 이쪽은 신경 쓰지 않아도 괜찮다."

여전히 목을 두 손으로 감싼 이수와 머리를 붙잡고 눈물을 찔끔 흘리는 이강은 별일이 없는 것처럼 보이진 않았지만, 단은 더없이 평온한 얼굴이었다. 단이 괜찮다면 그런 거겠거니 싶었던 영비는 비로소 안심이 되었다.

"혜령하고 같이 간식과 차를 마시면서 몸이라도 녹여. 폐하께서 오시면 편히 쉴 수도 없을 거야."

최근 회복세를 보이며 좋아진 영비는 슬슬 입궁할 채비를 하고 있었다. 그러다 쌍둥이와 만나기로 하여 겸사겸사 그 자리에 영비를 불러 정말 괜찮은지를 확인하고 같이 들어갈 참이었다.

다시 일을 시작하는 게 쉽지 않을 거란 걸 알기에 바깥에서 계속 살아도 된다 했지만, 영비는 단의 곁에 있기를 원했다. 늘 자신에게 진심이었고, 아이가 태어나면 그런 사람이 많이 필요하게 될 거란 걸 알기에 단도 거듭되는 영비의 청을 마다할 수 없었다.

이리 보니 걸음이나 몸을 움직이는 게 전보다 많이 편해 보였다. 그래도 당분간은 몸을 쓰는 일은 많이 시키지 말아야지.

나가는 영비를 확인한 이수가 물었다.

"왜 그렇게 이상하게 말하고 그래?"

아까 영비에게 말하던 방식이 이상했나 보다.

턱 아래에 손가락을 댄 단은 낯간지러웠지만 들으란 듯 말했다.

"네 누이는 소율태국의 황후가 되실 거야. 아랫사람들 대할 땐, 이렇게 말하는 게 맞아."

한 해가 가고 새해가 되면 단은 황후가 된다. 그 준비로 궁 안은 분주했고, 이제야 단도 슬슬 실감이 났다. 아, 정말로 황후가 되는구나─ 하고 말이다.

신분이 높아짐에 따라서 신경 써야 할 일이나 처리해야 할 것들도 많았다. 때문에 그나마 시간이 날 때 동생들을 부른 거였다. 한 번 얼굴을 보여 주면 쌍둥이도, 부모님도 조금은 안심하시지 않을까 싶었다.

옅은 미소를 머금은 단은 전과 달리 확실히 많이 편안해 보였다. 소문난 말괄량이인 제 누이가 황후라는 고귀한 신분이 되어도 되는 건가 싶어 걱정이 이만저만이 아니었는데, 저런 모습을 보니 안심이 되는 것도 사실이었다. 물론 그와는 별개로 여전히 마음에 걸리는 게 있었다.

"형님은 누이를 안사람으로 맞이하는 게 정말로 괜찮은 거래?"

"아버지가 걱정이 많으셨어. 평범한 집안도 아니고 황후라니. 누이가 우리들 때문에 희생하는 건 아닌가─ 하고 힘들어하셔서."

이수에 이어서 이강이 꺼내는 말은 예상했던 것이었다.

처음에는 단순히 황제의 곁에 있으면 단의 존재를 알고 이용하려는 자들에게서 보호받을 수 있을 거라는 생각에 보냈을 거다. 겸사겸사 치료를 받고 주변이 조용해지면 그때 다시 돌아오 겠거니 싶었겠지. 그랬던 단이 무헌의 아이를 가지고 황후가 된 다고 하니, 생각이 많아질 수밖에 없었다.

몇 번이고 주고받았던 아버지의 편지 속에서 그 마음이 전해 졌다. 가족과 일족을 위해서 굳이 네가 희생할 필요는 없으니 너 하고 싶은 대로 하라 하셨다. 그 진심을 모르지 않았기에 단은 더 결심이 섰다.

"싫으면 같이 살지도 않아. 아직도 날 잘 모르겠어?"

"……."

옅은 미소를 머금은 단은 여린 외관과 다르게 속이 단단했다. 한 번 한다면 하는 사람으로 그 누구도 고집을 꺾을 수 없었다. 지금 이 모든 상황이 많은 생각을 거친 후에 결정된 것이란 걸 모 르지 않았지만, 같은 핏줄이기에 마음이 쓰였다.

"우리들 누이야 어떤 사람인지 잘 알지. 하지만 강단이라는 여 인에 대해서는 뭘 알겠어. 몇 달 사이에 너무 많은 일이 생기고 변해서 헷갈린단 말이야."

이수의 말에 덩달아 이강도 심각해진다.

나란히 서서 저를 바라보는 쌍둥이의 눈높이가 같았다. 이제 더 자라면 앉은 자리에서 올려다봐야 할지도 모르지. 만날 때마 다 훌쩍 자라서 빠르게도 어른이 되어 가는 동생들을 바라보던 단은 손을 뻗었다. 이수와 이강의 손을 각각 붙잡고는 나직하게 힘주어 말했다.

"부모님도 너희들도 전부 내게 중요한 존재들이야. 하지만 그만큼 그가 좋아."

"······."

"헤어지고 싶지 않고 같이 오래오래 살고 싶어서 선택한 거야. 황후가 되면 이래저래 할 일도 많고 불안한 점도 많겠지만. 그래도 괜찮아. 잘 해낼 수 있어."

누이가 할 수 있다면 그런 거였다. 늘 그래 왔다. 어떤 상황 속에서도 제 앞가림만큼은 확실히 하는 사람이었고, 이제는 혼자인 것도 아니었다.

황제 무헌이 어떤 사람인지는 모르지만, 예전 늑대가 된 누이를 등에 업고 가는 모습을 봤을 때 묘하게 듬직했다. 그에 대해 아는 건 없지만 적어도 쉽게 마음을 주는 사람은 아니었다. 늑대족인 누이를 곁에 두고 황후로 삼을 정도라면 그만큼 마음이 깊은 거겠지.

내내 굳은 얼굴로 있던 이수가 알겠다며 고개를 끄덕이는 것과 별개로, 이강은 여전히 묻고 싶은 게 많았다.

"누이는 넓은 세상에서 자유롭게 살고 싶어 했잖아. 그런데 궁 안에서만 사는 건 답답하지 않겠어?"

이강의 질문에 단은 웃음이 나왔다.

철부지였을 때 단이 원했던 건 능선 너머의 세상이었다. 자신이 모르는 곳으로 나가 온몸으로 부딪치고 많은 걸 배우고 이루고 싶은 것들이 있었다.

처음에는 남가주, 이후로는 산매골에 정착하면서 단은 늘 노력하고 열심히 살아왔다. 무헌과의 헤어짐이 마음에 큰 상처로 남았지만, 그럼에도 이를 악물고 버티어 냈던 건 산속에 남겨진 가족들 때문이었다. 세상 밖으로 나와도 단은 단이었고, 그녀가 노력하는 이유는 한 가지뿐이었다. 살아가는 이유이자 소중했던 가족은 어떤 의미로 족쇄나 다름없었다. 그것에서 완전히 벗어나 자유로워질 수가 없었다.

물론, 아닌 사람도 있겠지만 단은 가족을 버릴 수 없었고, 족쇄라 표현해도 그게 마냥 부담스럽지 않았다. 가족이 있어야지만 자신이 행복해질 수 있었기 때문이었다.

전에는 남가주에서 산매골이었고 지금은 소율태국의 궁 안이 된 것뿐이었다.

전에는 혼자서 아득바득 버티려 했다면 지금은 곁에 무헌이 있고, 아이도 있었다.

이제는 소중하고 지켜내야 할 것들이 점차 늘어났다. 거기서 단은 자신이 살아가야 할 목적과 보다 강해져야 할 이유를 찾아내고 있었다. 살아간다는 건 그런 게 아닐까.

마냥 어리지 않은 두 동생들을 바라보며 단이 말했다.

"본인이 무엇을 해야 할지를 알고, 아주 작은 책임감이라도 지닌 사람이라면, 그 누구라도 뜻한 대로 자유롭게 살 수는 없어. 결국엔 타협이란 걸 하고 본인이 선택한 곳에 정착하고 뿌리를 내리게 되지. 거기서부터 스스로의 행복을 찾아가면서 살아가는 거야."

"……."

진지한 누이의 모습에 이강과 이수의 표정이 굳어진다.

아직은 이해하기 어렵지만 조만간 알게 될 거란 걸 알기에 단은 장난스럽게 덧붙였다.

"황궁이 너희들 생각만큼 작은 줄 알아? 하루 내내 돌아다녀도 전부를 볼 수 없어. 그만큼 넓은 곳이야. 그러니 누이 걱정은 하지도 마. 아주 잘 지내고 있으니까."

아직 온전히 안심이 되는 건 아니지만 걱정하지 말라는 마지막 말을 마음에 담은 쌍둥이는 고개를 끄덕였다.

짧은 침묵 후, 이강은 손등으로 눈 아래를 비볐다. 그걸 알면서도 이수와 단은 모르는 척했고, 손을 내린 이강은 애써 아무렇지도 않은 척 물었다.

"조카는 언제 태어나?"

"아직 한참 남았어. 사내들은 왜 이렇게 급하기만 한 건지."

배가 나오는 것도 사람마다 차이가 있을 수 있었다. 듣자하니 나올 만한 개월 수도 아니라 하는데 무헌도 종종 옷 위의 배를 쓰다듬으며 '왜 아직도 안 나오지.'라고 묻곤 했다. 단도 아는 게 없으니 처음에는 배가 안 나오는 게 이상한 건가 싶어 심각해진 적도 있었다. 이내 아니라는 걸 알고선 무헌이 배가 얼마나 나왔느냐 만져보자 할 때마다 그걸 피하는 실정이었다.

단의 두 뺨이 뽀얗고 혈색도 좋은 데다 눈에 띄게 예뻐진 걸 보면 잘 지내는 것 같긴 한데, 쌍둥이는 쉽게 안심이 되지 않았다.

"폐하께서 잘해 주는 거 맞지?"

"바깥에서 너희를 만나게 해 준 걸 보면 모르겠어? 나밖에 없어."

동생들 안심시켜 주려고 단은 일부러 엄지로 본인을 가리키며 당당하게 굴었다.

하지만 쌍둥이의 질문은 거기서 끝난 게 아니었다.

"들자하니 부인들도 엄청 많은 것 같던데."

"숨겨놓은 자식 같은 게 있진 않을까?"

"……."

막을 새도 없이 내뱉기부터 하는 동생들을 두고 단은 한 손을 조용히 움켜쥐었다. 그런 말은 하는 게 아니라 하려던 찰나 바깥에서 찬 기운이 느껴졌다. 훅, 하고 부는 바람에 이끌려 고개를 들자 문지방을 넘어오는 무헌이 보였다.

"재미있는 대화를 나누고 있는 것 같군."

갑작스럽게 나타난 무헌을 편안하게 지켜볼 수 있는 건 단뿐이었다.

앞서 내뱉은 말이 있었던 쌍둥이들은 각각 제 입을 틀어막고는 어깨를 움츠린 채로 뒤를 돌아봤다. 설마 들었을까 싶어 식겁한 얼굴인 쌍둥이에 반해 그들 앞까지 다가온 황제 무헌은 편안한 얼굴이었다.

"어떤 대화 중이었는지 알 수 있을까."

궁금해해도 그 앞에선 절대로 말할 수 없었다.

일자로 입을 다문 쌍둥이는 서로 눈빛을 교환하다가 슬그머니 무릎을 꿇고 앉아 고개를 숙였다.

"인사 올립니다."

이리로 오기 전 아버지의 신신당부대로, 황제를 만난 쌍둥이는 예를 갖춰 인사를 올렸다. 하지만 단이나 무헌 눈에는 어설프기 짝이 없어 웃음만 나왔다. 실소를 흘리는 둘 앞에서 여전히 고개를 조아린 쌍둥이는 언제 일어나야 하나 싶어 속으로 숫자를 셌다.

"괜찮으니 일어나라. 서로 모르는 사이도 아니고 편하게 굴어도 괜찮다."

"소율태국의 천자시고, 일족의 은인이시니 편하게 대할 순 없습니다."

꽤나 어른스럽게 구는 이수의 말에 무헌이 허리를 굽혀 팔을 잡았다. 힘주어 잡으니 일어날 수밖에 없었다. 이수에 이어 이강도 일어나도록 한 무헌이 둘에게 말했다.

"오랜만에 누이를 만나 주고받을 대화가 많겠지. 내일까지 이곳에서 머물 것이니 편하게 지내면서 필요한 게 있으면 얼마든지 말해라."

"……황공합니다."

황제가 뭐라 말하면 이렇게 대답하라 했지만, 난생 처음 써 보는 말이 입에 맞을 리가 없다. 입안으로 우물우물거리고는 입을 다무는 쌍둥이에 무헌은 단을 내려다봤다. 그는 단의 앞으로 가서 그녀의 손을 한 번 잡고 그대로 몸을 돌려 밖으로 나갔다.

아주 잠시 머물렀다가 나갔지만, 쌍둥이는 오랫동안 말이 없었다. 몇 달 사이 변한 건 누이뿐만이 아니었나 보다. 아니면 원래 저런 사람이었을지도 모르지. 한참 만에 긴 한숨을 내쉰 이수는 비로소 안심이 되었다. 저런 사람 곁이라면, 제 누이가 별 탈 없이 잘 지낼 수 있겠구나 싶었다.

＊　　＊　　＊

오랜만에 만나 많은 대화를 주고받고 싶었으나, 역시 떨어진 오랜 시간을 무시할 수 없었다. 부모님과 막둥이의 근황, 새롭게 자리 잡은 거처에 대한 설명, 그동안 있었던 몇 가지 우습지도 않은 이야깃거리를 주고받으니 대화가 뜨문뜨문 이어졌다. 늘 함께할 때에는 별거 아닌 걸로도 온종일 즐겁게 떠들어 댈 수 있었는데, 더는 아니었다. 그게 새삼 서운하거나 하지 않았다.

이제는 어리게만 보이지 않는 동생들과 저녁을 먹고 난 후, 소화가 될 즈음 단은 챙겨온 것들을 설명했다. 추운 겨울을 날 수 있도록 두툼한 옷과 이불은 미리 마차에 실었고 급할 때 사용할 수 있는 은괴와 보석을 따로 챙겨 주었다. 그 외에 상비약과 귀한 약재, 동생들이 읽으면 좋을 책도 수십 권 챙겼다. 워낙에 많아서 쌍둥이는 정신없어 했지만, 일족이나 가족들에게 많은 도움이 될 거란 걸 알기에 열심히 듣고 외우려 했다.

평소에도 적잖이 도움을 주고 있지만, 이런 식으로 물건을 일일이 설명하고 챙겨 주는 건 처음이었기에 기뻤다. 먼 거리를 온 것에 비해서 머무는 시간은 터무니없이 짧았다. 아쉬움이 컸던 단은 무헌과 임신한 자신이 오래 궁을 비울 수 없으니 쌍둥이에게 입궁해서 며칠 같이 있을까, 하고 물었다. 하지만 그 말에 쌍둥이는 잠시 생각을 하다가 고개를 저었다. 막둥이가 아직 어리고, 터를 새로 잡아서 아직 우리의 손길이 필요한 것이 많다며, 몇 년 후에 둘이 찾아올 테니 그때 궁궐 구경이나 시켜 달라 말했다.

마을에 도움이 되는 젊은 사람은 몇 안 되었다. 죄 바깥에 나와 있어서 어머니가 걱정하실 테니 그게 염려되는 거겠지. 단이 새롭게 터를 잡은 마을에 갈 수 있는 건 몸을 풀고 나서도 몇 달이 더 지나야 가능할 거다.

늦은 밤, 새삼스럽게 부모님이 그리워 눈가가 시큰해졌지만, 참았다. 어딘가 편찮으신 것도 아니고 잘 지내시니 그걸로 되었다며 마음을 추스른 단은 쌍둥이의 잠자리까지 직접 정리해 주었다. 혜령이 그러지 말라 만류했으나 쌍둥이가 잠드는 것까지 확인하고 나서야 밖으로 나왔다.

"먼 거리를 이동하시는 동안 피곤하셨나 봅니다."

나온 단의 표정이 좋지 않음을 느낀 것일까. 혜령이 넌지시 건네는 말에도 단은 별 대꾸 없이 허리춤의 매듭을 만지작거렸다.

"서운하시지요."

거듭되는 말에 마냥 침묵할 수 없었던 단은 고개를 끄덕였다. 하루의 짧은 만남은 오랜 헤어짐의 아쉬움을 채워 줄 수 없었다. 그나마 어리게만 느껴졌던 두 동생들이 성장한 걸 눈으로 확인할 수 있어서 좋았다.

짧은 한숨을 남긴 후 단은 걸음을 옮겼다. 단의 발 아래로 등을 내려 주변을 밝히면서 혜령은 재차 말했다.

"두 분께서 다부지고 준수하시더군요. 든든하시겠습니다."

"어릴 땐 맨날 말썽이라 엄청 두들겨 팼었는데 어느새 저렇게 자라 버렸네."

조금 더 철이 들면 바깥 세상에 대한 궁금증을 가지게 될까. 그때 자신이 저 아이들에게 힘이 되어 줄 수 있었으면 좋겠다. 막연한 생각을 하면서 단은 황제 무헌에게로 갔다.

자신이 동생들과 있는 동안 무헌은 따로 바깥일을 보고 왔음을 모르지 않았다. 생각보다 일찍 돌아왔기에 미리 씻고 책이나 읽고 있지 않을까 싶었는데 아니었다. 준비된 방이 아니라 목욕 중이라는 말을 전해들은 단은 방향을 틀었다.

저택 뒤쪽에 마련된 넓은 목욕탕 안쪽은 부연 김이 가득 차 있었다. 황제의 목욕 시중을 들기 위해 들어와 있던 환관을 내보내고 난 후 조금 더 안쪽으로 가자 커다란 목욕통 안에 앉아 있는 사내가 보였다.

등을 돌리고 있어 젖은 긴 머리채가 바깥으로 흘러내려 와 있었다. 넘어지지 않도록 조심해서 걸으면서 목욕통 근처까지 온 단은 그곳에 쪼그리고 앉았다.

돌아보지 않아도 다가오는 게 누군지 이미 알고 있었던 무헌은 옆으로 고개를 돌렸다. 세운 무릎 위에 턱을 괸 채인 단은 시무룩해 보였다.

따뜻한 물속에 집어넣고 있었던 손을 빼내선 목욕통 위에 걸친 무헌이 말했다.

"서운하면 며칠 더 곁에 두고 있어라."

쌍둥이들은 내일 돌아가기로 이미 합의를 마쳤다. 여기서 더 붙잡은들 소용없었다.

조용히 고개를 젓는 단을 두고 무헌은 손가락 끝에 묻은 물기를 가볍게 튕겼다.

"오늘은 응석을 부려도 괜찮다."

날아온 물방울이 뺨에 닿자 한쪽 눈을 찡그린 단은 이내 새침한 표정을 지었다.

"늘 애지중지하시는데 응석을 부리고 말 것이 뭐가 있습니까. 쌍둥이가 전하라 하더군요. 제 어머니는 만삭이실 때도 나무를 타서 열매를 따셨으니, 누이가 뛰는 것 가지고 뭐라 하지 말라고요."

배가 나오기 전부터 이리 유난이니 만삭일 땐 어찌할까. 침전 밖으로는 한 발도 못 나오게 하는 게 아닌가 싶어 겁날 지경이었다. 더군다나 자신은 늑대족이고 몸의 튼튼함만으로 따진다면 사내 못지않았다. 뜀박질한다 해서 배 속 아이가 잘못되는 일은 생기지 않았다. 그에 대해서 재차 알려 줄 셈이었지만, 무헌은 눈 하나 깜박이지 않고 담담하게 말했다.

"가능한 걸어 다니고 먼 거리는 가마를 타고 이동해."

"……"

그럼 그렇지. 입 아프게 더 말해 무얼까.

모처럼 이야기가 나왔을 때 타협해 볼까도 싶었던 단은 무헌을 물끄러미 바라보다가 앞으로 얼굴을 내밀었다. 목욕통 위에 두 손을 올리곤 조금 더 앞으로 몸을 기울여 무헌의 뺨에 입을 맞추었다. 가볍게 닿았다가 떨어지는 입술에 기다렸다는 듯 무헌도 떨어지려는 단의 턱을 붙잡아선 입을 맞췄다.

입술을 벌린 채로 단의 입술을 물듯이 오랫동안 누르던 무헌은 천천히 고개를 물렸다. 두 뺨이 불긋하게 달아오른 단의 이마에 제 이마를 누르면서 나직한 목소리로 묻는다.

"참지 못하겠어?"

"아니거든?"

상기된 피부 위에 맺힌 물방울을 괜히 맛보고 싶어져서 했던 행동 때문에 큰일 나게 생겼다.

가능한 존대를 하려고 노력하지만, 무헌이 의미심장한 농을 건넬 때면 저도 모르게 짧은 말이 툭툭 튀어나온다. 이번에도 여지없이 그리되는 건가 싶었던 단은 급히 몸을 일으켰다. 당하기 전에 자리를 피하자 싶었지만, 그 전에 무헌이 단의 손목을 붙잡았다.

"가지 말고 머리 감겨 줘."

자기도 손이 있으면서 왜 머리를 감겨 달라는지 이해가 되질 않는다.

이상한 얼굴로 내려다보는 단이었지만, 고개를 젖힌 채로 올려다보는 무헌의 눈빛은 흔들림이 없었다. 이런 상황에서 왜 저렇게 단호한 표정인지, 가당키나 한 건가 싶으면서도 결국에는 들어줄 수밖에 없음을 알기에 단은 어깨를 축 늘어뜨렸다.

잡힌 손을 가볍게 흔들어서 떨어뜨린 단은 근처에 있던 나무 의자를 끌고 와 무헌의 뒤쪽에 대고는 양동이를 집었다. 받으라며 내밀자 순순히 물을 떠선 위로 내민다. 그걸 받은 단은 무헌의 이마를 잡아 뒤로 누르면서 고개를 젖히라 했다.

편하게 몸을 기댄 채인 무헌은 순순히 고개를 젖혔고, 단은 한 손으로 무헌의 눈을 가리면서 조심스럽게 물을 부었다. 이미 촉촉하게 젖어 있던 머리였기에 한 번만 물을 붓고는 작은 통에 들어가 있던 약초즙을 손바닥에 문질렀다.

조심한다고 해도 어느새 입고 있는 옷은 절반가량이 젖어 버렸다. 머리를 감겨 주려 했을 때부터 옷이 젖을 거라고 예상하고 있었던 단은 아무렇지도 않게 두 손에 묻은 즙을 무헌의 머리에 조심스럽게 발랐다.

무헌이나 령은 아무 말도 하지 않았지만, 어렴풋이 오늘 무엇을 하고 온 건지 알 것만 같았다. 그와 관련해서 묻고 싶지만 때가 되면 알아서 알려 주지 않겠나 싶기도 했다. 혼자서 모든 걸

다 처리해도 결국엔 어느 순간에 의논하고 싶을 때가 있고, 본인이 뭘 하는지를 말하고 싶을 때도 있는 법이었다. 하는 일이 제대로 된 것인지, 틀린 점은 없는지, 잘못된 선택을 하진 않았는지 등등.

단은 무헌이 모든 걸 털어놓을 만큼 자신이 성숙하지 않았음을 알고 있었다. 모든 게 일사천리로 진행되는 것 같아도 언제 갑자기 문제가 발생할지도 모르고. 때문에 잘하고 싶었다. 무헌 그가 답지 않게 이렇듯 응석을 부리면 가능한 다 맞춰주고 싶었다.

물론, 성가신 장난은 말고 말이다.

나름 신경 써서 머리를 감겨 주려는데 아까부터 무헌이 뒤로 물을 뿌렸다. 처음에는 무시할 수 있었지만, 갈수록 점점 더 많은 양이 뿌려진다. 가슴팍이 축축하게 젖을 즈음이 되자 단도 더는 모르는 척할 수 없었다.

"하지 마라. 뜨겁다."

무헌이 황제고 자신도 곧 황후가 될 테니 그에 맞춰서 존중하고 싶어도 꼭, 이렇게 건드리지.

가라앉은 목소리로 하지 말라 하자 이번에 무헌은 목욕통 바깥에 있던 커다란 양동이의 물을 조금 떠서 뒤로 던졌다. 뺨에 살짝 닿는 물은 찼고, 단의 미간으로 더 짙은 주름이 잡혔다.

"차갑다고."

자기도 머리카락이 조금만 당겨져도 바로 아얏, 소리를 내며 아픈 척을 할 거면서. 한 번만 더 장난치면 그땐 더는 참지 않을 거라면서 단은 지압하듯이 무헌의 머리와 목 등을 주물러 주었다. 그러자 잠자코 있던 무헌이 긴 한숨을 내쉬며 웅얼거렸다.

"기분 좋다."

세 살 먹은 어린애도 하지 않을 장난을 치려니 기분이 좋으시겠지.

슬슬 머리카락을 헹구기 위해서 단은 무헌의 이마를 손으로 눌렀다. 아까 당한 물장난이 얄미워서 일부러 세게 이마를 누르자 아니나 다를까 바로 아, 하고 짧은 소리를 낸다. 고개를 젖힌 채로 위를 올려다보는 눈빛도 강렬했다. 뭐 하는 거야. 딱 그리 묻는 눈빛을 두고 단의 얼굴에서도 표정이 사라진다.

눈을 내리뜬 채로 무헌을 빤히 보던 단이지만, 이내 실소를 흘리고 말았다. 고개를 돌리면서 웃는 단을 보곤 무헌의 표정도 느슨하게 풀린다. 옅은 미소를 지은 무헌은 위로 손을 뻗어선 단의 얼굴을 만지려 했고, 그걸 밀어낸 단은 하지 말라고, 옷 다 버리게 생겼다고 투덜댔다. 작았던 실랑이 사이로 웃음이 섞이고, 저물지 않는 밤하늘 위로 동그란 만월이 떠올랐다.

〈完〉